HET LIED E

Van Helga Ruebsamen verschenen bij Uitgeverij Contact

Beer is terug
De dansende kater *
Olijfje en andere verhalen *
Op Scheveningen *
Jonge liefde en oud zeer - De verhalen deel 1

* In PANDORA POCKET verschenen

Helga Ruebsamen

Het lied en de waarheid

PANDORA

Pandora Pockets maakt deel uit van Uitgeverij Contact

Negentiende druk

Omslagontwerp: Annemarie van Pruyssen, Arnhem
Omslagillustratie: Lontar, Jakarta
Foto auteur: Ronald Hoeben
Illustratie pagina 6: Joke Koelemeijer, Wormer
NUGI 300
ISBN 90 254 9520 6

Inhoud

I

In de tuin van Dewi Kesoema

(1938 – maart 1939)

I

Elke dag, zodra de zon onderging, klommen langs de muren van onze waranda kleine hagedissen omhoog.

'Daar zijn de tjitjaks al.'

De nachtmensen staken de lampen aan, in de kamers en op de waranda. De theemevrouwen namen afscheid en gingen naar huis. De dag was voorbij, de nacht begon.

Mijn moeder liep mee met de visite tot onder de waringin en wuifde de bezoeksters en hun kinderen na. Ik stond op de waranda en luisterde naar de geluiden die van de Lembangweg kwamen. Ik kon horen dat de auto's naar boven reden, de berg op, waar de zon al in de vulkaan lag te slapen. Of dat ze naar beneden gingen, naar Bandoeng, de stad waar de dierentuin was en de kliniek van mijn vader. Er was vaak feest in de stad, dan reden de auto's sneller.

Mijn moeder kwam terug; ik hoorde haar zingen voordat ik haar zag. Ze haastte zich niet, ze slenterde en stond af en toe stil, zodat de lichte vlek, die zij in het donker was, maar heel langzaam groter werd. Als het eenmaal zover was dat ik meer van haar kon onderscheiden dan de kleur van haar jurk, dan zag ik ook haar witblonde krulletjes en zelfs haar lichte ogen. Ze was dan al zo dichtbij dat ze mij kon aanraken.

'Ziezo, de waranda is weer voor ons alleen,' zei mammie. Ze strekte zich uit op de sofa en wenkte mij. 'Al dat bezoek,' zuchtte ze, 'en nooit eens iemand met wie je kunt praten.'

De tjitjaks hadden hun plaats gevonden. Ze waren aan het plafond verstard tot versierselen van hout. Maar met bliksemsnelle uitschieters maakten ze alle insecten buit die in hun nabijheid verzeilden.

In de kamers en op de waranda brandden de lampen, zodat de nacht niet boven op ons kon vallen.

De nacht maakte dat er geen verschil meer was tussen binnen en buiten. Koelte en duisternis waren 's nachts overal. Iedereen was veilig, mens, dier en plant, onder een donkere koepel zo groot als de wereld.

Wanneer de lucht, de aarde en het water dezelfde donkere tint hadden gekregen, kwam de tokeh. Iedere nacht wachtte ik op de tokeh. Hij was de grote broer van de tjitjaks. Ik hoefde pas naar bed als de eerste tokeh zich had laten horen.

Alle andere nachtdieren waren er dan al: vliegende honden, krekels, brulkikkers. Hun luidruchtig concert was in volle gang.

De tokeh liet zich zelden zien, maar hij riep om de zoveel tijd luid zijn eigen naam, zodat wij en andere tokehs wisten dat hij er was. Hoe vaker de tokeh riep, des te meer geluk hij bracht. Iedereen kon hem verstaan, ook wij. Zodra de tokeh begon, hielden wij op met praten. Zachtjes telden wij mee. Een... twee... drie, het duurde lang.

Zou er nog wel een volgende roep komen? Ja, nog een. Snel verder, vier, vijf, zes, zeven. Dan werd het hoe langer hoe spannender, omdat bij negen keer het geluk zou gaan stromen. Riep de tokeh twaalf keer, dan kregen wij een lang leven, veel dappere zonen, een bekoorlijke dochter en een onmetelijk fortuin.

Mijn moeder vertelde later dat de tokeh in de nacht voordat wij naar Europa vertrokken, dertien keer had geroepen.

Als de tokeh een paar keer had geroepen, als bijna niemand meer sprak op de waranda, werd ik naar mijn kamer gebracht.

Voor mij begon 's nachts een ander leven. Zodra de zon was ondergegaan, hoefde ik niet meer te onthouden wat er overdag was gebeurd, de nacht wiste de harde en witte dingen uit zoals de spons op het zwarte schoolbord van mijn moeder haar krijtletters uitwiste.

's Nachts kon ik zeggen en doen wat ik wilde. Ik hoefde het alleen maar te zien in mijn hoofd en het gebeurde al. Als ik uit bed wilde, naar buiten toe om de maan te zien, dan werd ik meteen uit mijn bed getild en op de arm meegenomen. De nachtmensen liefkoosden mij, lachten altijd en vroegen niets.

Van de nachtmensen kreeg ik roze siroop zoveel als ik wilde en zachte groene en roze kleefkoek erbij. Overal mocht ik aankomen. Overal mocht ik naar kijken.

Als ik iets zei, kirden ze vrolijk of klakten ze bewonderend met hun tong. Ze vroegen mij nooit iets, maar ze gaven wel altijd antwoord. Wij spraken honderduit, de nachtmensen en ik, of we elkaar nu woord voor woord verstonden of niet.

Nachtmensen droegen namen van het werk dat ze overdag deden, baboe, kokki, djait, djongos, kebon. Ze hadden ook nog wel andere namen, die zangerig klonken; die kende ik ook.

Die hoefde ik nooit hardop te zeggen. Als ik die alleen maar dacht, dan kwamen de nachtmensen al. Overdag was alles anders.

De ochtenden dienden zich aan, de donkere nachtkoepel werd eerst doorschijnend en dun en dan kwamen er scheuren in, om het licht door te laten. Soms ging het traag, soms zo snel dat je het niet eens met je ogen kon volgen.

Als ik nog buiten was, terwijl het om mij heen hoe langer hoe witter werd, dan holde ik terug naar mijn kamer en wachtte in bed op de dag. Zodra het helemaal licht was, kwamen de goden terug, die in de nacht op stap waren gegaan. Mensen op schilderijen en foto's mochten 's nachts vrijelijk ronddwalen, maar ook zij moesten bij het krieken van de dag weer in de lijst op hun plaats staan.

Ik probeerde ijverig om al die namen uit mijn hoofd te leren, van de goden en van de mensen die bij ons hoorden.

Er was een god, zonder naam, die van oma Helena was. Hij had haar hierheen gebracht, want hij waakte over huwelijken en geboorten.

Mijn moeder en mijn tante waren hier geboren, onder het toeziend en alziend oog van deze ene god. Zij waren ervan overtuigd dat zij in Nederlands-Indië thuishoorden, omdat deze god dit zo voor hen had bestemd.

Maar deze god had met zijn paapse laksheid toch toegestaan dat oma Helena, hun moeder, met een rondreizende kunstschilder naar Engeland was vertrokken om daar voorgoed met hem te blijven. Gelukkig werden mijn moeder en mijn tante gekoesterd en opgevoed door Poppy, de nieuwe vrouw van opa Bali; zij waren niet eenzaam achtergebleven. Poppy had hun andere goden leren kennen, die het er ook goed afbrachten, misschien beter dan die ene, met al zijn beschermheiligen erbij. Deze ene god verkeerde voortaan bij ons thuis op voet van gelijkheid met de andere goden, die ouder waren en inheems.

Wij staken regelmatig kaarsen aan voor het beeld van Maria, terwijl wij bloemblaadjes strooiden rond de voeten van Boeddha. Maria stond op hetzelfde tafeltje als waar hij zat te glimlachen, een stukje verderop. De dikke barnstenen boeddha zat met zijn gezicht naar de deur toe om het onheil buiten te houden.

In de hal prijkte in vol ornaat de god Visjnoe, die tussen de vleugels zat van de langbenige vogel Garoeda, die weer boven op een schildpad stond, het symbool van de tijd.

Garoeda was een reusachtige mensvogel. Behalve geweldige vleugels en een grote gevederde staart bezat hij ook nog een paar mensenbenen met vogelklauwen eraan, en hij had mensenarmen en -handen, waarin hij de voeten van Visjnoe hield. Garoeda was het rijdier van Visjnoe: hij bracht de god overal heen.

Ik vroeg of wij ook door Garoeda waren gebracht.

'Nee, dat hoefde hij niet, wij zijn hier geboren.'

Garoeda was de grote geluksvogel. Hij had een fier en vrolijk gezicht en spitse, vlijmscherpe tanden.

Vaak klom ik op een bankje om erbij te kunnen en stak, zonder dat iemand het zag, mijn pink in zijn snavel om zijn geweldige, hoekige tanden te voelen. Iedere keer probeerde ik hoe lang ik het kon volhouden, hoe lang ik het durfde. Pas als er rode putjes in mijn pink waren verschenen, was ik tevreden.

Soms, als de zon er nog niet eens was en de ochtend nog wit, haalde mijn moeder mij al uit bed.

Zij kleedde me aan. Ik kreeg sokken aan en schoenen met knoopjes, die ik haatte en die ik zodra ik de kans schoon zag, uittrok, en de sokken erbij. Het was oneerlijk verdeeld in de wereld: de meeste mensen die ik kende, mochten altijd op blote voeten lopen. Bij uitzondering liepen ze weleens op lichte sandalen, die ze bij het minste of geringste zo konden uitschoppen. Waarom moest ik zulke knellende dingen aan?

'Als papa het ziet, dat je op je blote voetjes loopt, wordt hij verdrietig, het schijnt heel gevaarlijk te zijn, blote voeten. Je mag het niet doen, het is vies en gevaarlijk.'

De schoenen, de sokken, het aantrekken en erop lopen,

iedere ochtend een straf, terwijl ik nog niets had gedaan.

'Waarom mag zij wel en ik niet?' vroeg ik en ik wees, hoewel ik van mijn moeder niet wijzen mocht, op baboe Susila die als zij mij aankleedde, de schoenen altijd vergat.

'Susi mag ook niet, maar zij vergeet haar schoenen aan te doen, omdat zij zoveel aan haar hoofd heeft, veel meer dan ik,' zei mammie. 'Ik heb niets aan mijn hoofd, ik hoef jou alleen maar zo mooi aan te kleden dat iedereen zegt: kijk, daar gaat het mooiste meisje van de wereld.'

Mijn moeder wilde dat ik eruitzag als een pop. Zij frunnikte net zolang aan mij tot ik leek op de poppen waarmee ik niet speelde. Maar met de kleren wilde het niet lukken en met mijn haar nog minder.

Hoezeer zij ook haar best deed, hoeveel knuffels en kneepjes ze mij ook gaf als ze me aankleedde, ik werd nooit mooi genoeg naar haar zin. Ze werd er moedeloos van. Op het laatst gedroeg zij zich bijna ruw, terwijl ze vruchteloos probeerde mijn haar te fatsoeneren.

'Het lijkt wel een ragebol, dit is een ramp, een broedplaats voor ongedierte, ik zal een stalen hondenkam moeten kopen, wat moet dit worden? Waar komt dit in 's hemelsnaam vandaan?' hoorde ik haar fluisteren.

'Afknippen? Afknippen, mammie?'

Hierover had ik wel horen praten; van kinderen die luizen hadden, moesten ook de haren helemaal worden afgeknipt. Zo'n kind had ik weleens gezien, op de arm van zijn moeder, in de slendang. Onder het stoppelige, blote vel van het kleine hoofd klopten blauwe wormen. Ik beefde als ik eraan dacht.

'We kunnen het weleens proberen. Maar of het ook helpt? Misschien wordt het alleen nog maar erger.'

Ik werd er even bedroefd van als zij. Het zou nooit iets worden met mij.

'Ik geef het op. Wat ben je voor een raar wezentje, ja,

jij mijn lieve misbakseltje,' riep ze gespeeld wanhopig uit. Ze lachte kort en snuivend, een lachje dat ze had als ze me plaagde. Het was beter dat mijn moeder me plaagde dan dat ze boos op me was. Maar ik wist nooit precies wanneer ze me plaagde en wanneer het haar ernst was.

'Weet je wat het is met jou?' Ze rekte zich uit, maar vertelde het niet. (Omdat ik hoopte dat het misschien eens door een wonder goed zou komen, liet ik zonder enig protest mijn haren net zo vaak wassen als zij maar wilde. En voor haar had ik ook wel de godganse dag mijn klemschoenen aan willen houden, geloof ik, als blijk van mijn liefde. Alles waar ik pijn van had, deed mijn moeder immers plezier, dus waarom zou ik niet graag de pijn in mijn voeten hebben doorstaan?

Of zijn deze herinneringen vals? En is het waar, wat zij zegt: 'Kind, ik moest de hele dag achter jou aan lopen met je schoenen. Er was met jou geen land te bezeilen!'?)

Was ik eenmaal zo goed en zo kwaad als het ging aangekleed, dan gingen wij mijn vader nawuiven, die wegreed in de auto, met de chauffeur aan het stuur. Omdat papa zo vaak weg was, kon ik eerst moeilijk geloven dat hij echt bij ons hoorde en ik heb zelfs een hele tijd gedacht dat zijn bed in de kliniek stond en niet bij ons thuis.

Hij was geen dagmens, want hij was er overdag niet. Hij was geen nachtmens, want hij was er vaak ook 's nachts niet. Hij kwam thuis of hij vertrok, dat waren belangrijke ogenblikken. Het uitwuiven was een plechtige gebeurtenis, waarbij mijn moeder niet wilde dat ik tegen haar aan hing of mijn duim in mijn mond hield.

Mijn haar was met veel pijn en moeite geborsteld en er was zelfs een grote strik in gedaan, maar mijn vader woelde erdoor en maakte het weer in de war. Hij woelde door mijn haar, tilde mij op, kuste mij op beide wangen, keek mij aan en zei ernstig: 'Blijf gezond, mijn kind.'

De kliniek was in de stad, aan het einde van de weg naar beneden. Mijn vader maakte zieke vrouwen beter, maar hoe hij dit deed en waarom, wist ik niet. Mammie zei dat wij dat niet hoefden te weten. Ze zei ook dat hij vaak somber keek, omdat niet alle vrouwen altijd beter werden; soms gingen ze dood, daar werd hij treurig van.

Als de auto met mijn vader erin was weggereden, wuifden mijn moeder en ik net zolang totdat wij het laatste stukje ervan hadden gezien. Wij draaiden ons om en liepen langzaam terug naar huis.

Het huis waarin mijn herinneringen beginnen, lag in de tuin van Dewi Kesoema, die een prinses was totdat ze door de goden in een beek was veranderd. De beek slingerde zich door onze tuin. Dewi Kesoema was kristalhelder en lieflijk, behalve in de regentijd, dan zwol zij op en werd banjir.

Verderop stond de waringin, die eens een prins was. Hij was zo groot dat je hem van veraf kon zien. Hij stond vooraan op ons erf, bij de ingang. Hij wierp zijn schaduw in onze tuin en op een stuk van de weg, die van de stad naar de bergen voerde. In de bergen, tussen blauwe nevels, lag de vulkaan Tankoeban Prahoe, die een omgekeerde roeiboot was, waaronder een vuurgod sliep.

Als ons huis een dier was geweest, zou het een olifant zijn. Met zijn kop naar de weg gekeerd lag de olifant te wachten op ik weet niet wat. De twee witte pilaren bij onze voordeur waren zijn slagtanden. Daarboven zaten hoge, langwerpige ramen, zijn donkere, wijd opengesperde ogen die nieuwsgierig de wereld in keken.

Zijn bolle wangen waren de bijgebouwen en zijn dikke achterlijf, dat naar de berg lag gedraaid, herbergde de voorraadkamers en de keukens. Hier, in deze ruimten waarin het overdag nog donkerder was dan in de andere vertrekken, heerste dag en nacht bedrijvigheid. Wij zagen er niet veel van, maar roken en hoorden des te meer. Plenzen met water en het rochelen van vuren, sissen en stomen van gerechten en brouwsels. Boven alles uit de geuren van kruiden die werden verhit. Hier werd gehakt, gesneden, gekneed en gekookt. Hier werd alles eerst naar binnen gesleept, daarna uitgestald, gekeurd en ten slotte voor ons bereid.

Tussen de rottende afvalhopen, die waren samengepakt onder pisangblad, scharrelde mijn hond. Hij heette Teddy-Bali omdat ik hem had gekregen van opa Bali.

De hond had nog een naam: wij riepen de hond ook weleens als ksst… kebon! Teddy Kebon… ksst Teddy… kebon, omdat de hond en de kebon, de tuinjongen, nooit ver van elkaar waren. Als wij riepen, kwamen ze aangehold, allebei.

In Bandoeng had ik twee moeders.

De ene heette Heleentje en de andere was tante Margot, die bij ons woonde en die een zusje van mijn moeder was.

'Ik ben jouw mammie hoor, en tante Margot is jouw tante.'

Dat wist ik best: mijn ene moeder heette mammie, de andere heette tante Margot.

Hoe verschillend ze ook waren, die twee, ze waren zo verknocht aan elkaar dat je ze op sommige momenten niet uit elkaar kon houden, ze hadden zich in elkaar verstrengeld. Maar in uiterlijk leken ze niets op elkaar. Mammie was lang en dun, tante mollig en breed, mammie had lichtblond haar met kleine krulletjes en tante een bos donkere kroesharen met gouden spetters erin.

Ze waren allebei zorgzaam voor hun huid; die van de een was melkwit en die van de ander goudbruin. Ze smeerden elkaar in met cacaoboter, ze knepen elkaars puistjes uit, ze bestudeerden elkaar vol toewijding, ze legden hun gezichten tegen elkaar aan. Hun ogen, die dezelfde bruingroene kleur hadden als onze vijver, waren er een beetje scheef van gaan staan. Als hun gezichten zo dicht bij elkaar waren, dan zag je pas goed hoe ze niet op elkaar leken en toch ook weer wel. Ik voelde me buitengesloten als ze, innig gearmd, hele ochtenden op en neer wandelden en lange gesprekken voerden die niemand mocht horen.

Wij kuierden rond het erf, waar bomen stonden waarvan ik niet alle namen meer weet. Er was een haag van hibiscus, er waren een flamboyant, kembodja's en melati's. Boven alles uit torende de waringin, die in een vorig leven Pangeran Djamodjaja heette.

'Ga maar even bij de waringin staan en luister maar eens goed naar wat Pangeran vertelt,' zei mijn moeder en zij zette mij neer bij de boom, met mijn rug tegen zijn stam. 'Nu goed opletten en luisteren,' beval zij.

Ik kon niets anders doen dan vol verlangen die twee nakijken, mijn moeder en mijn tante. Kijken hoe zij van mij wegwandelden, hoe zij nog een paar maal naar mij omkeken, maar mij daarna vergaten, hoe zij hun geheimen uitwisselden, hoofd aan hoofd. Twee fluisterende godinnen.

Mijn moeder en mijn tante liepen rondjes en verdwenen zo nu en dan achter bomen en struiken, maar zij kwamen altijd precies op tijd weer te voorschijn, juist op het ogenblik dat ik wilde gaan schreeuwen. Zij waren niets veranderd, ook al vreesde ik altijd dat zij in die paar seconden waren betoverd en ik hen niet meer zou herkennen. Maar zij waren gelukkig nog steeds mijn moeder en mijn tante. Hun jurken fladderden om hun benen, ze giechelden, ze proestten achter hun hand.

Soms zwaaiden ze in het voorbijgaan even naar mij.

'Kijk het lieve kind daar nou senang bij de boom.'

'Ze is zo'n toet.'

Eindelijk kwamen ze me weer ophalen.

'Wat heeft de waringin verteld?' vroeg mijn moeder. Ik durfde niet naar haar op te kijken, bang voor haar gezicht dat wit en strak zou worden van teleurstelling als ik bekende dat ik niet naar de boom had geluisterd, nog geen tel had ik geluisterd naar wat hij zei.

Al die tijd immers had ik mijn moeder en tante gevolgd, met mijn ogen en mijn oren.

'En wat zei de waringin?'

Ik zweeg.

'Dat is niet veel, hè?'

De gesprekken die ik mijn moeder en tante Margot had horen voeren, waren vol onbegrijpelijke woorden, die mijn hoofd vulden als stenen of slangen. Er werden namen genoemd die ik niet kende, wat moest ik ermee beginnen. Namen van andere mensen, van andere moeders en vaders misschien, ik wist het niet. Het waren geheimen.

'Loulou is vandaag niet spraakzaam,' zei mijn moeder.

'Dan is zij een kind van haar vader.'

'Zij is van mij!' riep mijn moeder uit. Zij sloeg haar armen om ons heen en schoof mij knus tussen hun lijven in. Wij wiegden met ons drieën heen en weer en mijn moeder zei: 'Wat houd ik van jullie. Reken maar van yes!'

'En wij houden van jou, yes, reken maar betoel, ja, wij houden van jou,' baste tante Margot. Haar stem was als donkere chocolade.

Ik voelde tegen mijn hoofd de buiken van mijn moeder en mijn tante, die veel zachter waren dan de stam van de waringin. Ik voelde mij ook zacht worden en ineens wist ik wat de boom had gezegd.

'Moe...ma...mu...mmmeemamoe.'

Opgelucht brulde ik het uit. De gezichten van mijn

moeder en mijn tante bogen zich naar mij toe en hingen boven mij, rood en met opengesperde ogen.

'Wat is er, kind?' vroeg mijn tante bezorgd.

Ik sprong omhoog en zei: 'Moe...mau...mee...mulle. Dat zei hij!'

Mijn moeder liet me los en deed een pas achteruit, nee, wel twee, drie passen achteruit en ze bedekte met een hand haar ogen, alsof ze mij niet langer kon aanzien.

'Hou daar mee op, Loulou, wat is dat voor vertoning?'

'Dat zei de boom, hij zei het heus.'

Ze wendde zich van mij af en richtte zich tot tante Margot.

'Aan fantasie geen gebrek.'

'En wij weten niet van wie ze het heeft.' Mijn tante zei het plagend en opgewekt en klopte mij kalmerend op de rug.

Tante Margot was verpleegster en werkte in de kliniek van mijn vader, maar ze werkte daar niet iedere dag, zoals hij.

Soms kwam een koetsje met paard haar laat in de ochtend ophalen. Dan reden mijn moeder en ik met haar mee en gingen wij er bij de dierentuin uit. Wij wuifden naar tante Margot en zij wuifde terug, totdat wij elkaar niet meer zagen.

Op sommige dagen had mijn tante geen tijd voor een koetsje, ze moest met de auto mee, de chauffeur kwam haar halen, want er was een spoedgeval in de kliniek.

'Spoed moet ik maken, ajo ajo ja, haasten moet ik.'

Mijn moeder zei: 'Waarom slooft ze zich zo uit, mijn zusje, altijd voor anderen in de weer, altijd maar weer? Laat ze toch bij ons blijven. Ik mis haar zo als zij er niet is.'

Dan was ik er om mammie gezelschap te houden. Daar leefde ik voor, overdag.

Ik hield ervan om naar haar te kijken: zij was de mooiste. Alles tintelde aan haar als zij praatte. De verhalen die zij vertelde, kon ik niet vaak genoeg horen. Herhaling maakte een verhaal voor mij niet minder, integendeel, iedere keer won het aan betekenis en kleur. Alle spannende verhalen die zij kende of had gelezen, alle sprookjes, gedichten, ze las ze vele keren voor of vertelde ze mij telkens opnieuw. In mijn gedachten beleefde niet ik de avonturen, maar overkwam dit alles mijn moeder.

Zozeer geloofde ik daarin dat ik weleens 'pas op pas op' schreeuwde als ik vreesde dat zij door het monster besprongen werd waarover zij vertelde. Dan sprak zij met een ernstig gezicht: 'Ssst, Loulou, stil, kind, je kunt het lot toch niet keren. Zo gaat het verhaal nu eenmaal, zo is het lot.'

Ik wuifde mijn moeder koelte toe met haar waaier wanneer zij in de ochtend zat te schrijven. In de middag hielden wij een kussengevecht. Iedere dag speelden wij schooltje.

Mijn moeder leerde mij eerst letters kennen en daarna maakte ze woorden voor mij. Ze schreef ze neer, grote witte letters achter elkaar, die piepten op het zwarte bord dat ze op de waranda had neergezet. Pas als ik alle letters en alle woorden had herkend, als ik ze allemaal had opgezegd, was mijn moeder tevreden.

Verder deed ik niet veel. Als mammie geen koelte meer wilde, als ze mij voldoende had geprezen omdat ik zo knap de woorden had onthouden, dan ging zij liggen lezen op de waranda.

Ik drentelde rond over het erf en als ik moe werd, rustte ik uit op de warme steen bij de beek.

Ik deed mijn ogen dicht en soms speelde ik regen. Regen was goed, dat zei iedereen. De dagmensen zeiden het en de nachtmensen ook. Iedereen verlangde altijd naar regen. In de regen stonden we buiten met ons gezicht omhoog. We trokken onze kleren uit. We plensden blootsvoets heen en weer over het pad, dat modderig werd en steeds zachter.

Ik hief mijn gezicht omhoog en luisterde naar Dewi Kesoema. De prinses die veranderd was in de beek, lispelde dromerig voort en haar geluid was gelijk aan water en wind. Bijna altijd ruiste ze vriendelijk, een enkele keer kabbelde ze vrolijk, heel soms bulderde ze.

Pas in de nacht kreeg ze haar menselijke stem en dan lachte en praatte ze in haar watertaal. Ik kon Dewi Kesoema niet verstaan, maar wel op de momenten tussen waken en slapen in. Juist voordat ik in slaap viel, begon zij aan haar verhaal en ze vertelde verder terwijl ik sliep. Ik onthield haar verhaal en kon het de volgende dag herhalen en vertelde het op mijn beurt weer aan mijn moeder en mijn tante.

Mammie zei dat de prinses gelukkig was dat hier iemand woonde die naar haar wilde luisteren, ook al was het maar een klein meisje met veel fantasie. Het maakte grote indruk op mij. Ik had niet eens echt willen luisteren naar de beek, het was zomaar gebeurd, het ging eigenlijk vanzelf.

‘Zij roept toch niet naar mij, maar naar de waringin?’

‘Ja, dat is waar,’ antwoordde mammie. Ze lachte even en vervolgde: ‘Maar altijd maar die waringin, ja, ja, die kent haar verhalen nu wel. Die hoort dat al duizenden jaren, begrijp je?’

Tante Margot stootte haar met haar elleboog aan en zei: ‘Die verhalen blijven altijd mooi, Leentje. Ook al hoor je ze duizend keer, ook al hoor je ze duizenden jaren.’

Als ik bij de beek zat, doezelde ik. Ik werd slaperig van Dewi Kesoema’s fluisteren en soms sliep ik in.

Ik schrok wakker wanneer de zon te heet werd, of van harde daggeluiden.

De stemmen van mensen klonken overdag harder dan in de nacht. 's Nachts moest ik fluisteren omdat ik niemand wakker mocht maken. Overdag sliepen de kalongs en de tjitjaks, de tokehs ook, maar het kon niemand schelen of ze wakker werden van ons. Als ik toch zachtjes sprak, zei mammie dat ik me niet moest aanstellen.

Ook de waringin vertelde verhalen, die duizend jaar oud waren. Ik stond met mijn rug tegen zijn bast aan en probeerde te luisteren, maar het lukte me niet om hem te begrijpen. De dag ging verder en ik keerde terug naar de galerij, waar mijn moeder nog steeds lag te lezen, ik kroop in mijn vaders stoel en keek voor me uit.

De dag stond op het erf, de zon er pal boven, een witte koker, omgeven door het donkergroen van schaduwplanten. Wie zich in de koker begaf, vreesde ik, werd door het licht en de hitte geraakt en verlamde. Ik ging me wagen aan een spel met de zon.

De zon gonsde en zoemde en trachtte altijd overal te komen, door de luiken te dringen, naar binnen. Altijd lukte het haar om ergens een kier te vinden en in de kamer op zoek te gaan naar beestjes en stof. De stralen leken op lange graaiende vingers en ik verstopte me onder de tafel, of achter een stoel, zodat ze me niet konden grijpen. Ook duwde ik weleens de luiken open, hoewel ik dat eigenlijk niet mocht. Daarna rende ik naar buiten, om te zien of de zon in de kamer zou glippen, of ze er gretig in zou duiken. Dan kon ik haar opsluiten. Ik hoefde maar een klein stukje weg te rennen en snel over mijn schouder te kijken en daar was ze al, overal tegelijk, maar te pakken kreeg ik haar nooit.

Als de dag om was, keken wij naar de zonsondergang. Wij wachtten op de verkoelende duisternis. Aan de oranje horizon speelden zich wonderlijke taferelen af tussen zwarte wolkengestalten. Mammie beschreef op dramatische toon wat daarboven allemaal gebeurde.

Genesteld in de grote, rieten fauteuil van mijn vader luisterde ik naar haar verhalen over koningskinderen en draken. Papa kwam toch altijd laat.

Was hij eenmaal thuis, dan ging hij bij ons op de waranda zitten, maar meestal bleef hij niet lang. Hij had een koffertje bij zich, waaruit hij al gauw witte en lichtblauwe brieven te voorschijn haalde. Hij praatte even met ons, vroeg of alles goed was gegaan en daarna las hij zijn brieven. Het was spannend, vond ik, om naar hem te kijken, omdat hij een soort spel opvoerde, met gebaren en uitroepen, die verklapten waarover de brieven gingen. Werden zijn gebaren te bruusk en zijn uitroepen te luid, dan bleef mijn vader niet langer in zijn stoel zitten. Hij zei dat hij nog het een en ander in alle rust wilde nalezen, maar rust was er nooit bij.

Hij vertrok en nam de brieven mee, zo nerveus en gehaast dat hij ze niet allemaal tegelijk in één hand kon vasthouden. Terwijl hij wegliep, waaiden er dunne, kleurige velletjes om hem heen. Bijna voor ze vielen, werden ze al opgevangen door de djongos, die altijd op de traptreden gehurkt zat en die ogenblikkelijk opsprong als mijn vader zich verhief. Ik was ook graag opgesprongen om achter mijn vader aan te hollen en zijn brieven op te rapen en ik probeerde het vaak, maar het lukte mij nooit sneller te zijn dan de djongos.

Mijn vader liep weg met grote stappen en zwaaiende armen. Kijk, daar gaat Groucho Marx, zei mijn moeder en ze pakte haar zakdoekje om haar geproest te smoren. Ik wist niet wie dat was, Groucho Marx. Ik vond dat mijn vader op een wajangpop leek.

Hij zag er, met zijn zwarte haar en zijn witte gezicht, uit als de pop die ik kende van het wajangspel, al hadden wij zulke poppen natuurlijk niet in huis want zij brachten ongeluk. Ik mocht van mijn moeder niet eens zeggen dat mijn vader daarop leek, want zelfs dat bracht al ongeluk. Ik zei het niet meer hardop, van de wajangpop, maar ik bleef het wel denken. Als ik hem nakeek terwijl hij wegliep, dacht ik het bijna hardop.

Veel mensen die ik kende, mijn moeder, de theemevrouwen, hun kinderen, leken op mijn speelgoedpoppen. Ze hadden blonde krullen, blauwe ogen en witte kleren. Sommige zeiden 'mama', net als een poes die 'miauw' zei. Ze deden onmiddellijk hun ogen dicht zodra ze lagen. Ze sliepen de hele tijd. Ik was bang dat ik net zo zou worden als deze poppen, die niets beleefden. Dan was ik nog liever een wajangpop die veel meemaakte, ook al was dat gevaarlijk.

Altijd als mijn vader wegliep, mopperde mijn moeder over zijn kleren, die te ruim om hem heen hingen.

'Lijkt hij niet precies op een vogelverschrikker?' zei ze dan, 'dat malle wijde pak is toch meer geschikt voor een vogelverschrikker! Het is geen gezicht.'

Ik vond zijn kleren juist mooi, ze waren wit en ze wapperden, daaraan kon ik hem al vanuit de verte herkennen. Als hij naderbij kwam, doemde ook zijn goudgerande brilletje op, een brilletje zoals niemand anders droeg. Ik werd het niet moe te blijven kijken hoe het afzakte als hij zijn brieven las. Het zakte meestal tot op de punt van zijn neus en al lezend keek hij er dan overheen, met zijn oogleden naar beneden, zodat het leek alsof hij het zocht.

'Pappie, het zit op uw neus, hoor,' riep ik.

'Dank je wel, lieve Loulou, wat zou ik zonder jou moeten beginnen.'

Ik vroeg een keer of ik zijn bril mocht opzetten. Het mocht en ik zag alles ineens heel scherp, bruine randen aan de planten en grijs stof op de vloer. Ik schrok en trok de bril van mijn gezicht. In een flits had ik ook gezien dat mijn vader groeven in zijn gezicht had en grijze haren in zijn zwarte snor. Hij had meer rimpels in zijn voorhoofd dan kokki Een-tand en die was al stokoud.

'Dat beviel zeker slecht?' vroeg mijn vader glimlachend. Zonder bril lachte hij weer met zijn eigen gezicht. De grijze haren in zijn snor waren verdwenen.

Als mijn vader niet wegliep om zijn brieven te lezen, of als hij vroeg thuiskwam, dan vroeg hij ons wat we hadden gegeten. Terwijl wij het vertelden, hief hij soms ineens zijn hoofd op en riep uit: 'Daarvan deugt niets.'

'Wat bedoel je, Cees? Wij gaan hier niet Hollands eten, hoor, doe ons dat niet aan, zeg.'

'Beter van niet,' zei ook tante Margot en zij smoorde dit gekibbel meestal al in de kiem door mijn vader omstandig uit te leggen wat er mis was met Hollands eten.

'Makanan belanda smaakt hier niet en het blaast op en maakt ons vadsig. Tenzij het hier groeit. Maar ook dan nog heeft het jaren nodig voordat het is aangepast en geen kwaad meer kan.'

Wanneer tante Margot iets uitlegde, ging ze erbij op haar tenen staan, en als ze haar verpleegstersschort droeg, dan deed ze dat eerst af.

Mijn vader zei: 'Wat zei ik van Hollands eten? Groente en fruit zijn wat ik bedoel. Waar het vandaan komt, zal mij een zorg zijn, al plukten jullie het van de maan.'

'Op de maan groeien kippetjes aan bomen en lopen boerenkolen los rond,' zei mijn moeder, maar toen ze zag hoe ontstemd hij keek, zei ze snel dat ze er wel een andere kokki bij zou nemen.

'We laten er wel een komen van daddy. Maar pas op, al leeft hij vegetarisch, onze daddy, hij heeft een bloeddorstige geest.'

Ze moest erom lachen op de manier die ik weleens probeerde na te doen, gniffelend in een zakdoekje dat ze tegen haar neus drukte. Het leek dan net alsof mijn moeder iets wist wat niemand mocht weten.

Mijn moeder wilde niet dat mijn vader altijd maar over eten praatte. Zelf at zij bijna niets: in de ochtend een chocolaatje en in de avond een beetje roedjak. Verder dronk ze de hele dag zwarte koffie en water dat uit de ijskast kwam.

'Reine waanzin!' noemde mijn vader dit. Mijn moeder vroeg of hij haar met rijst wilde volproppen, zodat zij zou gaan lijken op haar mollige zusje Margot.

'Had Margot dan maar genomen, lieve Cees. Moeder Mimi raadde het jou nog aan.'

Mijn vader hief zijn handen ten hemel, sprak bijna geluidloos een woord dat wij geen van allen verstonden en liet zijn handen weer zakken totdat ze neerkwamen op zijn hoofd.

'Ik ben uitgepraat,' zei hij en keek treurig.

Hij legde lijsten aan van wat we wel en wat we niet moesten eten. Hij gaf de kokki's ook een lijst om in hun keuken te hangen.

'En jij denkt dat zij die kunnen lezen?' vroeg mijn moeder. 'En al konden ze het, er verandert niets.'

In het begin had ik als mijn vader me vroeg wat ik die dag had gegeten, altijd alles opgesomd, wat het ook was. Of het nu de lekkere hapjes van kokki waren of de snoep van de Chinees. Maar toen ik begreep dat zulke lekkernijen hem niet in een goed humeur brachten, vertelde ik liever iets dat hij graag wilde horen. Omdat dat rijtje nooit helemaal waar was, eigenlijk was het gewoon helemaal niet waar, maakte ik er een vers van. Bij verzen kwam waar of niet waar er niet op aan.

Wat ik zong, klonk heel goed: 'Apel dan pisang ikan ketimoen ajam ketang.'

De klank en het ritme van de woorden bevielen ons beiden en mijn vader zong met me mee. Om het nog waarachtiger te maken deed ik er nog een tekening bij van appels, manga's, een vis en een komkommer. Die tekening hing hij op, aan de wand achter zijn bureau in het werkpaviljoen.

'Wat is dat?' vroeg mijn moeder toen ze mij een nieuwe tekening zag maken, nu een met weer andere vruchten.

Ik vertelde het haar. 'Dit is het eten voor papa.'

Ze fronste haar voorhoofd, maar begon even later te giechelen.

'O ja... Nu gaat me een licht op. En waar zijn de taartjes en de chocolademelk?' Ze moest even lucht scheppen om door te gaan, ze bleef erbij lachen. 'En de roomsoezen en het overheerlijke ijspuddinkje?'

De enorme papaja, waarvan ik de lijnen al had getrokken, die ik aan het invullen was met twee vettige kleurkrijtjes tegelijk, oranje en geel, kwam op mij af. Het leek of ik wegzonk in het enorme lijf van de oranjegele vrucht, die mij omvatte en smoorde. Ik hield op met kleuren en liet de krijtjes van me wegrollen. Er was iets mis. De toon van mijn moeders opmerkingen zei me wel dat iets niet deugde, maar wat er fout was, begreep ik niet. De papaja zou mijn vader vrolijk stemmen, dat wist ik zeker. En het was even zeker dat de taartjes hem somber zouden maken.

Moest ik mijn vader een tekening geven die hem bedroefd maakte in plaats van blij?

'Mag het niet?' Aarzelend wees ik op mijn papaja, die een hele bladzijde van mijn tekenblok besloeg.

Mijn moeder boog haar hoofd, ze kwam met haar neus tot aan het papier.

'Er mankeert niets aan deze papaja,' zei ze na een poosje. 'Ik heb eraan geroken en hij ruikt goed. Doe het maar, hoor. En dan gaan we er straks nog wel een stukje van eten ook. Dat doen we maar, ja.'

'En de taartjes?'

Ze sprong op. 'Die teken je straks ook. Op een ander stuk papier en dat geef je niet aan papa, dat geef je aan mij.'

2

Er waren dagen dat mijn moeder mij met nog meer zorg aankleedde dan anders. Op zulke dagen leek het wel of ik een koningskind was dat in vol ornaat aan het volk moest worden getoond.

Mijn moeder kietelde me om me aan het lachen te krijgen. Maar lachen kon ik niet. Naarmate het aankleden vorderde, verging ook mijn moeder de lust tot lachen steeds meer.

Was het eenmaal zover dat ik plichtmatig voor haar heen en weer schreed, gekleed in mijn geborduurde jurk met kantjes en ruches, mijn haren hoog opgekamd, dan viel ze onverwacht driftig uit: 'Hemeltjelief, hoe kan een normaal kind in 's hemelsnaam spelen in zulke kleren?'

Als tante Margot thuis was, trommelde mijn moeder haar op, ook al stond mijn tante juist op het punt in haar lichtblauwe uniform te vertrekken naar de kliniek.

'Moet je kijken wat voor toneelkledij mama nu weer heeft gestuurd. Waar zit haar verstand? Waar denk jij?'

'Bagoes loh!' zei tante Margot, en ze klonk ermee verlegen, alsof ze niet zei wat ze werkelijk dacht.

'Wat een leuk baadje, jawel, een plaatje, en zit het wel senang?'

'Dat hoef je dat kind niet te vragen, dat zie je toch met eigen ogen: dit is een pronkding, dat zie je toch, dit is niets voor een kind, laat staan voor die woelwater. Dit is voor een schip van staat.'

Mijn moeder raasde voort. Op alle mogelijke manieren

probeerde ik haar te sussen, tante Margot ook, wij deden ons uiterste best om haar te kalmeren. Wat was er toch met haar aan de hand?

'Je gaat deze niet terugsturen, Leentje, je gaat deze niet terugsturen,' smeekte tante Margot.

Mijn moeder stampvoette. 'En omdat ik niets terugstuur, komt er steeds meer.' Ze wrong haar handen. 'Ze is vergeten wat kinderkleren zijn. Ze heeft het ook nooit geweten. Hoe zou ze? Ze heeft haar eigen kinderen niet eens gekend. Ze was al vertrokken voordat wij toe waren aan zulke jurkjes. Ze leeft met de fantasieën van haar schilder. Hermelijnen jasjes en bombazijnen hansoppen.' De tranen stonden haar in de ogen.

Tante Margot zei zo opgewekt als ze maar kon: 'Kunnen we niet gewoon proberen? Misschien zijn deze jurkjes sterker dan jij wel denkt, tjoba lah.'

Zij hurkte bij mij neer en fluisterde: 'Louise, wij gaan een nieuw spel spelen. Jij speelt dat jij in jouw mooie jurk een theemevrouw bent. Mevrouw, komt u bij ons theeën? Of was u pas nog geweest?'

Mijn moeder gilde: 'Een theemevrouw die bij ons komt theeën? Moet zij die spelen? Die taarten en die totebellen ook nog imiteren? Ik zie ze al meer dan me lief is.'

Maar als tante Margot dit spel wilde spelen, dan wilde ik de bezoeksters graag nadoen, die zichzelf in hun pracht en praal kwamen vertonen, met hun wolken van kinderen erbij. Statig en met bolle buik stapte ik heen en weer, wuifde me met een denkbeeldige waaier koelte toe en sprak met hoge stem: 'Foei foei, mevrouw, wat een hitte vandaag en ik kan er maar niet aan wennen en ik kan er maar niet tegen… kwam er maar regen… en de arme kleine…'

'Njang ketjil heeft al in geen dagen meer gehuild,' viel tante Margot schaterend in. 'Zie je wel? Terlaloe bagoes,' straalde ze.

Met tante Margot kon ik, als zij tijd had, urenlang spelen. Wij werden nooit moe en zij verzon elke keer weer iets nieuws.

Theemevrouwen was zo'n nieuw spel, dat wij voortaan vaak zouden spelen, omdat de kleren van oma Helena dan tenminste van pas kwamen. Ik verzon telkens nieuwe mevrouwen en stapte de ene keer met dribbelpassen rond en de andere keer op ooievaarsbenen, alsof ik op hoge hakken liep. De volgende keer duwde ik het speelgoedkinderwagentje voort met alle poppen erin die net zulke jurken en schoenen droegen als de mevrouwen en kinderen die op bezoek kwamen. Dan weer voerde ik mijn speelgoedhond mee, die op wieltjes stond. Hij heette Teddy PortSaid. Daar kwam hij vandaan, mijn vader had hem daar voor mij gekocht omdat ik mijn echte hond Teddy niet zelf mocht verzorgen. Ook mocht ik het aapje niet bij me houden, dat ik tegelijk met mijn echte hond had gekregen van opa Bali. De Balinese tuinjongen, die de twee onderweg had verzorgd, was wel bij ons gebleven. Wij moesten goed voor die jongen zijn, die goud kon laten groeien, schreef opa. Opa's geschenken waren volgens mijn moeder nooit goed, net zomin als de cadeaus van oma Helena.

Altijd als er weer dozen of manden uit Bali of Engeland aankwamen, was het mis. De hele dag bleef mammie briesen en razen. Ze gooide zomaar de beelden en vazen kapot, die eerst o zo voorzichtig uit hun kratten met houtwol waren getild en daarna zorgvuldig uit vele lagen vloeipapier waren gewikkeld. Honderden prachtige scherven in alle kleuren van de regenboog op de vloer van de voorgalerij.

'Liever roesak dan teruggestuurd,' kreunde tante Margot, en zij keek een paar seconden naar de ravage en sloeg daarop de handen voor haar gezicht. 'Het komt toch ook van Poppy, lieve zus.' Of ze sprak met donkere stem: 'Gun moeder haar geluk, ja, zijn wij volwassen of niet?'

Zulke opmerkingen maakten mijn moeder nog kwader.

'Makkelijk praten heb jij, misschien is ze jouw moeder niet eens.'

Tante Margot legde haar handen voor haar gezicht, spreidde haar vingers uiteen om toch te kunnen zien wat er allemaal gebeurde.

Ik zag hoe haar lippen bewogen en ik ving haar hese gefluister op: 'Gooi maar, smijt maar, maar niet terugsturen, hoor, niet terugsturen.'

Ik kan me niet herinneren dat mijn moeder ooit iets heeft teruggestuurd. Mijn echte hond stuurde ze niet terug en de Balinese tuinjongen met de glinsterende ogen die zelfs goud kon laten groeien, stuurde ze ook niet terug.

Zonder dat mijn moeder liet merken dat ze het wist, woonde mijn hond Teddy-Bali in de bediendenkwartieren en ik bezocht hem iedere nacht, toen het nog kon. Overdag gaf ik mijn speelgoedteddy les. Ik leerde hem wat een echte hond allemaal doet.

Het aapje was in de bomen op het erf verdwenen, maar volgens mijn nachtmensen kwam het terug als het de muziek hoorde van de gamelan. In het aapje woonde de ziel van een muzikant.

De nachtmensen verschenen in de vroege ochtend om allerlei dingen te doen: ze maakten het huis schoon, ze veegden de paden op het erf, ze kwamen vragen welke boodschappen moesten worden gedaan.

Mammie wilde het huishouden niet bestieren, ze liet het liever over aan de nachtmensen die ons bedienden. Soms probeerde ze een betere vrouw des huizes te worden, onder leiding van tante Margot.

'Leentje, je moet het huishouden bestíeren.'

'Goed, vertel maar,' antwoordde mijn moeder manhaftig, 'hoe bestíer ik dan?'

'Om te beginnen geef jij de orders in Hoog-Soendanees.'

'O ja, orders? Ach toe, ik heb ook helemaal geen zin...'

'Laat maar dan,' zei tante Margot berustend.

Ze klapte in haar handen en verzamelde de nachtmensen om zich heen. Mijn moeder en ik stonden aan de rand van de kring en hoorden haar met haar chocoladestem krachtige taal spreken. Wij luisterden mee en maakten onwillekeurig een pas op de plaats, op de maat van de klanken. Het was de ganzenmars, ritmisch, duidelijk, maar vooral niet te snel. Ik raakte ervan in een trance, zag alsof het in een droom was tante Margot een eindje boven iedereen uitstijgen, ze kwam zelfs boven de grond, in haar witte jurk, het enige dat wit aan haar was, omringd door de nachtmensen die zoveel meer op haar leken dan mijn moeder of ik. Het maakte mij trots op mijn tante maar tegelijk bedroefd, want ik had ook wel net zoals de nachtmensen willen zijn.

Mijn moeder en ik bleven staan, net zolang totdat de kring was verdwenen. De nachtmensen waren weer aan het werk. En tante Margot, eenmaal uitgesproken, was op de grond teruggekeerd. Zij liep naar ons toe met een blij gezicht, omdat het allemaal weer goed was gegaan.

Er waren ook dagen waarop het niet goed ging. Dan bevond zich iets onduidelijks in de kring, waardoor deze groter en grimmiger leek en vaster aaneengesloten, alsof de nachtmensen een dier in hun midden hielden dat niemand mocht zien. Dat ze koest moesten houden. Hun gezichten waren niet beleefd en afwachtend, als anders, maar stonden strak van de spanning. Ze sloten hun oren voor tante Margot.

Het dier kon ik nooit zien, maar wanneer het er was, wist ik het meteen. Mijn moeder voelde het ook, want iedere keer dat ik de onzichtbare aanwezigheid gewaarwerd, zei zij kortaf: 'Kom, wij gaan maar vast.'

Zij spoorde me aan om sneller te lopen. Ik treuzelde, want ik was graag gebleven om te ontdekken wat voor dier het was.

'Wie hebben ze gevangen?' vroeg ik.

'Gevangen?'

'Ja, hij zit middenin. Wie hebben ze gevangen?'

'Ze hebben niemand gevangen. Ik denk, het is andersom, zij zijn zelf gevangen.'

'Zijn zij gevangen?'

Zij antwoordde: 'Ik weet het niet.'

'Komt het weer goed?'

'Ik weet het niet. Het lot gaat zijn gang.'

Zij waren mijn beste vrienden, de nachtmensen. Hun uitdrukkingen en hun manieren van doen kende ik bijna nog beter dan die van mijn moeder, mijn tante en mijn vader. De nachtmensen waren niet altijd gevangen.

's Nachts waren zij vrij. Zij namen me mee. Vanuit de nacht kende ik hun zachte, beschaduwde gezichten, waarlangs ik zoveel als ik wilde met mijn vingers mocht strijken, wat ik deed om ze me eigen te maken in de hoop zelf ook zo te worden, donker, onzichtbaar, geruisloos.

Overdag tilden ze me niet op en nooit mocht ik met hen mee. Ze hadden veel te doen en keken meestal glimlachend langs iedereen heen. Op die onheilspellende ogenblikken evenwel, als de kring groot en grimmig was, in het heldere licht van de ochtend, hadden de nachtmensen houten maskers op. Maar altijd kwam het ten slotte goed.

Tante Margot draafde dan naar ons toe, klappend in haar handen, glimmend van genoegen.

'Alles is weer door en door geregeld, lieve Leentje.'

'Gootje, zus, wat zou ik zonder jou beginnen?'

'Jij hoeft niets zonder mij te beginnen,' gonsde tante Margot, 'wij blijven toch altijd bij elkaar?'

Zij gaven elkaar een arm en liepen verder, ik achter hen aan.

Tante Margot draaide zich al gauw glimlachend naar mij om.

'En wat gaat si Loulou dan doen?' vroeg zij. 'Gaat ze met mij mee naar de goedang om te leren bestieren?'

'Nee, niet naar de goedang hoor. Ze heeft juist haar nieuwe baadje aan. Loulou en ik gaan naar de waringin, hem goedemorgen wensen.'

'O, maar dat is ook heel belangrijk,' beaamde mijn tante stralend. 'Zo het al niet belangrijker is!'

Mijn moeder zat in de ochtend op de waranda te lezen of te schrijven. Zij was altijd in sprookjesachtige gewaden gekleed, met sieraden die zelfs in de schaduw schitterden. Ze droeg ze om haar hals, in haar oren en om haar polsen. Zij wuifde zich koelte toe en dan legde zij niet eens de pen neer waarmee zij aan het schrijven was, daarom ging er vaak iets mis.

Ging het waaieren haar goed af, dan gleed haar schrijvende hand van het papier en kwamen er inktvlekken op het tafelkleed. Lukte het haar de pen snel over het papier te laten glijden, dan bewoog zij de waaier maar zo'n beetje doelloos in de lucht. Dan mocht ik het waaieren van haar overnemen. Ik mocht het voor haar doen. Ik kon er, zo herinner ik me, uren mee zoet zijn. Muisstil zat ik in een stoel op een stapel kussens, op gelijke hoogte naast haar, en als ik merkte dat haar huid ging glanzen, een teken van warmte, dan waaierde ik vlugger, maar onopvallend, om haar vooral niet te storen. Het was spannend om te kijken hoe er woorden uit haar pen rolden. Ieder woord kwam eruit gekropen als een levend wezen, olifanten of dwergen, vleermuizen, reuzen, poezen of vogels.

Het ene vloeide sierlijk te voorschijn, het andere kwam er huppelend uit en een derde had er heel lang voor nodig, dat was traag als een slak. Al deze woorden vormden een eindeloze parade, een optocht zonder muziek.

Als mijn moeder aan het eind van de ochtend ophield met schrijven, borg zij haar schrift, de inktpot en haar pennen weg, diep in het kastje waarvan de twee deuren op slot werden gedraaid, zodat spotgeesten zich niet van haar schrijfgerei meester konden maken.

In de middag nam mijn moeder me soms mee naar haar kamer en legde me in haar bed. Zij kwam naast me liggen en bladerde wat in fotoalbums. Zij vertelde verhalen bij de foto's, of we deden spelletjes van handjeklap en olleke-bolleke. We zongen liedjes.

Haar bed vond ik prachtig: het was veel groter dan het mijne, de lakens roken naar bloemen. Aan de spijlen, waarover ook de klamboe was gespannen, waren versierselen aangebracht van wit en groen lint, witte rozetten en lichtgroene strikken. Mammie vertelde dat het de linten uit haar bruidsboeket waren.

Op het bed lagen wel zes of zeven kussens, de goelings nog niet eens meegerekend; daarvan waren er twee. Ik dacht dat de ene voor mij was, maar op een dag zei mijn moeder: 'Geef papa's goeling eens hier, dan bouwen we een fort.'

'Papa's goeling?'

'Ja, die. Geef maar hier.'

Nog drong niet tot mij door dat mijn vader in ditzelfde bed sliep. Ik had hem er nooit in gezien. Mijn aandacht kon ik niet meer houden bij het bouwsel dat wij aan het maken waren.

'Zijn deze kussens van mij, mammie?'

'Ja hoor, wij willen veel, veel kussens. Hier, tel eens even mee, dit zijn er alvast een, twee, drie, neem jij deze en ik neem die en nu doen we een kussengevecht.'

Als een gek gooide ze de kussens door de kamer, ze sprong uit bed en danste rond in haar glanzende hemd totdat ze helemaal rood zag. 'Kussengevecht, kussengevecht, toe, gooi eens wat, gooien maar, heb je geen kussen meer, dan neem je wat anders.'

Ze smeet gewoon haar haarborstels en haar kammen keihard op de stenen vloer. Na het gevecht lag ze doodstil op bed.

'Nu even niet aan mijn kop zeuren, liefje, mammie is moe.'

Op een dag waren de rozetten en de strikken verdwenen. Omdat ik weleens had gevraagd of ik ze mocht hebben, was ik teleurgesteld.

'Wie heeft de groene strikken gekregen?'

'Personne.' Ze legde haar vinger op de lippen en keek om zich heen. 'Ik bedoel: niemand. De strikken heb ik weggedaan omdat ze ongeluk brengen. Dat wist ik niet eens. Ik had mijn bruidsboeket niet mogen houden, ik had het moeten weggeven.'

'Aan wie? Aan mij?'

'Aan tante Margot.'

'Niet aan oma Helena?'

'Aan oma Helena? Maar dat is mijn moeder, gekkie. Een moeder is altijd getrouwd, hoor. Hoewel… hoewel, nou ja, dit wordt te ingewikkeld, dat hoor je nog wel een andere keer.'

Dit was een toverformule die ik goed kende. Ik zou het verhaal dus nog eens horen en dat beviel me, want ik hoorde verhalen graag meer dan eens. Wat ik goed kende, gaf me vertrouwen. Alles veranderde toch al zo vaak.

Het bruidsboeket, dat in mijn ogen een verdrietig gedrocht was met zijn vele verschrompelde koppetjes, prijkte eerst op een ereplaats op het tafeltje van Kwan Yin, zodat het zich in haar glorie kon baden. Maar ineens was het zomaar verbannen, het moest weg naar de vuilnishoop, waar het zou worden verbrand. Zonder dat het iets had gedaan.

'Jawel, het bracht ongeluk.'

'Waarom dan?'

'Als je getrouwd bent, heb je geen bruidsboeket meer nodig. Het is overtollig en gaat zich vervelen en het broedt kwaad uit, zo zit dat.'

'Wat is getrouwd?'

'Papa en ik zijn getrouwd. Papa's en mama's zijn altijd getrouwd. Ooms en tantes zijn niet altijd getrouwd, maar soms ook weer wel. Opa's en oma's zijn ook getrouwd. Snap je het nu? Nee? Geeft niet, hoor, dan hoor je het nog weleens een andere keer.'

'Is oma Helena getrouwd?'

'Natuurlijk is ze getrouwd, anders kon ze mijn moeder niet zijn.'

Oma Helena zag er niet uit als getrouwd en ook niet als een moeder. Ze hing in een uitbouw van de slaapkamer, waar ook alle kleren van mijn moeder hingen en waar een heel grote kast was vol schoenen en kleren van ons allemaal. Oma Helena stond op een schilderij, ze was groot en wit en van boven bloot, ook al droeg ze verder een lange jurk tot op haar voeten, die ook bloot waren. Ze stond op een rotsblok in een schuimende zee, daar zag je maar een klein stukje van. De oma tuurde voor zich uit, ze keek ons niet aan, ze keek over ons heen. Ze had lange krullen van goudkleurig haar en daarop een grote hoed met een vogel. Hij had kobaltblauwe veren en hij hield zijn kop en zijn vleugels enigszins geheven, alsof hij zo weg wilde vliegen. Er was iets vreemds aan de vogel, maar ik wist niet wat. Ik durfde er nooit lang achtereen naar te kijken.

'Kan oma Helena toveren?' vroeg ik aan mijn moeder. De vraag was me ineens te binnen geschoten, niet dat oma eruitzag als iemand die toveren kon, juist niet. Zij zag er eerder uit als een theemevrouw, een bezoekster die een beetje verdrietig was omdat zij met haar mooie jurk aan in het water moest staan. Het was dan ook een verkeerde vraag.

'Ssst,' riep mijn moeder, 'als ze toveren kon, was ze een toverkol. Zeg dat nooit, zeg zoiets nooit over oma Helena.'

Zij keek bijna boos. 'Hoe kom je erbij dat ze een toverkol is?' Meteen verklaarde ze plechtig: 'Oma Helena is mijn moeder. En over een moeder spreekt men niet zo. Een moeder,' zei mammie, en keek me doordringend aan, 'houdt men in ere!'

'Het komt door de hoed,' mompelde ik, bang om weer een uitbarsting te veroorzaken, maar nu begon mijn moeder juist hartelijk te lachen.

'Had dat meteen gezegd. Ja, nogal wiedes, boven op haar hoed zit de blauwe vogel, die iedereen zoekt op zijn verre reizen, maar die niemand vindt. Omdat hij gewoon bij je thuis zit. Vandaar! Begrijp je?'

Samen wandelden we naar het schilderij: iedere keer dat je ernaar keek, was het weer anders. Hoe dichter je erbij kwam, des te blauwer het werd. In het witte schuim van de zee zaten volgens mij monsters, een ervan knaagde aan oma's teen. Mijn moeder wees. 'Kijk eens goed naar die hoed, zie je niets bijzonders?' Ik spande mijn ogen tot het uiterste in, maar kon niet meer ontwaren dan wat ik altijd al had gezien. De vogel zat met gespreide vlerken boven op oma Helena's hoofd. Of hij wilde wegvliegen of niet, dat konden wij niet weten.

'Weet je wat, ga er eens dichtbij staan.' Mammie hielp mij op de kast te klimmen, ze gniffelde alsof we een stoute streek uithaalden. Terwijl ik rechtop ging staan, legde zij haar handen stevig om mijn kuiten. 'Kijk nou maar goed, ik zorg wel dat je niet valt.'

Ik viel bijna toch, niet uit onhandigheid, want ik kon heel goed klimmen, ik klom voortdurend overal in en op en dat wist mijn moeder best, maar ik viel bijna van verbazing. Had mijn moeder me niet vastgehouden, dan was ik achterover van de kast getuimeld.

De vogel had een mensengezicht en niet zomaar een gezicht, maar het gezicht van een oude vrouw die lachte. En hoe! Alsof ze er nooit meer mee zou ophouden. De vogel leek op mijn vader, maar dat moest ik me wel verbeelden, want mijn vader was oud, maar nog lang niet zo oud als die vogelvrouw en ik had hem nooit zo zien lachen.

Mijn moeder tilde me van het kastje af en zette me op de grond.

'Poppetje gezien?'

Het duizelde me, maar voordat ik iets kon vragen, vertelde mijn moeder al: 'Nu heb je kennisgemaakt met oma Mimi.'

'Wie is oma Mimi?'

'De moeder van je vader.'

Hoe kon een hoed de moeder van mijn vader zijn?

Oma Mimi was een moeder, die zelf hoeden kon maken. Zij had deze hoed gemaakt voor mijn andere oma. Oma Helena woonde in Engeland en oma Mimi woonde in Holland. Ik zou mijn oma's leren kennen als we er eens heen gingen. Wanneer gingen we dan? Dat stond in de sterren geschreven. Meer kreeg ik er niet over te horen en ik durfde niets meer te vragen.

'Ik heb ook zo'n mooie hoed van Mimi gekregen. Die

heeft ze voor mij gemaakt,' ging mijn moeder door. 'Nog mooier is-ie dan de hoed van oma Helena. Vind je dat niet enig, die wil jij zeker weleens even zien, ja?'

'Nee nee nee!'

'Wat? Wil je mijn mooiste hoedje niet zien? Mijn hoedje is nog mooier...'

Boven op de spiegelkast stond de hoedendoos, ver naar achteren geschoven, zodat mijn moeder een stoel zou moeten pakken om erbij te kunnen komen. Ik ging snel op die stoel zitten, zodat ze niet verder zou kunnen zoeken.

'Wat is er nou toch? Ga even opzij.'

Buiten hing de hitte die ons altijd besloop tijdens de middagrust. De krees waren gesloten, maar de zon poogde rusteloos door kieren en gaatjes naar binnen te komen en het lukte haar steeds om over het bed en de vloer en langs de muren hele rijen lichtvlekken uit te werpen, waar ik vaak tussendoor sprong en huppelde want ik mocht niet door zo'n lichtvlokje worden geraakt, want dan zou een verschrikkelijk lot mijn deel zijn. Ik hoopte dat mijn moeder de hoed kwijt was. Stel je voor dat er weer een gezicht in zat?

Mijn moeder liep heen en weer door het vertrek, trok de deur van een kast open, een lade. Ze zocht.

Ik moest het ten slotte wel vragen.

'Heeft jouw hoed ook een gezicht?'

'Een gezicht? Nee hoor, nee.'

Ik had het eigenlijk net zo goed niet kunnen vragen. Ik wist het pas zeker als ik het zelf zag. Mijn moeder vergiste zich vaak. Zij vergat ook veel. Daarom zei ze van allerlei, dat dan later weer heel anders was.

Stel je voor dat deze hoed het gezicht had van oma Helena. Misschien was het heel gewoon dat hoeden de gezichten hadden van oma's.

Op deze middag, toen mijn moeder haar trouwhoed niet kon vinden en de hele kast ontruimde en zowat alles wat erin zat op de vloer smeet, kwam tante Margot de kamer binnen. Ze had op de deur getikt en geroepen: 'Vanwaar al die riboet hier? Is hier feest?'

'Kijk uit, tante Margot!' Ik trok haar aan haar arm opzij, want zodra ze over de drempel was, spatte de zon haar hele witte kimono vol. 'Pas op de zon, pas op de zon!'

De laatste wie iets verschrikkelijks mocht overkomen, was wel tante Margot.

'Ach liefje, wat ben jij toch een zorgzaam lief kind. Maar moeten jullie niet slapen? Wat is hier aan de hand?'

'Mijn trouwhoed zoek ik.' Mijn moeder zat op haar hurken naast de berg kleren en haalde alles te voorschijn uit de onderste la. Ze keek over haar schouder omhoog naar tante Margot. 'Zou een trouwhoed jou staan, Margot? Wordt het niet eens tijd voor een trouwhoed voor jou?'

'Trouwhoed?' Tante Margot sprak het woord nadenkend uit, alsof ze het nog nooit eerder had gehoord. Ik hield mijn ogen naar de grond gericht, waar ik een lappenberg zag verrijzen. Mijn moeder maakte met alles wat ze in de la vond de berg hoger, steeds hoger zag ik hem rijzen, nog meer lappen, misschien sjaals of blouses of sjerpen. Toen de onderste la leeg was, kwamen de kastplanken aan de beurt. Er daalden hoofddeksels neer, het ene na het andere, met bibberende veren.

'Leentje, wat moet jij met jouw trouwhoed?' vroeg tante Margot, nog steeds op verbaasde toon. Ze zag hoe ik naar de berg stond te kijken en ze keek met mij mee. Ze klakte met haar tong: 'Adoe, wat een bende, kijk dan, loh!'

Mijn moeder sprong ineens op, met iets in haar handen dat doorschijnend wit was en een beetje lichtgroen.

'Kip ik heb je!' Ze probeerde het ding op het hoofd te zetten van tante Margot, die een kreet gaf.

'Awas! Niet doen, Lenie. Dat breng toch ongeluk weet je.'

Mijn moeder sloeg haar hand tegen haar voorhoofd. Ze kromp in elkaar alsof ze zich pijn had gedaan.

'Adoe! Niet aan gedacht...' stamelde zij.

'Ooo, pas op!' riepen ze allebei en bukten zich naar de hoed, die op de grond was gevallen.

Tante Margot pakte hem op en ging naar een hoek van de kamer en daar tilde ze de hoed op, met twee handen, hoog boven haar hoofd.

'Leentje,' riep ze uit, 'er zijn dingen die zelfs jij niet kunt dwingen.'

Mijn moeder trok haar berouwvolle onderlip. 'Niets dwing ik, hoor. Alles komt zoals het moet komen.'

'Ja,' zei tante Margot, 'dat is waar. Of het moet, is een tweede, maar dat alles komt, dat is waar.'

'Ja, Felix ook!' Mijn moeder klonk alweer vrolijk. 'Hij komt, hoor, het is een feit, Mimi heeft het geschreven. Het stond in haar brief aan Cees.'

'Ik weet het niet, hoor,' mompelde tante Margot. 'Hij heeft het mij zelf niet geschreven.'

'Als hij er is, geven we een feest.'

'Eerst maar zien dat hij komt, ja.'

'Dat hij komt is wel zeker.'

'En als hij komt, ben ik happy? Ik weet het niet meer. Nooit laat hij iets horen.'

'Zusje toch, dat is niet waar.'

'Brieven schrijft hij mij niet,' mokte tante Margot.

'Ach wat. Hij is toch ook geen schrijver. Maar hij stuurt bossen ansichtkaarten, hij stuurt hopen cadeautjes. Zusje toch, zo onaardig spreekt men niet over de man met wie men zich gaat verloven.'

Tante Margot boog haar hoofd, alsof ze zich schaamde.

'Hoe weet jij dat ik me ga verloven? Van verloven komt trouwen.' Ze sprak zacht en voegde er nog zachter aan toe: 'Is trouwen wel zo al te verstandig, vraag ik me af?'

'Wat wil je daarmee beweren?' Mijn moeder riep het ineens furieus.

'Niets, niets, wat beweer ik dan?' haastte tante Margot zich om het alweer naderende onheil te keren.

'Jij beweerde dat trouwen niet verstandig is, ja. Waarom zei je dat? Trouwen is niet verstandig, zei je. Wat bedoelde je? Bedoelde je soms mij?'

'Hoe kom je erbij? Ik bedoelde Felix en mij.'

Tante Margot had een blos op haar wangen en keek verdrietig. Ik vloog naar haar toe, ze stond nog steeds in de hoek. Mijn armen sloeg ik om haar middel en mijn hoofd wilde ik tegen haar aandrukken, maar eerst keek ik radeloos om naar mijn moeder. Hoe kon ze tante Margot zo bedroefd maken? Wij waren allemaal dol op haar.

Ik zag hoe mijn moeder langzaam op ons afkwam, maar ze keek gelukkig niet boos.

'O, zus! Wil je dan altijd maar alleen blijven?' vroeg ze met een klein stemmetje.

'Ik ben niet alleen. Hoe kan ik alleen zijn? Kijk eens om je heen. Leentje, zeg eerlijk, ben ik alleen?'

'Nee, natuurlijk niet! Natuurlijk niet, lieve Go! Nooit ben jij alleen, want wij zijn altijd bij jou!'

Ook zij sloeg haar armen om tante Margot heen, om ons allebei. Omdat ze langer was dan wij, voelden wij haar adem op ons neerdalen en toen ze ging praten, was het alsof er met elk woord een warme regendruppel op ons viel. Mijn moeder zong ze meer dan dat ze de woorden zei: 'Rozen verwelken en schepen vergaan, maar onze liefde blijft eeuwig bestaan.'

3

Oom Felix was als door een wonder uit de lucht komen vallen. Hij stond ineens op ons erf. Ik had hem nog nooit gezien.

Bij het eerste welkom deed mijn moeder bedeesd, bijna schuw. Ze hield zich stilletjes op de achtergrond, beet op haar nagels en stopte half haar zakdoekje in haar mond. Tante Margot vloog oom Felix in de armen en ook mijn vader was enthousiast. Verheugd riep hij uit dat wij de nieuwkomer goed konden gebruiken. Het eerste dat ik de bezoeker hoorde roepen, was: 'Tennisbaan voor de bananen!'

Nog met zijn armen om mijn vader heen riep hij het, kijkend over diens schouder, lachend: 'Van die tennisbaan hebben alleen bananen plezier.'

Mijn vader zei dat dit van nu af aan wel anders zou worden.

'Met jou kan ik spelen. Die luie meisjes zitten liever op hun pantat berat.'

Hij lachte even vrolijk als mijn nieuwe oom.

Mijn moeder stampvoette vanwege het pantat berat, liet haar zakdoekje vallen en richtte zich op.

'Cees, hoe durf je!'

'Vurige Leentje! Ik zag je bijna over het hoofd,' monkelde oom Felix. Wat deze ook zei, mijn vader moest erom lachen. Oom Felix was zijn jongste broer.

Papa zei nog eens uit de grond van zijn hart: 'Jij bent dus gekomen opdat die tennisbaan eindelijk eens wordt gebruikt.'

'Wij zwemmen liever,' wierp mijn moeder het lachende tweetal toe. 'Wij koelen graag een beetje af. Wij lopen ons het vuur liever niet uit de schenen.'

'Dat hoor ik voor het eerst!' kraaide tante Margot en ze wiegelde heen en weer, van haar ene voet op de andere, haar hele lijf hobbelde mee van plezier. 'Tuurlijk tennissen wij wel.'

'Ja, jij gaat je gang maar, hoor. Ik niet.'

'Mag ik ook? Mag ik ook?' vroeg ik. Ze luisterden niet.

'We laten die baan wel opknappen,' zei mijn vader.

Er kwam toch ruzie van.

'En ons zwembad dan?' blies mijn moeder.

De tennisbaan, naast het werkpaviljoen, lag er schots en scheef bij, overwoekerd door papaja en pisang. In de ogen van mijn moeder was het een zootje dat nergens toe diende. Het zootje hield bovendien de ideale plek voor een zwembad bezet. Het was niet de eerste keer dat er een woordenwisseling over ontstond.

'En ons zwembad dan? Het is toch een schande dat wij elke keer naar de overkant moeten. En ze hebben daar nota bene een zwembad van niks! En wij hebben zelf alle ruimte. Ik wil ons zwembad in de vorm van een lotus. Jazeker, en dan dobberen, met de blik op de sterren gericht.'

Mijn vader hield koppig vol dat hier niets van in zou komen zolang hij er nog iets over te zeggen had. 'Niet zolang hier kinderen rondlopen die de zwemkunst niet machtig zijn.'

'Maar Loulou kent het gevaar en ik beloof je: binnenkort kan zij zwemmen...'

'Er lopen hier meer kinderen rond.'

'Wat bedoelde hij nou?' vroeg mijn moeder de volgende ochtend aan tante Margot. 'Bedoelt hij soms dat ik Loulou niet genoeg in de gaten houd?'

Onze ochtendwandelingen waren veranderd na de komst van oom Felix. Mammie voerde van allerlei in haar schild, waarbij ze geheimzinnig en soms venijnig lachte. Tante Margot danste en draaide voortdurend rond, in haar kimono. Zij was altijd al in een goede stemming, maar nu was ze zo vrolijk: 'Ik loop de spuigaten uit...'

Het leek wel of mijn moeder en mijn tante niet eens meer in de gaten hadden dat ik er was. Ik liep achter hen aan en struikelde steeds om hen te kunnen bijbenen, ze gingen te snel, ik moest rennen. Ook probeerden ze zachtjes te praten, maar telkens schoten hun stemmen omhoog.

'Welke kinderen lopen hier allemaal rond? Weet jij het?' Iedere keer klonk het op, als een vogelroep. 'Welke kinderen nou?'

'De kinderen van de bedienden. Die bedoelt hij, jouw goede man,' antwoordde tante Margot.

Mijn moeder stond stil en stampvoette op de kiezels, die knerpten en alle kanten uit sprongen.

'De kinderen van de bedienden? Die waterratten? Die duiken de rivier in, die hebben ons zwembad niet nodig.'

'Soedah, laat maar,' probeerde tante Margot haar te kalmeren. 'Cees bedoelt het niet kwaad, en dat weet je.'

'Ik weet niks.' Mijn moeder stampvoette weer. 'Wij laten ons zwembad maken, gewoon! Ik hoef toch zeker zijn toestemming niet?'

'Ach, soedah... laat nou maar... laat nou maar, Leentje.'

De vrouwen lieten elkaar los, ze verwijderden zich van elkaar. Zoals gewoonlijk kroop ik gauw tussen hen in.

'Vertellen van het zwembad, mammie?' vroeg ik.

'Later,' zei mijn moeder. 'Later, lieverd, wij zijn nu te moe.'

Met zulke antwoorden was ik tevreden. Het waren toverformules.

Op de middag dat oom Felix bij ons kwam, ging mijn vader naar de kliniek. De begroetingen waren voorbij. Er was een feestmaal opgediend en iedereen zat nog te eten.

Mijn vader sprong op, hief zijn handen en riep uit: 'Daar vergat ik bijna mijn mevrouw Dee.'

Altijd sputterde mijn moeder tegen. Ook nu. 'Ja maar hoor nu eens even, je broer is nog maar net hier. Na een reis van zes weken...'

'Daarvan moet hij eerst maar eens goed bijkomen.'

Mijn moeder beet op haar nagels. 'Bijkomen? Goed bijkomen? Hij lijkt mij al goed genoeg bij. Neem hem liever mee om hem wegwijs te maken. Neem hem mee voor mevrouw Dee.'

Mijn vader grinnikte. 'Zo goed is het nu ook weer niet met mevrouw Dee.'

'Die kliniek is je lust en je leven, je bent daar liever dan hier.'

'Ik mag er toch geen hekel aan hebben, lieveling.'

Het ergerde mijn moeder dat mijn vader zomaar wegging, zonder dat er een boodschapper met een bericht was gekomen, zonder dat er was opgebeld. Als alles beneden, in de kliniek, geruisloos marcheerde, waarom zou hij dan eigenlijk gaan?

'Ach, mijn grote broer, hij haalt zich altijd andermans sores aan,' zei oom Felix vrolijk. 'Daarin is hij onverbeterlijk. Laat hem dus gaan, schone zusters, jullie troosten je maar met mij.'

Toen wij na het eten op de waranda zaten, in afwachting van de zonsondergang, zei oom Felix op mijmerende toon, alsof hij half praatte, half zong: 'Ik zou het wel weten!'

Hij legde zich achterover in de schommelstoel. Hij draaide zijn hoofd een beetje naar opzij en bestudeerde mijn moeder. Zij lag op haar rustbank maar ze rustte niet, ze bekeek kranten. Ze las er even in, daarna gooide ze het blad wrevelig op de grond.

'Kijk het moois er niet af.' Ze snauwde het oom Felix toe.

'Onmogelijk. Nog altijd even onmogelijk.'

Mijn moeder kwam overeind en trapte naar hem, met haar puntschoen. Een mislukte trap, want hij riep niet eens au, maar greep haar enkel vast en pakte de schoen, hij wierp het ding achteloos over de balustrade, het erf op. Baboe bracht hem meteen terug. Ze stofte zorgvuldig de schoen af met haar mouw, maar toen ze vlak bij mijn moeder stond, kwam oom Felix uit zijn stoel, nam de schoen van baboe over en knielde voor mijn moeder neer, op de grond. Hij keek naar haar op. Hij schoof de schoen aan haar voet.

'Zo Assepoesje...' dacht ik dat hij zei, maar ik verstond het niet goed.

Mammie zat woedend rechtop en zei geen boe of ba.

'Kun jij geen grapjes meer verdragen?'

Zij verstrakte nog meer, kneep haar lippen stijf op elkaar en plukte aan haar nagels, wat zij vaak deed, maar niet eerder zo verbeten als nu. Bij de nagelriem van haar duim verscheen een druppeltje bloed, dat zij oplikte. Er zat nog een beetje bloed aan haar onderlip toen ze zei: 'Bemoei jij je nu maar met Margot. Voor haar ben je hier.'

'Dat is waar, voor wie anders?' Oom Felix kwam langzaam omhoog, draaide zich om en knielde neer bij de stoel van tante Margot.

'Lieve Margot, balletje slaan?'

Tante Margot zat er al die tijd goedig bij. Zij knikte hem glimlachend toe: 'Is toch te laat, ja. Ander keertje dan maar?'

Ze was weer vergeten zich na de middagrust om te kleden en had nog steeds haar kimono aan.

'Nooit is het te laat om een spel te spelen,' zei oom Felix.

'Och ja, jongen, dat is waar ook. Maar misschien eerst omkleden?' Tante Margot richtte zich op, ze weifelde weer, ze draalde net zolang totdat oom Felix zei: 'Doe geen moeite, liefste luiwammes. Ik zoek wel een ander!'

Tot mijn opwinding richtte hij zich tot mij: 'Loulou, jij! Jij weet het wel: het is nooit te laat voor een spel. Schone jonkvrouw, wil jij met mij een balletje slaan?'

Dit gebeurde al de eerste dag dat oom Felix bij ons was. Had ik het wel goed verstaan? Ik rende meteen naar mijn kamer, op zoek naar mijn pluimbalspel. Ik wist niet wat me overkwam. In de avond wilde nooit iemand met mij spelen. Ik moest altijd wachten totdat de nachtmensen me haalden.

Van toen af aan speelden oom Felix en ik bijna iedere avond het pluimbalspel. De eerste keer haalde ik de bats en het balletje, waaraan zo'n grappige staart zat van veertjes, maar voortaan, als het wat koeler werd, kwam oom Felix zelf al met het spel aan.

Na die eerste paar keren, die mij nog overvielen, wachtte ik erop. In papa's stoel, op de waranda, nog voordat de tjitjaks aan het plafond waren verschenen. Ook bereidde ik me, zo goed ik kon, voor op een teleurstelling. Zou dit een avond worden om te pluimballen of werd het ditmaal niets? Bleef het te warm of werd het wat koeler? Kwam er nog een spelbreker op onze weg? Een dikke wolk voor de maan of nog erger, onweer of brand?

Als het doorging, vroeg oom Felix: 'Loulou, schone jonkvrouw, balletje slaan?' De manier waarop hij het vroeg, was voor mij een belevenis, meer nog dan het spel zelf.

Schone jonkvrouw! Dat had niemand voor mij verzonnen, ook de nachtmensen niet, die mij veel troetelnamen gaven.

'Is het vanavond geen schone avond om te pluimballen!'

'Wind het kind niet op voor ze gaat slapen,' zei mijn moeder soms streng.

'Lichaamsbeweging is een goede soort opwinding.'

'O, vind jij dat? Kijk eens aan. Nou, goed dan, maar niet te lang… totdat het balletje op de grond valt, niet langer.'

Wij speelden veel langer door.

In het begin heel voorzichtig; wij gingen in sluippas over het gazon, als katten. Boven ons fladderden al de eerste vleermuizen, het balletje met de veren eraan konden we eigenlijk al niet eens meer zien. En dan, als het ergens tussen de struiken op de grond was gevallen, als we het echt niet meer konden vinden, dan gingen we gewoon door, alsof de bal nog steeds in de lucht was. Maar dat was de bal niet, hij was zoek. De anderen wisten dit niet, want wij slaakten voortdurend kreten, zoals: 'Dat was een goeie mep van jou zeg.' 'Ooo, op het nippertje, bijna misgeslagen…' 'Zag je die komen, ja?' En wij maakten extra rare sprongen die nergens toe dienden.

'Ons geheim,' zei oom Felix na afloop en kneep in mijn wang. 'Bewaar het maar goed!'

'Hoe moet dat, oom?' fluisterde ik gespannen.

'Hoe moet wat?'

'Een geheim bewaren?'

'O! Kijk, zo…' Oom Felix draaide aan zijn rechteroor, daarna aan zijn linkeroor. 'Je knoopt het geheim gewoon in je oren en basta.'

Mijn moeder kwam aangeslenterd door het donker.

'Zeg, hoe zit dat, komt er nog een eind aan dat spel?'

'Kijk mammie, ik kan een geheim bewaren.'

Ik draaide aan mijn oren, zoals oom Felix het ook had gedaan.

'Dat heb jij geleerd van een praatjesmaker.' Ze duwde tegen oom Felix aan met haar elleboog. 'Ja, mooie meneer, help jij mij maar met opvoeden.'

Oom Felix nam zijn intrek in een huis verderop, in een paviljoen dat ook dicht bij de beek lag. Hij had boeken en net zulke grote flessen en potten als mijn vader, maar dan veel meer. Overdag ging hij naar de apotheek van de kliniek. Niet, zoals mijn vader, alle dagen en ook nog vele nachten. Als hij in de auto stapte om erheen te rijden, was het altijd overdag en dan was hij eerst bij ons geweest om afscheid te nemen. De auto stond te ronken op de weg, met de chauffeur aan het stuur, maar oom Felix maakte geen haast.

'Ziezo, lieve dames, het wordt tijd om weer eens een poosje in werking te zijn. Wij gaan gif mengen.'

Hij gaf ons allemaal een kus, net iets boven de pols, en wuifde later naar ons als hij op de achterbank in de auto zat. Zijn handen wapperden in de lucht totdat hij in een bocht van de weg uit het gezicht was verdwenen. Hij was altijd eerder bij ons terug dan mijn vader.

'Ach ja, wat zal ik daar iedereen voor de voeten lopen. Ik kan alles met een gerust hart overlaten aan de natuur en aan die beste Driessen natuurlijk. Voor de vorm heb ik vandaag de Chineesjes aan het vouwen gezet.'

Mijn moeder keek zuinig en schudde haar hoofd.

'Je bent weer gedeserteerd, jij. Hoe bestaat het dat mijn gewetensvolle man zo'n vod van een broer heeft.'

'Ik ben altijd daar waar ik nodig ben,' riep oom Felix vrolijk. Hij blies over het haar van mijn moeder of kriebelde haar even snel achter haar oren. Daarna maakte hij zijn diepe buiging voor tante Margot.

'Balletje slaan, schone dame?'

Er was nog niets van tennissen gekomen, maar op een

middag veerde mijn moeder energiek omhoog en pakte ze tante Margot, die naast haar op de bank zat, stevig bij de arm. Ze schudde haar heen en weer. 'Zus, ik wil je iets goed aan jouw verstand brengen.'

Ze sprak niet verder tegen tante, maar wendde zich tot oom Felix: 'Ja jij daar! Een partijtje tennis zal mijn gezapige zusje goed doen. Felix, zij is zo'n luie donder zeg. Zij zit maar op haar pantat berat. Maar jij niet, nee, als het maar om spelletjes gaat, wil jij wel lopen! Leer haar dat spel in godsnaam, mat haar maar af! Zodat zij eindelijk al dat luie vet van haar kwijtraakt.'

Ofschoon tante Margot steeds blij koerde dat ze maar wat graag wilde tennissen, als ze het spel maar kon snappen, verzon ze telkens uitvluchten om niet naar de baan te hoeven, die trouwens nog niet eens klaar was. Maar mijn moeder wilde van geen uitstel meer horen.

'Kom!' spoorde ze haar aan. 'Je zult er eens aan moeten geloven.'

'Waarom dan? Laat mij maar.'

Mammie maakte ondertussen twee vlechten in tantes dikke haren. 'Knip die onmogelijke bos eraf, zus, je ziet eruit als een Papoea.'

Mijn tante schudde onwennig haar hoofd met haar nieuwe vlechten.

'Leentje, ik weet niet, hoor. Dit is of er twee drenkelingen aan mijn hoofd hangen.'

'En nu mee naar binnen toe en aantrekken wat ik voor jou heb gekocht. O, je zou Suzanne Lenglen nog naar de kroon steken.'

Tante Margot sloeg de handen voor haar ogen, als wachtte haar een vreselijke straf, maar ging wel mee naar binnen. Na een poosje kwam ze, voorafgegaan door mijn triomfantelijke moeder, met een beteuterd gezicht terug. Ik vond ook dat ze er maar raar uitzag, in het korte witte jurkje dat strak om haar uitpuilende bovenlijf spande en dat om haar heupen bol stond als de kelk van een bloem.

'Terlaloe, dit is een lijkwade...' zei mijn tante dof. 'Een doodshemd tot halverwege mijn dijen. Was er niet genoeg goed om een behoorlijke rok van te maken?'

'Geen woord wil ik er meer over horen!'

Op dezelfde strenge toon sprak mijn moeder soms ook tegen mij. Het hielp. Tante Margot kwam ineens op gang en ging er op een drafje vandoor, snaterend dat ze een boon was als ze het tennisspel begreep. Ze riep uit dat ze niet wist hoe ze een racket moest vasthouden. En aan welke kant van het net zou ze moeten staan?

'Als er al een net te bekennen was, dan stond jij daar,' hoorden we oom Felix monter antwoorden.

Het duurde niet lang of vanuit de verte kwamen de geluiden van stuiterende ballen en veel gelach.

'Gaan wij ook tennisles doen?' vroeg ik mijn moeder.

'Nee, voor ons is het te warm, wij zijn watermensen, wij dompelen ons straks onder...'

'Laten we gaan kijken, eventjes maar.'

'Nee, tante Margot krijgt tennisles en bij tennisles mogen de spelers niet worden gestoord, dan loopt de boel in het honderd.'

'Als ik erheen sluip, heel stil...'

'Lieverd, dat kan niet, want ik moet schrijven en dus moet jij mij waaieren.' Zoals mijn moeder besliste dat het moest gebeuren, zo geschiedde het ook. Meestal wel.

De tennislessen duurden en duurden. De waaier leek zo zwaar te worden dat ik hem bijna niet meer kon tillen. Mammie schreef onverstoorbaar voort; de letters gleden bliksemsnel op het papier, ze vormden er serpentines en kronkelden bladzijde na bladzijde vol. Ik keek ernaar maar werd er draaierig van, het krioelde te veel. Ik liet me wegzinken in het sterretje dat in haar oor zat geprikt. Het was blauwgroen als diep water, ik probeerde naar de bodem te komen. Maar als zij even haar hoofd schudde, vloog ik er weer uit en kwam ergens terecht op haar wang, die spierwit was maar ook vol sproeten zat, niet te tellen hoeveel sproeten er waren onder het poederwaas. Met mijn ogen zwierf ik eerst verheven, maar in een steeds begeriger wordende stemming over haar gezicht. Nu ik eenmaal haar sproeten had ontdekt onder de poeder, wilde ik ook alles vinden wat er nog meer te zien was en mijn blik tastte en tastte maar voort. Af en toe keek zij even opzij en knipperde met haar wimpers. Ik wist niet of dit een teken van goedkeuring was of van iets anders, maar ik stond er niet te lang bij stil want ik wilde me door niets laten weerhouden. Haar wimpers hadden de kleur van haar sproeten, behalve aan de puntjes, waar ze zwart waren geverfd.

'Kijk al het moois er niet af,' merkte ze na een tijdje op en het klonk een beetje smekend, niet zo vinnig als ze het tegen oom Felix had gezegd.

'Kan dat dan, mammie? Kan al het moois eraf?'

Ik stootte met mijn neus tegen haar wang.

'Ja, dat kan.' Ze klonk niet boos maar tevreden.

Ik wilde met mijn neus zachtjes langs haar wang wrijven, zoals mijn vader weleens bij haar deed. Ik waagde het maar niet. In plaats daarvan staarde ik lang naar haar neus, die zo klein, breed en plat was als van een poes. Zonder erbij na te denken raakte ik hem eindelijk aan met mijn wijsvinger.

'Niet stoten, Loulou, kijk toch, allemaal spatjes op het papier,' zei ze verstrooid en nog vlugger schreef ze voort. Meer en meer ging ze op de poes van haar neus lijken. Steels stak ze ook nog haar tong naar buiten en streek ermee langs haar lippen, alsof ze, nadat ze de woorden op het papier had neergeworpen, ze meteen weer op wilde likken.

Ik moest me bedwingen om haar niet telkens aan te raken, nog eens langs haar neus te strijken of, erger nog, dat te voorschijn flitsende tongpuntje snel met duim en wijsvinger vast te pakken om het een eindje verder naar buiten te trekken.

Om deze opwellingen te verjagen ging ik zo goed als ik kon luisteren naar het mompelen van de tuin, dat zacht maar doordringend was en waarvoor je beide oren wijd open moest zetten, zo lastig was het om de muziek van de verschillende insecten en andere wezens uit elkaar te kunnen houden, laat staan die muziekmakers ook nog te kunnen benoemen. Er waren er die zoemden en er waren er die ritselden en sommige slisten of snoven, maar ze hadden allemaal samen bij lange na niet voldoende kracht om het gejuich en het geschreeuw van tante Margot en oom Felix dat tot ons doordrong te overstemmen. Het leidde mijn aandacht af van de tuin. Wat had het te betekenen? Zo'n soort gejuich had ik niet eerder gehoord, zelfs niet op de kermis.

De kreten en het gelach kwamen dichterbij. Misschien deden mijn oom en tante een spel en bootsten zij de geluiden van allerlei schepselen na: er klonk gegiechel, gekraai, gebrul en gebrom.

Ineens stonden ze voor ons. 'Thee!' riepen ze. Ze beweerden dat ze waren gebroken. Maar dat was niet waar. Tante Margot straalde. Haar bruine huid gloeide en ze deinde genoeglijk heen en weer, met het racket in haar ene en de bal in haar andere hand.

Een beetje verfomfaaid zag ze er wel uit, de knoopjes van haar jurk waren niet meer dicht, ze stonden bijna allemaal open.

Ik wilde op haar toe rennen, zoals ik altijd deed, en mijn armen om haar heen slaan en haar armen om mij heen voelen.

Mijn moeder legde haar hand op mijn schouder en hield mij tegen. 'Blijf zitten, onze Margot is zo moe, ze kan geen pap meer zeggen, och arme!'

Ze zei dit nu wel, maar tante Margot zag er niet moe uit, eerder alsof ze zo weer aan een nieuw spel zou kunnen beginnen. Mammies hand bleef maar liggen en drukte zwaarder en werd warm.

Tante Margot en oom Felix gingen eindelijk zitten in de rieten stoelen, ze smeekten om thee.

'Wat denken jullie wel, drijfnat als jullie zijn in drijfnatte plunje? Gauw mandiën en omkleden eerst.'

Mijn moeder sprak afgemeten, een beetje kribbig, alsof ze het tegen stoute kinderen had.

Mijn tante en oom sloften met hun armen om elkaar heen het huis in en toen hoorde je weer vanuit de verte allerlei geluiden komen, maar nu zachter. Het geplons van water en af en toe iets dat deed denken aan zingen. Mijn moeder bleef al die tijd rechtop zitten, ofschoon ze niet meer schreef. Ze had haar schrijfgerei al opgeborgen. Ze was in gedachten verzonken.

Ik luisterde weer naar de tuin en viel bijna in slaap in mijn vaders stoel. Ineens schrok ik op, omdat mammie mij zachtjes heen en weer schudde, haar krulletjes hingen vlak bij mijn gezicht, haar neus raakte bijna de mijne. Ze fluisterde: 'Wat duurt dat mandiën lang, zeg. Liefje, ik ga eens even kijken of er niets is gebeurd.'

'Zal ik gaan kijken?'

'Nee nee, nee nee, voor geen goud.'

Zij ging echter evenmin kijken, ze was gaan zitten op de baleh-baleh. Ze bleef zitten zoals ze zat. Ze staarde over mij heen, voor zich uit.

Na een poosje was het niet alleen stil bij ons, maar ook in huis.

Tante Margot en oom Felix kwamen niet terug.

Ik had een slaapje gedaan, opgerold in de stoel, en werd wakker toen mijn moeder me ongeduldig zei: 'De zon is al… moet je zien, nou, toe maar dan, jij, ga maar eens kijken…' Ze was toch weer gaan schrijven aan de schrijftafel en nu hield ze er weer mee op. 'Toe maar…' Ik zag hoe ze haar letters droog blies op een dun, blauw papier en hoe ze haar blocnote ging opbergen in het kastje dat voor haar was gemaakt, bestemd voor haar schrijfwaren. Ze klapte in haar handen.

Van verschillende kanten kwamen nachtmensen aan. Mijn moeder en zij gingen zich wijden aan de voorbereidselen voor een late theeceremonie.

Ik drentelde het huis binnen. Maar voordat ik naar haar kamer kon gaan om haar te zoeken, kwam ik mijn tante al tegen, in haar kimono op de zijgalerij. Ze liep op blote voeten en zong met haar lage stem pomperdepom. Ze zag eruit als altijd en toch was ze onherkenbaar. Ze keek door me heen. Zo leek ze op iemand die ik nog nooit had gezien. Ze liep zweverig, maar ik stelde me op in het midden van haar pad en liet mijn vooruitgestoken hoofd zacht tegen haar buik bonzen. Ze herkende me wel.

'Ha, toet. Mijn lieve Louloutoetie.'

Ik was even bang dat ze toch niet wist wie ik was, ze had nog nooit Louloutoetie tegen mij gezegd, maar toen boog ze zich naar mij over en tilde me een klein eindje op. Alles was goed toen ze me aan haar borst drukte. Ze rook heerlijk. Zoetig en warm. Haar kroezige haren, die zo fijn waren om in te graaien, stonden weer als een geweldige bos om haar hoofd. Ze gloeide. Ze gaf me klapzoenen op mijn wangen en ik sloeg mijn armen zo vast als ik kon om haar heen. Toen wij, om lucht te happen, ons van elkaar losmaakten, zag ik de wonde plek. Voorzichtig strekte ik er mijn vinger naar uit.

'O tante, hier is een bal tegen aangekomen.'

De plek was van een akelige blauwe kleur, in haar hals, onder haar oor.

'Wat zeg je me nu?' Haar hand vloog omhoog en ze wilde terug in haar kamer gaan, maar bedacht zich en liep samen met mij naar de grote spiegel in de hal. Ze streek aarzelend over haar hals en borst, wilde haar kimono niet verder opendoen, maar ik trok hem van boven opzij en wees nog een vlek aan. Ze zag hem ook en schrok er nog eens van.

'O jee, o jee. Wat nu?' Ze trok de kimono weer zo hoog mogelijk dicht.

'Doet het erge pijn, tante? Zal ik er kusjes op geven?'

'Het doet wel een beetje sakit,' zei mijn tante langzaam, 'maar niet te erg.'

Ze kneep mij geruststellend in de arm, gaf een zoen op mijn hoofd, zette me terug op de grond en draaide me in de richting vanwaar ik was gekomen.

'Ga jij maar vast, toet. Wij komen zo, hoor.'

Op de waranda was ondertussen de theetafel gedekt en zelfs heel mooi, alsof het feest was, met mijn favoriete servies, waarop allemaal mannetjes en vrouwtjes waren afgebeeld die hand in hand in een park wandelden, over bruggetjes en lanen. Het was het gouden Japanse servies, een cadeau van opa Bali, maar nog niet op de vloer kapotgesmeten.

'Oom Felix heeft tante Margot heel hard met ballen gegooid,' zei ik tegen mijn moeder.

'Wat zeg je?'

Ik schetste de blauwe plekken die ik bij mijn tante had gezien en ik maakte het een beetje minder erg, anders zou mijn moeder misschien ongerust worden, maar ik was nog bezig met vertellen toen zij ineens uitbarstte in een gillende lach, zodat ik begreep dat er niets ernstigs aan de hand was met tante Margot.

4

Oom Felix en mijn vader spraken met elkaar in een taal waaraan mijn moeder zich ergerde, omdat zij die niet goed verstond. Zij vond dat oom Felix onze taal beter moest leren.

'Oefen je in het Nederlands,' zei zij streng. 'Het is de taal van je toekomstige vrouw.'

Voortaan gaf ze ons beiden les, oom Felix en mij.

Elke dag tekende ik een nieuwe letter voor haar, met kleurpotloden op tekenpapier. Als het goed was gelukt, klapte ze in haar handen en omhelsde mij. Ze liet mijn lettertekeningen ophangen, op de waranda. 'Kijken jullie eens, dat heeft mijn knappe meisje gemaakt.' Tante Margot en mijn vader zongen mijn lof, maar oom Felix vond het niet veel.

'Het kind heeft nog een heel leven om haar ogen te bederven en haar geest aan banden te laten leggen.'

Juist als hij erbij was, kon ik goed leren. Hij moest ook nieuwe woorden leren van mijn moeder.

Oom Felix deed bij iedere les een poosje zijn best, maar opeens begon hij dan zelf woorden te verzinnen, razendsnel verzon hij tientallen slingerwoorden en hij liet ze met de passende geluiden erbij uit zijn mond ontsnappen. Zwermen klapwiekende lokvogels en logge betoverde padden, al naargelang.

'De schepen van Stoomvaartmaatschappij Hemelvaartsdag stoomden op Driekoningenavond op naar Goejanverwellesluis! De Hottentottententententoonstelling godverdomme! Niet gramspuien schone dame, niet gramspuien.'

'Gramspuien, oom Felix, gramspuien, wat is dat?'

'Gramspuien is wat de hemelwaterspuiers doen en die vind je in Parijs, kijk zo...' En dan tekende hij vliegensvlug op grote vellen papier gruwelijke en verrukkelijke beesten met klapsnoeten en vleugels.

'Oom, die lijken wel op Garoeda...'

'Wie mag Garoeda wel zijn?'

Ik nam oom Felix bij de hand en trok hem mee.

'Kijk oom, Garoeda is hier en hier en overal.'

Garoeda, de legendarische strijdvogel die met snavel en klauwen het kwaad bestreed en die op zijn rug, tussen zijn gigantische vleugels, de oppergod Visjnoe droeg, was altijd aanwezig, in allerlei vormen en gedaanten, maar je zag hem niet altijd. Kende je hem eenmaal, dan zag je hem wel. Ik kende Garoeda al zo lang als ik bestond. Hij woonde in zo ongeveer alles in onze omgeving, in kleren en meubels, in gebruiksvoorwerpen, sieraden.

'Als Garoeda erop staat, vlucht het kwaad eruit,' zei mijn moeder.

'Als Garoeda erop staat? Dat mochten wij willen. Een mens moet zelf op zijn tellen passen,' zei mijn oom.

'Ja, jij weet het natuurlijk weer beter.'

'O Heleentje! Hoe minder ik weet, hoe meer jíj me kunt leren.'

Als oom Felix aardig tegen haar deed, werd mijn moeder nog kwader.

'Alles moet jij inderdaad nog leren,' snauwde ze hem toe, 'behalve dansen en flirten! Dat is al wat jij kan.'

'Wat is flirten?' vroeg ik.

'Later, dat komt later. Eerst gaan we dansen, want dat kan die sijsjeslijmer, die toekomstige schoonbroer van mij.'

Ik wist niet zeker of dit nu scheldwoorden waren, want

al sprak mijn moeder kattig, oom Felix lachte erom en zei: 'Zeer vereerd, zeer vereerd.'

'Mag ik mijn schoenen uit als we dansen?' vroeg ik terwijl ze samen een plaat uitzochten en op de pathefoon legden.

'Juist niet. Schoenen aan! Juist bij het dansen. Kijk maar hoe makkelijk het gaat.'

Mijn moeder begon te walsen en trok oom Felix mee. Hij nam haar in zijn armen en wenkte mij met zijn hoofd om erbij te komen. Ik deed het niet. Liever luisterde en keek ik naar mijn moeder en oom Felix, hoe ze samen zongen en hoe ze dansten over de marmeren vloer van de hal.

'Dansen, mijn liefje, dansen, niet staan te staren! Dansen moet je, dansen!' riep mammie me toe, hijgend en lachend. 'Waarom zouden we niet dansen?' ging ze opgewonden voort. 'Het is bijna het eind van de regentijd. Het is tijd voor een trouwpartij. Dansen zullen wij.'

Tante Margot was met oom Felix verloofd. De twee hadden het vertikt om het netjes en feestelijk te vieren, zei mijn moeder, met kaartjes en een taart en met ringen. Tante Margot antwoordde dat het al een feest op zichzelf was, om verloofd te zijn, met haar Felix.

'Die lapzwans, die onze tijd hier met jou verlummelt,' merkte mijn moeder bits op.

Het kon oom Felix niets schelen wat mijn moeder tegen hem zei. Altijd hoorde hij het aan met een grijns. Het kon tante Margot ook niets meer schelen wat mijn moeder zei.

'Je mag niet jaloers zijn, Leentje, jij hebt Cees en jouw lieve Loulou,' kraaide zij. 'En jouw lieve Loulou.'

Iedere dag gebeurde er wel iets, sinds oom Felix er was. Net als de regen bracht hij van alles op gang.

Hij werd mijn beste vriend. Hij kon mooie verhalen vertellen. Het was niet eens nodig dat je hem woord voor woord verstond, want hij beeldde ondertussen ook uit wat er gebeurde. Als de gebeurtenissen te ingewikkeld werden, dan speelde hij een stukje muziek. Hij was accordeonist, gifmenger, goochelaar en liedjeszanger. Hij was een duizendkunstenaar.

Hij kon alles omdat hij de hele dag slokken uit toverflessen nam. En uit glaasjes, die de anderen niet wisten te staan, alleen hij en ik.

De glazen verschenen en verdwenen en maakten tochten door het hele huis. Soms stond er een, halfleeg, een poosje op een richel in de boekenkamer en dat was er dan ineens niet meer, maar als ik ging speuren, vond ik het terug, gevuld en wel. In de mandi-kamer in de plantenbak, of in de gang onder het tafeltje van de telefoon, of veilig beschut achter de rug van de olifantsgod, overal vond ik de geheime glazen.

De flessen bleven langer op hun plaats, verborgen achter boeken en in de kast. Er woonde ook een fles, die ik nooit leeg had gezien, in een holte van de waringin.

Ik vertelde oom Felix dat onze waringin in een vorig leven een Javaanse prins was geweest.

'Wat zeg je me nou!'

Dewi Kesoema, onze beek, was vroeger zijn prinses. Er was iets verschrikkelijks met deze prins en prinses gebeurd, maar ik wist niet wat. Niemand wist het, de goden wisten het niet eens.

Zij hadden het te laat ontdekt en zelfs de goden konden toen de prins en prinses niet meer redden.

Oom Felix zei dat dit hem niets verbaasde, omdat de goden nooit iets konden uitrichten als het erop aankwam. Ze waren te lui of ze kwamen te laat of ze hadden weer eens niets in de gaten.

Op een dag kwam hij naar me toe met een blauw boek. Hij had het van mijn moeder gekregen om zich te oefenen in de Nederlandse taal.

'Hier staat het in, hoor,' zei oom Felix. Hij wees op de gouden letters die op de kaft stonden. '*Javaanse sagen, mythen en legenden*. Moet je horen.

Hoe toen de goden van prins Pangeran Djamodjaja een boom hadden gemaakt... Luister je wel? Let op, dit is geen appelepap, de goden hebben van de prins een boom gemaakt en dat ging zo: het dode en verstijfde lichaam van de prins richtte zich op met uitgestrekte armen en zijn lange zwarte haren vielen als dunne grauwe tressen langs zijn schouders tot op de grond.'

Oom Felix verstijfde en het boek viel uit zijn handen op de grond.

'Kijk goed Loulou,' riep hij met draaiende ogen. 'Zo ging het eraan toe.'

Hij hief zijn armen naar boven, met wild wapperende handen. Hij sperde zijn mond wagenwijd open en knakte zijn hoofd met de rollende ogen naar opzij. Hij bleef zo staan en zijn stem vertelde verder, maar ik zag zijn mond niet bewegen.

'Dewi Kesoema, de vrouw van de prins, huilde tranen met tuiten. Zij zag dat haar lieve man in een reusachtige boom veranderde. Een boom van een kerel was hij geweest, maar nu niet meer. Een kerel van een boom, dat werd hij daarentegen, een echte boom werd hij, met takken en bladeren. Wortels ook.'

Oom Felix liet zijn armen zakken en plantte zijn voeten zo stevig neer dat de aarde eronder werd omgewoeld. Hij deed alsof hij geen stap meer verder kon. Hij kon niet meer lopen. Het boek lag op de grond, dichtgeklapt.

Met een hoog stemmetje ging hij door: 'Wat heb ik aan deze zielloze boom? riep Dewi Kesoema en ze wrong in wanhoop haar handen. Wat heb ik aan deze zielloze boom?'

Toen ik het verhaal vaak genoeg had gehoord, speelde ik erin mee. Dan liet oom Felix op sommige punten een stilte vallen. Hij wachtte totdat ik dan plechtig mijn tekst zei, met de donkerste stem die ik kon opzetten.

'Deze boom is niet zielloos. Hij is heilig en allen zullen hem de heilige Waringin noemen.'

Daarna ging oom Felix door: 'Uit de godenhemel daalde Kama Djaja, de beschermer der gehuwden. Hij kwam neer op de plek waar de prins lag en boog zich over de dode heen.'

Op verheven toon ging het zo nog een hele tijd voort, ik hoefde de woorden niet eens te begrijpen, ik baadde in de klanken als in een regenbui, ik wiegde op de cadans alsof ik op een schommel zat.

Als de stem van oom Felix aanzwol tot een galm, wist ik dat de passage kwam die mij het meest aansprak: 'Het dode en bijna verstijfde lichaam van haar man richtte zich op met uitgestrekte armen...'

'Hoe ging dat dan? Hoe dan?' riep ik uit, terwijl ik het wist. Voordat hij mij kon antwoorden, trok ik mijn oom al mee naar de boom.

Vluchtig raakte ik de koele stam aan, die de kleur had van olifantshuid en waaronder het zacht klopte, zoals onder mijn eigen vel.

'Is dit het lijf van de prins, oom?' vroeg ik. 'Is dit echt het lijf van de prins? Hoe ging het dan? Hoe ging het verder?'

Ook oom Felix durfde de waringin aan te raken. Hij streelde teder over de bast en af en toe pakte hij een van de taaie, grijze luchtwortels beet: 'Dit is zijn vel, deze bast, en deze lange slierten waren zijn haren, en als jou dat al verbaast, Lou, terwijl je de geschiedenis al zo vaak hebt gehoord, dan kun je begrijpen hoe die arme Kesoema ervan opkeek, die eerste keer. Zij wist niet wat ze zag, potverdikkeme. Zij schrok zich het apezuur, ja werkelijk het apezuur. Hoor toe. Dewi Kesoema zag met verbazing hoe over het hele lichaam van de prins een laag was gekomen van ruwe schors. Ook zijn armen waren met schors bedekt en uit deze armen sproten takken vol frisse, heldergroene bladeren. Stel je dat toch eens voor. Dewi Kesoema stortte vele tranen en huilende moest zij toen aanzien hoe de voeten van haar geliefde man in de aarde verzonken. Stel je toch eens voor dat jouw voeten zomaar wortels worden. Dan is lopen er niet meer bij. Springen en dansen kun je wel vergeten. Zijn voeten werden de wortels van deze boom. Schreiend liep de prinses naar de boom, sloeg haar armen om de ruwe stam en drukte zich ertegenaan. Snikkend kreet ze uit: Wat heb ik aan deze zielloze boom?'

Oom Felix raapte het boek op. Hij gaf het aan mij, zodat ik het vast kon houden, stapte om de boom heen en maakte grote gebaren.

'Deze boom is niet zielloos. Hij is heilig en allen zullen hem de heilige Waringin noemen. En heilig zal de Waringin zijn en blijven. Hij zal zijn zaden verspreiden over geheel Java. Een fiere boom zal uit ieder zaadje groeien. Overal zullen deze bomen uit de grond komen, zelfs in de kleinste dessah. En de heilige Waringin zal de offerboom worden van allen die op Java wonen. Vorsten zowel als bedelaars zullen onder zijn takken hun offers aan de goden neerleggen. Kinderen zullen spelen in zijn schaduw en jonge mensen zullen hun geheimen fluisterend aan zijn stam toevertrouwen.'

Oom Felix zag eruit als een zwevende god, want dat kon hij ook, een beetje boven de aarde lopen. Wie scherp toekeek, zag natuurlijk dat hij op zijn teenspitsen liep, maar hij deed dat met zoveel snelheid en zwier dat het voor vliegen kon doorgaan. Iedereen die zijn stem hoorde, kwam kijken, ook de nachtmensen waren uit alle hoeken en gaten te voorschijn gekomen, tot de kokki's toe, zij lieten alles liggen waar zij mee bezig waren geweest.

De rossige haren van oom Felix waaierden wijd uit om zijn hoofd, zijn ogen fonkelden achter zijn bril; het was absoluut zeker dat ook Kama Djaja zo'n bril droeg en een even bleek gezicht had en gekleed was in een slordige, niet geheel volgens de regels omgegorde sarong en een roomkleurig, scheef dichtgeknoopt, iets te groot overhemd.

Wij keken allemaal omhoog, hoe Kama Djaja met grote slagen terugwiekte naar de godenhemel en hoe hij, daar eenmaal aangekomen, voor onze ogen onzichtbaar werd. Dan keken wij weer naar beneden, waar oom Felix ineens weer stond, met gebogen hoofd, gekromde knieën, zojuist op aarde teruggekeerd.

'Toen de god Kama Djaja dit alles tot Dewi Kesoema had gezegd, ging hij terug naar de godenhemel. Zagen jullie hem gaan?' Oom Felix grijnsde naar boven. Hij wuifde. 'Dag goden, dag! Terug naar de godenhemel, weg jullie.' Hij riep het op een toon alsof hij het had tegen de ganzen die altijd de waranda op kwamen waggelen, of tegen Teddy-Bali. 'Vort, vort, foetsie, foetsie. Ingerukt! Mars!'

Wij moedigden hem aan met onze blikken, knikten tevreden met ons hoofd, ja, de betovering was verbroken en dat was maar goed ook.

Oom Felix keek om zich heen, hij boog en zei: 'Dank u allen zeer.' Hij kwam slungelig naar mij toe en nam mijn hoofd in zijn handen; als hij dichtbij was, rook ik de geur van zijn toverdrank.

'Zo, Loesje Snoesje,' zei hij half spottend, half plechtig, 'nu kennen wij beiden de geschiedenis van de waringin. Ach ja, ach ja, was het maar waar.'

'En nu de beek, ja, toe hè oom?' Ik gaf hem het boek weer aan.

'Ja ja, vooruit dan maar weer. Rest ons nog de geschiedenis van de beek. Die kleine Dewi Kesoema. Die bedroefde prinses, die nooit meer van haar prins is weggegaan.'

Oom Felix las dit gedeelte gevoelvol voor, hij wreef achter zijn bril een traan weg uit zijn oog. Zelf was ik meestal, nog voordat hij begon, gelukzalig aan het huilen.

'Ze is op dezelfde plek blijven staan, haar armen rond de stam geslingerd, haar hoofd rustend daartegen. Zo sliep Dewi Kesoema in voor eeuwig. Haar schone ziel werd opgenomen in de godenhemel en haar lichaam veranderde in een bron, waar kristalhelder water uit opborrelt, waar kristalheldere beken aan ontspringen.'

Nu pas was het verhaal helemaal uit.

Nu pas kon iedereen goedkeurend lachen en knikken en wijzen, want jawel, ziedaar, zij waren nog altijd bij elkaar, de prinses en de prins, hier bij ons op het erf.

Er was wel een flinke afstand tussen de boom en het water, maar zij konden elkaar nog altijd horen en zien, zij spraken iedere dag met elkaar, en iedere nacht.

Luister maar, hier stond je bij de waringin en hoorde je hoe lieflijk de beek murmelde. En hier, bij de beek, kon je horen dat de bladeren van de boom haar ritselend antwoord gaven.

Oom Felix was net als ik een nachtwandelaar. Als ik 's nachts met baboe hand in hand op weg was naar het achtererf, waar de nachtmensen woonden, dan zagen wij hem vaak staan, in sarong en pyjamajas, het hoofd ver achterovergeworpen om het uitspansel te bestuderen. Aan zijn kledij kon je denken dat hij een van de bedienden was, maar aan zijn glimmende brillenglazen en aan zijn al even glanzende, tot over zijn oren vallende haren, wist je dat hij het was, oom Felix. Mijn begeleiders straalden, ze kenden hem bovennatuurlijke krachten toe vanwege zijn goudachtige haren en zijn lichtblauwe ogen.

Oom Felix herkende ons ook, baboe en mij.

'Het is volle maan. Dan mag een mens toch niet slapen. Dag mooie Sopia, dag Harlekijntje van mij.'

Hij wist altijd hoe de nachtmensen heetten. Hij wist veel en hij kon haast alles.

Toch kon hij volgens mijn moeder geen goede uitvluchten verzinnen als hij niet wilde dansen of een datum vaststellen voor de trouwpartij.

'Verzin eens een beter smoesje,' zei ze vol minachting. 'Zeg dat je niet wilt dansen omdat je hoofdpijn hebt. Of buikpijn, of spierpijn voor mijn part. Maar jij laat zonder woorden heel onbehouwen weten dat jij nergens zin in hebt. Misschien ook niet in trouwen?'

'Ik heb nergens zin in. Draai mijn nek maar om. Schiet me maar dood.'

'En wat moet dat dan met die koffer vol dansplaten? Wat doe je dan steeds bij die pathefoon? De hele dag heeft dat ding staan spelen, Engelse wals, quickstep, foxtrot, tango voor, tango na...' Ze ging voor het kastje staan en klopte er hard op, zodat de plaat het uitkrijste. 'Als je nu eens wat meer uitging met mijn lieve zusje en met haar ging dansen in de soos?' Mijn moeder ging in sluippas op oom Felix af. 'Jij moet haar meer afleiding bezorgen, dan zou ze misschien niet meer dag en nacht in die akelige kliniek willen werken.'

Oom Felix ging vlak voor mijn moeder staan en pakte haar bij de armen.

'Margot is met heel haar gouden hartje verpleegster en ze wil niets liever dan akelige gevallen weer op de been helpen. Net als Cees trouwens.'

Hij schudde mijn moeder een beetje heen en weer alsof hij met een lastig portret van doen had. Mijn moeder rukte zich los.

'Misschien had Cees met Margot moeten trouwen,' zei ze zeurderig en dreigend.

'En ik met jou, god bewaar ons,' zei oom Felix terug, op dezelfde toon.

Toen barstten ze in lachen uit, er kwamen kleine glaasjes op tafel en ik kreeg mijn siroop.

Oom Felix was overdag niet altijd vrolijk, maar laat op de avond wel.

Als wij op de waranda zaten om de zonsondergang te bewonderen, dan stonden de gewone fles en de glazen van iedereen op tafel.

De glazen van mammie en tante Margot hadden zilveren voetjes en grote kelken, maar het avondglas van oom Felix was klein en rond en hij hield het als een pingpongbal in zijn hand. Hieruit dronk hij rustig, teugje voor teugje, niet zo snel als uit alle andere die op de richels en andere geheime plekken stonden. Die leegde hij in één keer, hoofd achterover, in het voorbijgaan. Misschien deed hij het wel zo schielijk, bedacht ik, omdat toverdrank zo vies smaakte. Ik had het zelf ondervonden. Uit de fles die in een holte van de waringin stond, had ik een keer een slokje genomen omdat de boom immers goddelijke krachten had en dus alles in zijn omgeving heilig en goed maakte. Het slokje verbrandde desondanks mijn keel en ik moest de grootste moeite doen om het in te slikken. Het lukte maar net. Daarna kreeg ik tranen in mijn ogen en voelde me raar en ik bleef maar stilletjes tegen de boom zitten totdat het overging. Het was de eerste keer dat ik onzichtbaar werd. Allerlei mensen liepen voorbij, zonder dat iemand me zag. Niemand kon er iets van zeggen dat ik daar zat, want ze zagen me niet. Ook mijn moeder wandelde, diep in gedachten verzonken, langs. Had ze me wel gezien, dan had ze, omdat ik gehurkt zat, me daarvoor zeker een standje gegeven. Dat mocht ik niet doen, hurken. Ik moest netjes op een stoel zitten, met de benen naar beneden en de voeten recht naast elkaar.

In doorschijnend groen licht stonden mammie en ik in de ochtend in de mandi-kamer. Mijn moeder gooide met de gajong water over me heen, soms zuchtte ze lang en diep en wilde niet praten, maar soms zong ze een lied en leerde mij de woorden.

We hoorden de stemmen van mijn tante en oom.

'Zozo, Margootje is eens een keertje niet aan het werk, dat zegt wel wat,' gnuifde mijn moeder, 'en Felix is al vroeg aangekeerd. Wat zijn ze toch vroeg, wat voeren die twee in hun schild?'

'Ze eten.'

'Ja, dat doen ze met veel kabaal. Iedereen moet hun geluk kunnen horen en zien.'

'Mag ik hun geluk horen en zien?'

'Toe dan maar!'

Oom Felix spoedde zich juist naar een hoek van de galerij, waar het theekastje stond. Hij ging ernaar toe met de grote katachtige sprongen waar hij goed in was en die hij op zijn mooist vertoonde als wij met ons tweeën pluimbal speelden. Nu sprong hij naar het kastje waarin ook zijn heiligdommen lagen, zoals hij ze noemde. Net als mijn moeder had hij een verzameling pennen en inktpotten en schriften: die van haar lagen op de bovenste plank en die van hem op de middelste plank. Daaronder weer lag, in een laatje dat altijd door haar persoonlijk op slot werd gedraaid, het geheime, blauw gemarmerde schrift van tante Margot.

Als tante Margot niet in de kliniek was, zat zij in de ochtend altijd in de schommelstoel op de galerij te zingen en te schommelen en met verrukte ogen naar mijn moeder en oom Felix te kijken, die beiden met hun pen boven het papier zaten. Oom Felix schreef misschien om het uur een woord. Als dat was gebeurd, sprong tante Margot op en juichte zij: 'Is het weer gelukt, knapperd?' Dan stond oom Felix plotseling op en begon zenuwachtig over het erf en door het huis heen te lopen.

'Laat hem toch met rust...' siste mijn moeder.

'Leentje! En anders zeg je juist...'

'Ssst. Soedah, laat maar.'

Op een dag had tante Margot ook een schrift op schoot.

'Wat? Ben je aan het dichten geslagen?' riep mammie. 'Mijn zuster kan dichten zonder haar hemd op te lichten.'

Tante Margot schermde de bladzijden af met haar handen. 'Wat doe je toch gemeen ineens, het geeft toch niet dat ik ook wat schrijf? Dan hebben jullie rust en ben ik ook met iets bezig...'

Het klonk alsof ze zich verontschuldigde.

'Met wat ben je bezig, mag ik weten? Wat heb jij te schrijven? Een dagboek of zo?'

'Of zo,' antwoordde tante Margot geheimzinnig en lachte zachtjes.

Ik zat er graag bij als ze allemaal op de galerij aan het schrijven waren. Ik wist best dat ik mijn mond moest houden, maar soms ontsnapte me een woord. Dan legde tante Margot haar vinger op de lippen en schoof mij het schaaltje vol kleverige lekkernijen toe waarvan zij zat te snoepen. Hoewel ik dat van mijn moeder niet mocht omdat ik dan net zulke bruine stompjes van tanden zou krijgen als oudste kokki, pakte ik af en toe toch iets van de schaal en stopte het in mijn mond omdat het dan gemakkelijker was om niet te praten. Wat schreven ze? Waarom lazen ze er niet uit voor? Waarom schreef oom Felix zo eindeloos langzaam? Het moesten wel toverspreuken zijn, die hij zo omstandig en aandachtig en zwaar ademend in cijfers en letters een voor een op zijn papier zette. Het was niet eens schrijven wat hij deed, het leek wel tekenen.

'Ja, lieve Loulou, je hebt het weer geraden, het zijn toverspreuken voor een medicijn.'

Bij tante Margot vloeiden de woorden wel met regelmaat uit haar pen. Ik zag oom Felix weleens met een gewonde blik opzij kijken als hij haar alweer een bladzijde hoorde omslaan. Soms ook ergerde haar snelle schrijven hem zeker, want dan zei hij nors: 'Neem een nieuwe pen, Margootje, deze krast onbehoorlijk, het doet pijn aan mijn oren.'

'O, maar natuurlijk, vergeef me, mijn liefste. Ik was zo verdiept in mijn onnozel gekrabbel, ik doe het meteen. Laat je alsjeblieft niet door mij afleiden.'

'Te laat.' Hij sloeg zijn schrift dicht, sprong op en nam mij bij de hand.

'Loulou, wil je een eindje met me wandelen? Wil jij later bij de padvinderij? Niet doen, hoor. Bij de padvinderij zijn stoute akela's. Let op, let op: ga nooit bij de padvinderij, want daar woedt akela. Ga nooit met akela spelen want zij heeft een grote pan en daar gooit zij kleine meisjes in en daar kookt zij meisjessoep van.'

Tante Margot kwam ons achterna, ze maakte een sprong van de waranda waarbij ze een slof verloor, haar peignoir waaide open, ze had er niets onder aan. Ze leek op mijn ronde speelgoedduikelaar uit Singapore.

'Geloof hem maar niet, Loulou. Wat durf jij over akela's te beweren, slechte man?'

Oom Felix ging onverstoorbaar voort, hij trok mij mee en wij gingen sneller lopen. Tante Margot schommelde achter ons aan.

'Akela legt dikke meisjes in. Dikke meiden gaan in het zuur en de dunne doet ze in de frituur en de gekste die weckt ze!' riep oom Felix luid en toen werd hij besprongen door tante Margot en rolden zij al stoeiend over het gazon.

'Als honden, als kampongkinderen! Bah, bah, bah,' bracht mijn moeder verontwaardigd uit terwijl ze naar de worsteling liep. Oom Felix, die op de grond lag, greep haar bij de zoom van haar jurk. Mijn moeder was altijd al vroeg in de ochtend onberispelijk gekleed, zij maakte haar toilet al ver voor zes uur, al voordat we papa gingen uitwuiven. Zij was dan zonder mankeren op en top gesoigneerd, getooid met haar kettingen en armbanden en oorbellen, haar gezicht nog bleker gepoederd dan het al was van zichzelf, haar haren glanzend geborsteld, haar wenkbrauwen omhoog getekend in boogjes.

Oom Felix greep haar bij de zoom van haar jurk met zijn ene hand, zijn andere hand had hij om haar enkel geslagen en zo trok hij haar omver.

'Daar gaat Leentje!'

's Avonds vertelde ze het aan mijn vader. Hij had verbaasd en bezorgd opgemerkt: 'Wat zijn dat voor schrammen en bulten? Wat hebben jullie in godsnaam gedaan?'

'Die wildeman greep mij zodat ik boven op hem viel!' begon mijn moeder, en terwijl ze het verhaal vertelde, hoe boos ze ook trachtte te klinken, kon ze haar lachen niet houden.

'Ik zweer het je, Cees, jouw broer, hij ging mata-glap. Hij had eerst onze Margootje te grazen. Hoe durft hij, hoe durft hij!'

Te grazen? Zij hadden niet gegraasd. Mij stond alleen maar die kluwen door elkaar rollende mensen voor ogen, waar mijn moeder zich plotseling middenin had gestort, haar handen graaiend in het haar van oom Felix.

Na een poosje had tante Margot, een eindje verderop in het gras, dringend: 'l'enfant l'enfant' geroepen, wat meestal bestemd was voor mij. Juist toen ik me opmaakte om ook in het gewoel te duiken, omdat ik dacht dat dit de bedoeling was, kwam er door haar roepen een einde aan.

Alle drie waren ze overeind gekomen en een voor een hoofdschuddend weggelopen, elk naar een andere kant van het huis. De stoeipartij was vrolijk geweest als een verjaardagsfeest, met een taart met kaarsjes en ballonnen die knapten. Ik liep vlug naar de waringin om het hem te vertellen.

Wij gingen na de middagrust vaak naar de overkant, naar het zwembad van Villa Isola, mijn moeder en ik. Over het zwembad van ons, dat nog moest worden gemaakt, werd niet meer gesproken.

Een tijdlang kwam oom Felix soms achter ons aanhollen, in zijn blauwe badjas en met zijn handdoek onder zijn arm.

'Mammie, mag oom Felix met ons mee zwemmen?' vroeg ik opgetogen.

'Die? Zwemmen? Hij zit maar liever aan de kant te kijken en rookt zijn sigaretten.'

'Nee hoor, hij komt er altijd bij en dan doen we Jan Huigen in de ton,' kwam ik oom Felix te hulp.

'Jan Huigen? Dat gaat nog wel. Maar zwemmen? Dat kan hij niet. Ho maar, een beetje dompelen en plonzen, dat is wat het is.'

Ik zong voor mij uit: dompelen en plonzen, dompelen en plonzen.

Wij liepen naar de overkant, mammie in haar geborduurde zijden badjas, een kunstwerk, vertelde ze een keer, met haar hoofd schuin: 'Gemaakt door oma Mimi. Jij boft maar, kind, met zulke artistieke oma's!'

Onder de badjas droeg ze een luchtig, bijna doorzichtig nimfenkostuum, het was even bleek van tint als haar huid, met een groenige zweem. Ik hield van haar badhoedje, dat ze altijd vergat op te zetten als oom Felix erbij was. Het sloot glad om haar hoofd en er was een paradijs op afgebeeld, vol gloeiende bloemen en vissen met grote ogen. Maar als ze het vergat, zei ik niets en legde ik het zelfs weleens stiekem nog verder weg, achter een plant, want ik zag haar nóg liever zonder, omdat ik het zo mooi vond om te zien hoe in het water haar haren om haar heen dreven.

Ze liet zich alsof ze slaapwandelde achterover in het bad glijden, ze zweefde de brede treden af. Het water ving haar op en ging haar zachtjes duwen, in het rond, ze liet zich drijven met gesloten ogen en een lach om haar mond, haar korte, zilveren haren waaierden uit onder de waterspiegel, haar hoofd leek een beetje op de maan. Ik trilde en werd even duizelig van het gevoel dat iets van heel ver weg ineens dichtbij was gekomen, heel even maar.

Op een middag, ik zat op de rand van het bad bij het ondiepe gedeelte, hoorde ik mijn moeder iets roepen, neuriën was het meer dan roepen, het kon ook binnensmonds zingen zijn.

'Kom dan, kom hier, kom bij mij, kom bij mij.'

Ik kon haar niet goed zien, maar vermoedde dat zij aan het andere eind dreef.

Het klonk heel verlokkend wat zij vroeg, maar ik was, hoewel ik me al aardig in het water kon bewegen, nog nooit zover in het diepe geweest als waar zij nu was. Ik mocht daar alleen maar komen als ik mijn zwemband om had en die was nog niet eens opgeblazen. Ik deed onhandige pogingen om het ding zelf op te blazen, maar tevergeefs.

Oom Felix stond een eind verderop op de kant een sigaret te roken. Hij hoorde mij niet toen ik hem vroeg of hij me kon helpen. Nooit mocht ik van haar zonder zwemband het diepe in. Maar nu riep ze mij.

Klappertandend en met tranen in mijn ogen die ik voor geen prijs wilde laten zien, wankelde ik voetje voor voetje de stenen traptreden verder naar beneden af, tot diep in het water.

Ik heb er nadien vaak van gedroomd en ik droom er, meer dan een halve eeuw later, nog weleens van.

'Kom, doe het nu maar, je moet leren vertrouwen te hebben, anders lukt niets.' Dat had zij me al dikwijls gezegd, al ging dat dan meestal over iets anders, handjes geven aan vreemden of zoiets.

Nu wenkte ze me van de andere kant van het bad, meende ik. Ik nam aan dat ze haar hoofd enigszins opgeheven hield en dat ze me aankeek. Hoe ze keek, wist ik niet. Daarvoor was ze te ver weg. Ik kon het me wel voorstellen: vleiend, plagend, uitdagend.

'Kom maar hoor, je houdt toch van mij? Toe maar dan!'

Het leek wel alsof ze vlak naast me stond, zo goed kon ik haar verstaan, al was het niet meer dan fluisteren wat ze deed.

Alleen haar drijvende vorm zag ik, aan de andere kant van het bad, haar zilverige groene kleur, als van een vis.

'Ik durf het niet, mammie,' stootte ik uit voor ik me plompverloren in het water stortte, waarin ik eerst in een mengeling van pijn en genot kopje onderging en toen in aanraking kwam met een ongekend verschijnsel, allesomvattend en vederlicht tegelijk. Mijn loodzware vrees viel van me af, en nadat die last was verdwenen, raakte ik mijzelf kwijt en ging op in het al, waar niets telde van wat ik kende en wist. Ik weet niet meer of ik ten slotte uit mezelf na lange tijd weer bovenkwam of dat mijn moeder of oom Felix, die ineens ook in zijn natte kleren in het bad rondstrompelde, mij eruit heeft getrokken. Het leek een lange tijd, maar ik weet niet eens hoe lang het heeft geduurd. Het eerste dat ik hoorde toen ik tot mijzelf kwam was haar stem. 'Wat was er in jou gevaren? Wat wilde je ons aandoen, jij kleine idioot?'

Ze had haar armen om me heen geslagen en drukte haar gezicht boven op mijn hoofd, zodat ik alleen haar hals en haar borst en een stukje badpak zag. Maar ik hoorde hoe angstig haar stem klonk en ik voelde hoe ze beefde en ik besefte dat ze niet begreep wat ik zojuist had ervaren. Zo verheven voelde ik mij nog, dat haar schrik of verwarring of wat het ook was dat haar zo deed rillen, me niet eens deerde, integendeel, ik moest er zachtjes om lachen omdat ik me nog zo licht en behaaglijk loom voelde.

'Wat? Wat? Sta je te lachen? Je deed het toch niet expres, krankzinnig kind?'

'O, jij moest eens weten hoe ik me voelde...' sprak ze tegen oom Felix en drukte mij nog vaster tegen zich aan. 'O, mijn hart bonst, je zou het eens moeten horen, ik kan het niet tot bedaren krijgen.'

Gewoon kopje-onder gaan was maar kinderspel vergeleken bij wat ik had meegemaakt, en ik probeerde het haar uit te leggen.

'Dit is allemaal onzin, wat jij daar zegt. Je mag dit helemaal niet zeggen. Hou alsjeblieft je mond. Je mag zoiets nooit, nooit meer doen. Je kunt al aardig zwemmen, je kunt heel goed blijven drijven, maar je mag nooit, nooit, nooit meer zo lang kopje-onder gaan.'

Dat ik dit voor haar had gedaan en voor haar alleen, dat ik het even graag nóóit meer zou willen doen voor haar alleen, ik kon het haar niet zeggen.

Felix hield zijn armen om ons heen en zij leunde tegen hem aan.

'Rustig nou maar Hélène. Het lieve kind is niet ongehoorzaam. Zij doet juist trouw alles wat jij zegt. Zij dweept nu eenmaal met jou.'

Verbeeldde ik het me of zei hij er zachtjes achteraan: 'Wie trouwens niet?'

Mijn moeder schudde hem af en sloeg met haar handen hard op het water, maar het was geen spel meer, zij was nu boos.

'Ik wil niet dat zij dweept.' Pats. 'Ik wil niet dat zij dweept. Met niemand, dus ook niet met mij. Dwepen moet men bezuren.' Pats. 'En ik wil ook niet dat zij zo lang onder water blijft.' Pats.

Voordat zij verder kon gaan en helemaal wild en woest zou worden, zoals zo vaak gebeurde, al was het nog nooit in het water gebeurd, zei oom Felix luid en ernstig: 'Weten jullie dat iedereen zijn kinderen hier gewoon in het water smijt? Zo leren ze allemaal zwemmen.'

Mijn moeder kalmeerde. Er verscheen een flauw lachje op haar gezicht.

'We sluiten vrede,' zei ze. 'We doen een waterdans.' Ze gaf ons beiden een hand en trok ons mee, in een cirkel door het water.

'Jan Huigen in de ton
Jan Huigen in de ton
met een hoepeltje erom
Jan Huigen
Jan Huigen
en de ton
die viel in duigen.'

5

Oom Felix vond de theemevrouwen leuk. Hij vertelde ze verhalen en maakte grappen met ze. Hij liet ze nieuwe liedjes horen, die hij zong of die hij speelde op een mondharmonica. Het theebezoek duurde veel langer dan vroeger, de bezoeksters bleven zitten tot lang nadat het donker was en ik wist niet wat ik moest beginnen. Ik kon niet aan één stuk door naar hun baby's kijken, die in wagentjes lagen of in manden. Soms drentelde ik gewoon maar, in het wilde weg, een beetje op het gras. Soms kreeg ik een glas roze siroop. 'Drink maar gauw op voordat papa komt.'

Mijn moeder en oom Felix en tante Margot zaten met de bezoeksters op de waranda te lachen en te praten. Een enkele keer moest ik in de kring komen om te vertellen wat ik die dag had gedaan of welk woord ik had geleerd. Ineens wist ik het dan niet meer. Ik wilde het niet zeggen, met al die mensen erbij, van wie ik sommige niet kende omdat ze nooit eerder waren geweest. Vaak sloop ik weg, liet mijn siroop onaangeroerd staan.

'Wat doe je, Loulou? Waar ben je?'

'Ik zoek Teddy.'

'Teddy zit hier in jouw eigen stoel, suffie.'

Ik wist dat ze mijn speelgoedhond bedoelde en niet mijn echte hond, die ik eigenlijk zocht. Maar ik kwam gehoorzaam terug.

Braaf zat ik weer te zitten, totdat ik eindelijk het bekende geluid van de auto hoorde, dan stormde ik weg van de waranda om mijn vader te begroeten. Sinds oom Felix er was, kwam papa meestal niet meer zitten in onze kring. Hoogstens kwam hij er even bij staan om de aanwezigen te groeten. Als er theemevrouwen waren, dan praatte hij wel even met hen, maar tamelijk verstrooid, hij haalde tegenwoordig alle namen door elkaar, volgens mijn moeder. Na een paar zinnen met de bezoeksters te hebben gewisseld, zei mijn vader tegen oom Felix: 'Neem jij de honneurs verder waar, broer.'

De meeste avonden ging hij na thuiskomst onmiddellijk naar zijn paviljoen. Ik probeerde om meteen als hij uit de auto stapte, zijn hand te pakken, maar dat lukte niet. Hij droeg zijn tas in zijn ene hand en in zijn andere hand dikwijls nog een boek of papieren. Dan liep ik gewoon met hem mee, niet naast hem, maar een stukje voor hem uit zodat hij mij goed kon zien. Eerst was ik natuurlijk netjes achter hem gebleven, omdat ik van mijn moeder had geleerd dat je mensen nooit zomaar voor de voeten mocht lopen, want dan konden ze struikelen of vallen.

Maar als ik achter mijn vader liep, wist hij niet eens wie daar ging, de chauffeur of de djongos of Teddy of ik. Zo verstrooid was hij. Soms was hij zo in gedachten verdiept dat hij de verkeerde kant uit ging. Het was voor hem dus juist beter dat iemand voor zijn voeten liep, dan raakte hij niet de weg kwijt.

'Ik wijs de weg wel, papa.'

'Jij wijst de weg wel, doe dat maar, hummel.'

Daarna bleef het stil. Als ik wilde dat we gingen praten, kon ik maar het best vragen: 'Zal ik vertellen wat ik vandaag heb gegeten?'

'Ja, doe dat.' Hij maakte een soort geluid dat een beetje op lachen leek. 'Vertel eens wat je hebt gegeten. Nee, zal ik proberen het te raden? Chocoladeflensjes met vanillevla.'

'Nee!'

'Vertel het me maar.'

Soms waren we dan al tot bij de kring op de waranda gekomen, want daar moesten we langs en dan nam mijn moeder ons gesprek over.

'Hoorde ik jou vragen wat zij heeft gegeten? Wil jij dat weten? Drie bekers fosco dronk ons flinke meisje en een tompouce at ze toe. Een tompouce? Louise at er wel drie achter elkaar. En zal ik je nog meer vertellen?' En dan vertelde zij schaterlachend allerlei verhalen over de dingen die zij en ik hadden gedaan en die ik glad was vergeten. 'Jouw feestneus van een broer wilde deze mooie dag nodig naar Lembang toe en dus zijn wij naar Lembang gegaan en daarna in één moeite door ook nog maar naar de dierentuin. Oef, warm was het! Toen hebben wij dus, heel onverstandig, limonade met ijs genomen.'

'Zijn we naar de dierentuin geweest? Zijn we naar de dierentuin geweest? Ik weet het niet meer!' hoor ik mijzelf nog stomverbaasd roepen. 'Nee hoor, daar zijn we niet geweest.'

'Met Lembang ben je de hele ochtend al kwijt, kinderen toch, daar heb ik geen goed woord voor over, dus jullie hebben niet eens fatsoenlijk gerust.' Geeuwend kwam tante Margot uit haar middagrust. Maar zij werd zoals gewoonlijk meteen door mammie berispt: 'Trek eerst nu eens dat dwaze schort uit, zus, dan mag je pas meepraten. Het lijkt hier wel een ziekenhuis en het ruikt hier ook al zo, of ben jij dat, Cees?' Ze wachtte niet af of er antwoord op haar vragen kwam, ze praatte door: 'Waarom kleden jullie je niet om, zoals wij ook? Nou ja, als je het dan weten wilt, we zijn heel eventjes naar de dierentuin geweest, maar het was dus veel te warm en Louise loopt overdag trouwens toch maar te dromen.'

Oom Felix schraapte zijn keel, wat hij deed als hij wilde dat wij naar hem keken en als wij dan keken, deed hij van de weeromstuit nog gekker en trok rare gezichten.

'Ahum ahum! Ik wil maar zeggen, waar zij is, daar is haar zieltje nog niet, Loulous ziel toeft vaak elders, waar het waarschijnlijk nog mooier is dan hier.'

Tante Margot keek ons na zulke uitspraken liefdevol aan en dan kuste ze mij.

'Ben je al net zo verstrooid als je vader? Heb jij zelfs in de dierentuin lopen dromen?'

Ik wilde haar vertellen dat wij in de middag helemaal niet in de dierentuin waren geweest, maar in het zwembad van Villa Isola.

Mijn moeder riep dat we stil moesten zijn, want zij hoorde de tokeh.

'Laten we goed opletten. De tokeh roept. Ssst. Zachtjes tellen.'

Het was een vroege tokeh, een jonkie misschien, hij riep maar drie keer.

'Nu als de wiedeweerga naar bedje toe, Loulou.'

'Och kom, zij heeft al de hele dag lopen dromen,' merkte mijn vader op. Hij stak zijn hand naar mij uit en nam mij mee naar zijn kamer. 'Wil je nog even Servus Poldi zien?'

Ik wilde altijd wel Servus Poldi zien. Hij dreef op sterk water en woonde in een glazen pot.

's Avonds zat mijn vader te schrijven en te lezen in zijn werkkamer. En die enkele keer dat hij weleens bij de anderen in de kring zat, in zijn eigen stoel waarin behalve ik nooit iemand anders ging zitten, zelfs niet per ongeluk, dan zei hij maar weinig. Hij zuchtte en fronste terwijl hij de brieven las die uit Europa kwamen gevlogen. De meeste waren lichtblauw en doorschijnend, zoals vlinders. Ik streek weleens over de enveloppen om te kijken of er ook het fijne poeder af zou komen dat op vlindervleugels lag.

Ze wogen bijna niets en je kon ze door de lucht laten zeilen, maar dat mocht niet van mammie en ook niet van tante Margot. De brieven waren een mysterie.

Er was al eens iets raars gebeurd met een brief die van oma Mimi kwam. Deze brief had kleintjes gekregen. Ik wist het wel, maar ik mocht het van mijn moeder nooit aan mijn vader vertellen.

Een brief was goed als hij dicht bleef. Zolang de brieven van oma Mimi nog in hun huisje zaten, was er niets aan de hand. Maar dan ging mijn vader naar zijn paviljoen om ze te openen en dan ontpopten ze zich tot de lange, fladderende, witte en blauwe vlinders die wel giftig moesten zijn, zoveel narigheid als ze aanrichtten.

Mijn vader frommelde ze in elkaar in zijn vuist en hij liep er maar mee op en neer op zijn galerij, met diepe rimpels in zijn voorhoofd en opeengeklemde kaken, waaruit ik zacht gegrom hoorde komen.

De brieven kwamen als mijn vader al weg was naar de kliniek. Mammie liet ze snel heen en weer glijden in haar handen: 'O jeetje, o jeetje, er is er weer eentje. Weer eentje van Mimi.' Daarna maakte zij van de andere brieven een stapeltje voor mijn vader en legde ze deze ene, speciale brief voor enige tijd, een dag of een week, op haar hoedenplank, zodat mijn vader zich nog niet dezelfde avond al bedroefd of ongerust hoefde te maken.

Wanneer mijn moeder tijdens de middagrust in diepe slaap was gevallen, sleepte ik tot vlak bij de kleedkast een stoel, waar ik bovenop ging staan om naar deze brief te gluren die nog altijd op de plank lag. Er was er een die er al heel lang lag. Hij was lichtblauw en een beetje bol, onschuldig om te zien. Met mijn wijsvinger gaf ik er voorzichtig tikjes tegenaan. Bij giftige insecten moest je dat wel uit je hoofd laten, wist ik, maar ik had tante Margot gevraagd of een brief giftig was en zij had mij bezworen van niet. Mijn moeder haalde op mijn vraag haar schouders op: ‘Dat hangt er maar helemaal van af.’

Met zulke antwoorden kon ik niets beginnen.

Hoe langer de brief van oma Mimi op de hoedenplank lag, des te meer beeldde ik mij in dat hij was gegroeid. Hij was dikker geworden en hij zuchtte zo nu en dan.

Kietelde ik zijn buik, dan ploften er lichtgroene wolkjes uit, die een ongekend aroma verspreidden, dat in de verte leek op het parfum dat mijn moeder achter haar oren streek als ze zich extra mooi maakte. De brief maakte zich extra mooi voor mij, omdat niemand naar hem keek. Ik maakte een bed voor hem van een satijnen baret, die toch nooit iemand droeg. Ik zorgde ervoor dat dit nestje ook wat dichter kwam te liggen bij de kieren in de kast, zodat de brief voldoende lucht kon happen. Misschien kreeg de brief jonkies, misschien niet. Maar terwijl ik nog in twijfel verkeerde, barstte de bom.

Zo noemde mijn moeder dat, fluisterend tegen tante Margot: ‘Adoe, nu barst de bom. Mimi heeft alweer een brief geschreven. Heeft zij niets anders om handen? Cees vraagt zich af waar haar vorige is gebleven.’

‘Waar is haar vorige dan? Niet gebracht?’

Mijn moeder vouwde haar armen over elkaar, knakte dubbel en gierde het uit: ‘Oe... oe... oe... adoe.’ Maar deze vrolijke uitbarsting eindigde in geweeklaag: ‘Oei foei, wel gebracht, niet gegeven, oei foei, wat moet ik nu doen?’

‘Wat! Heb je Cees zijn brief niet gegeven?’

‘Jawel, jawel, maar eventjes niet. Om tactische redenen.’

‘Wah! Jij bent de brief vergeten.’

‘Zondag! Zondag heb ik hem vast al gegeven.’

Ik wist wel zeker van niet. Bijna die hele zondag waren mijn vader en moeder binnengebleven, ze waren urenlang bezig geweest met foto’s bekijken en inplakken, druk pratend en lachend, en telkens als ik was binnengekomen, had een van de twee gezegd: 'Wat is er aan de hand? Wil je iets vragen? Nergens aankomen, hoor, als we klaar zijn, dan mag jij het album bekijken.' Op stapeltjes en in rijen lagen de foto's uitgespreid. Op de zwarte eettafel, op de kleinere tafels, op de stoelen zelfs. Overal waar het oog reikte, waren foto's. Maar nergens een brief, dat wist ik.

'Weet je het wel zeker? Waarom heeft hij hem dan niet gelezen?' vroeg tante Margot.

'Ja zusje, daar zeg je wat. Maar de brief ligt er niet meer, dus ik heb hem gegeven!'

'Kijk nog eens goed.'

'Ja hoor eens, als de brief niet meer ligt waar-ie lag, dan is-ie weg, hij heeft toch geen beentjes gekregen?'

Ik popelde om te vertellen van wel. De brief had beentjes gekregen en nog wel meer. Het duurde nog een hele tijd voordat ik met mijn goede nieuws tussenbeide kon komen.

'Ooo,' riepen beiden als uit één mond. 'Daar komt de aap uit de mouw.' Ze grepen me elk bij een arm en met zijn drieën vlogen we naar de kast. Mijn moeder, de langste, sprong op de stoel en maaide met een driftige zwaai de hele hoedenplank leeg. Wij wachtten beneden met gespreide armen, klaar om de boel op te vangen, maar alles viel op de grond, hoeden, boa's, sjaals en opgerolde ceintuurs die ineens in volle lengte over de grond kropen alsof zij slangen waren. Ik riep mijn moeder dringend toe dat ze voorzichtig moest zijn voor het geval dat de brief kleintjes had, net als Teddy-Bali.

'Kleintjes? Wat kakel je nou?' Ze hield de goudkleurige baret in haar hand, toegeknepen in de vorm van een banaan.

Ik gilde: 'Daar zit-ie in, daar zit-ie in, pas op.'

'Waar?'

'In die pisang.'

Mijn moeder hief haar handen ten hemel en liet de baret vallen, hij plofte op de grond en ik zag meteen de brief er nog in zitten, hij leek wel opgeblazen, zo bol als hij was, maar zo was Teddy ook een tijdje geweest.

'Kijk, hij is dik, mammie.'

Ze staarde verbaasd naar het opgeblazen groezelige geval in de baret.

'Is dit een brief? Loulou, zeg eens op, wat is hier potverdikkie mee gebeurd?'

Het leek wel alsof wij geen van drieën de brief durfden aan te raken. Toen ik er toch behoedzaam een vinger naar uitstak, trok mijn moeder mijn hand terug. 'Blijf af.'

'Volgens mij is het schimmel,' zei tante Margot.

'Schimmel? Dan is alles in die kast naar de maan.'

'Zou het geen mot kunnen zijn? Mimi leeft tussen oude lappen, misschien heeft zij haar brief tussen haar oude lappen zitten schrijven?'

'Mimi mot? Oude lappen? Laat het haar niet horen! Ze zou je vermoorden.'

'Hollandse mot. Kan toch? Maar die houdt het hier niet uit, zus, vrees niet.'

'Ach ga weg. Mot in een brief? Kan niet!'

'Papiermot misschien.'

'Kijk nou hoe bol dat ding staat.'

'Kijk uit, kijk uit,' riep ik nog, maar het was al te laat, mijn moeder had kordaat de brief gegrepen en met haar vlijmende nagelvijl opengesneden. Ik beet zo hard op mijn lip dat ik het nog dagenlang voelde, ik durfde eigenlijk niet meer te kijken, maar het moest. Er waren kleintjes, maar ze waren niet goed gelukt. Er kwamen uit de brief allemaal kromgetrokken foto's, van een akelig bleke kleur en met gekartelde randen. Mijn moeder tuurde ernaar.

'Moet je zien, wat leuk. Foto's van Felix en Cees,' piepte ze ten slotte, alsof ze het heel benauwd had gekregen.

Ze liet haar hoofd en haar schouders hangen, maar niet lang, want ineens richtte ze zich weer op en zei stralend, omdat ze zojuist deze goede ingeving had gekregen: 'Dat komt heel goed uit. We hebben net de hele zondag foto's in zitten plakken, maar er is nog een hele stapel niet klaar en daar kunnen nu deze mooi bij.'

'Je wilt ze gewoon onder de grote stapel erbij schuiven?' vroeg tante Margot. 'Maar dat kun je niet zomaar doen, hoor, dat merkt hij. Cees merkt alles altijd meteen.'

'O ja? Wedden? Niets merkt hij, bij mijn weten. Nooit merkt hij wat.'

Waren er geen brieven gekomen, dan verdiepte mijn vader zich in de kranten. Sommige kranten kwamen vanzelf, andere waren opgestuurd 'uit het avondland'. Hij zei nooit wat er in de kranten stond, maar hij schudde weleens wild zijn hoofd, frommelde de krant in elkaar, trok vervolgens de prop weer uiteen en streek hem glad, rolde hem stijf op, nam hem in zijn hand alsof het een stok was waarmee hij iemand wilde slaan en dan vertrok hij in zichzelf prevelend naar zijn kamer. 'Lieve hemel, God helpe ons, het is weer zo laat,' fluisterde mijn moeder dan.

Naast zijn eigen stoel stond een tafeltje met een karaf water en een groot glas ernaast. Ook als hij er niet zat, werd toch de karaf met fris water gevuld en neergezet, het glas er omgekeerd naast op een kanten kleedje. Mijn vader dronk altijd water. Als hij zat te lezen of te werken of te praten, om de zoveel tijd nam hij het glas, goot er water in en dronk het met kleine slokken leeg. Nooit iets anders dan water. Ook niet als er feest werd gevierd.

'We mogen je verjaardag toch wel vieren met een glaasje jenever? Een paitje, Cees, af en toe mag een mens zich ontspannen.'

Mijn vader antwoordde dat er wat hem betrof niets

heerlijkers was dan water om te ontspannen. Water, het kostbaarste dat er was op aarde. Wijzelf waren het trouwens ook, voor meer dan de helft waren wij water. Mijn moeder sprak mijn vader tegen en zei dat wij meer geest waren dan water en dan hakketakten ze wat, terwijl tante Margot de ene keer mijn moeder bijviel, de andere keer mijn vader.

Toen oom Felix bij ons woonde, daagde hij papa uit; hij sprak immers steevast iedereen tegen, plagend meestal, maar soms heel serieus, tegen het driftige aan.

Telkens wanneer dit gebeurde, keek mijn vader goedig naar hem en hij glimlachte wel, maar met zijn hoofd schudde hij van nee, alsof hij oom Felix graag wilde geloven maar dit werkelijk niet kon. Zo keek hij ook wel naar mij als ik vertelde wat ik had gegeten.

'Ach broer, alle Theorie ist grau,' riep oom Felix vele malen uit. Hij kwam met zijn dansende pas naderbij geslopen, met de fles in aanvalshouding boven zijn hoofd geheven. 'Omdat wij half water zijn, zijn wij treurig en sloom. Onze waterhelft dommelt in en is een stinkende, stilstaande plas, die graag wil koken en zieden op vuur! Jaag wat vuur door die lamme leden, broer, neem een slok! Dit goedje heet niet voor niets vuurwater. Kom, volg de nimmer falende zinnen, niet het gebrekkige verstand. Smijt die stomme kranten opzij en laat de brieven van Mimi betijen.'

Oom Felix kon honderdmaal zeggen: 'Lachen en het leven liefhebben is volgens mij gezonder dan al dat lezen', maar helpen deed dit in het geval van mijn vader niets. Papa glimlachte vriendelijk en zei: 'Ik mag dit graag horen', of: 'Was het maar waar.' En dan dronk hij een glas water.

Hij bleef zijn brieven lezen met gefronst voorhoofd en zag erop toe dat alle kranten voor hem werden bewaard.

Als mijn vader in zo'n stemming bij ons op de waranda zat, werd er na verloop van tijd door niemand meer gekheid gemaakt en werd er steeds zachter en trager gesproken. Ten slotte zat iedereen onmerkbaar te zuchten.

Oom Felix sprong een heel enkele keer op en riep dan op gewichtige toon: 'De dokter schrijft voor: een stukje muziek. Daar zal dit gezelschap van opknappen.' Hij liep naar de pathefoon. Hij zette een plaat op. Hij ging met gespreide armen staan en riep fluwelig: 'Aha Franz Lehár...'

Als de eerste tonen weerklonken keek papa op en zei somber: 'Hoempapa!'

Als mijn vader heel laat thuiskwam, waren er 'complicaties' in de kliniek. De chauffeur bracht dan alleen tante Margot terug, als zij naar de kliniek was geweest. Sinds oom Felix er was, ging zij er met hem bijna dagelijks heen. Zij vertelde mijn moeder over de 'complicaties', maar ze sprak zo zacht en zo snel dat ik het niet kon verstaan. Ik zag wel hoe mammie haar handen op haar oren legde en met glinsterende ogen deed alsof ze het voor geen prijs wilde horen. Ook riep ze wel klagend als tante Margot was uitverteld: 'Nu is het wel weer mooi geweest, hoor. Ik wil er niets meer over horen! Het is al erg genoeg om met een fanatiekeling als Cees getrouwd te zijn en dan ook nog zo'n kletskous van een verpleegster erbij!'

Mijn moeder ging zitten op haar hoge stoel op de waranda, zij speelde met dunne vingers met haar lange ketting, tilde haar sigarettenpijp naar de mond, nam met getuite lippen snelle trekjes en blies voorzichtig wolken uit die even groot en vluchtig als mijn zeepbellen waren. Zij tikte vervolgens om nog meer aandacht te vragen met haar voet op de grond.

'Ik moet jullie wat zeggen...' pufte ze tegelijk met haar sigarettenrook uit.

Wij verwachtten altijd weer de vreselijkste mededelingen, in de trant van: er is onheil op komst, er dwaalt een tijger om het huis, de vulkaan zal gaan uitbarsten, er is een vloek over ons uitgesproken, maar dan zei zij: 'Margot, Felix, ik vind dat die verloving van jullie absoluut moet worden gevierd. Wij geven een bal. Een gemaskerd bal.'

'Wat? Wat?' riep oom Felix. 'Een hele avond en nog een nacht dansen? In ons paki-an? Of nog erger, verkleed als Napoleon? Alsof wij niet genoeg te doen hebben, we zijn de hele dag al met bezigheden overstelpt. Ja heus, ik ben blij als ik hier af en toe zit zonder iets om handen.'

Mijn moeder richtte zich tot tante Margot.

'Wat doet hij dan zo allemaal?' vroeg ze met een knipoogje. 'Ik zal het eens opsommen. Tennissen doet hij uitsluitend nog met Cees. Vanwege zijn bril durft hij niet meer met jou te spelen.. Jíj hebt de glazen eruit geslagen, ja, dat is waar. Paardrijden vindt onze nobele ziel zielig voor de paarden. Voor wandelen is het te warm en voor fietsen te ver.'

'Hij zwemt toch met jullie. Maar geloof me, we zijn meestal voor alles te moe als we na zo'n lange dag uit de kliniek komen.'

'Ooo, die kliniek. Binnenkort lig ik erin. Dan ben ik jullie voornaamste patiënt. Dan hebben jullie eindelijk al je tijd over voor mij.'

'Nee, niets daarvan,' zei oom Felix, 'wij hebben al onze tijd nodig voor de mooie mevrouw Dee.'

Mijn moeder sprong op en petste met haar handen op de krant die oom Felix zojuist uitgevouwen op de stenen balustrade had uitgespreid.

'Mevrouw Dee! Zij laat jullie allemaal springen door haar hoepeltje. Over dat verwende rijkeluisgedrocht wil ik niets meer horen. Vertel mij liever eens, lapzwansen, wanneer vieren we eigenlijk de trouwerij?'

‘Oho! Dat is niet aan mij om te bepalen,’ antwoordde oom Felix.

Mijn moeder keek verbaasd.

‘Margot! Ben jij weer aan het dralen?’

‘Leentje, het komt allemaal wel goed.’

‘Zij is de koningin van mijn hart,’ zei oom Felix, ‘en zij is ook de liefste en beste verpleegster die er op de wereld bestaat. Zij is een sieraad voor onze kliniek. Het is waarachtig zonde dat alleen ik beslag op haar zal mogen leggen.’

‘De koningin, de liefste, de beste, een sieraad,’ herhaalde mijn moeder op een vreemde toon. Ze zweeg om diep adem te scheppen, keek naar de grond en begon te huilen. ‘Zei iemand zulke lieve dingen ook maar eens tegen mij.’

Tante Margot had samen met mij zitten te schommelen in de schommelstoel, ze had juist haar benen omhooggestoken om meer vaart te krijgen, maar door dit huilen verstomden wij, zij met haar benen nog in de lucht en ik met mijn armen om haar heen. Ik hield haar stevig vast en drukte mijn hoofd tegen haar boezem om mijn verdrietige moeder niet te hoeven zien.

Oom Felix liep weg.

Wij bleven achter. Wij keken oom Felix na, die langs de zijvleugel wandelde, naar het werkpaviljoen waar mijn vader al een hele tijd geleden heen was gegaan. Hij maakte geen haast, oom Felix slenterde meer dan hij liep, hij keek om zich heen en naar de hemel, maar hij keek niet meer naar ons, ook al bleef hij af en toe staan om met twee handen naar ons te wuiven, zonder zich naar ons om te draaien.

‘Wat een nietsnut is hij,’ stamelde mijn moeder, tussen twee snikken door, maar haar stem klonk alweer bijna als vanouds. ‘Iedere kruidenier kan zien dat ik een zenuwtoeval heb en hij die het weten moet, is nog te beroerd om mij wat valeriaan te geven. Dat noemt zich apotheker en hij is gewoon een koekenbakker, een Duitse koekenbakker, net als zijn pa.'

Ze kwam bij ons staan. Ze leunde tegen ons aan.

'Margot, stel het toch niet langer uit. Ga toch trouwen, zusje, trouw met die vrolijke koekenbakker. Wat heerlijk om zo zorgeloos en lui te kunnen leven. Waarom zocht ik er niet ook zo een uit, zo een van happy go lucky, zo een met wie je lol kunt beleven.'

Tante Margot zei niets, ik hoorde haar neuriën, en omdat ik zo dicht tegen haar aan zat, drong de melodie ook tot mij door en als vanzelf neuriede ik die mee.

'Dat zit maar te zingen alsof het geen zorgen in de wereld heeft, jij domoor, o, jij muilezel, jij kip zonder kop. Jij bent voor het geluk geboren en je smijt het almaar weg op de wind.'

'Maar niet heus, zus! Felix en ik trouwen, wis en zeker.'

Mammie begon steeds opnieuw. Ik kon het trillen van haar stem niet goed verdragen, zij kon ieder ogenblik weer gaan huilen.

'Ja, dat het ten slotte toch die schertsfiguur moet worden, dat bedoel ik nou juist. Zal ik eens eventjes alle aanzoeken opsommen die jij hebt gekregen? De deur hebben ze platgelopen, met bossen orchideeën. En rozen. Rode rozen te over. Je hebt alle kansen gehad maar je hebt je leven vergooid.'

Mijn tante zette mij behoedzaam neer op de grond, ze voerde mij naar de stoel van mijn vader en pas daarna stoof ze op. Ze keerde zich blazend om naar mijn moeder.

'Dat zie jij totaal verkeerd, ja. Felix is voor mij de ware. Ik houd van hem, ik wil geen kwaad woord van hem horen.'

'O, hoor me dat eens aan. Wanneer mogen we de trouwpartij dan eindelijk beleven?'

'Het lijkt wel of jij meer haast hebt dan wij,' zei tante Margot.

'Er wordt langzamerhand achter jullie rug heel raar over jullie gesproken.'

'Ze kletsen maar raak.'

'Het tast de goede naam aan, ook van de kliniek.'

'O Leentje! Wij trouwen wel, hoor, maar soms twijfel ik, ja. Dat mag je gerust weten.' Tante Margot keek haar zuster verdrietig aan. Het leek wel of het nu haar beurt was om te gaan huilen. 'Is het huwelijk wel mijn bestemming?' vroeg ze met ogen waaruit al een traan rolde.

'Wat zou jouw bestemming dan anders zijn? De eeuwige pleeg? Voor eeuwig andermans kinderen bakeren?'

'Ik weet het niet. Ik houd van mijn werk. Ik ben bang om het op te geven.'

'Nou nog mooier! Andermans kinderen wil je wel verzorgen en niet die van jezelf?'

'Het lijkt mij een bijna te zware taak om moeder te zijn.'

Mijn moeder liep als een tijger in een kooi, ze schreeuwde niet, ze liep geluidloos heen en weer met grote sluippassen en dat was eigenlijk nog erger dan schreeuwen en huilen. Ten slotte wierp ze zich neer op haar rustbank en maakte met haar benen in de lucht bewegingen alsof ze fietste.

'Begin niet opnieuw, zusje, zeg het niet nog eens.' Mijn moeder hijgde. 'Het is een veel te zware taak om moeder te zijn. Dat beweer jij. Hoe komt het dat jij dat nu al zou weten? Zie je dat soms aan mij?'

Ik keek tersluiks naar mijn tante en zag haar staan met een gezicht tussen huilen en lachen in.

Ik herinner mij dat deze uitbarstingen er altijd waren, voordat er regen kwam. In afwachting van de regen werden de woordenwisselingen heftiger, werd er harder geschreeuwd. Als het geweld van de regens dan eenmaal was losgebroken, leek alle stampij van mensen futiel. Door de regen werd alles weggespoeld, de ruzies, de verwijten, de hatelijkheden.

'O, regen, regen, komt er gauw regen, o alstublieft?' vroeg ik de waringin als het weer zo erg werd met mijn moeder dat ze niet eens meer iemand anders nodig had om ruzie te maken. Dat ze gromde en foeterde in haar eentje.

Wat was er aan de hand?

Ik had geen idee.

Ik kon het haar vragen. Dan zei ze dat het ging om alle ellende in het leven tegelijk.

Alle ellende in het leven kwam tegelijk, altijd kort voor de regentijd.

Tante Margot en oom Felix maakten een uitstapje en het duurde twee dagen. Volgens mammie sprak de hele stad er schande van. 'Dat is met de tamtam allemaal al doorgeseind. Tijd, plaats en handeling, alles bekend. Bandoeng, het Parijs van Java? Delfzijl is er nog heilig bij.'

Behalve dat het een schande was, was iedereen 'dodelijk ongerust' geweest, de hele nacht lang.

Zelfs mijn vader had zich ermee bemoeid. Hij was in de auto met de chauffeur weer naar de stad gereden om het tweetal te zoeken.

Na uren was hij teruggekeerd, opgemonterd, maar hij had niets anders willen zeggen dan: 'Alles is dik in orde, maak je niet ongerust, ze zijn beiden ruimschoots volwassen.'

Aan het begin van de avond waren de lila orchideeën bezorgd voor tante Margot.

'Precies de kleur van het moesje in mijn jurk, o, Felix, wat attent van je.'

Tante Margot draaide onwennig rond in haar luchtige gewaad, dat haar heel anders maakte dan het stevige katoen dat zij anders droeg. Haar molligheid kwam extra uit, ze leek precies de oma van het schilderij, vanboven was ze ook bijna bloot. Ze sloeg er gauw een dunne sjaal omheen. Ze keek zo angstig dat ook ik het er benauwd van kreeg.

Mijn moeder moest de corsage opspelden, want tante Margot kreeg het niet gedaan.

'Zijn wij even een handige nurse,' spotten ze allebei tegelijk.

Eindelijk had mammie het voor elkaar en zij strekte haar brekelijke gestalte hoog boven mijn tante uit en slenterde gracieus om haar heen, om met kwijnende gebaren nog het een en ander aan haar te schikken. Ten slotte tuitte zij haar lippen: 'Ja, ik ben tevreden. Wat jij, Felix? Deze fraaie orchidee is heel wat beter dan die eeuwige rode bloem in haar haar.'

'Niks beter, helemaal verkeerd,' stotterde oom Felix en het volgend ogenblik was hij verdwenen om gehaast nog de ronde langs zijn glaasjes te doen.

Tante Margot moet het hebben gehoord, ze rukte de corsage van haar schouder met een vertwijfeld gebaar en kleurde diep.

'Voorzichtig, voorzichtig, je ruïneert het chiffon,' riep mijn moeder.

Voordat ze in de auto stapte, rende tante Margot ineens op wiebelende hakken naar de haag, plukte een ingeslapen hibiscusbloem af en schoof die gewoon met een haarspeldje vlak boven haar rechteroor, net als altijd.

'Het kind van de dessah!' mompelde mijn moeder misprijzend. Ze stond met de versmade orchidee in haar hand en ik zag ineens hoe deze fragiele violette bloem leek op mijn moeder, met haar inbleke huid, die in het late licht zweemde naar groen.

De auto reed weg, knerpend over de kiezels. Mijn moeder vergat te wuiven.

‘Nog niet eens kon hij zorgen voor een goede corsage voor haar. Die flapdrol koos er een uit die eigenlijk voor mij was.’ Ze smeet de orchidee op de grond.

Oom Felix en tante Margot kwamen pas de volgende middag thuis. Het was op de avond van hun uitstapje gaan stortregenen en dat deed het nog. Zij liepen er hand in hand gelukzalig doorheen.

Ze zagen er verfomfaaid uit, maar ze glunderden en lachten. Ze kwamen eerst niet eens uit hun woorden, zo moesten ze lachen. Felix liep lachend en wel de waranda op, naar mijn moeder, en wilde haar begroeten of haar misschien iets aanreiken, want hij hield zijn hand naar haar uitgestrekt. Kwaad sloeg mijn moeder hem weg en oom Felix streek, per ongeluk of expres, langs haar wang. Ze greep meteen zijn hand beet en zette er kort en snel haar tanden in. Het bloed spoot eruit, ik gilde, maar het viel mee, het spoot niet, het druppelde. Verbluft keek oom Felix, met opgeheven vinger, naar de bloeddruppels.

‘Een beet van de tijger. Ik hoop, dat ik dit overleef,’ zei hij, half bewonderend.

‘Schaam je!’ krijste mijn moeder, ja werkelijk, ze krijste, en hoewel wij veel van haar gewend waren op het gebied van driftbuien en uitbarstingen, geloofden wij telkens weer dat wij haar nog nooit eerder zo hadden gehoord.

‘Soedah. Soedah. Regentijd! Regentijd! Kalmeer maar, want alles is goed, Leentje, Leentje, het ging al sausen beneden,’ praatte tante Margot op haar in. Ze wilde geruststellend klinken, maar haar vrolijkheid schetterde erdoorheen. ‘Het ging me daar toch ineens sausen, zeg,’ kraaide zij, ‘we zijn in het Preangerhotel gebleven, weet je. We moesten wel. Er kon niet eens een auto meer rijden. Elk in een eigen kamer, hoor.’ Ze zwaaide uitbundig rond met haar tasje en oom Felix legde zijn armen om haar heen.

‘De kogel is door de kerk. Dit opgewonden standje en ik gaan trouwen.’

‘Deze malloot, ja, deze malloot torste mij daar ineens over de drempel, alsof we al van de trouwpartij kwamen, hahaha, en we moeten nog, zei ik tegen hem.’

Oom Felix sloeg zijn armen nog vaster om haar heen, haalde even diep adem en tilde haar omhoog.

‘En luister eens, Leentje, ja luister dan,’ riep tante Margot, spartelend met haar voeten, ‘we gaan trouwen op Bali. Eerst onze verjaardagen en dan trouwen we. In februari.’

6

Tante Margot werkte overdag, maar soms was ze al bij ons terug en moest ze in de late avond plotseling weer weg, voor een noodgeval. Ik kon me niet inhouden en smeekte: 'Tante Margot, u komt toch wel terug? Komt u wel terug?'

'Natuurlijk toet, natuurlijk kom ik terug. Altijd kom ik bij jou terug.'

Zonder tante Margot kon ik me mijn leven niet voorstellen. Zij wilde altijd met me spelen, ook als anderen daar te moe voor waren. Haar kon ik alles vragen wat ik wilde, meer dan aan mijn moeder. Tante Margot werd nooit boos.

Bij haar zat ik het liefst op schoot, omdat zij zo zacht aanvoelde als twee kussens tegelijk. Mijn moeder was heel smal en je voelde haar beenderen en bij haar durfde ik me niet te verroeren, omdat ik dacht dat met een onhandige beweging van mij misschien haar botten zouden breken. Bij mijn vader had ik nog nooit op schoot gezeten.

Als tante Margot overdag werkte, had ik een moeder minder. Om het goed te maken wijdde mijn tante haar vrije dag, als ze een vrije dag had, helemaal aan mij.

Mijn vader was uitgewuifd en weggereden, mijn moeder was terug naar haar bed gegaan. Voordat oom Felix naar de apotheek ging, zou hij eerst even bij ons aankeren. Dan zouden tante Margot en ik samen ook hem uitwuiven, maar oom Felix was zo vroeg meestal nog niet van de partij.

Tante Margot en ik installeerden ons op de waranda. Het was altijd al meteen een beetje feest, wij hadden zelfs zo vroeg al een glas siroop soesoe.

Sopia kwam langs met haar nieuwe baby, die zij in de slendang droeg. Tante Margot zei dat hij al een flinke jongen werd. Ik was verbaasd, want ik vond de flinke jongen nogal zielig omdat hij in elkaar gekrompen zat, met zijn vuistjes onder zijn kin alsof hij ergens bang voor was. En hij kwijlde bovendien.

'Zo was jij ook, hoor,' zei tante Margot. 'Zo was jij ook als baby.'

Ik kon het me niet voorstellen. De baby leek op de wezens in de grote glazen potten van mijn vader.

'Zo waren wij eens allemaal. Toen wij begonnen,' vertelde tante Margot.

'Nietes.'

'Jawel hoor.'

'Kan niet, tante Margot.'

'Kan wel. Is een geheim des levens.'

Opzij van het huis rolde de kebon de tuinslangen uit naar de nog jonge aanplant om de tennisbaan heen. Voordat oom Felix mij vroeg om met hem te pluimballen, tennisten mijn vader en zijn broer meestal een partij. Wij keken daar weleens naar, maar er was geen lol aan om naar te kijken, vond mijn moeder, want 'die twee doen alsof hun leven van dat spelletje afhangt'.

Tante Margot tenniste niet meer. Ik pluimbalde nu soms wel met haar, maar zij ging er nooit mee door zodra het balletje op de grond lag.

'Wat gaan we vandaag doen, tante Margot?'

'Vandaag hoef ik mij niet druk te maken,' zei ze, open neergaand in de schommelstoel, 'jam karet! Hoor je, de wind is ook wakker geworden, hoor je hem suizelen in de bomen?'

'Suizelen?'

'Soms weet ik niet of ik al wakker ben,' ging tante Margot dromerig voort. 'Soms denk ik dat ik nog droom en dan droom ik soms akelig, maar dan hoor ik de wind en voel hem en denk: ja, ik ben gelukkig wakker en terug met beide benen in mijn aards paradijs.'

Ze lachte tegen mij en rekte zich uit met haar armen naar de hemel gestrekt. Daarna strekte ze ook nog eens al haar vingers een voor een uit. Ze maakte er bewegingen mee alsof ze in de lucht een piano bespeelde. Ze geeuwde langdurig, sloeg plotseling een hand voor haar open mond, riep 'foei, foei, wat een manieren' en lachte mij weer toe.

'Wat we gaan doen? Vraag je dat aan mij? Loulou, zeg jij maar dan.'

Tante Margot wilde altijd alle verhalen van mij aanhoren en ze wilde ook op alle vragen antwoord geven. Op haar vrije dag wilde ze alle spelletjes met me spelen die ik maar verzon.

Ze was de vrolijkste van allemaal bij ons thuis, altijd al, zolang ik me kon herinneren, maar ze was dubbel zo vrolijk nu oom Felix er was. Ze ging in februari met oom Felix trouwen op Bali, waar mijn opa en Poppy woonden.

Tante Margot kon niet zo goed vertellen als mijn moeder en ze wist niet bijna overal antwoord op, zoals oom Felix en mijn vader, maar als ze iets niet wist dan maakte ze er een grapje van en haar verhalen waren altijd om te lachen en liepen altijd goed af. Als ik wilde, mocht ik haar kleren aan en op haar hakken lopen. Als ik vroeg of ik haar parelketting om mocht, dan hing ze die meteen om mijn hals. 'Bagoes, jij!'

Tante Margot was onvermoeibaar, bij ons thuis en ook, vertelde mijn vader, in de kliniek. Hij prees haar zo vaak dat mammie weleens zei: 'Ik word er al doodmoe van om dit alleen maar aan te horen...'

'Ik heb Margot nog nooit moe gezien,' zei mijn vader dan, alsof hij mammies opmerking niet had verstaan.

'Nee, zij wordt niet moe, omdat ze nog geen man en geen kind aan haar rokken heeft. Ze is zo vrij als een vogeltje. Zij heeft nergens omkijken naar.'

Mijn vader zei niets. Mijn moeder riep theatraal uit: 'Regelmatig word ik tot wanhoop gedreven.'

'Door wie dan, Hélène? Door wat dan?'

'Door jullie allemaal.'

'Niets van aantrekken, hoor,' stelde tante Margot mij op zulke momenten gerust.

Wij raakten nooit uitgepraat en speelden op haar vrije dag weleens de hele dag door, ook in het heetst van de middag, als alle andere mensen en alle levende wezens gingen rusten.

Alles was roerloos, binnen en buiten. De krees waren neergelaten en mijn moeder lag in de wit met groene slaapkamer, waar ik nooit zonder kloppen naar binnen mocht gaan. Tante Margot en ik slopen erlangs, met de vinger op de lippen.

De stilte van de siësta, waarin zich niemand vertoonde, leek een beetje op de stilte van de nacht, behalve dat het 's middags veel lichter en heter was.

Wij hadden al veel gespeeld die dag, tante Margot en ik. We hadden verstoppertje, boompje wisselen, tikkertje en het verkleedspel gedaan en daarna ook nog de dieren. Wij waren kippen, ganzen en padden, hondjes en poezen, uilen en tokehs geweest, kakelend, gakkend, blaffend, kruipend en knipogend en zacht en schor roepend: 'Tokeh... tokeh... tokeh...'

In deze hitte, in deze stilte moesten tante Margot en ik misschien het spel van de zwarte eettafel maar doen? Wij werden loom, misschien bracht het spel weer wat leven in ons terug.

Het was een spannend en opwindend spel, het tafelspel. Het leek nog veel opwindender dan pluimbal en ik had er wel graag heel lang naar willen kijken, maar zodra ik het zag, mocht ik niet lang blijven staan. Mijn nachtmensen trokken mij snel met zich mee en wij gingen er dan op een holletje vandoor.

Ik dacht hieraan en vroeg of tante Margot het spel kende.

'Weer een nieuw spel? Het tafelspel? Pingpongen, ja?'

Nee, pingpongen was het niet.

'Welk tafelspel dan? Ik weet niet of ik het ken, hoor. Vertel, vertel!'

'Het is het spel van de zwarte tafel.'

'Het spel van de zwarte tafel?'

Ik knikte.

'Hoe is dat, toet? Ik ken het niet.'

'Zij zijn demonen, tante Margot, zij zijn betoverd en daarom doen zij zo.' Dit hadden de nachtmensen me verteld. Ik giechelde van opwinding en tante Margot giechelde mee.

'Ja heus? Wat doen demonen dan? Laat zien.'

'Ja, ik laat het zien, wacht even.'

Ik klom op de tafel, ging erbovenop liggen, op mijn rug, met gespreide armen en opgetrokken knieën en ik kronkelde met mijn lijf. Af en toe wierp ik mijn benen hoog in de lucht, ik balde en ontspande mijn vuisten en bonsde met mijn achterhoofd op de tafel. Daarna rolde ik heen en weer, zachtjes jammerend, want ik moest dit alles vergezeld doen gaan van de merkwaardige geluiden die ik had opgevangen in de nacht, ijselijke gilletjes en hevig gesteun, gebrom en gehijg en ook gepiep als van jonge hondjes.

'En het moet zonder kleren,' zei ik tot besluit.

Tante Margot keek mij vreemd aan, haar ogen schitterden.

'Vertel nog eens, ja?' vroeg ze alsof ze het niet begreep.
'Maar het is niet moeilijk hoor.'

Zij liet het mij opnieuw vertellen en nog eens voordoen. Toen vroeg ze: 'Hoe is dit mogelijk?'

Ze was op een stoel gaan zitten, ver van de tafel af.

Ik sprong van de tafel, ging naar haar toe en wilde haar meetrekken.

'Het moet met zijn tweeën hoor, kom er nou bij.'

'Adoe toch, wat is dit voor te raar spel?' Mijn tante bloosde.

'Hier!' Ik liep weer naar de tafel en klopte erop.

Tante Margot raakte in de war. Ze moest lachen en toch ook weer niet. Er klopten blauwe wormen onder haar vel.

'Wie doen dat?' vroeg mijn tante, tussen vrolijkheid en verontwaardiging in, 'wie doen dat dan? Wie doen dat dan hier?' Ze beet op haar lippen en moest haar lachen bedwingen.

Ik wist het ineens ook niet zo zeker meer, ik had altijd maar zo kort naar het spel kunnen kijken.

'Wie doen dat dan?'

'Mammie doet het.'

Mijn tante hoestte in haar hand.

'Mammie?'

'Mammie en oom Felix.'

Tante Margot legde haar hoofd tegen de leuning van de hoge stoel en ademde diep in en uit.

'Dacht ik het niet.' Ze mompelde zo zacht dat ik het maar net kon verstaan.

Ik ging bij haar staan en keek naar haar, hoe haar borst omhoog en omlaag ging. Er was iets aan de hand met haar, maar ik had geen flauw idee wat het kon zijn.

'Tante Margot, wat is er? Is er wat?'

'Maar wanneer gebeurt dat dan?' Ze keek me radeloos aan.

'Ze doen het als ze demonen zijn door de maan.'

Ze sputterde: 'Kalang kiboet! Kalang kiboet, kind, ben jij helemaal! Zeg eens eerlijk, zeg eens even eerlijk, oom Felix is er niet bij.' Ze wierp haar hoofd helemaal voorover, zodat haar haren als een dik gordijn tot op haar schoot hingen en zo bleef ze zitten, waardoor ik haar gezicht niet meer zag. Ik hoorde haar praten.

'Oom Felix toch niet?' vroeg ze dof.

Toen moest ik het nog eens vertellen en nog eens voordoen, maar ze keek niet eens meer, ze bleef maar achter haar haren zitten, met hangend hoofd, en halverwege brak ze mijn voorstelling af door keihard kakelend te lachen. Ze gaf nog een kreet en rende toen ineens weg, de eetkamer uit, de donkere gang in, naar de zijgalerij, naar haar kamer.

Ik keek haar na en volgde haar langzaam, te verbaasd om een kik te geven.

Tante Margot was haar slaapkamer ingestoven en ze had de deur achter zich dichtgedaan en toen ik ervoor stond, hoorde ik door de deur gedempte geluiden komen. Misschien was dit wel een nieuw spel, dacht ik nog even, met vage hoop. Maar ik durfde het al niet meer te geloven. Er was iets gebeurd, maar ik wist niet wat. Er slopen over ons erf goden rond die ik niet kende.

Na een poosje klopte ik voorzichtig op de deur en zei heel zacht: 'Tante Margot, tante Margot, luister dan, ik ben hier.'

Er kwam geen antwoord. Pas nadat ik harder had geklopt, zelfs gebonsd had en ook luider was gaan roepen, ging de deur open, op een kier.

'Kindje, ik ben te sakit, ja.' Ze keek naar mij, met haar nog steeds bekommerde gezicht, waarin haar ogen nu ook heel rood en klein waren geworden. 'Even te ziek, ja. Toetje, ga maar even zoet naar Sopia.' Ze huilde.

'Tante, mag ik binnenkomen,' riep ik dringend, haar verschijning maakte me angstig. Dit was geen spel meer. Ik wilde haar kamer in om bij haar te zijn, om haar te aaien en te troosten. Maar ze had de deur alweer dichtgedaan en nu hoorde ik dat ze aan de binnenkant de sleutel omdraaide. Dit was nog nooit eerder gebeurd. Niemand deed zijn deur op slot. Zelfs mijn vader niet, hoewel er in zijn paviljoen genoeg dingen stonden waar niemand aan mocht komen.

'Tante is heel ziek,' zei ik tegen mijn moeder toen ze water over mij heen plensde in de mandi-kamer.

'Ja, waarom heeft ze jou niet even gemandied?' vroeg ze verbaasd. 'Wat hebben jullie gedaan dat je zo door en door smerig bent. Het lijkt wel of je in de modder hebt liggen rollen.'

Dat had ik ook, met Teddy en de jonge hondjes.

Toen tante niet meer terugkwam, was ik met Teddy-Bali en de kebon gaan spelen. De kebon had mij het nest met de drie jonge hondjes laten zien, die allemaal op Teddy leken. Daarna had ik mogen helpen eten in een mandje te doen voor het godenbeeld van de kebon. Hij had mij laten zien hoe je wierookstokjes moest branden. Ik wist het allemaal nog goed, maar het leek ook op een droom, een droom die zich tussen de onbegrijpelijke gebeurtenissen in had geschoven.

'Wat hebben jullie in 's hemelsnaam gedaan, bandieten?' vroeg mammie nieuwsgierig. Ik was weer schoon, een blauwe strik in mijn haar, een witte pyjama aan. Ik vertelde dat wij heel veel spelletjes hadden gedaan. Ik aarzelde bij het tafelspel, maar vertelde toen maar dat wij het tafelspel niet eens hadden gedaan en dat tante er toch ziek van was.

'Hoe ziek?'

'Zij deed de deur van haar kamer op slot.'

'O, ze is in haar kamer? Ze wil niet dat wij haar storen.'

Mijn moeder schudde haar hoofd, ze glimlachte.

'Echt ziek is ze nooit. Jij was weer veel te druk voor haar, jij weet van geen ophouden.'

'Zal ik haar roepen?'

'Welnee, jij doet niets. Papa moet straks maar even naar haar kijken, als het echt nodig is. Wij laten haar lekker liggen, de lieve schat, zij komt heus wel weer opdagen.'

Tante Margot kwam echter niet opdagen.

Mijn moeder en ik aten samen aan de zwarte eettafel. Iedere avond werd die tafel gedekt voor veel mensen. Ik wist niet wie er later nog allemaal kwamen. Wij aten vaak al voordat de anderen waren aangekomen.

Ik had me nog nooit verdiept in waar de gasten zaten, maar die avond wel. Ik keek naar de lege stoelen en ging niet zitten waar ik anders zat; dat wilde ik niet, dat was te dicht bij de verboden plek.

'Wat loop je toch te draaien?'

'Mag ik ergens anders zitten?'

'Ja, waarom niet? Als je nu maar eindelijk gaat zitten.'

Het duurde nog een poosje voordat ik een veilige plaats had gevonden, op de hoek, vlak bij de deur.

'Zit je nu eindelijk? Dan kom ik naast je.'

Omdat ik weinig at en mijn moeder nog minder, zaten we daar gewoon een poosje naast elkaar, dronken een paar slokjes water, spraken een paar woorden met elkaar en schoven een beetje met het tafelgerei. We schommelden met onze benen onder de tafel, kibbelden voor de grap over pudding toe of ijs en waren toen klaar.

Al die tijd liepen er ook nachtmensen om de tafel heen, die onze glazen vulden en die de deksels van de schalen optilden. Ik wilde altijd liever raden wat er onder de deksels zat en met de nachtmensen praten, maar dat mocht nooit, want dan hield ik ze van hun werk.

Deze keer bracht ik het ritueel aan tafel in stilzwijgen door.

Wij gingen net als alle andere avonden zitten op de waranda, mijn moeder en ik. Mijn vader was nog niet thuis, maar oom Felix was er intussen wel.

'Schone jonkvrouw, hebt u zin in het pluimbalspel?' vroeg hij me.

Ik schudde voor het eerst in al die tijd dat ik hem kende van nee. Ik voelde me te zwaar. De gebeurtenis van 's middags met tante Margot bedrukte me en ik wist niet hoe ik dit gevoel kon kwijtraken. Ik zat in de stoel van mijn vader, de enige die niets met het tafelspel te maken had, maar het zitten in zijn stoel hielp niet, want in plaats van te verdwijnen begon het ellendige tafelspel te groeien en te groeien in mijn hoofd. Het kreeg zulke monsterlijke vormen, dat ik niets anders meer zag dan het tafelspel en wat er bij dat spel gebeurde en het werd zo erg dat ik grote moeite moest doen om nog gewoon naar mijn moeder of naar oom Felix te kijken.

'Ze kan geen pap meer zeggen,' zei mijn moeder tegen hem. 'Ze heeft de hele lieve lange dag gespeeld met Margot.'

'Aha, en nu kom ik er niet meer aan te pas.'

'Komt tante straks nog wel bij ons zitten?' waagde ik te vragen.

'Ach mijn lieverd, maak je maar geen zorgen om haar. Jij hebt die lieve schat natuurlijk weer uitgeput, maar zij is sterk, hoor.' Mijn moeder klonk opgewekt. 'Zij is het sterkst van ons allemaal!'

'Is ze niet heel erg ziek?' fluisterde ik.

'Nee hoor, vast niet. Nou, vooruit, om jou gerust te stellen, ik ga wel even naar haar kijken,' zei mijn moeder. Op haar plagende toontje voegde ze eraan toe: 'Als we op de dokter moeten wachten, zitten we hier morgenvroeg nog. Felix, wat jij?'

'Ik ga met je mee, Heleen, om onze luiwammes te wekken.'

'Moet je horen wie het zegt!'

Vrolijk pratend, met zwaaiende armen, liepen ze over de zijgalerij naar de kamer van tante Margot.

Ik zat op de waranda in de stoel van mijn vader met mijn handen tegen mijn oren. Ik wilde het niet horen. Het leek op het hondengeblaf dat soms klonk, uren- en urenlang, op vreemde onweersachtige nachten.

Het kwam uit de kamer van tante Margot. Door alles ging het heen. Hoe stevig ik mijn handen ook tegen mijn oren drukte, hun stemmen klonken hoger en harder en kwamen steeds dichterbij, totdat ik ze beiden naar buiten zag stormen, naar mij, en ik vloog dc stoel uit, de kamer in, de hal door, naar de eetkamer, naar de eettafel, die er nog onschuldig bij lag onder zijn witte kleed. Ik wist nu wel zeker dat ze mij niet meer zouden geloven.

Mijn moeder vond mij bij de plaats waar we zoëven nog met de messenleggers soldaatje hadden gespeeld.

'Wat hoor ik?' riep ze terwijl ze op me afkwam, 'sta jij 's nachts te gluren?' Ze greep me bij mijn arm en schudde me driftig heen en weer. 'Het is niet waar! Zeg dat meteen!'

Terwijl ik nog naar woorden zocht, gaf ze mij zo'n klap om mijn oren dat het er in mijn hoofd van ging suizen. Het was de eerste klap die ik kreeg in mijn leven.

Zo woest keek ze, zo angstaanjagend, dat ik er zonder verder nadenken vandoor ging. Ik maakte dat ik wegkwam en het is niet onmogelijk dat zij mij nog heeft geroepen of achterna is gegaan, maar ik kende veel beter dan zij de weg achter het huis, waar de bedienden woonden en waar van ons niet vaak iemand kwam.

Mijn hond en ik stapten door het water van de beek, die ik als richtsnoer koos. Wij waren op weg naar boven, naar de vulkaan.

Met Teddy-Bali ging ik 's middags wel vaker naar Dewi Kesoema toe, maar zover als nu was ik nog niet eerder gekomen. Het was nog een beetje licht, maar het zou niet lang duren of het was aardedonker. Toch moest ik verder gaan. Ik kende de weg niet meer, maar dat maakte niet uit, ik was toch niet van plan ooit in mijn leven nog terug naar huis te gaan.

Richting Lembang lag de omgekeerde boot, waaronder de zon altijd ging slapen. Wij gingen niet over de harde weg en niet zoals anders in een auto of een koetsje met paard, maar door de velden en de gewassen, die dichter werden, ondoordringbaar bijna. Was dit de rimboe misschien al? Voor de rimboe moest je goed uitkijken, had ik geleerd. Hier dreigden voortdurend gevaren, slangen, kwaadaardige apen, vleesetende en gif spuitende planten, koppensnellers en een tijger misschien. Het kwaad kwam op mijn pad, omdat ik op de zwarte eettafel een demon had nagedaan en er daardoor zelf een was geworden, wie weet wel voorgoed. Maar in de rimboe was het warm en behaaglijk en er dienden zich hier en daar vrolijke en vriendelijke mensen aan, bezig met doodgewone dingen zoals bladeren verzamelen en takken kappen en, als zij oude vrouwtjes waren, met sirih pruimen en niemand keek boos omdat ik op blote voeten met mijn hond door het water liep, integendeel, iedereen wenste mij in zijn sprookjestaal goede reis.

Ik dacht dat het beter was om hier te wonen dan in een huis, waar grote en sombere meubels stonden en het bed met zijn poten in vier diepe bakken met petroleum moest staan, opdat er geen ondieren naar boven konden kruipen. Hier in mijn rimboe gleden de ondieren in het laatste licht van de zon glimmend en pralend in regenboogkleuren langs boomstammen en bladeren naar boven en naar beneden. Hier leken ze op bewegende juwelen en ze hadden het niet op ons gemunt. Het was Teddy die na verloop van tijd terug wilde. Hij wilde rechtsomkeert maken, hij hief zijn stompe babyneus in de lucht terwijl hij zachtjes huilde. Toen ik verder ging, stapte hij toch met mij mee. Ongemerkt was de speelse stroom, die zo vrolijk kabbelde, veranderd in een venijnig schuimend riviertje, dat ons niet duldde, dat zijn gele scherpe tanden graag in ons zette. De watergeesten die hier woonden, waren ons niet goed gezind, ze grepen indringers bij hun enkel, ze sleurden hen een eind mee en sloegen dan hun hoofd kapot op de stenen. Wij waren gedwongen om uit te wijken naar de oever, waar de grond moerassig was, onder een dichte begroeiing. Ik durfde bijna niet verder te lopen, omdat ik ver de grond in zakte. Nu de rivier ons niet meer te pakken kon nemen, zoog de aarde ons weg.

'Je bent niet bang, he?' zei ik tegen Teddy. 'Wij hoeven niet bang te zijn, niet voor het water en niet voor de aarde, niet voor de draken en niet voor de geesten van de lucht.'

Teddy was voorop gaan lopen. Hij was zwaar, hij ging langzaam, ik bleef zo dicht mogelijk achter hem. Wij kwamen zo moeilijk vooruit omdat wij steeds onze voeten uit de modder omhoog moesten trekken. Soms meende ik dat ik in de kuilen die ik met mijn voeten maakte, slangen zag wegschieten. Af en toe zakte ik heel diep weg en dan hoorde ik hoe woedend de rivier in mijn oren bruiste. We leken nauwelijks vooruit te komen. Maar we kwamen toch verder, we klommen gestaag. De rivier ging naar beneden, wij gingen omhoog. De grond werd harder, het water stroomde hier over stenen. Toen ik omkeek en door het dichte groen in de verte een glimp van ons huis meende te zien, als een witte vlek, verbaasde het me wel dat het er gewoon nog lag, alsof er niets was gebeurd. Ik dacht dat ik ons huis zag, maar blij was ik niet.

Teddy wilde eindelijk rustig naast mij blijven. We gingen zitten. De aarde droeg ons weer, zoals altijd. Ik wilde niet naar huis. De berg op wilde ik evenmin. Wij zouden in de krater kunnen vallen, door het vuur verbranden. Terug met de rivier mee, tot waar zij weer een beek zou worden, was ook niet mogelijk, want dat was richting huis. Ik kon geen kant meer uit. We zaten op een nog warme steen en keken naar het ondergaan van de zon. Toen het vuurrood aan de hemel was en zwart op de grond, zag ik over ons land allemaal grote vuurvliegen uitzwermen. Dat het mensen met fakkels waren, hoorde ik pas later. Ik keek het schouwspel beneden mij aan, grote zwarte silhouetten kon ik onderscheiden tegen het hemeldoek waarachter het vuur lang zou smeulen, oranje en purperen pluimen in een langzaam verduisterende achtergrond. Het was een wajangspel voor de reus van onze berg.

Pas toen mijn vader dichtbij was, herkende ik hem. Hij reed op een pikolpaardje, zijn benen hingen bijna tot op de grond. Hij riep iets. Hij riep mijn naam. Loulou.

Ik had hem wel willen antwoorden, maar mijn stem wilde niet.

De tuinjongen floot Teddy altijd op een speciale manier en ook dat fluitje had ik al vele keren gehoord en de hond had ik dan steeds stevig vastgehouden. Eindelijk liet ik hem los. Hij vloog niet weg.

Hij slenterde langzaam vooruit en keek met zijn kindergezicht steeds achterom, dus ik sloop achter hem aan, op mijn blote voeten; de knoopschoentjes had ik onderweg laten vallen en niet meer opgeraapt.

'Godzijdank, daar is ze,' riep mijn vader. Nu wist ik helemaal niet meer wat mij overkwam. Ik werd als een verloren gewaande lieveling onthaald, op het paard getild, gekust en omhooggeheven. De nachtmensen juichten zelfs en klapten in hun handen. In feeststoet ging het terug naar ons huis.

'Is het alweer goed met tante Margot?' was het eerste dat ik vroeg.

Mijn vader zei: 'Wij zijn zo blij dat je terug bent, dat is het eerste goede teken vandaag.'

'Is het goed met tante Margot?'

'Ja Loulou, het is goed met iedereen,' zei mijn vader, maar hij klonk zo somber dat ik eigenlijk al weer wilde huilen. Bij ons huis stapten we van het paardje, papa gaf me een hand en wij liepen over het gras in de richting van zijn kamer.

Op de waranda zat mijn moeder, haar witte kimono stak flauw af in de duisternis. Ze verroerde zich niet. Ik durfde niet naar haar toe te gaan.

'Loulou is terug en alles is goed,' zei mijn vader in het voorbijgaan.

'Gelukkig maar,' hoorde ik de toonloze stem van mijn moeder.

'Ik breng haar naar bed. Ga slapen, Hélène.'

Er kwam van de waranda geen woord.

Mijn vader tilde me op en nam me op zijn arm. Dat gebeurde niet vaak.

'Wat vind je? Zullen we maar naar mijn kamer gaan?'

Papa en ik waren al een eindje op weg naar zijn paviljoen toen er nog een piepklein geluid kwam, het stemmetje van een kind leek het wel. Het was mijn moeder die ons nariep: 'Welterusten, allebei, lievelingen. Tot morgen, tot morgen, tot morgen.'

Toen mijn vader mij die avond op het bed in zijn werkkamer legde en hij in de rieten stoel was gaan zitten met mijn lievelingsboek, de sprookjes van Andersen, die ik geen van alle begreep maar waar ik toch om moest huilen, vroeg ik ineens, terwijl hij de Keizerlijke Nachtegaal voorlas en de tranen over mijn wangen rolden: 'Wat heb ik eigenlijk gedaan?'

Hij las nog een paar zinnetjes verder, zijn stem trager en zachter. Hij legde het boek weg en keek in zijn handen, daarna draaide hij ze om en keek naar de andere kant.

'Je hebt niets gedaan,' zei hij eindelijk en keek mij aan, 'niets gedaan dat verkeerd is, onthoud dat maar. Er is een grote vergissing begaan.'

Ik betastte mijn oor en de zijkant van mijn hoofd, de plekken waar ik de eerste klap van mijn leven nog voelde. 'Is een vergissing een klap?'

'Een klap?' Mijn vader leek mij niet goed te hebben verstaan. 'Welke klap? Waar heb je het over?'

'Mammie gaf mij een klap.'

Ik wees op mijn oor. Misschien wist ik, terwijl ik het vertelde, al wel dat ik dit beter niet had kunnen doen, misschien was ondertussen in mijn brein een vage notie gerezen van het feit dat er met de dingen iets gebeurde zodra je erover vertelde, ze werden er groter en gevaarlijker van. De dingen die je vertelde, gingen leven en sprongen op je af en beten in je neus.

'Wat zeg je? Een klap? Heb je een klap gekregen? Hoe? Waar? Precies vertellen.'

Hij pakte een lantaarntje, waarmee hij in mijn oren, ogen en neus scheen, wat mij even deed schateren van het kietelen en het plezier. Er werd op de deur getikt en mammie gleed de kamer binnen, soepel en elegant in haar kimono, maar niet zo zeker van zichzelf als anders. Zij leek in de war. Zij had een rood glas in de ene en een sigaret in de andere hand en keek bang en boos tegelijk.

'Ik zag licht. Wat is er aan de hand? Wat doet Louise hier?'

'Hélène, jij hebt haar geslagen.' Mijn vader bleef met zijn rug naar haar toe staan.

'Geslagen? Een tik heb ik haar gegeven, omdat zij...' Ze maakte haar zin niet af.

'Je weet hoe ik daarover denk.'

'Wat? Jij gelooft haar verhaal?' Ze smeet het glas vlak voor zijn voeten op de stenen vloer. Papa keerde zich om en sloeg haar op haar wang, het klonk hol en scherp tegelijk.

'Ziezo, nu staan we quitte.'

Ze zei niets. Ze bleef gewoon staan waar ze stond en sloot haar ogen. Ze had de sigaret nog steeds in haar hand. De blauwe rook kringelde langs haar lijf omhoog. Ze bleef een tijdje staan, met haar witte poedergezicht omhoog, toen draaide ze zich om en holde ze weg.

De nachtmensen hadden de scherven in mijn vaders kamer opgeveegd. Ze waren er lange tijd zorglijk mee bezig geweest, ze hadden een heilig ontzag voor gebroken glas, het was gevaarlijk, het bracht ongeluk, het moest tot het kleinste scherfje toe worden opgeruimd, ze speurden de kamer af tot in alle hoeken en gaten.

Mijn vader had mij op zijn bureau getild, hij zat beneden mij in zijn stoel. Ik had mijn voeten op zijn knieën gezet. Wij zongen liedjes, ik weet niet meer welke. Toen de vloer van alle scherven was ontdaan, nam hij me op en bracht me naar mijn eigen bed. Hij zou bij me blijven zitten totdat ik was ingeslapen.

Mijn kamer lag in een uitbouw van het huis en altijd zat er 's nachts iemand gehurkt voor mijn deur en altijd had die iemand mij zodra ik wakker werd bij de hand genomen of opgetild en weggedragen en mij het leven van de tropennacht binnengevoerd, waarin het drukker en luidruchtiger toegaat dan overdag wanneer de brandende zon alles vertraagt en ten slotte verlamt. ’s Nachts was het koel en zodra de wonderlijke zangers en de vreemde muzikanten die overdag onzichtbaar waren, zich lieten horen, kon het feest beginnen. De geboden van overdag golden niet meer. Nu hadden geesten en tovenaars de macht. Wie niet bang was voor de duisternis en zich niet liet afschrikken door ongehoorde gezangen en raadselachtige gestalten, had niets te vrezen.

Sinds mijn rimboetocht moesten mijn nachtgezellen mij bewaken en ervoor zorgen dat ik mijn kamer niet verliet.

Nog diezelfde roerige nacht, waarin zich al zoveel had afgespeeld, kwam mijn moeder mijn kamer in.

Ik werd wakker en zocht naar mijn vaders gestalte in de rieten stoel naast mijn bed, maar de stoel was leeg en in plaats daarvan stond zij zo dicht bij mij dat ik haar aan kon raken. Geschrokken vloog ik omhoog. Maar zij was niet de wraakgodin die ik verwachtte. Zij kwam bevend op de rand van het bed zitten, haar hoofd hing naar beneden, er liepen tranen over haar wangen en ze omhelsde mij keer op keer.

Ze fluisterde aan één stuk door bij mijn oor en ik kon niet goed wijs worden uit haar woorden, maar wat ik ervan begreep, was dat ze míj om vergeving vroeg. Telkens opnieuw vroeg ze dringend: ‘Hoe kan ik het goedmaken, toetie, schattekind, Loulou, popje, vertel me dat eens?’

Ze had kippenvel en rilde en kroop naast mij in bed, trok een laken over ons heen. Ze hief haar handen en sloeg die een paar keren hard tegen haar hoofd. Ik werd opnieuw doodsbang.

‘Doe nou niet,’ huilde ik en trok haar armen naar beneden. Mammie legde ze om me heen.

Ze fluisterde: 'Er is niets gebeurd, dat moet je geloven.'

Ik herhaalde haar woorden: 'Er is niets gebeurd, dat moet je geloven.' Zo zacht dat ik het zelf bijna niet kon horen, vroeg ik haar: 'Wat is dat? Geloven?'

'Geloven? Dat is een geheim. Je ziet het niet en je hoort het niet.' Mijn moeders stem klonk zo verdrietig dat ik wilde dat ik maar niets had gevraagd. 'Het is vaak beter om maar wel te geloven. Maar je hoeft niet alles te geloven wat je hoort of ziet.'

Steeds minder begreep ik ervan.

'Is er iets ergs gebeurd met tante Margot?'

'Er is niets ergs gebeurd met tante Margot. Ik zou willen dat ik het je kon uitleggen, maar dat kan ik niet. Het is te moeilijk. Later, later misschien.'

Samen lagen wij toen een beetje te soezen en na te huilen, tot wij buiten stemmen hoorden, vijandig eerst, dan radeloos.

'O mijn god, zal de beproeving dan nooit meer eindigen?' riep mijn moeder. 'Door mijn domme schuld heb ik al deze ellende over dit huis gehaald. Wat moet ik beginnen?'

Toen het rumoer buiten niet ophield maar integendeel steeds heviger oplaaide, kropen we het bed uit.

Op de waranda voltrok zich tegen een achtergrond van op en neer dansende schaduwen een strijd waarin wij ons niet konden begeven. Het leek wel een strijd tussen goden. Wat er gezegd werd, kon ik niet verstaan, de gebaren kon ik niet volgen, de verwikkelingen voltrokken zich in de halve duisternis. Mijn moeder zei niets.

Toen we wegliepen, keek ik om en ik zag hoe oom Felix voor tante Margot op de grond knielde en hoe zij hem bij zijn haren greep en tegen zich aan drukte, om hem meteen daarop een duw te geven waarvan hij omviel.

'Ik denk dat jij liegt, man,' riep ze uit.

7

Mijn moeder was ziek en bleef de hele dag in haar kamer. Alleen in de avond kwam zij eruit, dan legde zij zich zwijgend neer op de rustbank op de waranda.

Hardnekkig probeerde ik weer bij haar in de gunst te geraken. Ik mocht weleens in haar kamer komen en daar speelde ik dan met mijn poppen, om haar een plezier te doen, al vond ik mijn poppen nog zulke stijve harken. Maar ik liet mijn afkeer niet blijken en verzon hele verhalen over Liselotte en Desiree. Ze luisterde ernaar met een triest gezicht. Terwijl ik mijn poppenspel opvoerde, zat zij rechtop in bed. Maar ik mocht haar niet aanraken. Als ze mij even streelde, hield ze me toch op afstand: 'Niet te wild, ik heb hoofdpijn, daarom moeten we zachtjes spreken en doen.'

'Als u beter bent, gaan we dan zwemmen?' vroeg ik haar, omdat ik wist dat zij dol op zwemmen was. Vroeger hadden we iedere dag gezwommen.

'O zeker, eens gaan we weer zwemmen, mijn liefje.' Er kwamen tranen in haar ogen. Ik wilde haar troosten.

'Dan gaan we Jan Huigen doen, hè mammie?'

Ze luisterde een paar seconden naar mijn gesoebat, toen kroop ze weg onder haar laken. Met gesmoorde stem stuurde ze mij naar mijn eigen kamer.

Daarna lette ik goed op dat ik niets meer vroeg en niet te dicht bij haar kwam.

Mijn vader en ik waren niet boos op oom Felix. De anderen wel.

Als mijn vader 's avonds thuiskwam en even bij ons op de waranda zat, dan zei hij peinzend: 'Felix laat jullie hartelijk groeten.'

Zijn opmerking bleef hangen, zoemde een hele tijd rond. Ik had graag willen vragen: 'Wanneer komt oom Felix weer hier?', maar ik durfde het niet. Misschien wilden mijn moeder en tante Margot het ook vragen, misschien wilden zij ook nog wel weten: 'En, hoe is het met hem?', maar voor zover ik me kan herinneren, vroegen ook zij niets.

Het bleef lang stil op onze waranda. Het was alsof mijn vader zijn woorden in een diepe put had geworpen en, telkens als je dacht dat ze voorgoed waren verdwenen en dat het tijd werd om over iets anders te spreken, dan stuiterden ze ineens weer omhoog. Omdat mijn moeder of mijn tante, een van de twee, zich met een zucht liet ontvallen: 'Tja, Felix.'

Dan zei mijn vader toch, met zijn hand aan zijn voorhoofd: 'Ja zeker, het gaat heel goed met hem. Het gaat veel en veel beter.'

Na weer een hele poos zei mijn vader: 'Hij drinkt niet meer.'

Ik keek naar het plafond, waar de tjitjaks verschenen.

Het was zo stil op de waranda dat ik kon horen hoe papa in zijn stoel ging verzitten. En nog eens verzitten. Ik hoorde dat hij zijn glas water leegdronk en dat hij het vulde uit de kan, waarin geen ijsklontjes meer tinkelden omdat ze waren gesmolten. De djongos was naderbij geschoten om de lege kan mee te nemen, mijn vader liep met zijn glas naar het werkpaviljoen, hij liep achter langs mijn stoel en streek over mijn hoofd, zonder iets te zeggen. In zijn werkkamer zat hij tot diep in de nacht achter zijn bureau te schrijven, met zijn hoofd dicht bij het papier, zijn bril op de punt van zijn neus. Toen ik eens in de nacht met baboe Roslin langs zijn kamer liep, zag ik dat hij in slaap was gevallen. Ik moest lachen, zijn hoofd lag op het papier als een grote ramboetan.

Mijn moeder las. Zij las en las maar. Elke week werd voor haar een pakje boeken bezorgd van de boekentoko. Ze las overdag en ze las ook 's avonds, op de waranda. Ze had daarvoor speciaal een lamp laten ophangen, waarop de domste en dikste tjitjak verscheen die ik in mijn leven had gezien.

'Dat is geen tjitjak, dat is een tokeh,' zei mammie met een stalen gezicht. Alsof het de gewoonste zaak van de wereld was dat zich een tokeh vertoonde. Ik geloofde haar niet, maar zei niets. Deze tokeh was zo groot en dik als mijn onderarm en hij had bolle, strak voor zich uit starende ogen, zo groot als pingpongballen. Groot en klein vliegend gedierte, alles verdween reddeloos in zijn muil.

Ik had gehoord dat een tokeh nooit mocht worden aanschouwd.

'Van wie heb je dat nou weer gehoord? Wie heeft je dat nou weer wijsgemaakt?' Ik wist het niet meer. Misschien had ik het weer zelf verzonnen, dat een tokeh een geheim schepsel was, dat zich niet mocht laten zien, dat uitsluitend van zich mocht laten horen.

Ik riep: 'Hij is geen tokeh, want hij roept zijn naam niet.'

'Het is een tokeh.' Mijn moeder bleef lezen, ongeacht wie ook wat zei en onverschillig voor wat er ook maar om haar heen gebeurde. Zelfs als ze antwoord gaf, las ze ondertussen nog door.

'Hij is geen tokeh, hij is een draak.'

Draken stonden afgebeeld in mijn sprookjesboek, ze waren verschrikkelijke wezens die vuur spuwden. Ze vertoonden zich te pas en te onpas aan iedereen, maar ze riepen nooit ofte nimmer hun naam. Ze brulden of spuwden vuur. Geluk brachten ze nooit. Ongeluk brachten ze volop.

'Goed hoor. Jij je zin. Het is een draakje,' zei mijn moeder. Ze keek niet op uit haar boek.

Dat betekende dus dat wij ongeluk hadden. Het betekende dat boze geesten en demonen ons huishouden bestierden. Al zei iedereen nog zo vaak dat wij geen ongeluk hadden en dat het mijn schuld niet was.

Tante Margot vertelde dat zij opa een brief had gestuurd, dat zij toch naar Bali wilde gaan, ook al ging het huwelijksfeest niet door.

'Waarom ga je dan nog? Wat heeft dat voor zin?' riep mijn moeder.

'Ik wil naar daddy toe. Om te praten.'

'Maar wat valt er dan nog te praten?'

'Hij is onze vader en hij weet altijd raad.' Ze keek mammie verontschuldigend aan.

'Onuitstaanbaar vaderskind!' riep mijn moeder nijdig.

'Wie is er hier nou onuitstaanbaar? Volgens mij jij,' hakkelde tante Margot.

'Dat hij jouw brief gaat lezen, geloof dat maar niet.'

Mijn moeder stelde het triomfantelijk vast. Brieven las de bullebak nooit, ging zij voort, zeker de brieven van zijn eigen dochters niet. Misschien werden ze door zijn vertrouwelingen wel voor hem geopend en misschien lazen ze hem er wel de amusante stukjes uit voor, maar antwoorden deed hij nooit.

Ik wilde niets liever dan hem een keer zien, in levenden lijve. Ik had nog nooit een opa gezien.

'Mag ik mee?' vroeg ik aan mijn tante.

'Goed idee.'

‘Welja, gaan jullie maar,’ foeterde mijn moeder. ‘Gaan jullie maar, allebei. Laat mij maar alleen.’

‘Jij bent niet alleen, jij hebt Cees.’ Tante Margot zei het bijna bestraffend.

Ze liet zich door niemand van haar plan afbrengen. De voorbereidingen voor haar reis veroorzaakten veel werk en gepraat en beweging, zodat vanzelf de opwinding luwde over de dingen die al waren gebeurd en waaraan toch niets meer kon worden veranderd.

Tante Margot had het telegram in haar hand en zwaaide ermee.

‘Opa daddy wil dat wij komen, hoor, ja, toet, jij ook.’ Ze greep me vast en maakte met mij een dansje, ze was weer vrolijk. Alles scheen als vanouds, maar was toch anders. Ze was zo vreemd vrolijk… had ze uit de flessen van oom Felix gedronken?

Ze giechelde en walste rond met onvaste pas. Al snel liet ze me los. Ze danste verder met haar parasol. Ten slotte riep ze luid lachend uit: ‘God zegene de greep…’ en dreef haar pajong met de punt in de grond, klemde zich eraan vast en zwierde eromheen als een tol.

‘Kijk nou toch naar onze kamerolifant. Wat een kunstjes kan ze allemaal,’ riep mijn moeder ons op snerpende toon toe.

Tante Margot snelde op haar af, met opgeheven hand. Mammie pakte de hand vlug vast en legde die tegen haar wang. Met tragische stem zei ze: ‘Sla maar zusje, sla toch, ja, ik heb het verdiend.’

Tante Margot keek treuriger nog dan mijn moeder.

‘Zou jij dat willen dan, dat ik jou ging slaan?’

‘Jij gaat naar daddy met Loulou. Jullie laten mij in de steek. Dat is al erg genoeg.’

Deze stemmingen wisselden snel en het volgend ogenblik had mijn moeder alweer iets anders bedacht.

'Het is goed dat jullie gaan, dan kan ik op adem komen.'

'En wij ook,' antwoordde tante Margot.

Tante Margot was aan het veranderen. Ze werd een andere tante. Ze ging een beetje worden zoals de dames die bij ons op bezoek kwamen, druk, deftig en rinkelend en altijd mooi gekleed. Ze was niet langer vaag glimlachend zoals de boeddha.

Vroeger deed ze als ze thuiskwam, meteen haar kimono aan en dan kon ze over de galerij glijden als een lome kat en ondertussen luisteren naar alles wat er om haar heen gebeurde. Dan stond ze overal langdurig stil, ze wreef geurige blaadjes van planten fijn tussen haar vingers, rook eraan, glimlachte, streek mij over mijn haar. Als ze haar sandalen al niet onder een of andere tafel had uitgeschopt, dan verloor ze ze achteloos onderweg.

Nu had ze niet eens meer zulke luchtige, gemakkelijke sandalen aan maar droeg ze echte damesschoenen met hakken en bandjes. Ze zwikte voortdurend, maar ze schopte er toch mee tegen kiezelstenen, zomaar, alsof ze het nodig vond. Van oom Felix mocht ik nooit met kiezels smijten of tegen ze schoppen, want in de stenen sliepen de geesten.

Tante Margot plukte in het wilde weg bloemen, die ze in haar haar wilde steken, maar als dat niet meteen lukte, smeet ze die onverschillig op de grond. Het gebeurde telkens weer.

Ik verstijfde, het was ondraaglijk warm die dag en ik stond in mijn badpak in een teil met water en baboe sponste mij af, ik mocht er niet uit komen maar ik deed het toch en holde naar de heg om de bloemen die tante op de grond had geworpen op te rapen. Niemand zei er wat van, dat ik zomaar uit de teil sprong en met blote voeten over het gras liep. Ik raapte de bloemen op. In bloemen sluimerden geesten. Ik legde ze eerst in de teil in het water en stapte er toen zelf voorzichtig in terug. Ze dreven rond mijn benen en raakten me zachtjes aan. Ik durfde mijn moeder niet te vragen of geesten ook konden verdrinken, net zoals kleine katten en mensen. Mammie zat in haar kimono op de waranda en op haar schrijftafel lag een stapel bleek, fluwelig papier, waar zij fronsend naar keek.

'Mooi geschept papier. Er mankeert niets aan. Het was bestemd voor de uitnodigingen. Maar nu!'

'Nu schrijf je maar aan iedereen dat het feest niet doorgaat,' zei tante Margot woest.

'Maar niemand wist er nog van.' Mijn moeder zuchtte diep.

'Wel waar!'

Tante Margot zuchtte nog dieper, in haar ogen glinsterden tranen.

Mijn moeder ging snel verder: 'Zullen we er een ander feest van maken? Als jullie terugkomen, om jullie terugkeer te vieren. Een bal masqué? Zullen we een bal masqué geven? Alles vergeven en vergeten?'

Tante Margot, anders de inschikkelijkheid zelf, deed een uitval naar mammies adressenboek, dat ze weggriste, optilde en hoog boven haar hoofd heen en weer zwaaide.

'Staat jouw hoofd naar een feest? Durf je dat te beweren?'

'Geef terug! Leg neer!'

'Als jouw hoofd naar een feest staat, dan weet ik wel waarom.'

'Jij gaat naar daddy. Dat is feest voor jou. Mag ik doen wat ik wil?'

'O, o, o! Jij wilt betoel dat ik wegga. Ik weet wel waarom.'

Zo ging dat maar door en tante Margot sprong als een

pop uit de poppenkast op de voorgalerij. Op haar zwarte, glimmende schoenen met hakken, in haar rode jurk die om haar lijf draaide en golfde. Ik kon alleen maar denken aan de vuurdanser die ik had gezien op de pasar gambir, die op zwarthouten stelten door een vuurzee zwalkte en zich ineens met een ijselijke schreeuw in de vlammen had laten vallen.

'Begin niet opnieuw, Margot, niet weer, nee? Het is immers allemaal niet waar.'

Mijn moeder had in het tumult nog kans gezien om uit het theekastje haar mooiste vulpen te voorschijn te halen, de smaragdgroene met de zwarte cirkels en de gouden dop, waarin een vogel was gegraveerd, niet Garoeda, maar een heilige vogel uit Holland. Ze stalde al haar inktflesjes voor zich uit en keurde de kleuren.

'Margot, bedaar,' sprak ze plechtig. 'Ik schrijf een brief aan daddy en die geef ik aan jou mee. Ik schrijf hem dat hij jou goede raad moet geven. Nu komt het erop aan: in wat voor kleur schrijf ik hem? Rood? Rood kan jammer genoeg niet, vind jij ook niet? Het heet dan wel de kleur van de liefde, maar het is de kleur van de hartstocht. En heeft hartstocht veel met liefde te maken?'

'Geel!' schreeuwde tante Margot, terwijl ze haar handen als een toeter bij haar mond hield. 'Geel, de kleur van de haat en van het verraad!'

'Geel zie je niet op ivoorkleurig papier,' fluisterde mijn moeder met gebogen hoofd. Haar korte witte haar viel naar voren en in haar nek welden onder mijn ogen rode vlekken op, vlekken in de vorm van wolken.

Ik legde er vol ontzetting mijn vinger op. Ze bewoog zich niet, ze leek wel een standbeeld.

'Leentje, Leentje,' suste tante Margot, 'doe toch blauw. Wij laten alles blauw-blauw. Goed idee. Wij zouden toch blijven lachen?'

Ik keek ernaar en alles trok in hoog tempo voorbij aan mijn ogen. De beelden waren schokkerig, keerden terug en kantelden, voltrokken zich ondersteboven, zoals in de film die ik had gezien, met Charlie Chaplin, welke film steeds was gebroken en dan weer opnieuw werd afgedraaid en waarin het schots en scheef was toegegaan. Onwerkelijke beelden, die telkens opduiken, iedere keer in licht gewijzigde samenstelling, nu al meer dan een halve eeuw lang.

Mijn moeder prijkt, als de actrice die de koningin mag spelen, op haar troon in het midden van ons toneel. Decorstukken, rekwisieten die van bordkarton konden zijn. Onze waranda. Waarop ons leven zich afspeelde. De glanzend gepoetste meubelstukken. Hagelwitte, met kleurige zijde geborduurde kleden en kussens, de lamp van glas uit Murano. De pajongs, die tegen de wand leunden, met hun gele hoofden, hun goudkleurige franje. Alle sierplanten, die gevangen zaten in te kleine koperen potten, waar zij gelukkig al spoedig uit zouden barsten, hun machtiger, groene makkers moedigden ze aan, ze gaven, al wuivende, geheime tekens van verstandhouding.

Weggelopen van dit tafereel, aan de rand ervan, zie ik mij nog staan, onder aan de waranda, in een badpak, in een teil vol water, terwijl ik liefderijk wordt afgesponst, of met de gajong zorgzaam overgoten, of met de tuinslang zachtjes, kwispelend als het ware, wordt natgespoten door de baboe, die zich totaal op deze taak had geconcentreerd en die geen woord heeft laten horen, zodat ik haar zorg als een natuurverschijnsel heb ondergaan.

In mijn teil luisterde ik naar mijn moeder, bekommerde me om mijn verdronken bloemen, boven mijn hoofd ging het gesprek verder over de vraag of er wel of niet een inkt bestond van een kleur die goed genoeg was voor de bullebak op Bali, zodat hij deze speciale brief wel zou moeten lezen. Met de moed der wanhoop mengde ik me na lange tijd in de discussie. 'Goud goud goud,' schreeuwde ik. Goud was in alle sprookjes het mooiste dat er was. Goud moest de brief worden die wij zouden meenemen.

'Goud goud goud,' schreeuwde ik en trok me op aan de balustrade van de galerij.

'Louise, laat dat. Weg met je natte handen.'

'Van een beetje water is nog nooit iemand doodgegaan,' klonk achter ons de stem van oom Felix.

Verrast draaide ik me om. 'Goud!' juichte ik hem toe.

Oom Felix was terug. Zomaar ineens was hij er weer. Het leek wel alsof hij was komen vliegen. Ik had geen auto gehoord of gezien.

'Hoe ben jij hier gekomen?'

'Lopend Leentje, langs de lange Lindenlaan,' antwoordde hij.

Tante Margot maakte dat ze wegkwam, ze verdween razendsnel over het gazon in de richting van de beek. Ze wrong zich onderweg uit haar schoenen, met de ene voet stroopte ze de ene schoen af, de andere schopte ze uit, als vanouds, en toen holde ze verder op haar blote voeten. Oom Felix rende haar achterna en ik zag dat hij haar inhaalde.

Om beter te kunnen zien klom ik op de stenen balustrade. Nadat ze een tijdje hadden staan schreeuwen en bewegen, vertrok oom Felix plotseling met opgeheven hoofd uit onze tuin.

'Dan moet je maar geloven wat je wilt geloven,' schreeuwde hij. Hij groette niemand, hij zwaaide nog niet eens, hij keek niet één keer om.

Tante Margot keek hem na. Hij was allang weg en toen stond ze nog in de richting te kijken waarin hij was verdwenen. Eindelijk kwam ze naar ons toe.

Toen ze vlakbij was, zag ik pas goed en ik schrok ervan

hoe haar gezicht naar beneden was gevallen. Haar ronde gezicht scheen van met regen doorweekte modder, haar voorhoofd en wenkbrauwen, de oogleden die over haar ogen lagen, haar wangen, haar kin, alles gleed als donkere drab van haar af. Terwijl ze naar boven sjokte, de treden op naar de waranda, zei ze met een klaaglijk geluid: 'Hij is weg.'

'Vlug terug naar de fles.'

'Leentje!' Tante Margot vouwde haar handen en keek omhoog, alsof ze alle goede goden wilde aanroepen. 'Dit is niet waar! Dit mag je niet zeggen, dit is niet waar.'

Hoewel ik het nog weleens heel voorzichtig vroeg, mocht ik nooit meer mee met mijn moeder voor onze middagslaap.

Ik werd voortaan, als de middag begon, naar mijn eigen bed gebracht en soms zat ik daar de hele tijd rechtop. Soms viel ik in slaap.

Ik had die middag waarop de lucht zo warm was dat zelfs de vlinders er met moeite doorheen kwamen, al een hele tijd overeind gezeten en om me heen gekeken en er gebeurde steeds niets. Toen was ik opgestaan, mijn kamer uit geslopen, over de slapende baboe Roslin heen gestapt, die op haar tikar bij de drempel lag, en voorzichtig naar het huis van oom Felix gegaan.

Langs onze beek liep ik, naar beneden toe, totdat ik bij het paviljoen kwam waar oom Felix woonde en waar hij zijn terrassen met geneeskrachtige planten had.

En daar was hij, hij lag meer dan dat hij zat in zijn lage rieten stoel, tussen zijn planten in. Ze waren groter dan die van ons en sommige zagen er heel anders uit. Kebon-Bali hurkte een eindje verderop en keek donker voor zich uit, maar dat deed hij vaak. Er kwelde hem iets, maar ik wist niet wat. Kwam hij hier elke dag om de geneeskrachtige planten van oom Felix te bekijken? Ik wist zeker dat hij ze geen water mocht geven, hij mocht niet aan ooms planten komen, niemand mocht dat.

Oom Felix maakte bij elke ademhaling door zijn neus een klaaglijk, zoemend geluid. Ik keek uit op zijn kruin, waaruit lange, serpentineachtige krulharen kronkelden, waarover een gouden schijn lag alsof er licht op scheen. Hij zat tussen zijn planten in, die met hem meeleefden en waarvan sommige, met hun rossige en kleurige, vreemd gekartelde bladeren zelfs op hem leken.

De planten stonden in hun stenen potten dicht opeen, groot en klein door elkaar. Hun namen had oom Felix opgeschreven op bordjes die hij in hun aarde had geprikt.

Op mijn tenen sloop ik tot vlak bij de rieten stoel, er stond een zinken emmertje op de grond, met een fles erin, tussen klonten ijs die al half waren gesmolten. Ik bukte me om de fles te pakken, maar eerst liet ik mijn handen door al het gebladerte fladderen en onmiddellijk wervelde een mengeling van vreemde aroma's om mij heen, bitter en scherp, een vleug zoet, maar dan ook zo zoet dat je het bijna kon proeven. Bitter en scherp kwamen even later terug en als je de donkere en vurige geuren diep inademde en de lucht maar lang genoeg binnenhield, kreeg je er op den duur duizelingen van. Hoe lang kon ik het in deze kolk uithouden? Het duurde een hele tijd voordat ik me ervan wilde losmaken, maar ik liet me niet meeslepen, want ik moest op oom Felix letten, die mij niet zag, want hij keek niet op of om en zat bewegingloos in zijn stoel. Ik mocht hier niet langer blijven staan, ik moest naar hem toe, ik moest zeggen dat ik niet boos op hem was. Hij had een halfvol glas in de hand, dat hij scheef hield en dat dus langzaam leegliep op de grond.

Ik was zo zenuwachtig dat fluisteren me niet goed afging.

‘Oom Felix!’ stotterde ik.

De kebon keek op, zag mij staan en knikte mij ernstig toe. Wij waren vrienden. Ik wilde hem iets vragen, maar hij verrees en sprong, met een hand leunend op de stenen rand, zonder geluid over de balustrade. Hij was verdwenen voor ik het besefte, als een grote, zwarte kat. Aan de andere kant van de balustrade klonk een schor geluid, een soort blaf. Ik begreep dat Teddy-Bali daar al die tijd had gewacht.

Toen ik bij mijn oom was, zo dichtbij dat ik hem kon aanraken, probeerde ik opnieuw zijn aandacht te trekken.

‘Oom Felix. Slaapt u?’ Ik blies de woorden een paar keer langs mijn holle hand in zijn richting zodat ze in zijn oor konden glijden, zoals hij bij mijn moeder en tante Margot ook altijd deed. ‘Oom Felix! Het glas loopt leeg!’

Ineens ging er een schok door hem heen, hij hief zijn hoofd met een ruk op, rechtte het glas, keek erin, dronk het in één teug leeg. Hij bleef het met witte knokkels vasthouden en keek wazig voor zich uit.

Ik hoorde hoe het glas vergruizelde, ik hoorde hoe het zich in duizenden fragmentjes ingroef in zijn hand, hoe het duizenden druppels bloed te voorschijn lokte.

‘Weg,’ bromde hij, ‘weg van deze onheilsplek.’ Dat dacht ik dat hij zei, maar de woorden waren niet goed verstaanbaar, ze klonken als zacht gekerm of gegrom. Het was alsof oom Felix al niet meer kon spreken. Het zou niet lang duren of hij kon zich niet meer bewegen. Ik deed mijn ogen stijf dicht om niet te hoeven zien hoe zijn lichaam met lange, grijze tressen zou worden bedekt.

‘Medelijden van de goden,’ hoorde ik hem zeggen.

Hij zag mij niet. Terwijl ik naast hem stond en hem met mijn hand kon aanraken.

‘Zochten we ons eigen kleed weer uit,’ mopperde hij. ‘Mesjoggenazen.’

Hij ademde luider en keek ondertussen naar zijn kapotte hand, alsof die door een kwade geest was getekend.

Ik ging dichter bij hem staan.

'Zochten we godverdomme ons eigen kleed weer uit.'

Hij schuifelde de scherven die op de grond lagen met zijn voeten bijeen, zonder ernaar te kijken.

'Had nou een beter kleed uitgezocht, jongen.'

Hij wreef de gruzelementen met zijn schoenzolen fijn.

'Oom Felix,' zei ik luider.

'Een beter kleed uitzoeken, dat is punt één. Waar is die verdomde kebon gebleven?'

Oom Felix floot tussen zijn tanden. Precies tegelijk met de laatste toon, stond de tuinjongen er weer. Geruisloos was hij terug over de balustrade gesprongen, maar gezien had ik dit niet. Misschien was hij niet eens weggegaan, was hij al die tijd op deze plaats blijven staan. Wachtend tot hij werd geroepen, om pas dan weer zichtbaar te worden.

Oom Felix sprak hem dringend toe: 'Mooi verhaal, dat moet jij ook maar eens horen, stuk verdriet.'

'Welk verhaal dan?' vroeg ik in zijn oor. Ik geloofde dat ook ik onzichtbaar was, dat ik zou kunnen wegvliegen uit mijn lichaam als ik mijn armen op en neer liet gaan.

'Het is het oude liedje, het oude liedje.' Mijn oom keek naar zijn hand, hij draaide zijn bloedende hand om en om. Toen pakte hij de fles uit de emmer en zette hem aan de mond. Hij dronk met grote teugen, pauzeerde alleen maar om adem te halen. 'Dat gemeier over die Perzische kleden, dat verhaal deugt godverdomme niet.'

Ik streek met de top van mijn wijsvinger over zijn schouder en daarna over zijn arm, die slap naar beneden hing, en ik kietelde hem een beetje. De stof van zijn overhemd was zacht, op sommige plekken vochtig. Ik wilde vragen hoe het precies ging, dat gemeier over die Perzische kleden. Ik wilde woorden in zijn oor blazen, maar het hoefde niet meer, hij had me gezien.

'Als een elfje is zij bij mij neergestreken. Dag prinsesje, als jij er bent, is er misschien nog hoop voor mij.'

Ik vroeg naar het oude liedje van de Perzische kleden.

Oom Felix schudde zijn hoofd. 'Het is een weerzinwekkend lied en het is verdomd niet leuk. Het is om te huilen.'

'Maar het loopt toch goed af,' zei ik hoopvol.

'Het loopt niet goed af.' Oom Felix grijnsde. 'Het loopt niet goed af.' Hij zette de fles aan zijn lippen maar bedacht zich, hij nam geen slok, hij wreef zijn mond schoon met zijn mouw.

'Mammie zegt dat alle verhalen goed aflopen.'

Oom Felix zette de fles op zijn knie, zijn witte broek zat onder de vlekken van zijn bloed.

'Misschien heeft mammie wel gelijk. Weet zij veel.'

'Ja oom?' vroeg ik. 'Loopt het verhaal wel goed af, van de Perzische kleden?'

'Ja,' antwoordde oom Felix met een breed gebaar. 'Als we ze konden ruilen, was het wel goed afgelopen. Zou ik willen ruilen met jou, kebon? Wil je ruilen met mij?'

'Vertellen, oom.'

'Nu vraag je wel veel.' Hij keek naar de fles.

'Spraakwater oom?' vroeg ik na een tijdje en wilde een ander glas voor hem zoeken.

De kebon had het al ergens vandaan getoverd en zette het op het tafeltje neer. Hij moest de kamer in zijn gegaan, het glas uit de kast hebben gepakt en daarmee weer naar buiten zijn gekomen zonder dat ik er ook maar iets van had gemerkt.

'Geen sprake van!' Oom Felix sprak ineens met een verwrongen gezicht en hij probeerde op te staan. Elk woord dat hij zei, kwam er moeizaam uit. Het leken wel stenen die van zijn lippen vielen.

'Nooit spraakwater meer. Dat kleed ken ik namelijk. En ik neem eens een ander. Wat denk jij daarvan?'

'Oom, vertel dan.'

'Eindelijk kregen ze medelijden, die goden! Ze konden het lijden op aarde niet langer aanzien. Wat hadden ze bedacht? Ze legden onze levenskleden neer op een plein en zeiden: wie niet tevreden is, die komt maar ruilen. Dat waren kleden van allerlei aard, daar bij elkaar. Schamele en kleine en heel grote en rijke. Gore en fraaie. Is het niet goed wat wij hebben geleverd, zeiden de goden, dat spijt ons zeer. Ruil je vod voor een beter! Zoek gerust een beter kleed uit. Mensen, gooi je oude tapijtje maar neer en neem een nieuw, dat je wel bevalt. Zonder brandgaten, bier- of bloedvlekken.'

De hand van oom Felix dwaalde over tafel en bleef liggen bij het glas, waar hij met zijn nagels tikjes tegen gaf.

'Het kleed van een geheelonthouder, dat ga ik maar eens nemen. Maar wat denk jij dat ze deden, Loulou? Zochten de mensen een mooi nieuw kleed uit zonder vlekken of gaten?'

'Ja, oom, ze waren blij.'

'Weet je dat wel zeker?'

'Ja, oom, heel zeker.'

'Helemaal niet, nee, prinses, fout! Wat denk je dat er gebeurde? Hou je maar vast. We moesten allemaal zo nodig ons eigen kleed weer terug, hoe vind je dat! Ons eigen kleed, ons eigen aggenebbisj kleed. Dat vonden we toch het mooiste dat erbij was, zo luidt het verhaal. Dat wil je zeker wel graag geloven!'

Ik wist niet wat ik moest geloven. Oom Felix praatte verder.

'Ik ga dat anders aanpakken. Louise, let op. En jij, kebon! Kom hier, jullie zijn getuigen, ik ga de goden verrassen.'

Hij overhandigde de jongen de fles die hij al die tijd in zijn hand had gehouden: 'Kebon! Schenk dit levenswater uit aan de goden. Geef het ze maar terug. Laten zij er lol aan beleven. Ze mogen hun troostprijzen houden.'

De tuinjongen draalde, hij stond verlegen met de fles in zijn handen. Ik vroeg, vrolijk omdat wij een nieuw spel zouden gaan spelen: 'Mogen de goden het levenswater hebben, oom Felix?'

'Ja en vlug ook, anders bedenk ik me nog.'

'Mag Dewi Kesoema het ook hebben, oom?'

'Dewi Kesoema? De beek? Ja zeker, die weet er vast raad mee.'

Wij haalden de flessen uit het paviljoen van oom Felix en liepen met in iedere hand een volle fles naar de beek. Nadat de kebon de flessen had opengemaakt, lieten we ze leeglopen in het heldere water. Niet meteen alles tegelijk, maar zo langzaam als we konden, alsof we een offer brachten, in grote ernst. We probeerden ons lachen in te houden, ook al vonden we het nog zo'n lollige belevenis. We liepen een paar keer op en neer om meer flessen te halen.

Oom Felix had een zakdoek om zijn hand gebonden, hij zat in zijn stoel en grijnsde. 'Zal ik jullie komen helpen?'

'Nee, oom,' riep ik geschrokken uit, 'er mag geen bloed aan de flessen komen.'

'Dat is waar. En? Is ze in haar schik met de traktatie, onze Dewi?'

'Ja, ze is blij. Ze is reuze blij met nieuw levenswater.'

'Bravo. Dat mag ik horen!'

De beek had nog maar heel weinig water over, want het was aan het einde van het droge seizoen. Er liep een petieterig stroompje beneden in haar bedding, maar dit kleine beetje sprong al wel met een soort baldadigheid over de keien, alsof het zich vast oefende voor de grote overstroming. Het verwonderde me dat de beek geen kleur van genoegen had gekregen. Ze sprong alleen maar een klein beetje hoger en kabbelde verder gewoon door als anders, maar wel tevreden.

Een paar dagen later, aan het begin van de middag, ging het regenen, voor het eerst na lange tijd. Ik rende naar de kamer van mijn moeder en bonsde op haar deur.

'Kom eruit, mammie, het regent, het regent.'

Van de opwinding was ik helemaal vergeten dat ze nooit meer gestoord wilde worden en zeker niet als ze hoofdpijn had. Toch verscheen ze.

'Dat is een verrassing,' zei ze. 'Nu komt alles weer goed.' Ze sloeg zelfs zomaar haar armen om me heen.

We gingen op de voorgalerij samen naar de regen kijken. Ze gaf me een duwtje, dat ik naar beneden mocht gaan, de traptreden af, het erf op, me door en door nat laten regenen, met blote voeten petsend door het natte gras, ook al had ik een jurk aan van oma Helena.

'Ga er maar in, lieverd, dat wil je toch?'

Ik rende met wijd uitgespreide armen, hoofd achterover, mond open, door de regen, ik maakte cirkels over het erf, het voelde alsof ik vloog. Telkens als ik langs de voorgalerij kwam, zag ik de witte schim van mijn moeder staan, heen en weer wiegend alsof zij een bloem was op een lange dunne stengel. Toen ik bij de waringin kwam, bij het grote hek, merkte ik dat het bij ons keihard regende maar aan de overkant niet. Er hing een glanzend gordijn van waterstralen precies rondom ons erf. Aan de voorkant hield het op vlak achter onze waringin. Het plaveisel van de weg was droog. Ik had dit nog niet eerder meegemaakt en holde naar mijn moeder om het haar te vertellen, maar toen ik bij de galerij kwam, stond ze er niet meer.

'Mammie! Mammie!'

'Ja, hier ben ik.' Haar stem klonk gedempt maar vlakbij en even later zag ik haar staan, een eindje verder op het kiezelpad, onherkenbaar was ze, met natgeregende haren en op blote voeten, net zoals ik. Ze hield haar armen omhoog, in de wijde mouwen van de kimono, zodat de regen erin kon stromen. Ze liet zich met haar hoofd achterover en haar mond open nat regenen, klets- en kletsnat, net zoals ik.

De regenbuien gingen door tot in de nacht. Ik werd wakker toen het ononderbroken geluid van het neerkomende water ophield en er ineens weer allerlei dierengeluiden klonken, schriller dan anders.

Was de regen weer opgehouden omdat de flessen leeg waren?

Ik bleef het me afvragen, totdat ik het in bed niet meer kon uithouden. Bij de deur van mijn kamer sliep Roslin op haar tikar. Zij sliep eigenlijk nooit echt, wist ik, zij droomde met open ogen, maar deze keer moest ze wel heel moe zijn geweest, want ze had haar ogen dicht en bijna alle rimpels waren uit haar gezicht verdwenen. Ik wreef over haar arm, schudde aan haar, maar ze ademde diep en rustig voort. Er kleefde een beetje spuug op haar wang. Ik veegde het weg met mijn vinger en ze werd nog niet wakker. Ik moest er alleen op uit.

De maan kwam te voorschijn, tegelijk met een rode gloed boven de vulkaan.

Witte gestalten dansten van de berg af naar beneden. Waren zij levende wezens of spoken of nevels, ik wist het niet. Ik wist alleen dat ik Dewi de fles moest brengen die haar nog toekwam. Dan zou het opnieuw gaan regenen.

Ik sloop zo snel ik kon naar de holte in de waringin, stak met afgewend hoofd mijn arm erin, stel je voor dat er juist een gulzige geest in huisde die mijn arm zou willen afbijten, ik beefde van angst, maar ik moest het doen.

Ik voelde niets, ik voelde nog eens, weer niets.

Ten slotte stak ik mijn hoofd in de holte en keek rond, zo goed als ik durfde.

De fles was verdwenen.

8

Opa was in de ogen van mijn tante vergelijkbaar met de god Visjnoe, die het oude vuil opruimt en zorgt dat alles opnieuw kan beginnen. Evenals Visjnoe had opa vele gedaanten. Op de foto's die in zilveren lijstjes op een tafeltje in tante Margots kamer stonden, was hij te zien als telkens weer een andere verschijning. Op sommige foto's had hij kleren uit de verkleedkist aan. Hij torende overal boven uit en hoe hij ook zat of stond, altijd keken zijn zwarte, doordringende ogen je aan. Op veel foto's had hij een geweer bij zich, ook op de foto waar hij op een bank zat samen met de enorm dikke nachtvrouw, die tante Poppy heette. Aan opa's kant stond zijn geweer tegen de bank geleund.

'Schiet opa met het geweer?' vroeg ik nadat ik had gehoord dat je met een geweer kon schieten, nog beter dan met een katapult. Ik wist wat een katapult was en ik kon proppen schieten, dat had ik van oom Felix geleerd.

'O ja, opa schiet als het moet,' zei tante Margot. Het klonk alsof ze het bewonderde. Oom Felix had een katapult gemaakt van een gevorkte boomtak en een stuk dik elastiek. Hij had een rijtje flessen op de balustrade gezet en ik had erop mogen schieten met kurken. Mij was het niet gelukt, maar mijn oom had ze er allemaal afgeknald.

'Wat een schande! Allemaal raak!' had hij geroepen.

Toen ik bij tante Margots tafel met foto's stond, vertelde ik haar van onze katapult. Al meteen zag ik dat haar gezicht naar beneden droop, zij vond het verhaal niet leuk.

Zij wilde geen verhalen meer over oom Felix horen. In mijn verwarring stelde ik de eerste de beste vraag die in me opkwam.

'Schiet opa ook op lege flessen?'

'Flessen?'

Ik was bang dat ze zou gaan huilen.

'Schiet opa ook op dieren, tante Margot?' Ik wilde het antwoord niet horen en ik wist het trouwens al: ik had Visjnoe met zijn laars op een dode tijger zien staan.

'Hij schiet op tijgers als ze gevaarlijk zijn omdat ze mensenvlees hebben gegeten.' Tante Margot klonk vergoelijkend. Ik liet mijn ogen weer over de foto glijden waar mijn opa op dat kleine bankje zat samen met de dikke nachtvrouw en ik begreep dat opa goed moest opletten dat deze tante Poppy niet door tijgers zou worden gegeten. Zij leek op een lachende olifant.

'Opa schiet nooit op olifanten,' stelde ik vast.

'Nooit,' riep tante Margot. Zij pakte mij vast en fluisterde in mijn oor. 'Olipan olipan is een beest met peel perstan en wie seh en wie seh dat dat beest geen eier leh?'

'Hè?'

'Nog es? Olipan olipan...'

'Mag ik het nu hardop zeggen?' vroeg ik na een poosje te hebben geoefend met de nieuwe woorden.

'Toe maar hoor, ga maar aan mammie zeggen.'

Ik rende weg over de galerij, door het huis, met mijn nieuwverworven lied.

Mijn moeder zat te lezen. Ik zei mijn rijmpje op zo mooi als ik kon. Ze keek niet op uit haar boek, maar intussen trokken haar mondhoeken omhoog, een wonder, ze glimlachte.

'Ja ja, ik hoor het wel, hoor, deze baarlijke nonsens. Dat hebben wij van daddy geleerd.'

'Wanneer gaan we nou naar hem toe?' Ze las door, zonder naar me te kijken, en haalde haar schouders op.

'Wacht maar af, tot tante Margot zover is dat jullie kunnen gaan.'

'Schiet opa op mensen?' vroeg ik aan mijn moeder. Eindelijk keek ze me aan, geërgerd, een rimpel tussen haar ogen.

'Vertelt Margot dat aan jou? Allemaal grote kletspraat van haar.'

'Schiet opa niet?'

'Schiet wel, maar mis.'

Sommige goden vlogen van hun aardse voetstuk af om ergens nog veel hoger terecht te komen, in gebieden tot waar het oog niet meer reikt. Volgens mijn moeder deed opa alles wat God had verboden, uitsluitend voor de lol. Het verhief hem in mijn ogen op de troon naast God. Dat hij dag en nacht Poppy bij zich had, die opium schoof en rimpelig en dik was als een olifant, maakte hem nog grandiozer. Zij waren twee goden uit Bali, mijn opa en Poppy.

De voorbereidselen voor de reis namen veel tijd in beslag.

Tante Margot pakte eerst alles in, in koffers en manden, daarna pakte ze het weer uit. Ze wilde alles zelf doen, maar mijn moeder zei dat dit gekkenwerk was. Dus trommelde tante Margot alle nachtmensen op en spoorde hen aan bij het werk dat ze voor haar deden: inpakken, uitpakken, inpakken, uitpakken. Ze stond erbij te lachen en zong rare liedjes. Ze trok zich van niemand meer iets aan. Ze maakte de hele dag grappen met ons, ze ging niet meer naar de kliniek.

'Eerst even bijkomen van alle gebeurtenissen, ja.'

's Avonds liep tante Margot nog in haar kimono. Als er theemevrouwen op bezoek kwamen, zei ze: 'Veel te veel soesah aan mijn hoofd over onze reis om mij om te kleden.'

Mijn moeder was er nog niet goed aan toe. Ze verscheen laat in de ochtend, ze had vlekken in haar gezicht en ze zat maar te lezen. Niet meer in een mooie jurk, maar in haar slobberende pyjama, die in de ochtend nog wit was maar in de middag al grauw. Sieraden droeg ze niet meer.

Voorovergebogen zat ze in haar stoel, met haar hoofd in haar hand en het boek op haar knie. Als ze een krant las, dan liet ze hem al tijdens het lezen op de grond vallen. De krant fladderde neer en mijn moeder, zo leek het, las nog even door, in de lucht.

Zij lag nooit meer op de rustbank. Deze strekte tevergeefs zijn ronde, gebloemde armen naar haar uit. Voorzichtig ging ik op hem zitten om hem te troosten.

Er werd niet meer gegeten aan de zwarte eettafel die nog wel als vanouds glansde omdat hij licht kreeg uit de twee bovenramen, de ogen van de olifant. Scheen de maan erin, dan leek de eettafel op een donkere, verlaten poel. Ik kreeg medelijden met hem, omdat hij niemand meer mocht dienen, iedereen ging met een boog om hem heen. Om hem op te vrolijken legde ik er weleens mijn poppen op, maar die keerden altijd nog eerder dan ik weer in mijn kamer terug.

Wij hadden nu overal rond het huis eettafels staan en wie wilde kon met de zon mee-eten, 's ochtends in de oostelijke galerij, 's avonds in het westen.

Het was een hele verbetering, omdat het er minder plechtig aan toe ging dan vroeger en er naar hartelust kon worden geknoeid en gemorst. Het kwam er niet meer op aan.

Ik knoeide meer dan tevoren, want eten deed ik nauwelijks van het voedsel, waarin te vaak slome klonten zaten en glibberige slierten. Lauw, zoet vlees, dat de enkele keer dat ik het manhaftig probeerde, kermde onder mijn tanden. Volgens mijn moeder leefde ik op vruchten en groente.

'Iets anders krijgen wij met geen stok bij haar naar binnen.'

'Goed zo,' zei mijn vader.

'Zij ziet eruit als een spook.'

'Spoken gedijen niet op groente en fruit,' antwoordde hij ontstemd.

Mijn moeder ging pal voor hem staan: 'Wil jij nou nooit eens over iets anders praten? Altijd maar over eten? Wil jij niet zeggen dat ik zo'n lief jurkje aanheb? Dat ik speciaal voor jou heb aangetrokken?'

Mijn moeder was boos, maar ze drukte zich toch tegen papa aan.

Hij pakte haar bij haar schouders en duwde haar een eindje van zich af. 'Van jurkjes heb ik geen verstand.'

'Omdat het je niets interesseert,' wierp mammie hem toe. Ze rukte zich los en verliet ons.

Mijn vader wreef langs zijn voorhoofd, alsof hij daar een mug wilde verjagen. Hij nam me bij de hand en liep met mij naar zijn kamer, waar wij gingen zitten zoals de gewoonte was sinds die keer nadat ik was weggelopen. Hij op de stoel en ik op zijn bureau, zodat ik mijn voeten op zijn knieën kon zetten.

Alle tekeningen die ik voor hem had gemaakt, hingen aan de muur in zijn kamer. Verder hingen zijn muren vol met foto's van mensen die ik niet kende in donkere kleren, tekeningen met inkt gemaakt op vergeeld papier, onbegrijpelijke prenten en krantenknipsels. Dan had hij ook nog de planken met daarop de grote stopflessen waarin wonderlijke wezens woonden. Hun namen waren geschreven op de etiketten die op de flessen geplakt zaten, in krullende letters die ik nog niet kon lezen. Dus wist ik niet hoe ik ze moest noemen als ze zich traag schommelend hadden omgedraaid en me met een van hun vele gouden ogen plotseling aankeken. Of met hun vinnen het glas beroerden, alsof ze eruit wilden. Maar vissen waren het niet. Of sommige eigenlijk wel, zo zei mijn vader. Hij legde uit dat een mens vele gedaanten aanneemt voordat hij ter wereld komt.

De nachtmensen hadden weleens verteld over alle gestalten waarin de ziel zich moest vertonen voordat die gelukkig en opgelucht in het niets mocht verdwijnen.

Wij schommelden in een golf die zich uitstrekte over de hele wereld. Daarin deinden onze zielen veranderlijk mee, als eenoog, als vis, mens, olifant, kikker, het maakte niet uit. Alles wat leefde, was er toch maar voor even. Een vis die op het droge lag te snakken, kon de volgende dag al een vogel zijn.

Ik schrok toen papa vertelde dat de wezens in de potten niet meer leefden. Hun levensgeesten waren verdwenen. Zij bewogen ook immers niet meer?

Maar zij bewogen volgens mij wel, hoewel traag. Bovendien kon ik zweren en ik hield het bij hoog en laag vol dat Servus Poldi iedere keer naar mij wuifde. Hij had in een vrouw geleefd en schommelde nu in zijn fles. Vrouwen hadden zulke wezentjes in zich wonen, mannen ook, maar dan nog veel kleiner. Ik dacht dat ik ook een Servus Poldi in me had, met wie ik over alles kon praten.

Mijn vader zei dat deze wezens niet meer konden wuiven, niet meer rondkijken, niet meer uit zichzelf bewegen. Zij sliepen de eeuwige slaap; dat was al wat zij nog deden en zij waren er slechts om door ons te worden bekeken.

Ik wist dat er ogenblikken waren, die vielen in de korte, gevaarlijke periode van de schemering, in de tijden van zonsopkomst of zonsondergang, waarin de ziel zich haastte om van de ene gedaante in de andere over te gaan. Op die momenten, ik wist het, ik had het gezien, werden de arme kippen geslacht waaruit de ziel zojuist, voor heel even, was verdwenen.

'Zijn zij ochtendkippen?' bracht ik met moeite uit. Het leek me onvoorstelbaar dat een wezen voorgoed zonder ziel zou zijn, want dan zou het immers altijd kunnen worden geslacht.

Mijn vader schudde zijn hoofd. 'Zij zijn geen kippen, wijsneus.'

Hij lachte een beetje, probeerde te doen alsof dit allemaal maar een grapje was, maar het was mij duidelijk dat de nachtmensen hier meer van wisten dan hij. Hij wist veel, maar niet alles.

Toen ik hem vroeg of er dan geen ziel in die wezens zat, wat voor wezens het dan ook waren, antwoordde mijn vader dat hij jammer genoeg niet wist hoe een ziel eruitzag. 'Wie weet dat wel?' vroeg hij vriendelijk.

'Ik weet het wel. Als een vis of een vogel.'

'O, is dat zo? Vertel jij mij geen fabeltje?' Hij kneep in mijn wang, kietelde mij onder mijn kin. Ik vertelde hem geen fabeltjes. Had ik niet van mijn nachtmensen en van mijn moeder en tante geleerd dat een ziel alle gestalten kan aannemen die de goede God en alle andere goden maar kunnen verzinnen?

Ik vertelde mijn vader hoe ik soms in de ochtendschemering, als ik wakker werd en het was nog heel vroeg, het was nog niet echt licht, hoe ik dan mijn eigen ziel als een vluchtige doorzichtige schim uit mijn lijf omhoog zag kringelen, als een sliert blauwe rook. Ik zag mijn ziel uit mij wegvluchten om even een uitstapje te maken of een andere gedaante te zoeken, wie weet. Ik moest pijlsnel uit bed klimmen om de ziel terug te halen, rennen moest ik en oppassen dat ik niet struikelde, vaart moest ik maken, want ik moest mijn ziel te pakken krijgen voordat zij zich zou verstoppen in een vogel, die zo hoog zou vliegen dat ik er nooit meer bij kon komen. Ik raakte buiten adem van mijn eigen verhaal.

'Rustig aan, rustig maar,' praatte mijn vader kalmerend, terwijl hij mijn schouders vasthield en mij zachtjes heen en weer wiegde, 'dat zijn maar dromen.'

Eén grote muur van zijn kamer was geen muur maar een boekenkast, waarin achter glas dikke leren boeken stonden met gouden of zilveren letters erop, die ik niet kon lezen. Mijn vader haalde weleens een boek uit de kast om erin te kijken en als ik vroeg of ik mee mocht kijken, zei hij: 'Ja, kijk gerust, al heb je daar nog niet veel aan'. Er stonden platen in waarvan ik niet eens wist wat ze moesten voorstellen.

'Er bestaan genoeg dingen die jij nog niet hoeft te weten.' Hij lachte me toe. 'Wees blij.'

Mijn moeder was juist altijd blij als ik wel iets wist. Dus ik deed in papa's kamer ook mijn best om zoveel mogelijk te weten te komen. Alle keren dat ik in zijn kamer zat en een tekening voor hem maakte, nam ik alles om me heen nauwkeurig op en zo kwam het dat ik, als hij iets zocht, bijna altijd kon vertellen waar het lag.

Hij mompelde onverstaanbaar iets voor zich uit en ik sprong al op en vroeg ijverig hoe het eruitzag wat hij zocht.

'Ach, blijf jij maar tekenen...'

'Is het rood, wit of blauw?' riep ik al opgewonden en dan maakten wij er een spelletje van, ik-zie-ik-zie-wat-jij-niet-ziet, en ik zag het natuurlijk het eerst wat hij zocht, want ik had onthouden waar ik het had zien liggen, weggegleden onder een stapel boeken of verloren geraakt tussen de schriften en kranten op zijn bureau.

Andere spelletjes deden wij niet, daarvoor had mijn vader het te druk.

Mijn moeder had me verteld dat hij het te druk had met

andere vrouwen en kinderen, die ziek waren en die kwakkelden. Of die dood werden geboren of zelfs helemaal niet werden geboren.

Omdat hij geen tijd had, las mijn vader mij bijna nooit voor.

Toch verzon hij eens een spel, het ogenspel.

Op het ogenbord stonden tekeningen en letters, die naar beneden toe steeds kleiner werden, zo klein ten slotte dat je er wel met je neus bovenop moest hangen om ze nog te kunnen onderscheiden. Dat mocht ik eigenlijk niet van mammie, met mijn neus vlak boven het papier hangen.

Papa zette het grootste bord buiten neer op een tafel met een stapel boeken erachter en wij gingen er een flink eind vandaan zitten, naast elkaar op onze stoelen in de kamer.

'Kun jij de tekeningen zien?'

'Is dit een spel, pappie?'

'Nee. Het is een ogentest.'

Ik vloog door de rijtjes heen.

'Goed zo,' zei hij. 'Goed zo, dat ging vlug.'

'Nu ga ik ze kriskras aanwijzen. En dan zeg jij maar wat je ziet. Je mag het ook tekenen. Wacht, een stokje.' Hij ging naast het bord staan en zijn ene arm hief hij de lucht in, vermoedelijk om mij een plantenstokje te tonen, dat ik weliswaar niet kon zien met mijn eigen ogen, maar waarvan ik heus wel wist hoe lang het was en dat het van bamboe was. Uit de bewegingen van mijn vaders arm leidde ik af waar hij ongeveer met de stok belandde op de ogenkaart, maar het was toch te moeilijk geworden om de letters en de plaatjes nu nog feilloos te raden.

Ik kon onmogelijk voldoen aan wat hij vroeg. Hij had net zo goed kunnen vragen of ik voor hem wilde gaan vliegen, eerst een beetje laag en dan telkens een stukje hoger.

‘Ik weet het niet meer!’ Mijn wanhoop was groot genoeg om het maar toe te geven. Bij mijn moeder mocht ik slechts in het uiterste geval aankomen met: ‘Ik weet het niet.’ Dan riep ze streng: ‘Tida bisa tida mau tida ada tida tau.’

En soms riep ze ook nog met lage stem, wat veel raadselachtiger klonk: ‘Kan Niet ligt op het kerkhof, maar Wil Niet loopt vlot rond.’

Nu mompelde ik bijna onhoorbaar: ‘Ik weet het niet.’

‘Dat geeft niets,’ troostte mijn vader. ‘Je weet het wel, maar je kunt het denk ik niet goed zien. Kom eens wat dichterbij.’

In een poging het goed te maken raffelde ik uit mijn hoofd alle rijtjes letters op, plus de plaatjes van paddestoelen en kabouters, die ik me van het bord maar te binnen kon brengen.

‘Aha, je kent het uit je hoofd, zo zit dat dus.’ Lachend legde hij het stokje weg om in zijn handen te kunnen klappen. ‘Goed zo, dat is buitengewoon knap van jou, lieve schat.’

Hij nam me bij zich op schoot, wat hij maar zelden deed. Hij haalde een zakdoek uit zijn mouw en droogde mijn tranen.

De voorbereidselen voor onze reis naar Bali duurden voort. Opa vond zeker dat hij te lang moest wachten, want hij stuurde een auto om ons op te halen. Een grote auto met chauffeur stond op een goede dag op het kiezelpad, en nog meer auto’s reden er achteraan het erf op. Voorin zaten mensen en ook achterin zat het vol.

Vrouwen en jongens waren het, ik kende ze niet. Nadat zij uit de auto’s waren geklommen, kwebbelden ze in vreemde talen, lachten luid en commandeerden onze nachtmensen om mee te helpen met uitladen. Ze klommen terug in de auto's om pakjes en tassen te pakken, parasols, manden, dozen, vruchten, planten. Er kwam zoveel uit de auto's dat ik ophield met tellen. Er gebeurde van alles tegelijk. Nog een auto kwam langzaam aan, een waaraan een grote kar was vastgebonden met een kooi erop. Wat zat erin? Honden, apen, een paardje misschien?

De vrolijke bezoeksters droegen hun voorwerpen, de manden, de dozen, de koffers naar buiten, zetten ze overal neer, op het gras, op de kiezels, op de treden van de trap naar de voorgalerij. Daarna gingen de bedienden ermee slepen, waarna de bezoekers er weer achteraanholden, totdat ze er genoeg van kregen en zich omkeerden om nog meer dingen uit de auto's te halen, zodat er bergen bagage bij kwamen. De stapels waren niet te overzien. De hele wereld zat erin.

Behalve doeken en kleden en tassen en pakjes en losse hoofdkussens en dekens en kleden en rollen papier waren er uitpuilende manden vol fruit. Papaja's zo groot als kleuters, kolossale doerians en jackfruit, salaks, mangostans, het lag allemaal te pronken en verdween even later naar de keuken, ons achterlatend in een waaier van geuren.

De mensen krioelden op het erf als mieren door elkaar, maar ineens was iedereen uitgeladen en geïnstalleerd in ons huis, in de paviljoens en de bijgebouwen. Vreemde, donkere vrouwen wuifden zich op de galerijen al in de rieten stoelen koelte toe, er waren lekkernijen uitgestald op de tafels, er lagen kleine kinderen in hangmatten te krijsen en de honden hadden elk in hun eigen hoekje op het erf hun eigen bot gekregen om op te kluiven.

Zoveel dingen en gebeurtenissen tegelijk, ik had dit nog nooit meegemaakt. Ik wist niet dat dit kon bestaan en keek het met open mond aan. Het leek wel een circus.

'Kijk eens aan, hij overlaadt ons. Hij gedraagt zich als

een koning! Koning, keizer, schutter, majoor, edelman, bedelman...' merkte mijn moeder op.

'Potverteerder, pierewaaier, schuinsmarcheerder, bankroetier. Ik weet het allemaal wel wat er over hem wordt gekwebbeld, maar het zijn allemaal de zure druiven,' gniffelde tante Margot.

Op ons erf was het circus neergestreken, zonder tent, maar wel met danseressen en slangenbezweerders. Het was niet gekomen om ons te amuseren, het was er om ons op te halen. Nog maar net was het gearriveerd, in mijn gevoel was het er nog geen dag, of het vertrok alweer en nam ons mee, tante Margot en mij. Ik begon aan mijn eerste reis.

Ik stond onder de waringin, met mijn moeder, ik wilde haar hand grijpen, maar zij snoot luid haar neus in een zakdoekje. Ze had beide handen nodig om haar neus te drogen.

'Toe maar, lieverds, gaan jullie maar, hoor, trek je niets van mij aan,' kermde ze, door het zakdoekje heen. 'Als je terugkomt, heb ik een grote verrassing voor jou.'

'Een verrassing?'

'Ja!'

'Voor mij?'

'Voor ons allemaal...'

Mijn moeder bleef huilen, maar ik wist niet zeker of ze huilde omdat ik wegging. Zonder dat zij het merkte, streek ik vlug met mijn vingers langs haar lijf en daarna streek ik met dezelfde hand langs de bast van de waringin. Niemand mocht het merken.

'Nou, nou, ik wil geen tranen zien,' zei mijn vader en hij tilde mij op en zette mij achter in de grote auto, naast tante Margot.

Voorin zat de kebon, hij glimlachte naar mij, wees verstolen naar beneden: aan zijn voeten zat Teddy-Bali.

'Dit is geen straf, dit is een snoepreisje,' zei papa. 'En leuk! Jij blijft een poosje bij jouw opa in Bali en dan kom je als de wiedeweerga bij ons terug.'

Ik begon te huilen. Iedereen haastte zich om mij te troosten.

'Bali is niet ver, hoor,' zei tante Margot.

We reden al.

'We zijn niet langer dan een paar daagjes onderweg. Dat is maar een klein poosje, als je het goed beschouwt.'

Wat was een klein poosje? En wat, wie of waar Bali was, ik wist het niet.

'Daar is het. Waar de blauwe bergen zijn,' wees mijn tante. Telkens zou ze tijdens de reis met haar hand wijzen naar de groene, de blauwe of de wazige verten die zich voor ons uitstrekten.

'Daar is Bali! Nee, nog een ietsjepietsje verder, ja, we zijn er zo!'

Langzamerhand wende ik aan de reis, want niemand in ons gezelschap maakte zich druk over de rommelige bewegingen van het autorijden, het in- en uitstappen, het slapen in vreemde kamers en bedden. Alle anderen van de bonte troep, de wonderlijke wezens, de glimlachende jongens met een bloem achter het oor, ze deden niet anders dan wat ze die ene dag bij ons hadden gedaan. Ze aten, ze deden spelletjes, ze praatten met zachte stemmen of ze zaten met dichte ogen te glimlachen of een beetje te dromen, ze sliepen in en snurkten zachtjes, ze werden wakker en ze glimlachten weer en zeiden van tijd tot tijd een paar woorden. Kebon zag ik voor het eerst dat ik hem kende bijna voortdurend glimlachen. Hij was nog nooit zo gelukkig geweest. Hij ging naar huis.

Opa en Poppy woonden op Bali, het land van de nacht. De nacht rees op uit de zwarte zee, die geduldig de hele dag wachtte totdat de zon in haar onderdook. Het water lag stil, maar trilde aan de randen, waar het telkens, met een bescheiden gelispel, slierten schelpen uitstrooide over het gloeiende zand.

'Ja, dit is de Javazee, deze zee hier is altijd kalm, niet zoals die oceaan aan de overkant. Hier is het goed, hoor, ga er maar in, jij, je bent toch niet bang?'

Opa, die zo groot was dat ik zijn gezicht pas goed kon zien als hij bij me neerhurkte of als hij me optilde, nam me op zijn arm en liep met grote passen zomaar de zwarte plas in en zette me er verderop plompverloren in neer. Ik was te verschrikt om te schreeuwen, maar dat hoefde ook niet, want het warme water ving me op en nam me van hem over. Met opgetrokken knieën zat ik erin en dreef. Ik dreef voor het eerst in mijn leven. In Bandoeng had ik in het zwembad nog nooit gedreven, omdat ik mijn armen en benen snel uitsloeg om me boven water te houden. Mijn moeder beweerde dat ik zo'n druk en eigenwijs kind was dat ik weigerde om rustig te drijven. Nog liever zonk ik als een baksteen, zei ze. Bij opa Bali viel niets te weigeren. En zinken kon ook niet. Drijven ging hier vanzelf. Ik kon niet eens zinken als een baksteen, ook al was ik er eigenwijs genoeg voor geweest, ook al had ik het gewild.

In Bandoeng kon ik altijd veel dingen doen, zoals zitten, lopen, rennen, hollen, vliegen, liggen en staan. Op Bali niet. Je kon hier alleen maar drijven. Je dreef en het leek of je zweefde. Misschien dreef je en zweefde je omdat hier geen ochtenden met schrijflessen waren en geen middagen met middagrust. De ochtenden en middagen verschilden op Bali niet van elkaar, alles liep in elkaar over.

De zon ging wel onder, ook al keken wij er niet naar vanaf een waranda, en de zon kwam ook weer op, ook al sliepen wij nog in ons bed of op de grond. Alles ging gewoon zijn gang, alsof wij er niet bij waren.

Tante Margot zei: 'Hier hoor ik thuis, hier wil ik wel blijven.'

'En wat doen we met de bruidegom?' vroeg opa gemoedelijk. 'Laten we die maar staan waar hij staat, op sterk water?'

Tante Margot lag stil in de hangmat.

'Vindt u soms geen vuiltje aan de lucht?' vroeg ze verontwaardigd.

'Niets nieuws is er onder de zon. Altijd maar storm in een glas water,' zei opa. 'Storm in een glas water,' riep hij nog eens verwoed.

'Laat toch betijen.' Poppy die naast opa zat, tikte hem met haar waaier op zijn neus. 'Komt wel weer goed.'

Opa en Poppy woonden in zoveel huizen dat al die onderkomens in mijn geheugen aaneengeschakeld zijn in één lange, rommelige rij. Dan waren wij weer hier, dan weer daar, dan zaten wij in de bergen, dan keken wij uit op een meer. Meestal waren wij aan zee, in een huis op het zwarte zand.

De zon was er overdag en de zee, die onafzienbaar grote plas water, was er altijd, dag en nacht. Overdag met de fel schijnende zon erin, in de nacht met de heen en weer dobberende maan. 's Nachts brandde overal vuur, er waren fakkels en flambouwen, kaarsen op de galerijen, het licht viel meestal uit. Altijd werd ergens wel eten geroosterd, altijd werd ergens anders wel vuil verbrand. Er waren veel geluiden, in de ochtenden waren het de hanen en in de nacht het vertrouwde tropenconcert. Als er ergens geschreeuw was of ineens een heleboel opgewonden herrie, maakte ik mij er niet druk om, want het laaide op en het doofde.

Ik sprak niet veel, hier. Sloom werd ik en lui, wat thuis

niet mocht. Hier wel. Niemand leerde mij nieuwe woorden.

Opa ging elke dag in zee en dan nam hij mij mee. Ik wilde het wel uitschreeuwen van vreugde over deze zee, die van opa Bali was, maar er kwam geen geluid.

'Jij staat heel hard te denken,' zei opa op een keer, 'maar horen kan ik niks. En gedachten lezen kan ik ook niet, hoor. Vertel eens op.'

Ik schudde het hoofd.

'Wil je het niet zeggen? Hoeft toch niet. Zing dan maar een lied.'

Ik keek hem vragend aan.

'Welk lied wil je weten? Een lied moet je zelf verzinnen. Luister naar mij!'

Opa zong een lang en onbegrijpelijk vers in een vreemde taal. Het galmde over de golven. Het was jammer dat er een einde aan kwam.

'Ja, het was weer beter dan Richard Tauber, nu jij.'

Ik stond erover na te denken, totdat hij zei: 'Zing maar gewoon. Tralalala is ook een lied...'

'Tralalala... tralalalala.'

'Dat is goed, ja, dat is al heel wat beter. Je stem ben je lang niet kwijt.'

Toen we waren uitgetralalaad vroeg ik of opa mij nieuwe woorden ging leren.

'Nieuwe woorden? Nee, die moet je zelf maar zoeken, die vind je wel.'

9

Ofschoon ik niet naar hen vroeg, verzekerde Poppy mij iedere dag dat het goed ging met mijn vader en moeder en dat ik naar ze terug mocht gaan zodra ik maar wilde.

'Maar misschien wil jij nog wel even bij ons blijven logeren?'

Dus dit was logeren. Logeren was een nieuw woord, maar niemand deed voor hoe je het moest schrijven. Ik probeerde het, maar het mislukte. Al toen ik de eerste brief van mijn moeder kreeg, besefte ik dat ik voor haar dus alleen maar tekeningen zou kunnen maken, nieuwe woorden had ik niet.

Ik verzon weleens hoe het zou zijn als iedereen die ik kende in Bandoeng, mijn moeder, mijn vader, oom Felix, de nachtmensen en de theetantes, iedereen die op onze waranda zat of in zijn paviljoen of dwaalde over het erf, nu hier ineens op Bali was. Dat iedereen hier zat, rond de vuren. De zee in wandelde om wat te drijven. Dat niemand meer praatte, maar alleen zong.

De tijd verstreek en het werd steeds moeilijker om mijn verzinsel in leven te houden. Eerst werd het onduidelijker en bleker en de mensen in Bandoeng werden schimmen in mijn hoofd. Toen ik me niet eens meer hun gezichten te binnen kon brengen, kreeg ik een brief.

Alles wat ik in Bandoeng had beleefd, stond mij op slag weer helder voor ogen. Daarvoor hoefde ik die brief niet eens open te maken. Beter zelfs van niet.

Het was een onvergetelijke gebeurtenis, dat ik een brief

kreeg, want ik had nooit geloofd dat iemand anders dan papa brieven kon krijgen.

In het strandhuis werd deze eerste brief bezorgd, een meneer op een fiets kwam hem brengen. De brief was lichtblauw, net zoals de brieven uit Europa die voor mijn vader naar Bandoeng kwamen gevlogen.

Ik durfde mijn brief niet open te maken, ik liet hem dicht en nam hem eerst een tijdlang mee naar bed, onder mijn hoofdkussen.

'Sweetie toch, die brief is van jouw moeder,' zei Poppy af en toe. 'Maak eens open, dan zal ik hem aan jou voorlezen, toe dan, ja, want wij willen het grote nieuws ook wel heel graag weten.'

Ik schudde koppig mijn hoofd. Een brief was veilig als hij dicht bleef. Dat had ik wel aan de brieven voor mijn vader gezien. Zolang ze in hun cocons zaten, was er niets aan de hand.

Zijn gezicht bleef rustig en soms zelfs glimlachte hij naar ons en plaagde ons een beetje omdat we weer de verkeerde dingen hadden gegeten of omdat mijn moeder en mijn tante weer te druk bezig waren met wat hij witte en zwarte kunsten noemde. Maar dan ging hij naar zijn paviljoen om de brieven te openen en dan richtten ze narigheid aan. Mijn vader frommelde ze in elkaar en hij hield ze als een prop in zijn vuist en ijsbeerde er maar mee op zijn galerij, met diepe rimpels in zijn voorhoofd en opeengeklemde kaken.

Dit was niet met alle brieven zo, maar met een heleboel wel. Ik nam het zekere voor het onzekere en liet mijn brief liever dicht. Ook de brieven die nog volgden, opende ik niet.

Iedere twee weken kreeg ik op Bali een brief en ik legde ze niet meer onder mijn kussen, omdat ze daar kreukten, maar bewaarde ze allemaal in een nest dat ik had gemaakt van mijn ondergoed, op een plank in mijn kast. Als we weer naar een ander verblijf gingen, dan nam ik ze mee, met nest en al. Ik legde ze op de bodem van het rieten valies waarin mijn andere kleren zaten en ook mijn andere geheimen. Waar we ook heen gingen, altijd nam ik mijn brieven mee van het ene huis naar het andere, maar ik opende ze niet. Ik wist nu ook waarom ik het niet deed. Het boze oog mocht ze niet lezen.

Poppy had het zelf gezegd, hoofdschuddend en een beetje plagend: 'Ben je bang, toetie, dat het boze oog erop valt?'

Met mijn andere geheimen kon ik zorgelozer omspringen, want zij waren al door anderen gezien en gebruikt en het boze oog had ruimschoots de kans gehad om erop te vallen. Mijn ene geheim was een restje obat, dat in een donkerbruin flesje zat en waaraan ik diep snoof om aan oom Felix te kunnen denken, en het andere was de lippenstift van Tinka, die ze me bijna boos had toegeworpen omdat zij die niet meer nodig had omdat ze toch nooit meer zou dansen.

Tinka's lippenstift was mooi, maar Tinka zelf was mooier. Ze was de mooiste die er was, mooier nog dan mijn moeder. Ik had altijd gedacht dat mammie en tante Margot de mooisten waren op aarde. Bij opa Smit op Bali merkte ik dat er veel meer van zulke mooie wezens waren.

Om eerlijk te zijn, waren zij misschien nog wel prachtiger dan mijn moeder en mijn tante, met veel meer zilver en goud en veel langere haren, zulke lange haren dat ze erop konden zitten. Opa had zoveel van deze wezens om zich heen dat ik eerst mijn ogen niet durfde geloven. Ik wendde in het begin mijn hoofd verlegen af, als er weer zo'n fee in mijn buurt kwam. Maar dit was niet vol te houden, er waren er te veel en zij waren er voortdurend.

Wij moesten trouwens naar ze kijken, zei opa, want daarvoor bestonden zij, en als er niemand naar ze keek, dan zouden ze voorgoed verdwijnen.

Tinka, die de mooiste was van allemaal, had een rond, theekleurig gezicht met scheef omhooglopende ogen die tussen goudbruin en groen in zweemden. Ze leek op mijn lievelingskat die over ons erf sloop, zacht en hooghartig, maar ze was ook even schuw en opvliegend als de andere zwerfkatten die zich nooit lieten aanhalen.

Tinka ging mij met grote bogen uit de weg, totdat wij op een middag samen op schoot bij Poppy terechtkwamen. Tinka zat op het ene dijbeen en ik op het andere, dat zacht en verend aanvoelde als mijn goeling. Poppy had niet zo'n lange slurf als een olifant, maar wel een grote, gerimpelde neus, waardoor ze leek op de olifantsgod van wie bij ons een beeldje stond op de gangtafel, bij het telefoontoestel. Poppy zat er net zo lachend en stevig bij als hij; zij had haar pijpje in de ene hand en lekkernijen in de andere hand en droeg een sarong en kebaja. Ze zat kaarsrecht op de grond, in vlinderzit, de knieën uit elkaar en de voetzolen tegen elkaar aan gelegd. Haar voeten hadden zulk dik eelt dat het wel een schoenzool leek.

In dat driehoekje dat zij met haar benen maakte, was plaats voor onze voeten, die wij in het begin zo ver mogelijk van elkaar af hielden. Ik gluurde naar Tinka's elastische, lenige voeten. Met haar tenen kon zij alles doen wat ik met mijn vingers kon. Ze kon haar tenen wijd uitspreiden als een waaier, ze kon ze een voor een bewegen, naar achteren, naar voren en naar opzij. Ze kon er alles mee oprapen, tot rijstkorrels toe. Ze kon met iedere teen die ze verkoos in het zand schrijven, een of meer woorden. Ze vlocht de woorden aan elkaar, ze schreef met de linkervoet of met de rechter. Ze raapte een vulpen op, dun als een rietje, en stak deze met haar voet achter haar oor.

Ze kon ook op haar handen lopen langs de hibiscusheg, met haar tenen een bloem plukken en in haar haren steken.

'Dit is zo gemakkelijk,' zei Tinka die, terwijl ze op haar handen liep, gewoon met mij verder praatte, 'dit kan ik jou ook wel leren, al ben je nog zo'n dom kind.'

(Ze heeft het mij geleerd en wij hebben het nog vaak samen geoefend, maar dat was jaren later. In Holland liepen wij op onze handen op een grasveld, waar ook een halte was voor een gele tram. De mensen stonden bij de halte en keken naar ons terwijl wij onze kunsten vertoonden. Maar zij bewonderden ons niet. Zij spraken er schande van.)

In kleermakerszit, aan de grond gekluisterd, zag ik hoe de gouden en vuurrode wezens zich sissend uit het vuur losmaakten en naar voren schoten als kronkelende vlammen. Ik hield mijn adem in van ontzetting omdat razende hemelbestormers met steil overeind staande haren en trappelende benen weer naar beneden kwamen en ik boog schuchter het hoofd toen gladde waternimfen naakt oprezen uit de vijver en waterdruppels naar ons toe spetterden. Hun druipende handen gingen speels over ons heen. Naar beneden kijkend zag ik hoe over de omgewoelde grond, tussen de grasprieten, goedig glimlachend, padden schuifelden met pannetjes vol kleefrijst en hun bananenblad vol pittige lekkernijen en kartonnen dozen vol snoep. Ze stopten me van alles in mijn mond en in mijn handen en speldden me snel en gniffelend versierselen op, guirlandes van glinsterende steentjes, herinner ik me, en een witte bloem, waarvan de geur me bedwelmde. Maar ik zat veilig op schoot bij Poppy, de oude vrouw die op een olifant, maar ook op Boeddha leek. Zij en ik ondergingen het schouwspel en de belevenissen alsof wij in een schommelende roeiboot zaten op kabbelend water en af en toe koerde zij dat ik mee moest doen: spring er maar in, toe maar, hoor, je hoeft helemaal nooit en niet bang zijn. Ik was immers ook een duifje van haar. De olifantsvrouw was zo donker en dik dat ze overdag net als een grote boom schaduwen wierp waarin ik kon spelen.

Ik geloofde dat ze net als de waringin wel duizend jaar oud was. Boven mijn hoofd klonken haar geruststellende smakgeluidjes die ze maakte als ze lurkte aan de lange pijp die altijd midden in haar hartvormige mond zat en waaromheen ze gewoon praatte en lachte alsof de pijp een soort lange tand van haar was. Ze ging gehuld in zoete rookwolken en als ze haar wandelingetjes over het erf had gemaakt, waarbij de een haar parasol voor haar ophield en de ander haar koelte toewuifde met een grote waaier, dan zag je nog lange tijd een doorschijnend blauw spoor in de lucht hangen. Poppy kon niet zomaar door iedere gewone deur naar binnen, Poppy had een dubbele deur nodig. 'Zoals het een vorstin betaamt!' zei opa.

Poppy sliep op een mat, niet op een bed.

Als je bij haar op schoot zat of tegen haar aangeleund van opzij, voelde ze aan als de zachtste divan vol kussens. Op haar ene dijbeen zat ik, op haar andere dijbeen prijkte Tinka, die mij de eerste keer dat wij elkaar zagen, boos aankeek. In nachttaal vroeg ze wat ik hier deed. Ik verstond haar maar half. Poppy stak een verhaal af waarvan ik helemaal niets verstond, maar het maakte het meisje zo kregel dat het mij ineens niet meer aankeek en hard wegliep.

'Ts ts ts,' deed Poppy tegen mij. 'Zij wil liever barsten dan buigen. Zij heeft kuren, tinka's heeft zij. Zij wil niet luisteren, die kleine tante van jou.'

Was deze danseres, die alles kon, een tante van mij?

Het verheugde gevoel dat mij doorstroomde, herinner

ik me nog altijd. Ik wist dat de theemevrouwen in Bandoeng, die ik weleens tante mocht noemen, geen echte tantes van me waren, zoals tante Margot. Maar haar raakte ik een beetje kwijt, hier op Bali. Tante Margot zat in de vroege ochtend al met opa te praten en in de nacht praatte ze nog steeds. Ze zei tegen mij dat het ging om wat ze zou beginnen met haar leven. Ze was nu een tante die geen aandacht meer voor mij had. Het werd dus tijd dat ik eens een andere kreeg.

'Is zij een echte tante?' vroeg ik aarzelend. 'Geen theetante?'

Het leek mij eigenlijk te mooi om waar te zijn.

'Ja,' zei Poppy, 'erewoord, zij is je échte tante Cristina.

Ik hoopte dat zij een tante voor mij alleen zou zijn. 'Een tante, zoals tante Margot?'

'Een tante, zoals tante Margot. Maar jij hoeft haar geen tante te noemen, want ze is maar zeven jaar ouder dan jij.'

'Tante Danseres!' zei ik, vol bewondering. In de nacht had ik gezien hoe Tinka en een ander meisje, stijf in gouden kleren gewikkeld en met boze en droeve gezichten, een ingewikkelde, snelle dans uitvoerden.

'Welnee,' murmelde Poppy bedroefd, 'danseres zal zij nooit zijn. Maar zij zal veel andere goede dingen leren, daarom gaat zij al gauw van ons weg.'

Zo verheugd als ik me had gevoeld, zo droevig werd ik nu.

'Zij gaat weg?'

'Niet van jullie, maar van mij. Zij vaart met jullie mee, zo is besloten.'

Ik wist niet wat ik hoorde.

'Gaan we varen?'

'Op de grote boot.' Poppy haalde de pijp uit haar mond.

Er rolden tranen uit haar ogen, wat wel vaker gebeurde als de rook haar had geprikkeld.

'Cristina vaart met jullie mee op de grote boot.'

'Gaan we op de grote boot terug naar Bandoeng?'

'Nee nee, later. Eerst terug naar Bandoeng en daarna op de grote boot. Helemaal naar Europa.'

Ik had nog nooit iets goeds over Europa gehoord. Er woonden vreemde oma's. Er kwamen giftige brieven vandaan, waar mijn vader razend van werd. Ik was nog nooit op een grote boot geweest.

Naar Bandoeng ging ik terug met twee tantes, tante Tinka en tante Margot. De regentijd was bijna voorbij, maar het was nog steeds vochtig en heet. We maakten de terugreis in een auto met een kap, die open was, maar dicht kon als het regende. We zaten achterin, Tinka en ik en in het midden tante Margot. We hadden elk een groot plaatjesboek op schoot, waarin wij niet keken.

Tante Margot sloeg haar armen om ons heen en zei: 'Kijken we om ons heen, lieve kinderen, dat zijn mooie plaatjes genoeg, vinden jullie niet?'

Wij klapten onze boeken dicht, maar ik antwoordde niet, want als ik iets zei, was ik bang dat ik ging huilen. Tinka zat al te huilen, zonder dat zij wilde dat wij het merkten.

De chauffeur reed langzaam, omdat tante Margot had gezegd dat dit beter was. Dan hadden wij minder last van kuilen en zagen wij nog eens wat. Maar toen Tinka er onderweg uit sprong, omdat ze het ineens toch te ver weg vond, van haar huis, zei tante Margot dat de chauffeur sneller moest rijden, dan leek de weg niet zo lang. De kap ging dicht, ook al regende het niet. Toen we Tinka met de grootste moeite hadden kunnen overhalen om toch verder met ons mee te gaan, ging zij in de auto op de grond liggen en keek niet meer naar buiten. Zij kwam pas weer omhoog toen we riepen dat ze betoel de optocht moest zien.

Wij hielden halt voor een optocht van kinderen die hoedjes van zilverpapier droegen waar hun grote, aangeplakte hazenoren doorheen staken. Zij hadden zilverkleurige lampions bij zich waarin kaarsjes flakkerden. Achter hen aan kwamen dansende mannen.

'De Chinezen vieren het nieuwe jaar,' zei tante Margot, 'het jaar van de tijger is afgelopen en nu begint het vreedzame jaar van de haas, zien jullie wel?'

In Bandoeng waren er de nachtbrieven en een baby.

Met de brieven liep mijn vader in de nacht heen en weer op de waranda. Ze maakten hem treurig en woedend. Ze waren nog erger dan die van vroeger en ze zagen er ook niet meer onschuldig en sierlijk uit, zoals de 'lichtblauwe vlinders die kwamen gevlogen van over de zeven zeeën', zoals oom Felix ze had genoemd en ons had voorgedaan met uitgespreide armen en wapperende handen.

Deze laatste brieven waren gedrochtelijk dik en soms bruin. Er waren zulke dikzakken bij dat ze onderweg al uit hun vel waren geknapt. Dan puilde er uit hun kapotte omhulsel een vracht krantenknipsels waarover mijn vader al woedend werd voordat hij er een letter van had gelezen.

'Het is weer eens zover.'

Hij liet de knipsels aan niemand zien, hij trok zich ermee terug in zijn paviljoen. Volgens mijn moeder om ons zijn sombere stemmingen te besparen.

Als er weer brieven en knipsels waren gekomen, ging mijn moeder naar haar slaapkamer, waar zij haar nieuwe baby vertroetelde. Hij heette Simon en was mijn broer, maar ik geloofde het niet, want ik vond hem te klein om een broer te zijn. Een broer was in mijn ogen zo groot als oom Felix, de broer van mijn vader. Oom Felix kwam niet meer bij ons, hij was ergens anders gaan wonen, een heel stuk verder van ons vandaan. Hij woonde beneden in de stad, naast de kliniek. Wij reden er een keer langs en tante Margot wees het huis aan en zei: 'Daar zit hij dus, heel makkelijk toch, zo dicht bij zijn werk.' We zijn nooit bij hem in zijn nieuwe huis op bezoek gegaan.

Deze kleine broer was in de plaats van oom Felix gekomen, maar een goede ruil was het niet. Ik miste mijn oom, maar ik zei het tegen niemand, want ik wist niet wie het wilde horen. Mijn vader miste oom Felix ook, want hij ging wel vaak bij hem op bezoek.

'Cees komt laat, hij hangt uit bij Felix,' zei mijn moeder dan.

'Hij liever dan ik,' mompelde tante Margot.

'Dat meen je niet, zus.'

'Dat gaat jou niets aan.'

De kebon van Bali was er niet meer. Hij was bij opa op Bali gebleven, met mijn hond.

Tinka en ik zaten dag in dag uit samen op de nieuwe Amerikaanse schommelbank, die op de waranda stond. Voordat ik op Bali ging logeren, had mijn moeder mij een verrassing beloofd.

Wij dachten dat de Amerikaanse schommelbank de verrassing was, maar mammie zei: 'Nee, ben je mal, de verrassing is Simon, jouw nieuwe broertje. Zeg maar hallo lieve Siem tegen hem.'

Wij hoorden mijn moeder rondlopen op haar zijgalerij, die tegenwoordig was afgeschut met een rieten scherm en een rij potplanten. Wij hoorden haar zingen achter het riet en kirren tegen Siem en ook wel luidop hele zinnen spreken, alsof hij al kon praten, wat hij niet kon.

De baboe die in mijn kamer had geslapen, lag altijd op haar mat voor de deur van mijn moeders kamer en toen ik vroeg wanneer Roslin weer bij mij kwam, antwoordde mijn moeder: 'Zij komt niet meer bij jou, want jij hebt Tinka. Die houdt wel een oogje op jou.'

Tinka en ik trokken er op uit, in de nacht. Wij hurkten in de struiken en keken hoe mijn vader in zijn paviljoen op en neer wandelde. Hij smeet ook weleens iets door zijn kamer, dat soms brak, dat konden we horen, maar wij konden niet zien wat het was. Wij zagen hoe hij vocht met zijn gedachten en luisterden een poosje naar zijn mopperen en schelden, dat met vlagen naar buiten dreef, onverstaanbaar zacht soms, maar dan weer harder. Papa was nu ook een dier in het nachtconcert. Na onze tochten gingen wij eten, in de bediendenkwartieren, waar altijd op ons werd gerekend. Pas als de ochtend door de nachtkoepel brak, keerden we terug naar ons bed.

Aan de middagrust deden we niet meer mee. Wij zaten liever op de stenen bij de beek en lieten onze voeten nat spoelen door het water, dat weer volop stroomde. Als ik lang genoeg had gezeten, oefende ik het lopen op mijn handen over ongelijk terrein. Daarna probeerden we de pikolpaardjes, die op het landje achter ons erf graasden, met uit de suikerpot gepikte klontjes op onze hand naar ons toe te lokken.

Hoorde mijn moeder ons 's middags luid rumoeren, dan kwam zij te voorschijn, meestal met Simon op haar arm. Zij stond op de zijgalerij en riep naar ons: 'Denken jullie erom, herrieschoppers, dit ventje moet nog heel veel slapen.' Maar boos was zij niet op ons, ook niet als wij haar giechelend nabauwden: 'Ventje ventje ventje.'

Eén keer kwam mammie haar kamer uit zonder de baby. Ze daalde de waranda af, stak het gazon over, liep met slepende passen naar ons toe, legde haar vinger op de lippen en fluisterde dat wij stil moesten zijn. Zij zag eruit zoals ik haar het liefst zag, zonder mijn broertje. Zij zag er weer uit als mijn mammie, niet als een moeder van ook nog iemand anders. Hoewel zij zich al snel weer wilde omkeren, probeerde ik haar zo lang mogelijk bij me te houden. Ik ging aan haar hangen, pakte haar hand vast en toen dat niet lukte, greep ik haar bij de mouw van haar kimono en stelde ik haar alle vragen die ik op dat moment kon verzinnen.

'Moeten we stil zijn, mammie, is papa ziek?'

'Papa is niet ziek. Simon moet slapen, anders wordt Simon ziek.'

'Komt papa straks bij ons zitten op de waranda?'

'Papa wil straks alleen zijn met zijn gedachten.'

'Waarom?'

'Hij moet vechten met zijn gedachten.'

'Waarom vecht hij met zijn gedachten?'

'Anders vergallen die ons leven.'

'Wat is vergallen?'

'Zwart maken.'

Ik zag de gedachten van mijn vader voor me, ze hadden de vorm van kwalijke geesten. Zij vergalden ons leven.

Mijn moeder zuchtte en maakte zich van mij los, ze ontvluchtte me om zo snel mogelijk weer in haar kamer te komen, bij Simon. Ze wilde niets meer met ons te maken hebben, niet met mij en niet met Tinka, en ook niet met mijn vader.

Papa liep bijna iedere avond die ik me van onze laatste maanden in Bandoeng kan herinneren, op zijn galerij heen en weer en in vreemde talen sprak hij in zichzelf en hij sloeg met zijn vuisten in de lucht en vloekte. Hij leverde zijn gevechten en ik leerde de verschijningen die mijn vader bedreigden goed kennen. Ik maakte er tekeningen van. Voor zover je dat tekeningen kon noemen. Ik kraste wat in het wilde weg, schijnbaar zonder doel, op het tekenpapier met mijn bruine en zwarte kleurpotloden, totdat er, vanzelf leek het, karkassen verschenen met bolle ogen en scherpe klauwen. Ik ging ermee naar mijn vader en vroeg of dit zijn gedachten waren.

Hij hing mijn tekening aan de muur, lachte even en keek ernaar met rimpels in zijn voorhoofd.

'Zijn dit mijn gedachten? Eerlijk waar, het lijkt erop.'

In mijn sprookjesboeken ging ik met mijn zwarte potloden met nog meer ijver tekeer en ik liet donkere gedaanten verschijnen, die zich vergrepen aan alles wat op hun pad kwam. Papa's gedachten vermorzelden Hans en Grietje en knepen kleine kleutertjes fijn. Ze ploften boven op Doornroosje en Roodkapje en maakten een einde aan het bestaan van Goudliesje. Zelfs Vrouw Holle, die voor geen kleintje vervaard was en heel gemeen, lieten ze onder hun grauwe huiven verdwijnen.

'Willen jullie dat ik rustig blijf zitten knikkebollen in mijn luie stoel terwijl daarginds mijn familie de zee in wordt gedreven?' riep mijn vader op een nacht. Hij was woedend. Het had me niet verbaasd als hij de vuurgod in de vulkaan wakker had gebruld.

Het was voor het eerst dat hij zo hevig aan het vechten was met zijn gedachten, dat Tinka en ik er niet naar durfden te blijven kijken. Wij slopen naar binnen met onze handen tegen onze oren en gingen slapen.

II

De zeereis

(april – mei 1939)

10

Wij voeren op zee met Garoeda. Met een andere boot, met een andere naam, hadden mijn moeder en tante niet willen gaan. De reis van Batavia naar de zuidkust van Europa zou zes weken duren.

Alles zou gaan, verwachtte ik, zoals het was gegaan met mijn logeerpartij op Bali. Een avontuur, waar op een goede dag weer een eind aan kwam. Op die dag zouden we, met oude koffers en nieuwe spullen, ons vertrouwde huis in Bandoeng weer binnenstappen.

Tante Margot had haar schrift in haar toiletkoffer meegenomen, maar zij keek er niet één keer naar om. Ik zag het liggen wanneer het koffertje open was, als zij zich poederde. Op haar bruine wangen verscheen een wit waas, op de blauwzwart gemarmerde kaft ook.

Mijn moeder schreef wel, iedere dag, net als vroeger. Zij zat in onze hut op een stoel naast het bedje van Simon, mijn babybroer. Hij sliep. Mijn moeder nam het schrijfblok op schoot en sloeg het open. Ze had een etui met verschillende vulpennen, nu eens nam zij deze eruit en dan weer die. Voordat ze begon te schrijven, dacht ze lang na. Soms tekende ze een figuurtje of krabbelde wat. Op de omslag van haar schrijfblok stond een afbeelding van Pierrot. Van zijn gladde haren had ze met rode inkt een bos krulletjes gemaakt, ze sprongen van alle kanten onder zijn punthoed vandaan.

Toen ik het haar vroeg, zei ze dat ze schreef over de

dagen aan boord. De dagen aan boord waren een lange rij, zij regen zich aaneen tot een lange dag. Alle dagen op zee waren gelijk aan elkaar, zo gelijk dat je al van tevoren wist wat er zou komen. Je kon er de klok op gelijk zetten, ook op de verrassingen. Dolfijnen en vliegende vissen vertoonden hun kunsten op de momenten dat er niets anders gebeurde. Alsof zij dat met de kapitein hadden afgesproken. De sierlijke beesten verdwenen prompt zodra de scheepsbel luidde voor een ander evenement.

De festiviteiten aan boord waren altijd hetzelfde, de gasten hielden zich bezig met eten en drinken en dansen en spelletjes doen in versierde zalen. Er klonk muziek, er waren slingers, ballonnen, kunstbloemen, vlaggen en licht.

Water en lucht, golven en wind, zon en maan, dagen en nachten, alles gleed voorbij in een geruststellende opeenvolging, die ons wakker hield of die ons in slaap wiegde als het tijd daarvoor was. Een enkele keer kwam in de rustige ademhaling van de oceaan een schrikwekkende onderbreking voor, opdat we niet zouden denken dat we al in het paradijselijke hiernamaals verkeerden. Er openden zich grauwe spelonken waarin het schip kreunend verdween, totdat het weer omhoog werd gestuwd door gifgroene zwellingen, die transparant en boosaardig waren, als wijd opengesperde ogen van een zeemonster. Ons schip dreef erop als een vuiltje. Met lange grijze nagels plukte het ons los uit zijn oog en wierp ons woedend de lucht in. Wij rezen en daalden en rezen dan weer en dan, even plotseling als dit avontuur was begonnen, was het voorbij. Wie niet zeeziek was geweest, lachte stoer en zei: wij hebben de storm goed doorstaan.

Daarna ging het leven zijn gangetje weer. De zon kwam op uit de zee en ging erin onder.

Alle opvarenden, de passagiers, de bemanning en de artiesten en alle kinderen die aan boord waren, ja, ook de dieren die meevoeren, en dat waren er nogal wat, schildpadden die sloom genoeg van zichzelf waren, maar ook veel drukke papegaaien en honden en er was natuurlijk ook een koninklijk verwende scheepskat aan boord, al deze wezens dreven rond in een vredige sluimering, vervuld van een berustende loomheid. Niets kwam eropaan. Als alles zo bleef als het was, zouden wij te doezelig zijn om te merken dat we op de plaats van bestemming waren gekomen. Misschien bestond die plaats niet eens.

Net als alle passagiers, had ik me geborgen kunnen voelen tussen de vleugels van onze brommerig neuriënde vogelgod, die op kalme wijze het water doorkliefde en geen haast maakte om aan land te komen. Maar ik voelde mij niet geborgen.

Ik vreesde dat de oude vogel ons er op een dag allemaal uit zou smijten, hoe wij ook tegenspartelden. Hij zou ons neergooien op het land, of hij liet ons zomaar ergens vallen.

Ik had op het dek een vliegende vis gevonden, die niet meer bewoog, maar die een minuut eerder nog door de lucht had gezeild als kon hem niets overkomen. Hij was niet door Garoeda gered. Hij was op het dek te pletter gevallen. Ik nam hem mee en zette hem in onze hut in een glas bij mijn bed, met zijn kop in het water. Hij kwam er niet bovenop. Toen mijn moeder hem ontdekte, moest hij ogenblikkelijk weg, want hij stonk.

Ik nam me voor goed op mijn tellen te passen, wat, zoals ik thuis al had geleerd, neerkwam op slapen of doen alsof, niet te veel vragen stellen en vooral niet de aandacht trekken. Mijn moeder drukte me iedere dag op het hart dat ik heel voorzichtig moest zijn en dat ik niet overboord mocht raken.

De reis naar Europa werd het grootste avontuur genoemd dat ik tot dan toe mocht meemaken, en ik had al zoveel beleefd, vonden andere mensen. Als ik vroeg wat ik al zoveel had beleefd, beschreven zij voorvallen die ik was vergeten, zoals een uitbarsting van de Tankoeban Prahoe. De vulkaan, die de omgevallen boot was van de prins die met zijn moeder wilde trouwen, verduidelijkte mijn moeder. De vulkaan waar wij op uitkeken, vanuit ons huis in Bandoeng. Dat weet je toch nog wel?

Die uitbarsting was ontstaan, zo werd in het oude verhaal beschreven, omdat onder de gekantelde prauw het vuur te hoog was opgelaaid voor het bruiloftsmaal. En verder? Zo was het verhaal. Soedah. Mijn moeder haalde ongeduldig haar schouders op: was het niet mooi genoeg, zo? Ik miste oom Felix, die wel had kunnen vertellen hoe het verder zou gaan. Zou Sang Koerian, die de prauw had gebouwd voor zijn moeder, toch met haar trouwen? De goden hadden toch niet voor niets het vuur in de berg laten smeulen, waarop de rijst voor de bruiloft nog altijd moest worden gestoomd? In het blauwe boek dat mijn moeder had meegenomen, bevond zich een afbeelding van Sang Koerian die bezig was de laatste naden van de prauw te dichten. In de verte, in de schaduw van een reusachtige waringin, stond Poetri Dajang Soembi, zijn moeder, die haar handen wanhopig uitstrekte naar de opkomende zon.

Zij smeekte de goden vurig om uitstel. Uitstel waarvan? Niemand aan boord gaf antwoord op mijn vraag.

Sommige mensen vroegen me of we geen last hadden gehad van de uitbarsting, of we nog wel gerust waren gaan slapen in onze wereld vol duisternis?

Duisternis, benauwdheid, asregen en traag hun moordende weg zoekende lavastromen? Ik kon me er niets van herinneren. Misschien had ik wel dromend onder mijn klamboe gelegen toen het gebeurde. Of ik had op de veilige plek achter ons huis gestaan, bij het licht van de vuurvliegjes, beschermd door al die wezens die overdag onzichtbaar bleven maar ’s nachts een gestalte en stemmen kregen. Vrienden, goede geesten, nachtmensen met hun eigen gezichten en namen, die zij in de ochtend weer moesten vergeten.

Een uitbarsting van de Tankoeban Prahoe kon ik me niet herinneren, maar andere dingen stonden me helder voor ogen. Daarover kon ik niet spreken. Over wat ik echt meemaakte, mocht ik niets zeggen. Tinka en ik moesten onze geheimen bewaren.

Tante Margot vond ons maar stilletjes en vroeg plagend of we onze tong hadden verloren. Ik fluisterde haar toe dat wij zo weinig spraken omdat we de kwade geesten niet wilden wekken. Ze klakte met haar tong: aan boord hoefden wij ons daarover geen zorgen te maken, want de demonen konden hier niet verrijzen. Zij hadden watervrees en waren bovendien als de dood voor Garoeda. Ik geloofde haar niet.

Op de rug van Garoeda voeren we dag en nacht voort.

Was het mogelijk dat wij voorgoed op de oceaan zouden blijven?

Mijn vader had me verteld dat de wereld rond was, als een bal. Met zijn wijsvinger op de kleurige wereldbal duidde hij aan hoe wij nog een poos in het blauw zouden blijven. Daarna gingen wij door geel gebied en dan weer door blauw en ten slotte legden wij aan in het groen, waar we met de trein verder zouden reizen. De trein ging over land en stopte bij de rode en zwarte stippen. Zulke stippen, met raadselachtige namen, zouden wij bezoeken op de wereldbol. Colombo. Marseille. Parijs. Londen. Den Haag.

Den Haag, dat in Holland lag.

Mijn moeder zei: ‘Wij blijven er misschien een jaartje, maar ook geen dag langer, hoor. Niet over mijn lijk.’

Holland was haar moederland en dus ook het mijne, maar mijn moeder hield er niet van.

'O land van mist en mest,' declameerde ze, 'en niet op mijn verzoek ontworsteld aan de zee...' Ze sprak de woorden huiverend uit en wrong haar handen erbij. Ze speelde toneel, maar ze meende het ook.

Waren Mist en Mest de namen van boze geesten?

Nee, in Europa en Holland bestonden geen geesten. Geen goede en geen kwade. Mijn moeder trok haar neus minachtend op, alsof het onfatsoenlijk was dat een land geen geesten had. Zij wist zeker dat in Holland geen geesten waren, niet in dat vlakke koude land waar lieden huisden met een hard, nuchter hoofd. Geesten kregen geen voedsel van zulke mensen en geen onderdak. Nooit. Mijn vader merkte wrevelig op dat zij daar maar niet meer op moest vertrouwen. De kwaadaardigste geest die zich denken liet, werd in Europa op handen gedragen, door velen juichend ontvangen en binnengehaald.

's Middags sliep ik en kreeg Tinka haar lessen Nederlands van meneer De Vries, die een taaldokter was.

Mijn babybroer was de enige die onder alle veranderingen zichzelf was gebleven, een knorrende big. Hij lag in zijn scheepsbedje almaar te lachen, of je nu met je vinger in zijn buik prikte of niet.

Ik keek niet veel naar hem om. Hij hoorde wel bij ons, maar ik kende hem niet. Hij kon nog niets behalve slapen en spugen. Hij kon niet praten, niet lopen, niet spelen.

'Louise! Simon is nog maar een baby, toen kon jij ook nog niet veel.' Mammie was dol op mijn babybroer.

Ofschoon hij niets terugzei, praatte zij altijd tegen hem, terwijl hij alleen maar lag te gorgelen.

'Kijk hem lachen!' zei mijn moeder verrukt. 'Hij schijnt iets te weten wat wij niet weten. Wat zou het zijn? Wat valt er toch te lachen, lieve schat, wil je het niet aan ons vertellen, dan krijgen wij ook weer plezier in ons leven.'

Mijn moeder had plezier in haar leven wanneer ze mijn broer kon vertroetelen.

Tante Margot had het ook druk met dingen die ze tegenwoordig leuk vond om te doen. Zoals haren kammen, lippen stiften, schoenen en kleren passen, praatjes maken, dansen en sjoelbakken, noem maar op.

Ze bleef 's nachts weleens weg, ze kwam ons dan niet eens goedenacht wensen. Volgens Tinka ging ze naar ieder feest dat er was. Als wij de kans kregen omdat niemand op ons lette, volgden wij haar. Achter haar rug fluisterden wij opgewonden dat ze zo vrolijk was en zo mooi. Kon oom Felix haar nu maar zien, hij zou haar betoel weer optillen. Telkens verscheen ze in een andere jurk. Ze trok alleen al overdag minstens vier keer andere kleren aan.

Tinka en ik werden vriendinnen met elkaar. Was het Tinka die op mij paste of paste ik soms op haar? Ik moest haar in het begin van onze reis de hele tijd zoeken omdat ze zich steeds had verstopt. Ondertussen kwam ik dan wel tien, of honderd, andere mensen tegen die zich met mij bemoeiden.

'Is die huilende baboe van jullie er weer vandoor? Geef maar handje, dan gaan we haar zoeken, de deugniet. Het is me wat moois, moet je moeder niet eens weten dat die duvel overal uithangt behalve bij jou.'

'Ze is niet mijn baboe, ze is mijn tante. Ze heet Cristina zonder ha.'

'Je tante? Praat geen mallepraat, kind. Ik heb je tante toch gezien met mijn eigen ogen. Die lieve vrouw, die zo mollig is. Maar niet zo mooi blond als je moeder, dat is waar.'

Tinka was mijn tante, al hoefde ik haar geen tante te noemen.

Zij was een dochter van mijn opa. Later zei ze, dat ze

geen dochter van hem was. Ze zei ook dat ze geen moeder meer had. Wat hiervan waar was, of niet, interesseerde mij toen niet. Nu ik het wel zou willen weten, valt de waarheid niet meer van a tot z te achterhalen. Niemand kan ik ernaar vragen, want wie het fijne ervan wist, is dood. Of oud. Of is het vergeten. Of wil er nooit meer over spreken. Dertien jaar was ze, op de boot zag ze eruit als een jonge vrouw. In mijn ogen was ze mooier dan al de prinsessen in ons blauwe boek. Ze droeg haar goudbruine haren in een wrong, ze deed lippenstift op, ze kleedde zich in sarong en kebaja van goudkleurig brokaat.

Opa Smit had haar Cristina genoemd, maar zonder h, want het christelijke hoefde er van hem niet bij. Mijn moeder noemde haar Tinka, vanwege haar kuren. En zo bleef het, want dat van die kuren was waar.

Als ik Tinka niet kon vinden, omdat ze zich weer ergens had verstopt om te grienen, moest ik alleen op onderzoek uit.

Er waren op de boot geen nachtmensen en nachtdieren meer, wel veel dagmensen in witte kleren. Theetantes waren er te over en witte kinderen en honden waren er ook.

Al die tijd vroeg ik me af wanneer we zouden belanden waar we moesten zijn. Duurde de reis zo lang omdat we eerst de hele wereld rond moesten varen? Of konden we Europa niet vinden?

Ik volgde met mijn wijsvinger vaak op de wereldbal onze weg overzee en soms overviel mij de gedachte dat wij nergens meer heen gingen.

Overal was de zee. Er was geen stukje land meer te zien. Niet voor ons, niet achter ons, ook niet opzij. Het maakte niets uit in welke richting wij gingen. Wij waren vast en zeker verdwaald. Wij zouden eeuwig blijven varen.

Er waren mensen aan boord die vertelden dat zij de hele wereld een paar keer hadden gezien. Was het de bedoeling dat wij dat ook moesten doen? Dat wij daarom telkens rondom de wereldbal voeren? Dat wij daarna pas de haven zouden terugvinden waar we waren begonnen, Tandjoeng Priok op Java? En dat wij dan pas weer ons huis in Bandoeng mochten binnenstappen om te zeggen: 'Wij hebben de hele wereld een paar keer gezien.'

Ik hoopte dat het niet zo heel lang zou duren voordat onze terugreis begon. Ik smeekte het de goden vurig.

Maar voordat wij konden terugkeren, moesten wij eerst nog naar het groene Holland.

Het was wel ver. Java lag hier, onder mijn vinger, en hoe goed je ook keek, je kon Holland niet zien. Je moest de halve bal oversteken voor Holland. Het lag daar, aan de andere kant.

Toen Garoeda in de haven van Colombo aanmeerde, dacht ik dat wij er al waren. Alles was er zoals het moest zijn.

De kantoren aan de wal waren laag, ze hadden een plat dak en een vertrouwde, smoezelig witte kleur. Overal waren de donkere, houten luiken gesloten.

Om ons heen trilde het zware, gele middaglicht, dat ik kende van thuis. De mensen die op de kade te zien waren, lagen in de schaduw van palmbomen en verroerden geen vin.

Toen de loopplank werd uitgelegd, ging mijn vader van boord.

'We zijn er, hoera! Papa, mag ik mee?' riep ik uit en maakte sprongetjes van vreugde.

Toen hij zich omdraaide, zag ik aan zijn gezicht dat hij niet blij was, hij keek triest. Ik hoefde hem niet te vragen of wij er al waren, wij waren er nog niet, nog lang niet.

Ons schip was het enige, dat in de haven lag. Een vogel met gekleurde veren vloog rond boven ons hoofd, hij vloog een poosje om de stoompijp heen en krijste opgetogen, alsof hij iets vierde. Een stem riep: 'Verdomme, knoeipot, kom hier, kreng, als de gesmeerde bliksem, of je gaat in de soep.' De papegaai vloog weg over land en verdween uit het zicht.

Verder gebeurde er niets meer en er bewoog nog steeds niemand op de kade. Het water in de haven was donkergroen en helder, tot zo diep als ik kon kijken.

Er kwam een auto aan, die stapvoets reed. Bij een wit gebouw ontstond een oploop van witte mensen in witte pakken. Ik kon niet meer zien waar mijn vader was.

Mijn moeder stond met Simon op haar arm bij de reling en had mij, ergens onderaan bij haar benen, niet meer in de gaten. Als mijn moeder en de baby bij elkaar waren, kwam niemand er meer aan te pas. Ook al had mijn moeder mij bij de hand, als Simon op haar arm zat, dan zou ze het niet eens merken als ik ondertussen een ander kind werd. Of een hond of een tas.

Voordat wij bij de reling gingen staan, waren wij in de schoonheidssalon geweest, waar zij schildpad haarkammen had gekocht en een pot zalf.

Daarna bezochten wij de scheepsbibliotheek, waar ze boeken ruilde. Mijn moeder ruilde veel en vaak en ik vroeg haar of ze mij ook wilde ruilen.

'Nee, nog niet, jij blijft bij mij.'

Tante Margot kwam bij ons staan, met een vrolijk gezelschap. Het gesprek werd lacherig en ging over dingen die ik niet begreep.

Ik keek naar boven, naar de witte tropenhelmen van de heren en naar beneden, naar de witzijden kousen van de dames. Ik was blij dat ik dit soort kleren niet hoefde te dragen.

Mijn moeder en tante hadden van de vroege ochtend

tot de late avond hun mooie jurken aan en gladde witte kousen. Hun voeten staken in witte schoenen met dunne hoge hakken. Op de lange neuzen zaten pareltjes, of er waren bloemen op geborduurd. Wij hadden in onze hut een berg van deze schoenen, maar toch was mijn moeder van plan om nog meer te kopen, in Parijs. 'In Parijs vind je de mooiste schoenen van de wereld!'

'Komt Benjamin Silbermann hier aan boord? Zal hij ons waarachtig met zijn aanwezigheid vereren?'

Een van de heren vroeg het, ik weet natuurlijk niet meer hoe hij het precies formuleerde, maar het antwoord van mijn moeder herinner ik me woord voor woord: 'Ja verbeeld je, met dat heerschap zitten wij straks opgescheept, god bewaar me.'

'Maar mevrouw! Bent u niet in de zevende hemel dat wij straks van zijn heerlijk klavierspel mogen genieten?'

'Jawel hoor. Och, ik maakte maar een grapje.' Mijn moeder lachte verontschuldigend en liet de baby op haar arm hopsen. 'Maar ik ben bang dat hij niet meer zal spelen, de grote Benjamin.'

'Er wordt gefluisterd dat hij nooit meer naar zijn land terug zal keren.'

'Hij wilde naar Palestina, maar de Engelsen waren niet te vermurwen.'

'Onbeschaafde eilanders. Geen greintje gevoel voor de muziek.'

'In wat voor botte wereld leven wij. Zo'n geniale kunstenaar wil zijn laatste jaren in zijn beloofde land slijten en hij mag daar dan niet in! Op gezag van een stel ambtenaren.'

'Kijk, men komt hierheen. Foei, hij is te ziek om te lopen.'

'Gelukkig hoeft hij niet te lopen, uw goede man heeft voor een brancard gezorgd.'

'Ja, wij zullen goed voor hem zorgen. En er wordt met heel veel liefde naar hem uitgezien in Den Haag,' zei tante Margot met haar chocoladestem.

'O, maar zeker! Mimi zal haar oude vlam warm ontvangen.'

Ook mijn moeder sprak op gevoelige toon.

's Nachts in bed had zij tegen tante Margot anders gepraat. Ze had zich afgevraagd wat arme oma Mimi moest beginnen met die arrogante kwal van een Benjamin Silbermann. Hij zou Mimi's leven weer verwoesten, zoals hij al eerder had gedaan.

Als zij dachten dat ik sliep, voerden mijn moeder en tante Margot ellenlange bedgesprekken, maar ik luisterde er meestal maar met een half oor naar.

Meneer Benjamin werd langs de boordtrap naar boven gedragen, op de brancard. Ik zag de stoet dichterbij komen en langzaam aan herkende ik mijn vader die vooropliep.

Van meneer Benjamin kon ik nog weinig onderscheiden, want hij lag met zijn hoofd onder een laken, alleen een toef grijs krulhaar en een groot spits oor staken erboven uit.

Ik hing dichtbij aan mijn moeders arm en vroeg wanneer meneer Benjamin het leven van oma Mimi weer ging verwoesten.

Mijn moeder proestte het uit: 'Kind, waar heb jij het over?'

Met een ruk zag ik het laken wegschieten, een grote, gerimpelde hand trok het weg en daar kwam het hoofd te voorschijn van een harlekijn met grijs haar. Driftig naar mijn moeder knikkend richtte hij zich luidkeels tot de kleine menigte die zich bij de reling had verzameld: 'Hélène! Zij kakelt. Zij kakelt overal doorheen. Door Chopin en Schumann om het even. De schone Hélène heeft weer gekakeld. Tok tok een ei.' Hij kwam verder overeind en ging ook harder schreeuwen, maar papa drukte hem zachtaardig weer naar beneden.

'Nou, nou, u bent al aardig aan de beterende hand, zo te horen.'

'Ik heb gegeten en gedronken voor de hele reis,' kreunde de oude heer op de brancard. 'Deze schone Hélène is als een glas alsem met kattendrek.'

'Genoeg gezegd, voor de hele reis.' Mijn vader zei het streng. Het was toch niet waar dat hij toegeeflijk en instemmend glimlachte? Ik heb dit niet gezien, maar mijn moeder wel.

Zij is het stug en stijf blijven volhouden, tot aan het eind van haar dagen. Mijn vader sprak het eerst nog tegen, maar daar hield hij na verloop van tijd mee op.

Meneer Benjamin zou nooit meer teruggaan naar het land van de barbaren, vertelde hij ons een tijdje later. Hij wilde ook niet meer naar het land van de witte chocolade. Dat was trouwens zijn land niet, het was van Wilhelm Tell, een held met pijl en boog. Wij gingen naar Holland, maar daar kon meneer Benjamin zich maar beter niet meer vertonen.

Toen hij eenmaal met ons praatte, vertelde hij honderduit. Hij zei er altijd bij dat we niets moesten geloven van wat we zoal hoorden. 'Luisteren met hart en ziel! Dat gaat het gezonde verstand te boven.'

Hij praatte ochtenden en middagen lang, alleen met ons. Hij zei dat hij ziek was van het mensdom. Hij speelde piano en toneel voor ons. Struwelpeter deed hij na en Jan Klaassen, hij marcheerde op en neer, boog naar links en naar rechts en zei een rijmpje op: 'Links herum, rechts herum, das verdammte Publikum.'

Hij zat op het sloependek, op het achterste stuk van het achterdek, want hij wilde zover mogelijk van het Publikum weg.

Hoorde hij stemmen, ook al waren ze nog zo ver, ook al klonken ze nog zo zacht, dan zei meneer Benjamin: 'Alarm!' Hij sloeg zijn zwarte jas om zich heen en vertrok. Op het laatste nippertje greep hij ons bij de hand. 'Komen jullie in vredesnaam met mij mee.'

Hij tilde Tinka en mij op de vleugel, die op een podium in de grote eetzaal stond. Hij speelde piano als er niemand anders was, 's ochtends vroeg, als alle feesten waren afgelopen.

Nooit heb ik meer iemand zo mooi horen spelen, zelfs tante Flora niet. Altijd zou ik later, op ieder concert, van welke kunstenaar ook, het lange schrale silhouet zien rondwaren van meneer Benjamin, wiens schim rusteloos over het podium doolde, wiens gerimpelde clownsgezicht lachte of huilde, al naargelang de uitvoering was.

Er zijn twee of drie dagen in mijn herinnering waarop hij vrolijk was. 'Vandaag heb ik zin om te vliegen,' zei hij een keer.

Met grote armgebaren deed hij alsof hij vloog en juist op het moment dat ik dacht: dit lukt niet meer, sprong hij met wapperende jaspanden in het zwembad, waar hij niet eens kopje-onder ging, maar bleef drijven als een zwarte waterlelie met een grijs hart.

'Nog eens, nog eens!' stonden wij aan de kant te schreeuwen toen hij druipend het trapje opklom.

'Dat zit in het vat,' beloofde meneer Benjamin.

Mijn moeder wilde niet, dat wij ons te veel met hem bemoeiden. Met zijn rare gedoe joeg hij iedereen de stuipen op het lijf. Hij moest van haar in zijn eigen sop gaar koken.

's Nachts waren er feesten, overdag ook. Dan kwamen er juffrouwen in badpak om met flessen te jongleren en naast het zwembad zat een orkest. Er hingen overal weer nieuwe ballonnen en slingers, de zijden bloemen waren opgefrist en misschien zelfs gewassen en gestreken.

Op bijna alle dekken werden spelletjes gedaan. Wij deden er niet aan mee, Tinka en ik. Als wij niet sliepen, gingen we op pad. We zochten iets, ook al wisten we niet wat. We doorkruisten het hele schip, waar we van alles vonden, maar nooit was het precies wat we zochten. Meneer Benjamin zei: 'Ik weet wel wat jullie zoeken, jullie zoeken een schat! Wie niet?'

'Waar is de schat?' vroeg ik hem.

'Ik heb er een,' antwoordde hij grijnzend. 'Maar die krijgen jullie niet.'

Hij zei dat hij ons de schat niet kon geven omdat hij hem al had beloofd. Wij dachten dat hij hem had beloofd aan de goden. Maar wij hebben het hem niet gevraagd.

Meneer Benjamin verstopte zijn schat steeds ergens anders, omdat hij bang was dat iedereen erachteraan zat. Op onze tochten over het schip, zochten Tinka en ik naar plekken waar hij zijn schat kon verbergen.

Met ons praatte hij, maar tegen anderen drukte meneer Benjamin zich meestal uit in gebarentaal. Veel gebaren hoefde hij niet te maken om over te brengen dat hij niet in de stemming was voor een praatje.

Zag hij iemand aankomen, dan sloeg hij zijn ene arm voor zijn ogen en de andere hield hij afwerend voor zich uitgestrekt. Waagde men het toch om nog een woordje tegen hem te uiten, dan mopperde hij: 'Vals.'

'Wat een ongemanierde hork is die Benjamin,' brieste mijn moeder. 'Hoe groter geest, hoe groter beest, dat is in zijn geval helemaal waar.'

Ook voor haar had Benjamin zijn ogen bedekt en zijn arm afwerend uitgestrekt en hij had haar straal genegeerd.

'Wat heeft hij jou misdreven?' vroeg mijn vader. 'Hij is angstig.'

'Natuurlijk is hij angstig,' stoof mijn moeder op, 'iedereen kan 's mans bloed wel drinken.'

'Ja, men organiseert zich. Men is bezig.'

Mijn vader kon geen kwaad van meneer Benjamin horen en nam hem onder zijn hoede. Hij liet hem zelfs slapen in zijn hut. Tinka en ik vonden hem een keer op de bank. Hij gromde en trok de sprei tot over zijn hoofd, omdat hij ons niet meteen herkende.

In de hut van mijn vader ging Tinka dansen, wat ze daar wel vaker deed. Ze knielde op de grond en oefende de bewegingen van haar hoofd en haar handen.

Door de gaten van de sprei gluurde meneer Benjamin naar haar. Toen zij ophield, kwam hij met een diepe zucht omhoog en ging staan. Hij boog zijn hoofd zo diep dat zijn krans zilveren haren bijna de vloer raakte.

De volgende dag zocht Tinka haar gouden kleren bijeen, die in haar valies zaten. Zij wilde echt dansen voor meneer Benjamin. Al haar dansen wilde zij hem laten zien, met al haar danskleren aan.

'Daar komt niets van in,' zei mijn moeder. 'Wat denkt die oude bok wel, laat hem naar de Folies-Bergères gaan als hij zijn ogen wil vergasten.'

Tinka zei niets. Ze verstopte haar danskleren in de reddingssloep, op de geheime plek die wij hadden aangelegd, zij en ik en meneer Benjamin. Hij had er ook zijn schat naar toe gesleept, die in een kleine bruine koffer zat.

Hij zat er soms te huilen en zei dan dat hij verkouden was. Hij rookte er zijn sigaren.

Tinka trok haar kleren aan, zo goed en zo kwaad als het ging in de sloep, en ze danste voor ons op het sloependek. Meneer Benjamin ging staan, gooide zijn sigaar overboord en applaudisseerde.

'Kom op,' zei hij en hij nam ons bij de hand en daalde met ons af naar beneden, 'naar de feestzaal, wij treden op, vogeltje, jij en ik. Laat het dummes Publikum nog maar eens snotteren en genotteren nu het nog kan.'

Mijn moeder vond dat het niet kon.

'Onze Cristina is niet bestemd om haar kunsten te vertonen op een podium, wat denkt u wel,' riep zij strijdvaardig.

'Quatsch, allemaal quatsch!' merkte meneer Benjamin op en hij gaf ondertussen enorme riedels weg op de piano. 'Er geschiedt groot onrecht aan uw Cristina, met uw volle goedkeuring.'

'Hoe durft u!'

'Is dit tere plantje willens en wetens met wortel en tak uitgerukt? Of niet! Wordt dit naïeve mensenkind keurig tot marionet gedrild? Of niet!'

Tante Margot kwam tussenbeide: 'Laat haar toch dansen, laat haar dan maar.' Tinka had er al geen zin meer in, ze sloop weg.

Als Tinka geen dansoefeningen deed in de hut van mijn vader, ging ze in de avond haar eigen gang. Waar zij heen ging en wat zij deed, vertelde zij niet.

Overdag zaten zij en ik bij meneer Benjamin en wij praatten en kibbelden met hem en bekeken zijn schat in het koffertje en wij aaiden de scheepskat, waarmee wij vriendschap hadden gesloten.

11

Toen we opstoomden door het Suezkanaal, was de wereld nog steeds onveranderd. Als ik wakker werd, dacht ik een paar seconden lang dat ik thuis was. Het was warm en geurig. Buiten liepen geruisloos de mensen op blote voeten. Gewichtige mensen, zoals mijn vader en de kapitein en meneer Benjamin en meneer De Vries, liepen altijd op schoenen, ook als zij binnen waren, in hun hut. Ik wilde liever op blote voeten lopen, maar het mocht ineens nog minder dan bij ons thuis. Iedere dag trok Tinka mij witte sokken en knoopschoenen aan. Iedere dag zag ik wel weer kans me van dit tuig te bevrijden en barrevoets mijn weg te gaan.

Alles wat ik had gekend, werd gaandeweg haast onmerkbaar dunner en minder. Ten slotte was het weg, zonder een spoor te hebben nagelaten. Maar dat merkte ik pas toen het al volstrekt en voorgoed was verdwenen.

Warmte en tropengeuren had ik vanzelfsprekend meegedragen, alsof zij extra zintuigen van mij waren. Alsof ik voorzien was van een zachte, warme laag op mijn huid en een onzichtbare extra neus.

Het was niet zo dat ik op een dag wakker werd en ogenblikkelijk merkte dat ik mijn speciale zintuigen kwijt was. Het gemis deelde zich langzaam mee.

Ik kon zien, horen, praten en voelen, net zoals anders. Ik kon een paar woorden schrijven, een paar woorden lezen, ik kon zelfs al een paar meter onder water zwemmen.

Pas toen ik me op een bepaald moment wilde terugtrekken in mijn warme omhulsel, altijd even vertrouwd aanwezig als mijn ogen en mijn handen, merkte ik dat ik niets meer had om me in terug te trekken, dat ik van mijn huid was ontdaan. Ik voelde me kaal als een geschilde appel, keek om me heen om te zien waar al dat vel was gebleven, hadden ze het wel aan één stuk gelaten, had iemand het over zijn schouder ergens aan boord neergegooid?

Ik rende zoekend rond in onze hut, waar een grote spiegel aan de binnenkant van de deur was geklemd, in welke spiegel ik mijzelf tegemoetliep, maar dat was ik niet, zij daar, zij die van onder tot boven wit was, die met een wit gezicht en witte lippen op mij afstormde, dat schepsel zonder huid, die was gestroopt door ik weet niet wie.

Iets wat vanzelfsprekend was, iets waarvan je dacht dat het bij jou hoorde en onvervreemdbaar was, bleek toch te kunnen verdwijnen. De warmte was weg. Daarvoor in de plaats was die koude gekomen, maar eigenlijk niet, want koude bestond immers niet, het was juist iets wat er pijnlijk niet was, een gemene leegte, die door ons moest worden gevuld. Met bloed, vlees en adem, met ons leven. Alles werd geëist door deze nieuwe, afwezige god, die ons op afstand regeerde. Alles eiste hij van ons, niet ineens, maar druppel voor druppel, zucht na zucht. Wij konden ons niet verweren. Het omhulsel, de warmte, de koestering, de geuren, het verdween allemaal in zijn muil, stukje bij beetje.

Ik had al glimpen van Europa gezien, eerst op plaatjes en nu ook in het echt. Blauwe luchten, bergen in de verte, palmen langs gele stranden, bloemen die uit de ramen van kleine huizen puilden.

De eerste vlaag van koude trof ons voor de Italiaanse

kust. Een ijzige wind was vanaf de bergen gekomen, zich een weg snijdend tussen zonnige dagen in.

‘Dat valt ons ruw op het lijf, dit afscheidspresentje van Koning Winter.’

Voor het eerst hoorde ik de naam van de vijand.

‘Koning Winter?’

‘Koning Winter, en niet te vergeten zijn ongure trawanten.’ Mijn moeder zei het met een onheilspellend gezicht.

‘Zijn ongure trawanten?’

‘Mist nevel hagel ijzel natte sneeuw.’ Zij maakte schrille geluiden en wreef nerveus haar handen tegen elkaar aan.

‘Mist, er is buiten mist,’ waarschuwde zij ons.

Zij siste tussen haar tanden. ‘Ga niet naar buiten, kinderen, wij zijn er nog niet tegen bestand.’

Zij wilde dat wij binnen de bescherming van onze hut bleven, het liefst nog in bed, met de dekens over ons heen. Zij kermde dat de deur al een paar keer open en dicht was gegaan, waardoor wij misschien al ongemerkt waren overvallen.

Zodra wij de kans schoon zagen, stoven Tinka en ik naar buiten om naar meneer Benjamin te gaan en hem te vertellen dat de ongure trawanten er waren.

Wij kwamen aan op het sloependek, ik wilde vooruit hollen, maar plotseling hield Tinka mij tegen. Zij sloeg beide armen om mij heen en mompelde iets, maar ik verstond haar niet.

Ik keek in de richting waarin zij keek, naar de reling. Een grote zwarte vogel vloog van het schip, daalde neer op de grijze golven. Nu verstond ik haar wel.

‘Meneer Benjamin,’ hakkelde Tinka.

‘Nee, niet! Het was een vogel.’

Wij stonden aan de reling en staarden naar beneden. Er was niets te zien. De zee rond het schip kolkte en bruiste en spoelde zoals altijd meteen over alles heen. Het leek of Garoeda werd voortgejaagd. Veel sneller dan anders klauwde hij zich door de zee. Wij hoorden dat zijn gebrom luider klonk. Steeds luider, alsof hij zich tot het uiterste moest inspannen om uit de witte damp te komen. Wij wilden wel schreeuwen, maar waren letterlijk verstomd. Voeren wij van de wereld af, of was de wereld ons aan het verlaten? In elk geval was de wereld weg, ze was al bijna helemaal weg, op een klein stukje grauwe zee na.

Wij stonden hand in hand op het sloependek. Ik vroeg me af wat ik echt had gezien. Vloog meneer Benjamin weg om met wapperende jaspanden in zee neer te dalen, of was hij al een vogel geweest?

Zijn dekstoel stond er. De stoel was leeg, dachten wij eerst. Maar we hadden het nog niet gedacht of hij zat er alweer, meneer Benjamin. Eerst was het zijn schim, maar die vulde zich allengs. Ten slotte zat hij daar dan, zijn zwarte kapje op zijn kruin, zijn zwarte jas als een cape om zijn schouders heen, zijn benen in de dunne grijze flodderbroek languit gestrekt. Wij zagen hem zitten, hoewel wij wisten dat hij hier niet meer kon zijn.

Wij streken voorzichtig neer op het uiteinde van de stoel, waar zijn dunne benen altijd lagen. Wij klappertandden van de kou. Wij haalden voorzichtig adem om zijn ziel niet te verontrusten, wij snoven behoedzaam kleine beetjes lucht op, door onze neus. Zout van de zee, bitter van teer, de geuren van hout en touw. Maar de pepergeur van meneer Benjamins sigaar, deze vertrouwde pepergeur, roken wij niet. Wij hoorden wel zijn stem, wonderlijk opgewekt: 'Jongedames, vergeet niet de schat in de sloep.'

Hij had het vaak genoeg gezegd. 'Denken jullie goed om de schat! Die mag nooit in verkeerde handen komen. Letten jullie daarop als ik hier niet meer ben.'

'Wie hebben verkeerde handen, meneer Benjamin?'

'Iedereen! Behalve Mimi en jullie dan.'

Wij zaten op zijn stoel en ik streek over de plaid die altijd over zijn benen lag. De plaid lag slap op de stoel, de stoel was leeg. Ik wilde het me wel inbeelden dat er iemand zat, maar ik voelde niets. Geen benen, geen mager lijf.

'Hij is toch weggegaan, hij is weg.'

'Stil,' zei Tinka, 'niet huilen. Hij is wel weg, maar weg is nooit helemaal.'

Zij knikte vol vertrouwen in de richting waar meneer Benjamin misschien nog zat en ons gadesloeg.

'De schat in de sloep.'

Ik wist niet beter of hij had hem meegenomen, want hij ging niet graag op stap zonder schat.

Tinka liet mij los en kroop in de reddingsboot, waar ook haar danskleren lagen. Bijna meteen verscheen haar hoofd weer boven het dekzeil uit.

'Wah! Hij ligt er nog! Kom hier.'

We hadden onze geheime schuilplaats nog niet zolang geleden in orde gemaakt, met behulp van meneer Benjamin. Hij had de touwen van het dekzeil losgeknoopt en daarbij waren twee van zijn nagels gescheurd en zijn duim bloedde zelfs. Daarna zaten we met ons drieën in de sloep. Ik herinner het mij. Het regende. Of het waren druppels van de zee die op ons neerwaaiden. Wij spanden het dekzeil over ons heen. Het lag als een lichtgrijs tentdak boven de sloep en de druppels, van de regen of de zee, tikten erop. We konden ze horen, maar ze raakten ons niet. Meneer Benjamin trommelde vliegensvlug met zijn vingers het ritme van de vallende druppels, op zijn knie.

We waren even in de war toen we zagen dat het koffertje er nog lag, dat hij het dus vergeten had. Wat we allemaal door ons heen voelden gaan, weet ik niet meer.

Teleurstelling? Opwinding? We waren als in trance.

We zwegen, terwijl we dachten aan de schat in de kleine bruine koffer, waarin ook flessen en potjes met zilveren doppen waren opgeborgen, haarborstels, spiegels en kammen. Wij hadden de schat mogen zien en er zelfs aan mogen voelen. Glinsterende stenen waren het, handenvol.

Er kwam een knisperend geruis vanaf als je erdoorheen woelde. Een geheimzinnig geluid was het, veel geheimzinniger dan het knerpen van kiezelstenen. Dat dank je de koekoek, zei meneer Benjamin.

Wij wisten wat ons te doen stond.

Goden zijn ongeduldig, dus we moesten ons haasten.

We haastten ons. We wikkelden het koffertje in Tinka's sarong, een groene, met gouden motieven. Wij klommen uit de sloep en letten op of er iemand aankwam.

Het sloependek was verlaten. Tinka gooide het koffertje in zee.

Wij keken het na, het werd ook onmiddellijk door het water verzwolgen.

'Komt het nu goed?'

Tinka knikte.

Het schip lag stil. Wij waren niet ver van Genua.

'Wat is er gaande? Wat is er gaande?'

Tante Margot stamelde: 'Jullie hebben toch gehoord wat er gaande is. Hij heeft het gedaan.'

'Het is rampzalig en belachelijk. Maar wat kunnen wij eraan doen?' kreet mijn moeder.

'Ze zeggen: deze dood is zacht,' zei mijn tante.

'De goden brengen hem naar zijn nieuwe land. Heus waar.'

Niemand luisterde naar mij.

'Toch is het een schande dat wij hem niet hebben verstaan, het is gebeurd onder onze ogen, het is een schande dat wij de tekenen niet hebben verstaan.'

'Ach Margootje, ga jij het je nu net als Cees ook al aantrekken? Schande? Schande is een kwestie van smaak.' Mijn moeder leunde met haar heup tegen de heup van tante Margot. 'Wat tien jaar geleden een schande was, is nu zeer gedistingeerd. Misschien wordt het op een dag chic om jezelf van het leven te beroven.'

'Heleen, hou toch op, maak het niet te bont, ja.'

'Denk eens aan het roken van een sigaret. Vroeger was het verboden voor dames, nu is het jé van hèt. Laten wij er maar een opsteken.'

Tante Margot riep uit: 'Je mag het niet wagen. Er is een dode te betreuren! Er is een baby bij!'

Zij legde haar armen om mammie heen en zij stonden daar, heen en weer wiegend, met de baby tussen hen in. Ze zoemden en koerden, ze waren in elkaar verdiept als vanouds.

Ik vroeg me af of ze het zouden merken als ik koppeltjeduikelde aan de reling. Ik verlangde ernaar dat eens te doen. Tinka deed het om de haverklap en telkens had ik mijn handen voor mijn ogen geslagen, maar toch gekeken tussen mijn vingers door.

Tinka had steeds uitgeroepen: 'Jij mag dat niet doen. Jij hebt nog een moeder.'

Ik besloot te toetsen of het verschil maakte of iemand een moeder had of niet. Met opeengeklemde tanden en gesloten ogen maakte ik een koprol aan de reling. Nog voordat mijn voeten de grond weer raakten, was ik beetgepakt, opgetild en ingeklemd tussen beide vrouwen. 'Moet dat nou, toet?' riep tante Margot.

'Wil jij soms ook verzuipen? Wil jij ook dood?' schreeuwde mijn moeder.

Ik waagde het erop, misschien vertelden ze het wel.

'Wat is verzuipen?' schreeuwde ik terug. 'Wat is dood?'

Ik herinner me hun antwoorden niet meer. Terwijl veel onbelangrijke details mij nog zo duidelijk voor de geest staan, als de dag van gisteren.

De jurken van mijn moeder en mijn tante, hun schoenen, hun kapsels, hun sjaals, hun waaiers, ik kan ze beschrijven tot in de pietluttigste details. Mijn broer had een koddig wit hoedje op, tegen de zon, die niet scheen. Mijn moeder liet haar doosje met Egyptische sigaretten vallen toen ze naar mij toe sprong om me van de reling te plukken. Het doosje, met een sfinx erop, ligt vaster in mijn hoofd dan het lag aan dek. Ik kan het uittekenen tot op de dag van vandaag. Wat heb ik eraan? Weinig. Ik zou het graag willen ruilen voor wat mij is ontglipt aan woorden en voorvallen vol betekenis.

Het geheugen is een eigenzinnige verzamelaar, die zijn collectie slordig beheert. Wat werd opgeslagen, is niet gerangschikt in volgorde van belangrijkheid, met oog voor een fraaie samenhang. Loze kreten zijn nauwkeuriger gearchiveerd dan dure eden. Onbeduidende ontmoetingen zijn zorgvuldiger bewaard dan gebeurtenissen die keerpunten bleken te zijn.

We lagen een uur, anderhalf uur misschien, stil. Voor de haven van Genua.

Het rook naar teer en vis, de mist trok op, de kust werd gedrenkt in grote vlakken bleekrood en druipend bruinpaars, de kleuren van de daken en de uitgebloeide bougainville van Genua.

Hoe lang het duurde, wat wij deden, ik weet het niet meer. Wij wachtten. Wij wachtten op mijn vader, die bij de kapitein was. Wij wachtten totdat het schip weer verder zou varen.

Het wachten duurde lang. En het was nog maar pas begonnen.

Misschien drong toen voor het eerst het besef tot mij

door dat het niets uithaalde wat wij ook zeiden of deden. Het bracht geen verandering teweeg.

Het maakte niet uit of wij de geesten wel of niet op onze hand kregen met een schat in een koffertje, met gebeden of offers of toverspreuken. Alles wat gebeurde, scheen al te zijn vastgelegd.

Meneer Benjamin was gesprongen. De eerste keer, in het zwembad, had hij naar ons gewuifd en zelfs met twee handen.

De tweede keer had hij ons niet eens zien staan.

Mijn vader kwam terug. Zweetdruppels liepen uit zijn dikke zwarte wenkbrauwen. Geërgerd veegde hij ze weg met een zakdoek die hij uit zijn mouw trok. Zonder zweetdruppels werd zijn gezicht nog somberder.

Terwijl het lopen van mijn vader steeds langzamer ging, hoorde ik mijn moeder tegen mijn tante mompelen: 'Het is om bang van te worden. Cees verandert onder mijn ogen.'

Ik dacht erover na. Alles was aan het veranderen, waarom dus mijn vader niet?

Hoe dichter hij bij ons kwam, des te beter ik zag dat hij oud was, ouder dan iedereen. Hij was niet zo oud als meneer Benjamin, maar misschien wel even oud als opa Smit. Niet zo vrolijk. Opa Smit was een kwajongen met wie je kon zwemmen, ballen en herrie schoppen.

Somber was hij nooit.

Triest en in zichzelf gekeerd stapte papa naar ons toe, alsof het hem moeite kostte. Ik zag dat zijn pak niet wit was, het was eerder grijs, misschien zelfs wel groezelig en het was ook nog gekreukeld.

'Het mankeert er nog maar aan dat er bloed kleeft aan je manchetten.' Hoe vaak had ik mijn moeder al horen foeteren dat er iets mis was met zijn kledij, dat hij nooit lette op wat hij aantrok. Hij haalde gewoon zijn overhemd weer terug uit de wasmand en deed het aan. Volgens de verhalen was hij al meerdere malen in zijn pyjama op weg naar een operatie gegaan.

Terwijl hij naar ons toe kwam, bewoog hij zijn armen lusteloos langs zijn lijf, alsof hij de geesten die hem besprongen, niet meer wilde verjagen, hij liet ze begaan.

Mijn vader tilde mij op. Ik was nu te groot en te zwaar om op zijn schouders te zitten. Ik hing min of meer in de kromming van zijn arm. Hij rook naar peperige tabak en naar toffees. Ik keek naar zijn grote, spitse oren en naar de brede grijze baan die over zijn hoofd liep, die ik niet eerder had opgemerkt, die misschien ineens was verschenen, midden in de nacht, midden op zijn hoofd, in zijn zwarte haar.

Mijn moeder klaagde: 'Cees, doe alsjeblieft niet alsof het jouw schuld is.'

Ik probeerde mijzelf omhoog te duwen, want ik voelde dat ik langzaam uit zijn arm naar beneden gleed. Maar mijn vader hief mij al een eindje hoger en zette zijn strohoed op mijn hoofd, die zakte tot over mijn ogen.

Er vielen groenige vierkantjes licht door het gevlochten stro naar binnen, het was alsof ik onder een boom zat. Ik luisterde naar de aanzwellende en wegebbende stemmen om me heen.

Mijn vader maakte een beweging, wij dreven langzaam de kant uit van mijn moeders stem. Wij dreven weer terug, alsof mijn vader zich had bedacht. Hij klonk plotseling streng en vastberaden, zoals ik hem tegen ons niet vaak hoorde spreken, maar tegen andere mensen wel.

'Wat jij wilt doen, Hélène, moet jij zelf weten. Ik moet naar Philipp toe. Wil jij direct naar moeder in Londen? Dan ga jij naar Londen.'

'Moet je dat horen. Alsof ik voor mijn plezier naar Londen zou gaan.'

'Brand in Londen brand in Londen en er is geen water en er is geen water, bimbambom.'

Zij had me het liedje zelf geleerd, het was uit het verhaal van Dick Wittington met zijn kat. Ik had onthouden dat het ook een witte kat was, net als onze scheepskat, maar misschien was dat niet zo. Om de boze geesten af te leiden zong ik zo hard ik kon: 'Brand in Londen...' totdat ik mijn moeder nog veel harder hoorde krijsen dan ik.

'Moeder zou ons in Den Haag verwelkomen. Herinner je je nog wel? Maar nee, nu moeten wij maar naar Londen! Terwijl ik die hele kliek in Londen haat.'

Ik zette de strohoed af en meteen weer op mijn hoofd en trok hem zo diep mogelijk over mijn oren, maar het hielp niet meer. Daarom deed ik hem weer af en zette hem terug op het hoofd van mijn vader, misschien hielp het hem wel. Het was zielig voor hem hoe hard hij het nu te verduren kreeg. En hij kon niets terugdoen, want hij had mij opgetild en ik zat op zijn arm.

Hij gaf mij niet aan tante Margot, zoals mijn moeder met mijn broertje altijd deed wanneer ze ruzie ging maken.

Mammie vuurde allerlei vragen op papa af, ze ging als een aapje aan zijn lijf en aan zijn armen hangen, zodat hij mij wel op de grond moest neerzetten. Maar hij bleef mij bij de hand vasthouden.

Ik werd met een kordate zwaai in een andere richting gedraaid.

'We gaan naar mijn hut,' zei mijn vader.

Ook tante Margot tierde nu minstens zo hard als mijn moeder en de baby, die zij in haar armen hield, had het op een gebrul gezet dat je misschien tot in Genua kon horen.

Met zijn kleine handen klauwde Simon wild door de haren van tante Margot. Verrast keek ik toe hoe links en rechts van mij haar haarspelden vielen, met kleine tikjes op het hout. De een na de ander, als dikke regendruppels aan het begin van een bui. Deze regen van haarspelden liet mij niet los, ik keek omhoog en omlaag. Omlaag, waar het lustig tikte en tokkelde. Omhoog, waar de donkere wolk haar van mijn tante zich almaar meer verbreedde en almaar meer kolkte en beefde.

'O kijk o kijk!' riep ik luid en kneep in papa's hand.

'Komen jullie mee naar mijn hut, Hélène, Margot. En kalmeer! Bedaar!' sprak mijn vader met de stem van een boeman.

Hij dreef ons voor zich uit naar zijn hut, waar alleen Tinka en ik mochten spelen. Wij kwamen er als wij verlost wilden zijn van alle gedoe rondom Simon, die in onze eigen hut de boventoon voerde. Tinka moest weleens op hem passen, maar zij ging liever samen met mij op pad of wij verschansten ons bij mijn vader. Het rook er naar boeken en papieren en peper en drop, het was er ernstig en plechtig, donker en stil. Het was zo anders dan in onze hut dat wij meteen zouden weten in welke wij waren, die van hem of van ons, ook al kwamen wij binnen met geblinddoekte ogen.

In onze hut tuimelden wij in een warme kuil. Vol geuren, die wij maar al te goed kenden. Wij moesten ons een weg banen tussen bergen van kleren en schoenen door. Wij roken meteen al dat er hoestbonbons en stukken dodol op de nachttafels lagen. Wij roken vanille en eau de cologne, tijgerbalsem, rozenolie en kaneel, jasmijn en kamfer. Het prikkelende parfum van mijn moeder, de zoete odeur van mijn tante. Frisse geuren van gewassen en gestreken blouses. De walm van de luiers van mijn broertje, als de wasmand nog niet was geleegd. Ook al was de hut leeg, wij wisten wel wie er pas was geweest. Wij raadden goed wat er was gebeurd en gedaan. Een poederpapiertje dat nog rondslingerde, de nahuiverende geur van de stiekeme kreteks van mijn moeder, zulke dingen vertelden ons wat wij wilden weten.

Onze hut verklapte alles, terwijl die van mijn vader zweeg.

Wij zaten in zijn hut niet met onze voeten op tafel, wij waren netjes en schreeuwden er nooit.

Toen wij die mistige dag eindelijk in papa's hut bijeen waren, mijn moeder nog lang niet kalm, zagen wij Tinka liggen op de rustbank, in diepe slaap, gewikkeld in de gehaakte sprei waaronder wij toen die ene keer ook meneer Benjamin hadden gevonden. Maar Tinka had de sprei niet tot boven haar hoofd getrokken. Over haar ogen lag een gebatikte lap, die van Poppy was, zodat ze van Poppy kon dromen.

Tante Margot zei met zachte stem: 'Kijk die schat eens in een diepe slaap zijn verzonken. Zij moet rusten. Want zij heeft het gezien! Zij zag het met eigen ogen!' Ze liet haar stem steeds zachter klinken, totdat ze fluisterde en wij haar niet meer konden verstaan.

Ze stond met gespreide armen voor het bed, alsof ze Tinka wilde beschermen.

'Lieverds,' voegde ze ons vrijwel geluidloos toe, 'laten we heel, heel rustig zijn.'

Mijn vader sprak vriendelijk: 'Een goed advies. Dat gaan we eens proberen, rustig zijn.'

Mijn moeder zeeg neer op de bank.

'Ik wil niet naar Londen, maar het zal wel moeten.' Zij wees op Tinka, die nog steeds kalm sliep. 'Zij moet er immers heen, daar hebben wij ons toe verplicht.'

'Het kan wachten,' zei mijn vader, 'ze kan bij ons blijven.'

'Pfoe, hoe lang nog?' riep mijn moeder uit, als gestoken door een wesp. 'Dat is betoel geen pretje om op haar te moeten letten. Dat vergt overal ogen! Ze is een wilde en eigengereide meid, een vuur dat het hele huis gaat aansteken.'

Papa zat in de stoel achter het bureau, hij leunde achterover, liet zijn oogleden half dalen, legde zijn handen met de vingertoppen tegen elkaar aan, keek daar zo'n beetje overheen, maar richtte zich tot niemand in het bijzonder. Hij zei: 'Deze nonsens wens ik niet aan te horen. Houden wij ons aan de feiten.'

'Goed.' Mijn moeder zei het heel zorgvuldig. 'Zeg maar, wat zijn de feiten?'

Ze wachtte nog een tel en stond weer op.

'De feiten zijn, Cees, dat mijn bloedeigen moeder zich weer eens niet aan haar afspraken houdt en dat jouw beweerde vader zich van kant heeft gemaakt.'

Ze draaide voor zijn bureau heen en weer, de handen op de rug, stak haar kin naar voren en vroeg: 'Welke feiten had je nog meer willen horen?'

Terwijl niemand op mij lette, kroop ik in de tunnel van papa's bureau en zag daar zijn bruine schoenen met de gaatjes erin. Ze bewogen als gevangen, onrustige dieren.

Ik hoorde hoe zwaarmoedig zijn stem klonk, zag zijn schoenen bewegen en ik wilde ze vastpakken en aaien, zodat ik ze stil kon krijgen, maar ik durfde het niet.

'Ik stel voor dat wij gewoon ons programma vervolgen. Er zit niet veel anders op. Na Marseille gaan wij verder met de trein naar Parijs.'

'Parijs. Wat een gemengd genoegen om Parijs weer te zien, waar wij eens zo gelukkig waren. Mijn hart zal er breken!'

Mijn vader zei toonloos: 'Een gebroken hart, Leentje, dat kan er ook nog wel bij.'

De schoenen gingen tekeer onder het bureau. Mijn moeder zuchtte en het leek alsof ze begon te huilen, maar er kwam geen geluid en in de hut werd het stil. Ik voelde met mijn oor op de grond hoe de vloer mee deinde op het gesmoorde gebonk van het schip. Garoeda was weer gaan varen.

'Na Parijs gaan wij door naar Den Haag, want daar wordt naar ons uitgezien. Mimi wacht op ons.'

Ik dacht aan meneer Benjamin, op zijn tocht naar het beloofde land door het ruime sop. Ik riep naar boven: 'Wacht zij ook op meneer Benjamin?'

Mijn vader schraapte zijn keel. Zijn voeten stommelden op en neer dat het een aard had, het was in mijn schuilplaats niet veilig meer. Ik kroop te voorschijn.

'Laten we blij zijn dat wij ons nog vrij kunnen bewegen.' Papa klonk ernstig en gedreven. 'Er komt misschien een oorlog aan. Oorlog! Moeten wij er hier al mee beginnen?'

'Wie zijn er nou begonnen? Jouw pa. En onze mama. Zij doen niets voor elkaar onder, die despoten.' Mammies stem ging door merg en been. Zij leek wel een hele zwerm meeuwen. Ik zag haar links en rechts om zich heen kijken naar dingen die zij kapot kon gooien.

'En jij! Wat heb jij niet allemaal gekonkeld en bekokstoofd met deze heilloze reis? Ik sjok maar achter jou aan en nu weer met het pleegkind achter mama aan, o, o, o, waarom ben ik niet in Bandoeng gebleven.'

'Kletspraatjes, zus,' onderbrak tante Margot haar goedig, 'onze daddy zei ook dat jij niet alleen in Bandoeng moest blijven, en jij weet heus wel waarom.'

Mijn moeder kreeg een kleur, zij zag eruit als een vogelverschrikker, al was het dan een mooie. Een elegante vogelverschrikker in haar met witte veertjes afgezette cape die in plaats van mouwen aan de onderkant lange, witte franjes had, waardoor het leek alsof mijn moeder kon vliegen. Misschien kon zij het ook wel, zij klapwiekte alvast breeduit, in plaats van dat zij gewoon haar armen bewoog.

Haar ogen stonden wild.

Speekselbelletjes kwamen op haar lippen te voorschijn. Als mijn broertje sliep, bubbelden er ook van die bellen uit zijn mond. Grote, bibberende bellen gleden vanaf mijn moeders lippen tot in haar hals. Ik zag mijn broertje slapen en bellen blazen in de armen van tante Margot. Kikkers bliezen ook bellen, maar veel grotere. Simon leek niet op een kikker, wat jammer was, anders was hij misschien een betoverde prins geweest. Hij leek op een roze big. Hij was even onhandig en hulpeloos als mijn poppen van celluloid. Ik wilde wel geloven dat hij een wonderlijk waterdier was. Mijn moeder had mij verteld dat hij uit de beek was komen kruipen om bij ons te wonen.

Ik had bedacht dat hij zich beter zou thuis voelen in de beek dan in zijn diepe houten bed.

Op een nacht toen mijn moeder sliep, hadden Tinka en ik hem uit zijn bed getild en samen geprobeerd hem weer terug te brengen naar het water waarin hij hoorde. De nachtmensen hadden ons gezien en hem van ons overgenomen. Zij hadden hem toen niet naar de beek gebracht, maar snel weer terug naar het bed.

'Dan maar naar Marseille en dan naar Parijs.'

Mijn moeder zat met het hoofd in haar armen te snikken.

'Londen is maar een kattensprongetje als je eenmaal in Holland bent.' Tante Margot legde Simon neer en ging achter mammie staan om haar uit de knoop te halen, met knijpen en kloppen. Niemand anders dan tante Margot lukte dat.

'Kop op, zusje, we gaan kleren kopen. Fijn kleren kopen in Parijs. Ja?'

'Ach ja, naar Parijs.'

'Dan Den Haag, dan Londen,' babbelde tante Margot. 'Het is zo makkelijk in Europa, alles onder handbereik.'

'Dat denkt een zekere Hitler ook.' Mijn vader had zijn hoofd opgeheven en deze woorden bitter uitgespuwd. 'Alles onder handbereik.'

'Cees, begin jij nou niet opnieuw, nee, nou moet jij niet opnieuw weer beginnen.' Mijn tante liet mijn moeder los en maakte bezwerende gebaren in de richting van mijn vader. 'O, maak geen woorden vuil aan die boesoeke meneer. Wat hebben wij met hem te maken? Hou er alsjeblieft over op, man. Arme Benjamin dood alleen maar vanwege die gruwel, die een kladschilder is, niet?'

Mijn moeder, mijn vader, mijn tante, ze spraken ineens allemaal tegelijk en door elkaar heen. Papa schreeuwde het hardst van allemaal.

Tinka werd er wakker van. Zij verrees en liet de sprei van zich afglijden, ze stapte van het bed op de grond en rekte zich uit. Ze trok zich helemaal niets aan van alle gedoe en geschreeuw om zich heen. Alle vier haar ledematen strekte zij, alle vingers, alle tenen, zij maakte ze allemaal langer en liet ze achter elkaar, een voor een, enkele seconden losjes trillen, daarna maakte ze haar nek langer en bewoog haar hoofd zonder het te draaien van links naar rechts, dit alles met grote concentratie en zonder op iemand te letten. Het leek wel alsof wij er niet bij waren. Tinka was mijn vriendin, maar soms was ze een vreemde.

Ze raapte met gracieuze gebaren haar verspreid liggende kleren en sieraden op en kleedde zich aan met bewegingen die op een dans leken. Haar ogen zagen ons niet, haar gezicht stond bezield alsof ze zich bezighield met dingen van een hoger bestaan. Mijn moeder viel stil, midden in een van haar uitroepen zweeg ze, en ook mijn vader en tante zwegen.

Tinka gleed als een schaduw naar het bureau waaraan

mijn vader zat. Ze kuste hem op beide wangen. Ze zweefde naar mijn moeder en tante en kuste hen ook. Daarna kwam ze naar mij en nam me bij de hand. Ze trok me mee en opende de deur van de hut, die ze weer zachtjes achter ons sloot.

III

In de kamer van de Perzische kleden

(zomer 1939 – maart 1942)

12

De Garoeda was de haven van Marseille binnengelopen. Op de kade wachtten onze familieleden en vrienden van mijn vader. Grote hoeden, lange jassen, zwarte paraplu's. In het havenkantoor lag een dikke brief van oom Felix voor tante Margot. En er was een groot pakket voor ons, van oma Helena. Er kwamen twee jassen van zilvergrijs zomerhaar uit te voorschijn voor jongedames.

Mijn vader was zenuwachtig. Zijn verlangen naar Europa en zijn familie dreef hem voort, werd hem te veel, hij liep te snel, hij struikelde bijna. Maar hij hield zich in bedwang. Hij rechtte zijn rug. Voor het eerst zag ik hem als iemand die losstond van ons. Iemand die ik niet eens goed kende, die zomaar van ons weg kon gaan. Misschien wel voorgoed van ons vandaan. Hij had bij ons gewoond, maar hij hoorde hier thuis.

Hij trad uit de schaduwen naar voren, hij ging voor mij uit, met zijn rug naar mij toe. Hij omarmde zijn familieleden, ernstige heren, nog ouder dan hij, die hun hoofden bogen en zangerig het woord voerden in een taal die ik niet kon verstaan.

Mijn vader en de mannen waren droevig en klaagden. Het zou wel om meneer Benjamin zijn.

Tinka en ik trappelden om van boord te gaan. Wij liepen dicht achter papa aan. Nieuwsgierig zetten wij voet aan wal en wuifden naar het schip Garoeda.

Wij zouden voorlopig geen Garoeda meer zien.

Het kwaad kon zich dus vrijelijk nestelen en het zat

overal in. In de resten van dode boombladeren die overal lagen.

'Dode bladeren zijn hier heel gewoon, die worden nooit meteen weggeveegd. Hier zijn ze altijd en deze zijn nog van vorig jaar. Maar kijk, er zitten al weer nieuwe aan de bomen,' zeiden ze.

Wij vonden niet dat de bladeren echt nieuw waren; ze waren geel en klein en vielen af bij een zuchtje wind.

In de trein van Marseille naar Parijs was het alsof we in maanlicht reden, maar het was niet het licht van de maan. Het kwam van een zon, die zich achter een sluier van wolken verstopte. Het was niet onze gloeiende zon, deze was klein en bleek. Wij durfden onze ogen niet te geloven dat de zon niet meer licht gaf dan een gewone lamp. Wij reden voort onder het grijze licht, onder de door lange gordijnen verhulde hemel. Niemand sprak zijn verbazing uit. Deze sluierwolken hingen daar maar, zonder regen te geven.

'Gaat het straks regenen?'

'Ach, misschien een beetje.' Mijn moeder haalde haar schouders op. 'Dat weet je hier immers nooit.'

Wij zagen bleke gezichten en starende ogen, wij gleden door lege landschappen. De trein stopte een enkele keer bij een station met een vreemde naam, waar niets gebeurde. Pas op het laatste moment stapten een paar reizigers haastig uit. Zij liepen weg en keken niet om. Niet om, niet vooruit en ook niet opzij. Ze keken naar de grond.

'Dat doen ze omdat er misschien ergens een centje ligt.'

Wij reden in een lange grijze tunnel waarin wij de wind hoorden fluiten.

'Wanneer zijn we hieruit?'

'Dat duurt nog een poosje.'

'Waar gaan we heen?'

‘We komen uit ons moederland en wij gaan naar ons vaderland,’ antwoordde mijn moeder.

‘Waar is ons vaderland?’

‘De wereld is ons vaderland,’ zei papa.

‘Wij hebben geen land nodig om voor te sterven, wij hebben geen land nodig om van te dromen, de wereld is ons huis. Wereldburgers, dat zijn we.’

De lange tunnel, met de fluitende wind en de kou waarin wij waren beland, kon niet zijn bedoeld om in te blijven.

‘Waar gaan we heen? Als we hieruit zijn?’

‘Wij gaan naar ons vaderland,’ zei mijn moeder weer. Mijn vader zei steeds ongeduldiger dat wij geen land meer hadden. Alle landen waren om doorheen te lopen. Was je de wereld rond geweest, dan mocht je weer opnieuw beginnen. De aardbol was onze vader en moeder tegelijk.

Mijn aardbol zat in een hutkoffer. De hutkoffer was nog op de boot en zou in Rotterdam aankomen. Waar was Rotterdam?

Wij hoorden over Berlijn, waar wij nooit meer heen zouden gaan, want Berlijn was in verkeerde handen gevallen. Ik was er nog nooit geweest. Ik hoopte dat mijn aardbol in goede handen zou vallen.

Wie zouden wij op onze reis bezoeken? Zuchtend zette mijn moeder zich ertoe al mijn vragen te beantwoorden. Eerst naar Parijs, waar Philipp woonde, een oom van mijn vader. Dan naar Den Haag, naar oma Mimi, de moeder van mijn vader. Zij had hem al die brieven geschreven omdat zij bezorgd was dat zij ons anders nooit meer zou zien.

Daarna voerde onze reis naar Londen, waar wij Tinka naar oma Helena zouden brengen, de moeder van mijn moeder.

‘Waarom gaat Tinka naar oma Helena?’

'Tinka zal Engels leren spreken, een wereldtaal. En als zij wil, kan zij daar een goede balletopleiding krijgen. Wij zullen nog veel plezier van haar beleven.' Mijn moeder knikte opgewekt terwijl zij Tinka's toekomst schetste.

Tante Margot viel haar bij: 'Loh. Wij zullen wat trots op haar zijn.'

Wij luisterden niet meer.

Parijs, niet Berlijn, wel Den Haag en dan Londen.

Er waren veel plaatsen op de wereld waar wij misschien wel of misschien niet terecht zouden komen. Voor ons waren alle vreemde plaatsen gelijk.

Alle mensen die wij kenden, waren intussen veranderd. Wijzelf ook. Het ging hier snel, het kwam door de koude lucht en de vele kleren. In onze harige uitmonstering kenden wij onszelf niet meer terug.

De trein hield stil in Parijs en wij keken door het raam van de coupé.

Wij hadden onderweg met onze adem het glas laten beslaan en in het waas poppetjes getekend, wij gluurden door hun ogen en monden naar buiten. Maar het maakte niets uit of we naar het waas keken aan onze binnenkant of naar dat wat er buiten was. Het vensterglas was even grijs en dampig als de rest van de wereld. Achter ons beslagen venster stond een volgend beslagen venster, zo leek het wel, groter dan het onze, en daarachter weer een, ook groter, en zo ging het maar door. Alsof de hele wereld een onafzienbare rij steeds smoezeliger ruiten was.

Tinka en ik schuifelden naar de uitgang. Zo langzaam mogelijk. We lieten iedereen passeren, totdat we achteraan in de stoet stonden. Niemand mocht merken dat we onze nieuwe kriebelige jassen niet aanhadden. De bontmonsters hadden we op de treinbank achtergelaten. We hoopten ze nooit meer te zien.

Was dit onze bestemming? Een stenen hol vol grauwe dampen?

'Dit is het station,' zei mijn vader. 'Straks zullen jullie kennismaken met La Ville Lumière!'

De stank in het station overdonderde ons. Het leek alsof in de nabijheid zojuist een grote brand was geblust, die nog nasmeulde en zo weer kon oplaaien. Er hing een zwarte lucht van geblakerde houtskool en aangebrand eten.

Wij werden erdoor getroffen, alsof een roetkap over ons heen werd gezet, die ons nog slechter bekwam dan de versmade jas, maar deze konden we niet afschudden en achterlaten. We begrepen dat we deze straf verdienden. We konden niets doen om het nog goed te maken. We sloegen de ogen naar de grond. We hoopten dat we ontsnapten aan nog groter wraakzucht van de goden door nergens naar te kijken. Onze neus wilden we dichtknijpen, maar we deden het niet.

Ik ruik het nog weleens. Die geuren, die hitsig uit achterdeuren en grauwe gebouwen ontsnappen, om zich met elkaar te verstrengelen tot de onzichtbare bataljons van een door alles heen dringend leger. Kolendamp en aangebrand vlees.

In vale tinten kwamen de huizen van de stad op ons af. Ze weken terug toen ze ons zagen. Ze stelden zich op in het gelid, schouder aan schouder, aan weerszijden van brede banen waarover automobielen suisden, met drie, vier, vijf tegelijk op ons af. De auto's zwenkten op het nippertje om ons heen en voegden zich naar rechts, in een ander gelid. Alles ging zo snel dat we niets konden tellen of grijpen, alles ontweek of ontglipte ons. Door niets lieten de beelden zich vangen. Ook de straattegels waren ons te glad af, ze glibberden sluw onder ons uit.

Taxi's knalden hun portieren voor onze neus dicht en vertrokken. Wij stapten in een volgende auto en raakten op de verkeerde weg.

We doolden lang rond.

'En weet je nog van die louche kruier, die een koffer zogenaamd op het perron was vergeten?' zei mijn moeder later. 'Maar wat wil je, de armoede was groot in die dagen, die arme stakkers hadden niet te eten en zij waren allemaal nog communisten ook. Daar vielen wij ineens tussen, wij verwende tropengangers die in roestig Frans op hoge toon commandeerden.'

'En die zelfs in de zomer bontjassen droegen.'

'Hoe kom je daarbij? Die waren gestolen, weet je dat niet meer?'

Wij stonden hand in hand, Tinka en ik, en wij bogen onze gezichten, die warmer werden, zo diep mogelijk naar beneden, want mijn moeder stalde met luide stem al onze geheimen uit toen zij de diefstal van de koffer had ontdekt. Wij stonden op straat. Ze gebaarde alsof ze iedereen erbij wilde halen. Ze beschreef de inhoud van de koffer op dramatische toon, alsof haar kinderen erin hadden gezeten. Ze schilderde het flanellen pyjamaatje van Simon en de opsomming van haar eigen kostelijke toiletgerei bracht tranen in haar ogen. Ze deed er ineens onze wollen jurken bij, die wij liever kwijt dan rijk waren, en dadelijk zou ze ook nog aan onze nachtponnen beginnen en wie weet zelfs ons plankstijve ondergoed. We wisten geen andere manier om haar woorden te smoren dan keihard te gaan schreeuwen. Een mensenmassa was al samengeklonterd, die naar ons wees en grinnikte. Mijn moeder overstemde ons gekrijs: 'De jassen van de kinderen! De mooie, spiksplinternieuwe jassen van de kinderen, die heeft die smiecht dus ook achterovergedrukt!'

Wij zeiden niet: 'Nee, op ons erewoord, die bontjassen

raam. In deze kamer had hij niet om zich heen gekeken toen hij al zei: 'Nou ja, het kon beter, maar het kan ermee door.' Hij liep terug naar de deur waardoor we zojuist waren binnengekomen. 'Ik moet naar Philipp, waarom ga je niet mee?'

'Kom eerst maar vertellen hoe het bevalt,' riep mijn moeder hem na.

Tinka en ik speelden op de grond, wij verdiepten ons in de landschappen en vooral in de zeeën van het tapijt. Boven ons hoorden we mammie diep zuchten. Tante Margot probeerde haar op te fleuren.

'Koude kruidenthee in een zilveren pot. Typisch, hè, die Fransen. Bestellen we liever wijn?'

'Te vroeg voor wijn. Hier om de hoek zit een fantastisch nieuw modehuis, we gaan erheen.'

'De kinderen, Leentje, we kunnen de kinderen niet alleen laten.'

'De kinderen gaan mee. Ze moeten nieuwe jassen toch ook.'

We logeerden nu bij oudoom Philipp, want mijn vader was daar toch al de hele tijd en in het hotel was het niets gedaan.

De vloer van oudoom Philipps huis stond vol met de koffers van tante Flora, die uit Duitsland was gekomen, waar ze niet meer piano wilde spelen, omdat de kunst er werd vertrapt. Ze vertelde aan iedereen die het maar wilde horen, dat kunst boven alles verheven was en dat de barbaren er niet in zouden slagen kunst zwart te maken. Zij konden boeken verbranden, dat wil zeggen het papier, niet de geest. Het gejoel van de horden zou snel verstommen. Goede smaak en gevoel zouden zegevieren. Hart en gezond verstand!

'Haal de stront uit je ogen en het smeer uit je oren,'

brulde oudoom Philipp iedere keer, ook al zei mijn moeder nog zo vaak: 'Les enfants les enfants.'

'Ach wat! Moeten die het leven niet leren kennen zoals het is?'

'Je bent een dwarsligger en een zwartkijker.'

'Een realist,' zei mijn vader. 'En hij heeft gelijk.'

In de nacht hoorden wij hen ruzie maken. De stemmen van mijn ouders. Ze gingen van hoog naar laag en lager. Over kunst en een zondebok en een bloeddorstige kudde. Het liep uit op een vermoeid gebrom. Soms hevig snikken. In de kamer ernaast snikten wij mee.

Tante Margot hobbelde op een nacht bij ons naar binnen en bromde: 'Dit wordt mij te brad.' Zij snoot onze neuzen en nam ons mee naar een ander vertrek. We gingen drie trappen op en kwamen in een gele kamer, waarin de kasten de bedden waren. Hier hingen geen gordijnen, de vensters keken uit op de straat. Wij zagen zieke bomen, oude huizen en zwak gloeiende lantaarns in rijen. Naast en achter elkaar.

'Mooi uitzicht,' zei tante Margot tevreden. 'Helemaal het oude Parijs.'

'Is het mooi?'

'Ja zeker hoor!' verzekerde tante Margot ons.

'En de bomen?'

'Wat is er met de bomen?'

'Ze hebben geen bladeren.'

'O! Te weinig, ja. Maar die bladeren, heus, die komen er wel weer aan.'

'Eerlijk waar?'

'Eerlijk waar.'

Ze was weer als vroeger, de opgewektste. Ze had van oom Felix een dikke brief gekregen, die ze altijd bij zich had. Als ze de kans kreeg, ging ze hem zitten lezen. Ze klokte en koerde erbij.

'Hij heeft mij gevraagd, jawel hoor. Wij stappen in het huwelijksbootje.'

'Dan gaan we weer weg, ja, met het bootje, hè, tante Margot?'

'Weg? Maar toeties, we zijn er pas.'

Het was nog een hele toer om haar aandacht te krijgen, want ze wilde niets liever dan ongestoord haar brief lezen.

'Tante, gaan we hier trouwen of thuis?'

'Wij trouwen thuis, natuurlijk. Dat spreekt vanzelf.'

'Gaan we dan alweer gauw naar huis?'

'O ja, gauw.'

'Wanneer?'

'Op zijn allerlaatst volgend jaar.'

'Wanneer is volgend jaar?'

'O, als de blaadjes weer aan de bomen komen, dan is het volgend jaar.'

We keken iedere dag en ook iedere nacht uit het raam van de gele kamer. We zetten de ramen open om beter de takken te kunnen bestuderen. Zagen we ze al, de groene puntjes, de nieuwe bladeren? Dan was het volgend jaar en dan gingen wij weg. Opgewonden zeiden we tegen elkaar: 'Ja, ik zie wat, ik zie wat. Ik zie het, jij ook?'

In het huis van oudoom Philipp woonden vrouwen en kinderen die piano speelden. Overal hingen grote, zwart-witte foto's van vrouwen en kinderen aan piano's. Er liepen dikke, zwart-witte katten rond. Het huis stond in een straat vol schaduwen, waar mensen met witte gezichten en zwarte kleren liepen. Je zag niet meteen wie er nog leefde of wie schaduw was. De mensen hadden hun hoofden naar de grond gebogen, net als wij. Ze hadden tassen en een paraplu, een opgevouwen paraplu, die ze nooit gebruikten, want als het regende, vluchtten ze binnenshuis. Binnenin was het huis zwart en wit, behalve onze gele kamer.

Alle kamers waren donker en hoog en roken naar tabak en de katten. Nu ik eraan terugdenk, ruik ik het weer en zie ik in de lichtste en de grootste kamer de vleugel van tante Flora staan. Zij bracht iedereen tot zwijgen wanneer zij speelde, wiegend en rollend met haar gigantische lijf. Zij had een lief, groot gezicht, bespikkeld met wratjes en pukkels. Haar ogen puilden een beetje uit, ze keek ons er goedig en nieuwsgierig mee aan. Ze leek op het nijlpaard dat juist met zijn hoofd boven water kwam, dat wij kenden van een plaatje. Het was een gevangen nijlpaard, dat in een circus woonde en kunsten vertoonde.

Wij luisterden naar Flora's spel en zaten te wachten totdat zij weer vrolijk werd; dan deed zij alsof de katten elkaar achternazaten, over de toetsen.

'Dat kon meneer Benjamin nog vlugger,' zei ik tegen haar.

'Natuurlijk kon hij dat. Hij was een groot kunstenaar.' Tante Flora sloot haar ogen. 'Wanneer hij speelde, druppelde nectar in je ziel.'

De meeste mensen die in dit huis woonden, verstonden we niet, want zij spraken Frans. Oudoom Philipp, die vele talen sprak, gaf ons één Franse les.

'Eén les is genoeg. Let op, dit heb ik als jochie al geleerd op school, waar ze kinderen nog geen mooie praatjes wilden wijsmaken: "Ils naquirent ils souffrirent ils moururent." Meer hoef je niet te weten, dat is het leven.'

'Wat een onverbeterlijke zwartkijker is die man, luister niet naar hem.'

Wij keken mijn moeder vragend aan. Wij konden de woorden wel zeggen, maar wisten niet wat ze betekenden.

'Zij werden geboren, zij hebben geleden, zij zijn gestorven.' Mijn moeder dreunde dit spottend op en wij begrepen er nog niets van.

'Wat betekent het dan?'

'Dat hoef je niet te weten en er is meer in het leven dan dat,' besloot ze op veelbelovende toon.

'Wat dan?'

Meer wilde zij niet zeggen.

Uit alle hoeken en gaten van het donkere huis kwamen meisjes met schorten te voorschijn om het ons naar de zin te maken, ze zongen liedjes en ze deden ons spelletjes voor, die wij niet begrepen. Ze kwamen met een poppenhuis aan, waarin piepkleine gedrochten woonden, die ons krabden en beten. De meisjes knuffelden ons om het hardst en woelden in onze haren. Er werd in ons geknepen en wij gingen van schoot naar schoot, totdat wij het niet meer verdroegen.

Flora vroeg aan Tinka: 'Lief meisje, zou jij willen dansen voor mij? Zou jij mij een oosterse dans willen vertonen?'

De vloeren kraakten en hielden hun splinters klaar en uit de ramen en de muren kwam kou gekropen. Wij waren bang voor de grote piano, die vleugel heette maar geen vleugels had, die op kromme poten naar ons toe zou waggelen zodra wij niet keken, om ons te vermalen met zijn gele tanden, om ons weg te moffelen in zijn buik vol scherpe snaren.

De meisjes in de keukens wakkerden het vuur zo hoog aan dat we de vlammen hoorden knetteren en ronken in de kachels en de fornuizen. Op eerbiedige afstand bleven ze staan. Wij durfden er wel dichterbij, wij konden het in de gloed wel uithouden. Wij waren voor het vuur niet bang. Wij waren veel banger voor de stille beddenkasten, waarvan de deuren 's nachts werden gesloten. En we haatten het witte bad.

Met kletterend geweld lieten ze een harde koude witte

kist voor ons vollopen met lauw water, ze noemden het een bad en wij moesten erin. Wij stribbelden tegen, totdat wij te uitgeput waren om nog een pink te verroeren.

Ze droegen ons zingend naar de grote, donkere kasten, die met wollen en donzen dekens en kussens waren vol gestapeld tot aan het plafond. We konden de slaap niet vatten onder de dekens en toen kwamen ze aan met hete stenen kruiken die in schapenwollen jasjes waren gekleed. De kruiken moesten bij ons in bed slapen, maar wij mochten er niet aankomen.

Nergens mochten wij aankomen, dat was beter voor ons. Het werd ons vele malen op het hart gedrukt en wij begrepen het.

Buiten op straat rook het zurig en muf als er mensen voorbijkwamen: ze roken naar paarden en schapen, omdat ze dik zaten ingepakt in hun kleren van schapenwol en paardenhaar.

We vluchtten weer snel naar binnen als we hen zagen, want ze hielden ons weleens vast. Ze legden hun handen op ons hoofd en klakten meewarig met hun tong als we keurig netjes tegen hen zeiden: 'Ils naquirent ils souffrirent ils moururent.'

Wij vonden Europa vreemd. De kilte en de wind, de zon die als een maan scheen, de dikke witte mensen en de dunne grijze bomen, wij geloofden onze ogen niet. Zwarte en grijze en bruine huizen en torens en straten en pleinen en beelden, allemaal van steen, nergens bomen met bladeren, het kon niet bestaan.

De familie uit heel Europa was bijeengekomen om in Parijs de laatste eer te bewijzen aan meneer Benjamin.

Langzaam werden ze ons bekend en vertrouwd, de ooms en de tantes, de nichten en de neven, onze familieleden, vrienden van familieleden. Wij leerden hun gezichten kennen maar konden niet onthouden hoe ze heetten. Tinka en ik werden opgetild en lang aangekeken en weer neergezet.

De gesprekken die rondom ons werden gevoerd, begrepen we nauwelijks. Soms misschien een beetje.

Waar had hij het allemaal gelaten, werd vele malen gevraagd, fluisterend en hardop. Er was praktisch niets meer over van zijn rijkdom. Er was maar weinig te vinden. Alles had hij zeker opgemaakt.

Wij verborgen ons, wij maakten ons klein tussen de anderen in, Tinka verschool zich. Niemand kon weten wat wij dachten. Zelf wisten wij het niet eens.

'Wat is er met die kinderen aan de hand, het lijkt wel of ze in brand staan, ze zijn compleet aan het gloeien,' merkte iemand op.

'De lieve kinderen horen waarschijnlijk dat het over Benjamin gaat,' verklaarde mijn moeder ernstig. 'Dat grijpt ze aan. Zij zijn de laatsten met wie hij aan boord heeft gesproken. Hij wilde met niemand anders meer praten.'

'Hij was een groot kind en dat voelen kinderen aan,' zei tante Flora ontroerd.

Mijn oudoom was altijd rusteloos en soms boos.

'Slechte voorgevoelens, Philipp?' vroeg mijn vader hem regelmatig.

'Slechte ervaringen zul je bedoelen.'

Hij was zelden thuis. Was hij thuis, dan liepen de anderen op hun tenen en iedereen zweeg. Hij sloeg soms met zijn vuist op de tafel en zelfs op Flora's piano. Hij zwierf door de straten met al zijn fototoestellen om zich heen en als hij terugkwam, trok hij zich terug in een donkere kamer, waar hij niet mocht worden gestoord. Was hij in zijn kamer aan het werk of aan het tieren, dan verstomde de piano. Tante Flora ging aan tafel zitten en masseerde haar handen, de katten kropen door een kier van het raam naar de tuin.

'Ik moet weg uit dit gekkenhuis,' piepte mijn moeder. 'Het is mooi genoeg geweest.'

Oudoom Philipp hoorde het op een dag, omdat mijn moeder steeds harder door de gangen schreeuwde. Hij kwam uit zijn kamer en zei: 'Weg uit dit gekkenhuis? Dit is een veilige haven! Maar zeg het maar, Hélène, waar wil je eens heen? Ik zal je begeleiden, gansje, want buiten wordt het pas erg.'

Hij plaatste een grote zwarte hoed op zijn lange haren, die veel langer waren dan die van mijn vader, en trok een lange zwarte jas aan. Mijn moeder wilde niet, maar wij wel.

Wij konden hem volgen met onze ogen gesloten. Openden wij ze weer en durfden we de blik hoger te heffen dan het trottoir, dan zagen wij zijn gestalte voor ons. Op de straatnevels dobberde zijn hoed. Zijn mouwen sleepten zowat over de grond. In zijn jas zaten de twee dikste zwart-witte katten, ze waren zijn modellen, ze zaten in zijn zakken, die uitpuilden en ronkten.

Wij slopen achter hem aan, op afstand, maar dichtbij genoeg om naar de katten te gluren.

Onder de Eiffeltoren staan we hier op deze foto, hand in hand.

Tinka en ik staan naast tante Margot, mijn moeder staat achter ons, met mijn broertje op haar arm. Simon was jarig, dus het was 27 mei. Hier op de foto hebben wij onze feestballonnen al losgelaten.

Wij keken hoe hun staarten zich in het ijzerwerk verstrikten. De ballonnen konden zich zonder onze hulp niet bevrijden, maar wij konden er niet bij. Wij keken naar hun hulpeloze rode en gele lijven. Ik werd er duizelig van en gilde.

'Kijk naar het vogeltje, kijk!' riep oudoom Philipp, om onze blik van de ballonnen af te leiden en op hem te richten.

Het schot werd gelost, het vogeltje opgezet.

Het heeft heel lang in een zilveren lijstje op tante Margots tafel gestaan, in Den Haag. Het is later zonder lijstje verhuisd naar mijn schoenendoos. Het ligt hier een halve eeuw later nog steeds, maar Tinka is er afgeknipt en zoek geraakt.

Van angst, verkilling of heimwee is niets op de foto te zien.

'Weet jij nog wel, toen in Parijs?' Mijn moeder vraagt het weleens. Zij heeft de foto's niet nodig. Alles staat haar nog glashelder voor de geest. Behalve wat ik wil weten. 'En wij onder die Eiffeltoren?' gaat zij doodgemoedereerd voort. 'Wat hadden we een pret, ja.'

Ik herinner me dat wij gilden, ik gilde toch? Maar hier staat dat ik lach.

Op 27 mei 1939 was de temperatuur in Parijs maar 19 °C. Dat heeft mijn moeder op de achterkant van de foto gekrabbeld, met drie uitroeptekens.

Simon huilde omdat hij zijn ballonnen kwijt was.

We keken naar boven, nog eens en nog eens. Met opengesperde mond staan wij op de foto.

We konden ons niet verroeren in onze nieuwe geruite tafzijden jurken, met smokwerk en lange mouwen. Deze planken waren dichtgeschroefd tot aan onze kin en daarboven keken wij door het ruitje. We hadden strikken op de rug, die ons in toom hielden. Probeerden we weg te lopen of te vliegen, dan werden we bij onze strik gegrepen.

In Parijs hadden koningen en edelen geen hoofden meer en de bomen geen bladeren, en kinderen hadden strikken en halsbanden. Honden liepen in een jasje met juwelen.

We stonden voor het raam van het kamertje, Tinka en ik. Niemand kon ons vinden en we praatten zacht en al weifelend over Bandoeng en Bali, waar wij een tijd geleden nog hadden gelopen. Soms wisten we ineens niet meer of het wel waar was dat we daar waren geweest, op die plaatsen die we steeds minder vaak bij hun namen noemden, die langzaam aan ophielden met echt te bestaan. Die we misschien hadden verzonnen.

De wind floot en kreeg ons te pakken, hier achter ons glas. We ademden het dicht, zodat de wereld buiten onzichtbaar werd. We tekenden in het waas een geweldige zon en poppetjes en grote bomen, we gaven ze onze namen en de namen van goden.

De nachten duurden hier korter dan de dagen, het grijze licht wilde nooit weg.

Midden op de dag schoven de mensen bij elkaar aan tafels, grote tafels waarop kleden lagen die witter en gladder waren dan onze beddenlakens.

Het eten werd opgediend op enorme schalen en onder zilverkleurige koepels, zo groot dat wij wel wilden geloven dat daaronder geslachte zuigelingen lagen, zoals oudoom Philipp beweerde.

'Wat maak je die kinderen nu weer wijs?' vroeg mijn moeder bits.

'Ga het ze maar vragen, Heleentje.' Oudoom Philipp trommelde grijnzend met zijn lepel een mars tegen de zilveren koepel. 'Vraag het al die brave burgers buiten. Zij weten het zeker! Zij weten precies wat hieronder ligt en waar wij straks van gaan smullen! De brave mensen zullen rondvertellen hoe het van onze kinnebakken druipt, het vet van hun christenkinderen.'

Hij barstte uit in zijn schorre lach.

Wij besloten voor alle zekerheid van dit eten geen hap te nemen.

Wij lagen in de beddenkast; ondanks alle wol was het er altijd klam. We lagen dicht tegen elkaar aan. We fluisterden dat we nooit in Europa konden blijven. Iedere dag dat we er nog waren, was een dag te veel. We wisten niet eens meer hoe lang een dag was, het grijze licht duurde en duurde maar.

'Waar is Garoeda?' vroeg ik aan mijn vader.

'Naar Rotterdam.'

'Gaan wij al terug met Garoeda?'

'Nee, nog niet.'

Met de boot waren we de zee overgestoken, wie weet waren er vele manieren om de zee over te steken. Vissen zwommen van de ene kant naar de andere en vogels vlogen. Vogels die vrij waren om te vliegen waarheen ze wilden, vlogen overzee.

Mijn vader had verteld dat vogels uit Europa weggingen om de zee over te steken en te landen in de tropen. De tropen, leerde ik, daar kwamen wij vandaan.

Als we de zee eenmaal vonden, dan waren we al halverwege.

13

Tekeningen die zij heeft gemaakt, foto's die ik van haar heb, haar gebatikte doek, die van Poppy was, haar zilveren armband, alles is opgeborgen in mijn schoenendoos. Schimmelend van het vocht, van de tranen en de kussen, die niet hebben gebaat.

Als ze mij hadden gevraagd waarom Tinka is teruggelopen, had ik het kunnen vertellen. Maar niemand vroeg mij waarom ze is gegaan. Honderd keer vroeg iedereen naar wát er was gebeurd en hóé. Wat en hoe, daar gaf ik geen antwoord op.

Tinka dacht dat zij een kris was; dit heb ik niet verzonnen.

Wij praatten erover, zij en ik, toen we bij oma Mimi logeerden.

Iedereen vroeg hoe het zover had kunnen komen.

Er zijn dagen die met naam en jaartal als gebeiteld in mijn hoofd staan. Ik kan ze opsommen, zonder geheugensteuntje, zonder oude foto's en brieven te raadplegen.

Toen ik deze dagen beleefde, kwamen ze niet plechtig aangeschreden als dragers van belangrijke gebeurtenissen. Ze kwamen, ze gingen. Ze maakten deel uit van het geheel. Druppels water in een zee, die ongemerkt kouder werd en van kleur veranderde.

Of werd ons water niet kouder, maar heter. Kikkers die in een emmer kokend water worden gegooid, springen er ogenblikkelijk uit en redden het vege lijf. In water waarvan de temperatuur traag tot kookhitte rijst, koken de kikkers mee. Wie van ons is er tijdig uit gesprongen?

Op 9 mei 1939 liep het MS Garoeda de haven van Marseille binnen.

Oudoom Philipp, de broer van mijn oma Mimi, stond op de kade en legde met zijn toestel de ogenblikken vast waarop wij van boord gingen.

Wij lachen op die foto's en als witte ganzen stappen wij achter elkaar van de boordtrap, blij dat de reis voor ons goed is verlopen en dat wij er heelhuids zijn. Wij doen alsof wij alles wat gebeurde op deze reis, al zijn vergeten.

Wij zullen familieleden bezoeken, in Europa. Ons verblijf duurt minstens zeven maanden, misschien wel een jaar. Wij zullen overal in Europa feestvieren, omdat wij bij elk familielid op verjaarsbezoek zullen gaan.

Op woensdag 10 mei zijn we met de trein naar Parijs gegaan. Het was op een woensdag, dat weet ik nog goed, omdat mijn moeder liever niet op die dag van de week wilde reizen.

'De woensdag is al ver heen, maar komt toch nergens terecht. Het personeel is alweer lui en het lanterfant. Maar de vrije dag is nog te ver weg.'

We moesten wel gaan, want op 11 mei zou in Parijs de verjaardag van meneer Benjamin zijn. Hij zou zeventig jaar oud zijn geworden. Hij was er niet bij, maar er werd aan hem gedacht.

Zeventig, mijmerde tante Flora. 'De leeftijd der sterken, maar nog lang niet zo oud als Methusalem.'

'Hoe oud bent u, tante Flora?'

'Kunstenaars hebben geen leeftijd, lieve schat. Kunst moet de tijd overwinnen.'

heeft hij niet.' Dat hebben wij nagelaten. Parijs bleef ons slecht gezind.

En telkens als ik in Parijs kom, heb ik de pijnlijke ervaring dat ik de stad ken uit een kort, vorig leven.

De klokken van Parijs zongen dat wij hier niet hoorden. Het pad ritselde weg. De leuning ontglipte aan onze hand. Buiten was kwaadaardig en binnen was niet veel beter.

Vuur gromde in ijzeren ketels, het knetterde en ronkte, niet erin kijken, vooral niet aanraken, dit vuur kwam niet van de goden.

'Afblijven, overal afblijven.'

Wij hielden onze handen angstvallig in elkaar geslagen, behalve als wij iemand een hand moesten geven. Dat deden wij bliksemsnel.

'Ach, ze begrijpen er niets van, die meisjes, het zijn net bange vogeltjes.'

De vogeltjes vlogen hier niet door de lucht, ze zaten in kooitjes achter de ramen. Ze zaten op stokjes. Ze keken naar buiten en kwinkeleerden als gekken en sprongen op en neer.

In een hotel gingen wij voor het eerst in ons leven met een lift omhoog, we werden van de marmeren vloer opgetild, we vlogen niet. We stegen moeizaam, nog trager dan wanneer we zelf langs de trappen omhoog waren geklommen. We stonden te dicht op elkaar gepropt, in een benauwd, krakend kamertje dat spiegelwanden had en een gietijzeren deur. In de spiegels zagen wij overal stukken van vreemde wezens, hier hun ruggen, daar armen en neuzen, aan de andere kant hun starende ogen, lippen als op elkaar gelijmd.

In de hotelkamer waar wij zouden wonen, ging mijn vader niet zitten, niet op een van de buikige stoeltjes bij het

Oudoom Philipp werd op 14 mei tweeënzeventig jaar. We vierden het in een Russisch café, met oudoom Philipp er zelf wel bij en met rode dranken en rode soep.

Op 27 mei hebben we de eerste verjaardag van mijn broertje gevierd. We lieten bij de Eiffeltoren zijn ballonnen los en oudoom Philipp maakte foto's.

Mijn vader en oudoom Philipp vertrokken de volgende dag naar Verdun. Ze noemden het een reis naar het nabije verleden.

'Waar is dat voor nodig?' mopperden mijn moeder en tante Flora.

'Om ons in te peperen dat we mesjogge zijn geweest,' antwoordde papa.

In Verdun hadden ze allebei aan de wereldoorlog meegedaan, aan de Duitse kant, wat ze op het oude slagveld gingen oprakelen en betreuren.

We bleven in Parijs tot vroeg in de ochtend van dinsdag 30 mei.

We hadden eerder naar Den Haag kunnen gaan, maar mijn moeder wachtte liever tot dinsdag, de ideale dag om te reizen. Andere dagen deugden er niet voor. In een weekeind, dat met de vrijdag al begon, was er een zwerm slordige types op de been, avonturiers, huwelijkszwendelaars, gokkers en dagjesmensen. Op de maandag was het personeel het werken nog ontwend en was het moe van de vrije tijd. Op dinsdag voelden ze zich daarover schuldig, hadden weer energie opgedaan en deden extra hun best. Ook wat betreft de passagiers was er op dinsdag niet te klagen, zeker niet als men niet te vroeg in de ochtend vertrok, niet tegelijk met de handelsreizigers. Voor hen was de woensdag bestemd, die onder bescherming stond van Mercurius, de god van de handel en de boodschapper van de goden. Wat was er op de donderdag tegen? Dat de week te ver was gevorderd, dat men eigenlijk net zo goed niet meer kon gaan, dat er een algehele sfeer van landerigheid en teleurstelling heerste waarvan het eind nog niet in zicht was.

Met de trein die naar Holland ging reisden mijn moeder en tante Margot en tante Flora, mijn broertje en Tinka en ik.

We kwamen aan in Den Haag, op station Hollands Spoor.

Oma Mimi rees op het perron voor ons op als een vuurrood signaal in het duister. Wij zagen haar van verre staan, zij hield haar armen wijd uitgespreid. Wij sukkelden langs en zij liep klapwiekend met de trein mee, met grote passen.

'O, o, zij brandt van verlangen naar die lummel. Maar hij komt nog niet, overmorgen misschien. Er bestaat maar één man en dat is haar lieve Cees.' Tante Flora bromde het op een toon alsof dit een schande was die ze wilde vergoelijken. Zij stond breeduit voor het raam van onze treincoupé en nam grote trekken van haar sigaar. Zij knikte hartelijk naar de mensen die naar haar keken, hoewel zij ons had verzekerd dat zij voor geen goud ter wereld aangegaapt wilde worden door Jan Publiek. Zij zou ook weigeren om handtekeningen te zetten.

'Ik doe het niet! De hemel zal weten waaronder je tegenwoordig je handtekening zet.'

'Kijk, daar heb je Celia Zwaan,' zeiden mijn moeder en tante Margot tegelijk. 'Wat een flinke jongedame is ze ineens.'

Achter oma Mimi's rokken aan galoppeerde een wezen dat in mijn ogen half paard, half theemevrouw leek. Haar lange blonde vlecht zweefde achter haar aan als een staart.

'Wie is Celia Zwaan?'

'Een tante die jullie nog niet kennen.'

'Tante Celia Zwaan!'

'Zij is onze jongste zus, halfzus welteverstaan,' zei mijn moeder. 'Zij woont in opa Smits Hollandse huis.'

'Gaan we bij haar logeren?'

'Ik denk het niet. Het is de vraag of het huis er nog staat,' zei mijn moeder smalend.

'Hoe dat zo?' vroeg tante Margot.

'Het zat er toch vol met die spiritusdrinkers.'

'Ach Leentje, dat was de bond tegen antivivisectie, geheelonthouders als je het mij vraagt.'

'Wat maakt het ook uit? Celiaatje is een dweepster. Zij beweert dat ze niet hecht aan materie. Misschien heeft zij het huis aan spiritisten gegeven.'

'Ik moet er niet aan denken,' giechelde tante Margot.

'Opgeruimd staat netjes.' Mijn moeder lachte. Zij zou het blijven zeggen: 'Opgeruimd staat netjes.'

Tien, twintig, dertig jaar later zei ze het nog.

Het Hollandse huis van opa bleef staan. Het stond voor ons open onder alle omstandigheden. Het gaf ons onderdak, telkens weer, door de jaren heen, als het ons ergens anders niet meezat.

Het huis stond klaar, ook toen opa allang was verdwenen. In het souterrain is zonder onze inmenging, bijna als vanzelf, bijna zonder dat wij het merkten, onze Indische kamer ontstaan, waarin ik kan zitten dromen tot op de dag van vandaag.

Waar wij herinneringen ophalen, fantaseren en onze hersenspinsels weven, vergeefs proberen werkelijkheid en vergankelijkheid de voet dwars te zetten.

Wij zijn er altijd teruggekomen, in ons huis, wij blijven er komen, in opa's huis in Den Haag. Ook nog, misschien wel, als wij zijn verdwenen.

'Celia Zwaan!' zei mijn moeder nog voordat haar voeten goed en wel het perron hadden geraakt. 'Maak geen kouwe drukte voor ons, wij hebben al kamers gereserveerd in Des Indes.'

‘Quatsch, Leentje!’ riep oma Mimi zo hard als ze kon met haar schorre geluid, ‘wekenlang, wat zeg ik, maandenlang, al zolang wij weten dat jullie komen, zijn wij aan het sloven en slaven, zitten wij personeel en leveranciers achter de vodden. In alles is voorzien, behalve in de duurzame vrede.’

Celia drukte een bos witte rozen in de handen van tante Margot en mijn moeder gaf ze een bos rode rozen, nadat ze daar vlug een opgerold papier uit te voorschijn had gehaald, dat ze met parmantige gebaren uitvouwde. Er stond met grote letters, in verschillende kleuren inkt, een heel verhaal op geschreven.

‘Liefste dochters, lieve waarde zussen Hélène en Margot, liefste kleinkinderen, lief nichtje Louise en lieve neef Simon, lief pleegkind Cristina!’ Met een plechtige, heldere stem las ze dit voor.

‘Wat nu weer!’ riep mijn moeder uit. ‘Een redevoering? Je bent niet goed wijs.’ Ze deed een greep naar het papier, maar Celia Zwaan sprong opzij.

‘Anders vergeet ik de helft,’ riep ze uit, ‘onze mama heeft mij aangeraden het zo te doen, want er is heel wat te zeggen.’

‘Onze mama vergeet weer dat wij zelf kunnen lezen.’

Mijn moeder had het blad papier te pakken gekregen. Wij zagen hoe haar ogen over de regels vlogen, eerst snel maar steeds langzamer.

Haar lippen begonnen te trillen. ‘Ik wist niet dat mama ziek was.’ Oma Mimi kwam sussend naderbij: ‘Kindlief, het is een gezonde ziekte. Al valt zoiets na je vijftigste niet mee, laten we er toch het beste van hopen.’ Zij zei dit met een brede lach, maar mijn moeder werd zo rood als de pelerine van oma Mimi en gooide het papier op de grond.

‘Moet dit zo nodig? Heeft ze er al niet genoeg? Ze doet

niet anders dan kinderen krijgen. Het is niet te geloven. En Peronel, die oude kater? Castreren moesten ze hem. Maar hij loopt trots rond, vast en zeker.'

Wij zagen hoe oma Mimi mijn moeder naar zich toe trok en haar onder haar cape frommelde, haar met liefderijk geweld bijna smoorde.

'Kindje, let op je woorden.' Oma Mimi klemde mijn moeder stevig tegen zich aan en bewoog als een waakzame vogel haar lange hals heen en weer. 'Margootje!' riep zij en maakte een arm los van mijn moeder, zij wenkte. 'Margootje, lief kind, kom erbij, ik wil je begroeten.'

De drie vrouwen deinden heen en weer in elkaars omarming.

'Durfden jullie onze Felix moederziel alleen in Indië te laten?' hoorde ik oma Mimi lachend vragen. 'Dat je dat durft, Margot, je verloofde achter te laten. Mijn verwende zoon, hij is toch zo'n rakker.'

'Hij heeft me zo'n mooie brief geschreven, Mimi, die zal ik straks voorlezen,' jubelde tante Margot.

'O, graag kind. Ik kan bijna niet wachten.' Weer keek oma Mimi verwachtingsvol om zich heen, haar ogen tot spleetjes geknepen.

'Waar is de rest van het gezelschap? Waar is meneer mijn oudste zoon gebleven?'

Mijn moeder zei niets. Zij had haar hoofd tegen oma Mimi gelegd en haar ogen gesloten. Ze zag eruit als een klein meisje, kleiner nog dan mijn kleinste pop, die was achtergebleven.

'Kop op, Heleentje,' troostte oma Mimi en streelde haar over haar wang. 'Cees is er heus niet vandoor. Van hem zal ik dat nooit geloven. Eerst moet de wereld vergaan, voordat hij jou in de steek zal laten.'

'Ze komen binnenkort, moederlief, alles gaat goed, alles gaat volgens plan. U had het kunnen weten, want ze zouden het u telefonisch nog mededelen.'

Melodieus kroop door al het geroezemoes heen de honingstem van tante Flora; zij keek uit boven de mensen die haar aanklampten en met wie zij in gesprek was geraakt. Ze zag er zo interessant en beroemd uit, in haar grote blauwe, fluwelen matrozenpak, dat iedereen naar haar keek met een mengeling van bewondering en verbazing.

'Telefonisch?' knorde oma Mimi. 'Telefonisch mededelen? Iedereen bij ons is stok- en Oost-Indisch doof. En dan die telefoon, die helse machine, die willen wij niet aannemen. Iets goeds komt daar niet meer uit.'

'Philipp en Cees, ze komen op zijn vroegst overmorgen.'

'Ze zijn toch weer naar Verdun gegaan, die twee, dat mankeerde er nog maar aan,' kermde mijn moeder.

'Verdun?' Oma Mimi sloeg haar hand voor haar mond. 'Die twee naar Verdun? Hebben ze nog niet genoeg van die grove ellende?'

'Philipp wilde foto's maken, ik kan hem wel vermoorden,' riep mijn moeder uit.

Wij waren zo dicht mogelijk bij oma Mimi gaan staan.

'Leentje, er staan plotsklaps zulke mooie kinderen voor mijn neus, die ga ik eens uitvoerig begroeten.' Oma Mimi begon statig te dalen, het was alsof een flamingo landde. Haar papaverrode zijden cape, die ze eerst breed had laten uitwaaieren, plooide ze om ons heen.

Ze keek ons diep in de ogen. Op haar hoofd wiegelde een enorme hoed met witte en papaverrode veren. Ze bracht haar mond dichterbij om iets in ons oor te kunnen fluisteren, maar ze kon niet fluisteren, ze kraste zo luid dat iedereen haar kon horen.

'Ben jij Loulou of ben jij Tinka of is het andersom? Wat doet het er ook toe! Mijn kinderen, mijn lieve kinderen, kom aan mijn hart, allebei!'

In de vuurrode verf op haar lippen zaten barsten en

kerfjes; nooit eerder hadden we zulke lippen gezien. Alles was fel aan oma Mimi en van alles was er veel. Het bibberde of was gebarsten. Er trilde korenblauw poeder op haar wimpers en krijtwit poeder zat in wolken op haar wangen, zo dik dat wij er figuren in zagen ontstaan. Als wij wilden, konden wij er poppetjes in tekenen. Wij bewonderden haar sprakeloos, haar wuivende veren, haar lorgnon dat op borsthoogte hing, haar schitterende oorhangers die bij elke kreet meeschudden, de glanzende bevende zwarte nop op haar kin.

Mijn moeder wilde naar het hotel, maar wij mochten van oma Mimi niet. Hotels waren niet meer te vertrouwen. Tante Flora was in een hotel in Berlijn met stenen bekogeld.

Er logeerden veel familieleden bij oma Mimi, maar daar konden wij nog altijd bij. Er waren kamers genoeg.

'Gasten goed ontvangen, dat is het moeilijkste dat er is. Hoe kan een mens het zijn dierbare verwanten voortdurend naar de zin maken? Altijd lees ik op de gezichten dat men het liefst terug was in de eigen vertrouwdc omgeving. Is de mens wel geschapen voor avontuur?'

'Moet je horen wie het zegt,' bromde tante Flora goedig.

In het hart van het huis, in de grote keuken, bemanden de tantes de fornuizen. De tantes die niet in de keuken wilden zijn, maakten het atelier van oma Mimi onveilig. Oma Mimi stuurde hen naar de tuin om bloemen te plukken. Of ze gaf ze breiwol en haakpennen en bracht hen naar de serre.

Aan de grote tafel, die in het midden van de keuken stond, hadden de ooms met de hoeden zich genesteld, ze rookten en redeneerden. Ze dronken water uit de keukenkraan, slurpten het uit de holte van hun hand of gebruikten een oude soeplepel. Ze waren nog te lui dat ze een glas pakten, foeterde oma Mimi.

Ze hadden het altijd over rechtvaardigheid. Mijn vader hoorde ik zeggen: 'Een rechtvaardige hoeft niet een onschuldige te zijn en wie onschuldig is, is nog niet rechtvaardig.'

Oudoom Philipp sloeg met zijn vuist op tafel en riep: 'Caesar zoekt weer ruzie. Waarom?'

Oma Mimi stond buiten in de tuin te luisteren, zij boog zich voorover en stak haar hoofd naar binnen door het open raam en schreeuwde: 'Omdat hij zijn verstand van jou heeft, daarom.'

Daarna splitsten zich de partijen zoals gewoonlijk in soldaten en vredestichters, in schijtlaarzen die naar Noord-Amerika wilden vluchten, in getikte idioten die hun mannetje zouden staan, in zionisten, saloncommunisten, volksverraders en meelopers. Ik hoorde het aan, van achter oma's rokken, in de tuin, of boven, in bed.

De ooms en de tantes waren naar oma Mimi gereisd omdat zij op de vlucht waren. Wij wisten niet waarom zij waren gevlucht en voor wie.

Hun stemmen gingen door, dag en nacht. In de nacht werd het zelfs sterker, golven geluid kwamen in het donker omhoog naar het blauwe kamertje waar Tinka en ik in haar bed lagen. Als zware muziek kwamen de keukengesprekken naar ons toe, als wij in bed lagen. Altijd dezelfde droeve melodie.

Tinka vertelde mij dat de goden ook spraken en zongen, in haar hoofd.

'Wat zeggen ze dan?'

'Ze zeggen dat ik terug moet gaan.'

Tinka begon erover te praten, eerst een enkele keer en toen iedere avond.

In het dikke boek met de sprookjes uit Europa dat wij

van tante Celia hadden gekregen, kwamen geen goden voor. Er stonden wel veel prachtige platen in. Van heksen en feeën. Tovenaars en kobolden. Sprekende dieren. Grote verschrikkingen werden overwonnen door menselijke slimheid en kracht. Ook weleens door schrandere helden die zich voordeden als varkenshoeder of die zich van den domme hielden.

Tinka wilde van deze sprookjes niets weten. Zij zei dat de slimheid van mensen en hun kracht niet genoeg waren. De liefde van mensen was ook niet genoeg. Liefde van mensen had vele gezichten.

Ik vroeg me af wat ze bedoelde.

'Wat zeggen de goden?' vroeg ik.

Ze klonk somber en ernstig toen ze zei dat de goden alles wisten en wij niets.

'Jullie hebben een Javaanse bruidskist meegenomen,' zei Tinka, 'gevuld met schatten. Edelstenen, sieraden, houten beelden uit Djokja. Geschenken voor jouw grootmoeders. Jouw moeder en jouw tante hebben ze verzameld. Ze letten erop dat de geschenken geen onheil in zich dragen. Jouw moeder en jouw tante, zij weten niets. Ze hebben de kris en wajangpoppen uit de kist gehaald omdat zij denken dat het ongeluksbrengers zijn. Die poppen en de kris zijn zo onschuldig als witte duiven.

Maar ik ben dat niet. Ik ben gestuurd door een wraakzuchtig man.

Jouw moeder en jouw tante denken dat hun vader een goede daad verricht. Dat hij mij wegstuurde om een beter mens te worden, een betere danseres misschien wel. Alsof het hem daarom gaat! Dat kan hem niets schelen!

Wij noemen jouw grootvader de vuurvreter, vanwege zijn rode baard en zijn goochelkunsten. De goden houden van grappenmakers en vechtersbazen en dus heeft jouw grootvader het van de goden voor het zeggen gekregen.

Niemand durft tegen zijn wensen en bevelen in te gaan, ook jouw moeder niet. De enige die het durfde, is de vrouw die nu in Engeland woont. De enige die meteen zal begrijpen wat mijn komst betekent. Ik ben geen geschenk, maar een gebaar vol onheil en wraak. De vuurvreter heeft mij gekozen, zoals hij een kris zou kiezen, die ongeluk brengt. Hij heeft geen goeds in de zin voor jouw oma Helena. Anders had hij mijn naam niet weggenomen en niet verzonnen dat ik zijn dochter ben.'

Ik vond het verhaal van Tinka mooi, het leek ook wel een sprookje, maar ik had er toch met angst in mijn hart naar geluisterd. En ik geloofde het ook, op de manier waarop ik de sprookjes geloofde, een beetje, maar nooit helemaal. Een sprookje kon je immers veranderen zoals je zelf wilde, zoals mijn moeder altijd deed als ze voorlas en het verhaal haar niet beviel.

Dus ik vroeg Tinka, en ik klampte me aan haar vast, of ze niet nog een poosje wilde blijven. Wij konden het verhaal dat de goden vertelden, veranderen. Over een poosje gingen wij terug met de boot. Mijn vader vond het goed als Tinka bij ons bleef.

'Als de goden het willen,' zei Tinka, 'dan laten ze mij blijven.'

Het echte leven was anders dan in sprookjes, ik hoefde maar te luisteren naar de bezeten stemmen die af en toe als windstoten door ons raam kwamen. Doorlopend, hooglopend, omhoog sissend tot over de vensterbank. Wij zaten met opengesperde ogen in bed te wachten tot de goden zich er met hun donder en bliksem in mengden.

Ik vroeg aan oma Mimi of de goden ook tegen haar spraken.

'Wat nou! Die staan met hun mond vol tanden bij iedere vraag.'

Mijn vader heeft in een oude agenda foto's van oma Mimi meegenomen naar de tropen. Hij heeft de agenda ook weer mee terug naar Holland genomen, maar ik zag de foto's veel later pas.

Alle foto's die erin zaten, zijn er nog. Ze zijn verbleekt, de hoekjes zijn omgebogen, ze liggen nu allemaal in mijn zilverkleurige koektrommel waarop aan de buitenkant roze, afschilferende flamingo's staan.

Mimi is geboren in 1872, waarschijnlijk. Niemand heeft ooit haar geboortebewijs gezien. Zelf noemde ze steeds weer andere geboortejaren. Tot 1915 toe.

Haar oudste zoon, mijn vader, kwam in 1890 ter wereld. In een universiteitskliniek in Berlijn, via een keizersnede, voor een publiek van heren studenten. Het was in die dagen niet ongewoon dat een onvermogende, ongehuwde vrouw diende voor het aanschouwelijk onderricht, voor een praktijkcollege. Mijn vader had dus meteen een groot publiek, zeker zo groot als Mimi's vriend Benjamin het zich toen had gewenst. Maar deze kunstenaar schitterde door afwezigheid. Hij kon zich geen vrouw en kind veroorloven, hij moest de Muze dienen.

Het kind werd volgens oud gebruik Caesar genoemd en Mimi geloofde dat haar zoon deze wrede wereld had betreden om haar te wreken. Hij zou een begrijpende arts worden voor vrouwen, een tweede Semmelweis. Hij zou nimmer een nodeloze keizersnede uitvoeren.

Mimi trok in het souterrain en fotoatelier van Philipp, haar broer, in, met kind en de oude Pfaff, de trapnaaimachine die zij tot het einde van haar dagen zou koesteren. Want de Pfaff had haar geluk gebracht. Samen hadden Mimi en haar machine mogen beleven dat zij een gevierd modemaakster werd.

Na enige jaren meldde zich de kunstenaar weer. Zijn carrière was voorspoedig verlopen: nu diende de Muze hem in plaats van andersom. Hij had roem en geld en bijna alles wat hij wenste, behalve een vrouw en kind. Hij leidde, schreef hij Mimi in een roerende brief, een eenzaam leven. Hij had besloten alsnog een 'fatsoenlijke vrouw' van haar te maken. Maar Mimi vond zijn voorstel onfatsoenlijk en zei nee.

Zij is er altijd van overtuigd gebleven dat het zo moest zijn, want nog geen maand later ontmoette zij de koopman Felix Benda, die door ons allemaal de Goede Duitser werd genoemd, ook door mij die hem niet eens heeft gekend.

Het was 1893.

Mimi en haar broer waren bezig in een café foto's op te hangen voor zijn tentoonstelling 'De Duitse Malaise'. Het was vroeg in de ochtend en een katterige heer schoof naar binnen en vroeg de eerste de beste die hij tegenkwam, dat was mijn oma Mimi, om een beker cognac met geklutst ei. Mimi staakte het werk, ging bij de man aan zijn tafel zitten en las hem de les. Zij onderhield hem grondig over zijn losbandige leven. Wat haar bezielde, begreep ze niet. Zoiets had ze nooit eerder gedaan.

Tegenover haar zat Felix Benda, de jongste zoon van een brave rooms-katholieke chocoladebakker en koekjesfabrikant. Benda was meteen ondersteboven van haar aardse, rauwe charme en raakte zo door haar geobsedeerd dat hij telkens stamelde: 'Gaat u door... gaat u door...', ook toen Mimi allang al haar bedenkingen, tot aan de laatste vermaning, over zijn hoofd had uitgestort. Hij week niet meer van haar zijde. Hij dwong haar te blijven zitten en het kind op haar schoot te nemen, terwijl hij samen met Philipp de foto's ophing. Ook had hij het lef om ter plekke een stuntelig gedicht te schrijven, op een servet, over haar lange, zwarte okselharen, die de geur van distel en kamille verspreidden, een gedicht dat nog steeds bij

Mimi hing, aan de binnenkant van haar slaapkamerkast. Ook Mimi moet halsoverkop zijn gevallen voor de man, die ten onrechte zo'n weinig degelijke indruk had gemaakt. Al begon hij deze ene dag dan al om zeven uur in de ochtend met cognac met ei, oma Mimi kon alles opnoemen wat haar was bevallen aan Benda: zijn blauwe ogen, zijn ronde wangen, zijn kalmte, ja, noem het maar sloomheid, zijn donkerblonde haren, die deze sloomheid illustreerden door niet te krullen maar te golven, alsof zij al bij voorbaat moe waren van te veel inspanning. Zijn vriendelijkheid en zijn niet mis te verstane bewondering voor haar, zijn trouw en zijn vrolijkheid en ook zijn hang naar het goede leven, dit alles beviel Mimi zo dat zij geen seconde aarzelde toen hij haar ten huwelijk vroeg. Binnen een jaar waren die twee totaal verschillende mensen een hecht koppel, het kind werd geëcht en kreeg de naam van zijn stiefvader. Mijn vader beschouwde Felix Benda levenslang als zijn eigen vader, hij droeg Benda op handen.

Al gauw werd mijn tante Flora geboren, maar omdat zij net als oma Mimi ook sjoemelt met haar leeftijd, blijven we beleefdheidshalve naar haar geboortejaar gissen. Een paar jaar na Flora kwam Felix, de lieveling van iedereen. Flora en Felix zijn op de normale manier geboren, vlot zelfs. Een andere ironische streek van het lot is dat die twee echte Benda-kinderen dol waren op oom Benjamin, die soms wekenlang bleef logeren, wat zij een feest vonden. Hij leerde de kleine Flora pianospelen. 'Dat had er een van mij kunnen zijn,' zei hij als oma Mimi het niet hoorde.

Dat de pianist Benjamin de vader van mijn vader was, heeft Mimi nooit willen beamen. Mijn vader zei dat hij medelijden had met meneer Benjamin, die hij ten slotte maar accepteerde als een soort oom.

Oom Benjamin leerde de kinderen dansen, muziek maken, bracht muziekinstrumenten en grammofoonplaten voor hen mee en zelfs een keer een draaiorgel.

14

We kwamen op 30 mei bij oma Mimi aan. Vier dagen later arriveerde mijn vader met oom Philipp.

Terwijl zij elkaar innig omhelsden, oma Mimi en mijn vader, stond ik alleen. Mijn vader tilde oma op en walste met haar de voortuin rond. Uit de keuken, uit de serre, uit het atelier stormden vrouwen op hem af, die mijn vader om de beurt in hun armen namen en niet snel loslieten. Daarna kwamen de mannen met de hoeden aan bod, die hem plechtig aan het hart drukten en hun hoofden op zijn schouder legden. Mijn vader verdween in een carrousel van hoofden, handen, sjaals, doeken, hoeden en kleren. Hij draaide in en uit mijn blikveld, zonder dat hij oog had voor mij.

Zolang ik mij kan herinneren, was mijn vader omringd door vrouwen. Waren het niet mijn moeder en mijn tante, dan waren het wel de vele bezoeksters die zich in al hun pracht en praal aan hem kwamen vertonen.

Een groot talent van mijn vader was ongetwijfeld zijn beminnelijkheid. Ik weet niet of hij een goede arts was. Zeker was hij geen Semmelweis, al heeft diens portret altijd in zijn werkkamer gehangen.

'Die man, vrouwenarts? Hopeloze zaak, hij begreep absoluut niets van vrouwen. Hij had nooit vrouwenarts moeten worden, maar dat werd hij omwille van Mimi.' Mijn moeder aan het woord. Volgens haar sloeg hij er maar een slag naar.

Het schijnt dat hij zich belangstellend voorover kon buigen naar de patiënte, die zojuist haar relaas vol klachten had gedaan, om glimlachend, met zijn hand op die van haar, vol medeleven te vragen: 'En, wat denkt uzelf dat eraan scheelt?'

Hoe kwam het dat mijn moeder, die zo veeleisend was en zo wuft ook, dan toch met zo'n sombere stuntelige man was getrouwd?

'Dat kreeg de koppelaarster Mimi voor elkaar, maar ze vergiste zich. Ze bedoelde eigenlijk Margot.'

Mijn moeder hoefde mij later niet te vertellen dat het naast zijn goedhartigheid juist ook zijn ongrijpbaarheid was die haar had aangetrokken, zijn vriendelijke, maar gekwelde uitstraling. Zijn verachting voor het goede der aarde. Alles wat andere mensen begerenswaard en belangrijk vonden, betekende niets voor hem. Hij raakte niet onder de indruk van haar vader, de vuurvreter Lukes Smit, die zich altijd op het recht van de sterkste beriep: 'The survival of the fittest, beste Benda, je zult de natuur toch niet willen bekeren?'

Mijn vader boog niet voor het recht van de sterkste, hij geloofde in de komst van een betere wereld, waarin de geest over de natuur zou heersen; hij geloofde in vrijheid, gelijkheid en broederschap.

Wat moesten we met hem? Vergeleken bij hem waren wij maar flierefluiters, mijn moeder en tante Margot leeghoofden, opa Smit een bloeddorstige losbol, oom Felix een rokkenjager. Ja, zelfs oma Mimi was eigenlijk een schaamteloze dwingeland, die altijd haar zinnetje doordreef en alle mensen om haar heen naar haar pijpen liet dansen.

Mijn vader was een romantische dromer, vol goede moed, die pas laat in zijn leven toch nog de hoop heeft verloren. De eerste wereldoorlog had zijn geloof in de goedheid van de mens niet kunnen breken. Dat deed de tweede pas.

Wij moesten voorzichtig zijn met oma Mimi, drukte mijn vader ons op het hart, en niet te veel herrie en drukte maken. Ze was oud en ziek, vertelde hij aarzelend. Hij zei het zo zacht dat wij het bijna niet konden horen. En wij konden er niets van merken dat oma ziek was en oud. Ze liep harder dan wij, ze maakte veel meer herrie en drukte en veel meer rommel ook.

Zij was uit hetzelfde hout gesneden als haar taaie, zwartwitte kat met de gele ogen en de negen levens, die overal door keukenvensters naar binnen drong om er het neusje van de zalm te halen. Hij besloop de buurvrouw en jatte haar biefstuk uit haar boodschappentas. De kat kon dan triomfantelijk miauwen en oma kon schaterlachen met eenzelfde voldoening.

Mijn moeder had verbaasd opgemerkt dat we hier nu toch al een poosje logeerden, maar dat niemand van de buren ons groette. Integendeel, als wij voorbijkwamen, draaiden ze hun hoofden ostentatief naar de andere kant.

'Mimi heeft weer kans gezien van alle buurlieden hier antisemieten te maken,' zei mijn vader bedroefd.

'Het is alsjeblieft toch niet waar,' riep mijn moeder. 'Is dat antisemitisme dan van Duitsland ook al naar Holland overgewaaid?'

'Dat waait niet, dat ligt al onder elk hoofdkussen.'

Oma Mimi had haar huis in de loop der jaren naar haar hand gezet. Zij vormde alles wat onder haar handen kwam. Slijpend, hakend, breiend en naaiend, knedend en knippend, schavend en polijstend totdat het naar haar zin was, en het deed er niet toe wat het was, hoeden of lappen stof, mensen, kinderen, dieren of huizen. Het huis charmeerde haar zo, zei ze, omdat het haar aan zichzelf deed denken; het was groot, eigenaardig en vol poeha. Het kraakte in de voegen, had veel verf en aandacht nodig, maar uit de verte leek het zwierig genoeg.

Het stond niet ver van zee en werd aangevreten door de zoute wind. Ieder jaar moest het opnieuw worden geverfd, al was dat geld in het water gooien. Maar dat hield een mens actief, beweerde Mimi.

Niemand had het huis willen kopen en toen Mimi het betrok, stond het al jaren leeg. Buurtbewoners beweerden dat het er spookte.

'Voorbijgangers verhaasten hun schreden op deze plek, maar of ze willen of niet, ze verstijven en moeten blijven staan. Het is niet de aanblik van het huis of de dodenakker, die aan de tuin grenst, maar wat de toeschouwer aan de grond nagelt, is de flagrante monsterlijkheid van de gewassen in de tuin, die er zo exuberant weelderig uitzien als slechts gewassen die gedijen op een bodem vol lijkenvocht en vergane beenderen,' schreef Celia Zwaan in haar dagboek. Het huis riep zulke uitbarstingen wel op.

Door Mimi's toedoen was het gesmade huis een bizar pronkstuk geworden, dat behalve afschuw ook vrolijkheid veroorzaakte. Op zonnige dagen kwamen wandelaars weleens stiekem dichterbij om elkaar lachend op details te wijzen, die in hun ogen ongetwijfeld uitzinnig waren. Tinka en ik waanden ons in een kasteel, dat iets weg had van de kastelen in ons nieuwe sprookjesboek, in het klein.

Het puilde aan alle kanten uit door aanbouwsels. Op plaatsen waar je het niet verwachtte, sprongen erkers, balkons en serres te voorschijn. Aan een bescheiden zijdeur, waar oorspronkelijk de leveranciers moesten bellen, ontsproot een overdekte galerij van vorstelijke afmetingen, die een overdaad aan planten huisvestte plus een fontein waar de markies van Carabas zich niet voor had hoeven te schamen. Deze galerij, door Mimi bestempeld als de Wintergarten, deed uitsluitend dienst voor wie dwars door de tuin beschut naar het atelier wilde wandelen. Dat waren er niet veel, want het atelier was verboden terrein voor alle volwassenen behalve mijn vader. Kinderen waren nog creatief en onschuldig en konden de hoedenmaakster inspireren, wij werden er onthaald als waren we iedere dag jarig. Onze snoepjes stonden in glazen stolpen onder de naaitafels. Wij konden er zingen of lezen, spelen met lappen en kralen. Ook lummelen of luieren en in slaap vallen in watervallen en wolken van zacht en vederlicht materiaal. Het atelier had een koepelvormig glazen dak, er hingen spiegels, er stonden sofa's, er lagen enorme kussens op de grond. Overal lagen harige kleden, vellen en lappen stof. Bloeiende, geurende planten werden er beschaduwd door grote kamerpalmen. Hier heerste de vochtige, warme atmosfeer van een tropische kas. Ik zou er later de kleine waringin uit het huis van opa Smit naar toe brengen, om hem hier te verplegen.

Tinka en ik konden urenlang tussen de planten van oma Mimi staan. Wij zeiden niets. Wij dachten dat de planten tegen ons spraken.

'Sta daar niet als zoutpilaren, kinderen, ga liever spelen.'

Om oma Mimi een plezier te doen rolden wij heen en weer over de vellen op de grond en hulden ons in het kleed van de arme panter. Wij speelden tikkertje en boef-en-bink en tekenden met dikke stukken krijt hinkelbanen op de stenen vloer.

Zij zat er altijd, dag en nacht, altijd gebogen over de Pfaff. Zij kon praten met haar mond vol spelden, die als glinsterende graten tussen haar lippen uitstaken.

Mijn vader kwam op bezoek in het atelier.

'Ben ik welkom?' Nadat hij had aangeklopt.

'Jij altijd Cees, vanzelf, kom toch binnen, sta daar niet als een dwaas op die deur te bonken, kind,' zei oma Mimi en dan vielen de spelden uit haar mond, zo breed werd haar lach. Ik hoorde en zag de ontmoetingen tussen die twee altijd aan vol gemengde gevoelens. Mijn vader een kind?

'Kom binnen, Cees, maar we zijn wel aan het werk.' Oma Mimi stond op om een stoel voor hem te ontruimen.

'Mimi, werk niet zo hard, neem liever rust,' zei mijn vader.

'Jongen, ik vroeg je toch niet om goede raad.'

'Mimi is geboren met spelden in haar mond,' vertelde mijn vader ons. Ik begreep niet waarom hij zo droevig klonk. 'Zo komt het dat we haar niet altijd hoeven te verstaan.'

Oudoom Philipp heeft deze foto van Mimi gemaakt toen zij ging trouwen. Kijk, hier legt zij, op de grond gehurkt, met spelden in haar mond, de laatste hand aan haar bruidsjurk. Zij kijkt over haar schouder met een scheve lach, waarin die spelden zijn gestoken, naar haar broer, de fotograaf.

Achter op de foto heeft Mimi geschreven: 'Berlijn 1894, trouwjurk, scharlakenrode zijde, geen witte.'

Soms sliep Tinka eerder in dan ik. Ik hoorde Tinka kreunen en tandenknarsen in haar slaap en ik mocht haar niet wakker maken omdat juist in haar slaap de goden met haar spraken. Om het niet te hoeven horen, ging ik naar oma Mimi. Ik ging zitten onder de Pfaff, waar, lang geleden, mijn vader zat. Het werk aan wat haar laatste hoeden en jurken zouden zijn, deed zij in de nacht. Zij alleen in het atelier.

'Waarom is er hier een glazen dak, oma, 's nachts komt er geen licht.'

''s Nachts komt er een licht dat beter is dan het daglicht. En bovendien inspiratie van de maan en de sterren.'

'Vertellen de sterren wat u moet doen?'

'Nee, schatje, dat vertelt mij uitsluitend mijn gezonde verstand.'

Nog één keer zette zij een nieuwe collectie op stapel. Een ware wervelstorm teisterde het huis. Wij werden erdoor omvergeworpen, opgeheven en weer neergesmeten. Zij zag ons niet meer, er waren geen krijtjes of snoepjes meer voor ons, zij liep letterlijk over ons heen, stampend door de galerij, met stapels lappen en rollen stof in haar armen op weg naar haar Pfaff.

'Ga naar Aleida, kinderen, ik heb geen tijd voor jullie, ga sporten en ontwikkel je spieren. Een mens moet in het leven van zich af kunnen slaan. Later kunnen jullie nog genoeg kunsten maken.'

Oma Mimi had mijn moeder beloofd iemand te vinden die meisjes van stavast van ons kon maken, meisjes van Johan de Wit. Sportief en kwiek, maar op tijd bedaard. Niet voor een kleintje vervaard en niet voor één gat te vangen. Wij, die zo sloom waren als zevenslapers en dan ineens ontploften als vuurpijlen, wij opgewonden standjes die overal een drama van maakten, wij moesten degelijke Hollandse meisjes worden. Vuurvast, schokbestendig, bestand tegen het Noordzeeklimaat en tegen alles wat het lot ons verder zou presenteren.

Toen Aleida Bakker voor het eerst bij ons kwam, zaten wij te klappertanden in een oververhitte serre. Wij hadden in een malse regenbui onze zoveelste snotneus opgelopen en zaten tegen elkaar aangedrukt, gehuld in kriebelende vesten. Wij hadden vieze zakdoeken waarin wij niet meer wilden snuiten en overlegden of wij mochten snuiten in de zoom van onze jurk.

'Dag meisen! Zitten jullie daar even lief en mooi, net elfen uit een sprookje.'

'Die ziet eruit alsof je haar voor de kar kunt spannen,' zei oma Mimi waarderend, 'is het niet waar?' Zij kneep in Aleida Bakker, terwijl ze haar tegelijk prees, alsof Aleida een hond was of een paard.

Mijn moeder pruttelde al zachtjes.

'Luister eerst naar mij, lieve Leentje,' onderbrak oma Mimi haar, 'ik garandeer je, met zo'n meidje als deze loopt alles hier weer gesmeerd. Ga dus in goed vertrouwen. Ga met een gerust hart naar je moeder in Engeland.'

'Maar ik had een kinderjuf op het oog, heel iemand anders dan deze, die haar taal niet fatsoenlijk spreekt.'

'Dromelot,' zei oma Mimi een beetje treurig. 'Welke juf van goede getuigen voorzien wil zich nog aan ons wagen? Een echte gouvernante tussen schurken en geldwolven? Zo'n fijn juffertje in ons hol van kannibalen en nonnenscheerders?'

Mijn moeder legde haar hoofd op de peluw, ze sloot haar ogen en blies door haar neusgaten, maar ze hield haar lippen stijf op elkaar, ze deed haar uiterste best om haar woorden binnen te houden. Ze ging oma Mimi niet tegenspreken.

'Daar beginnen wij niet aan,' had mijn vader ons allemaal voorgehouden, 'Mimi spreken wij niet tegen. In de eerste plaats weten wij niets helemaal zeker en in de tweede plaats heeft zij altijd gelijk.'

Mimi ging door met haar toespraak, zonder boosheid, eerder gelaten: 'Ja, jij wilt zeggen, ik hoor het jou denken, ga jij je praatjes maar aan anderen verkopen, zwartgallig oud wijf. Nou, ik was blij als ik nog iets aan anderen kon verkopen, al waren het maar praatjes. Maar daar is de stemming nu niet meer naar, lieve Leentje. En blijft het zoals nu, dan mogen we nog niet eens klagen.'

Mijn moeder zuchtte, strekte haar arm uit en streelde oma Mimi's schouder.

'Alles komt weer goed, moeder, alles gaat immers voorbij.'

'Kommt wieder ein Frühling, kommt wieder ein Mai.'

Toen Aleida net bij ons was, beschouwden wij haar als een vreemde eend in de bijt. Wij hadden er geen idee van dat wij in haar ogen, en in die van vele anderen, de vreemde eenden waren. Maar Aleida Bakker hield van vreemde eenden. Zij oordeelde niet. Zij liet zich door niets of niemand van de wijs brengen.

De vorstelijke entree van Mimi Rosenblueth bij het thee-uur, halverwege de middag in de theekamer, had ieder ander met stomheid geslagen, maar zo niet Aleida, die vrolijk opsprong van haar taboeret en een soort knix maakte.

Er was geen sprake van dat iemand durfde giechelen om deze stijve Duitse buiging met de vlerken gespreid naar achteren. Het kunststukje werd zwierig en met flair uitgevoerd. Iedereen zag dat het oma Mimi aangenaam verraste. Maar ze kon weer niet nalaten te krassen met haar kraaiengeluid: 'Zo, meidje jij weet absoluut niet hoe het hoort, jij maakt een knix voor een oude jodin!'

Aleida ging pas weer zitten toen haar daarvoor toestemming werd verleend.

'Ga zitten, meidje, nee, niet op die kruk daar, kom dicht bij mij op de sofa. Zozo en vertel me nu meteen: hoe kom jij aan deze geweldige spieren?' Oma kneedde zo hard de bruine bovenarmen dat er rode vlekken verschenen, maar Aleida zat erbij te lachen alsof ze alleen maar werd gekieteld.

Ze had roestig haar met gouden vlekken erin, het was kortgeknipt tot vlak onder haar oren en het was zo dik dat het wel een bonthoed leek. 'Een natuurlijke cloche,' zei oma goedkeurend. 'Wat een leuke kop met haar heb jij en wat een prachtige tanden, geen wonder dat jij zo'n lachebek bent. Jij hebt niets te klagen, hoor. Blijf jij maar lachen!'

Oma keek ons triomfantelijk aan, alsof zij Aleida zelf had gemaakt. Mijn moeder en tante Margot bestudeerden het kleed op de vloer en zeiden niets. Mimi wendde zich weer tot Aleida: 'Weet je wat, kind, al heb jij nog zulk mooi en dik haar, ik ga voor jou een lollig hoedje maken, iets wat je kunt opzetten naar de tennisbaan.'

'Dank u wel,' antwoordde Aleida stralend. Ze zei niet eens 'o nee, dat mag u niet doen, hoor', zoals wij hadden geleerd dat je op zulke aanbiedingen moest zeggen. Aleida zei: 'Ja, doet u dat, mevrouw, dat vind ik nog eens leuk.'

Mimi verhief zich, schreed naar het raam en wees: 'Tennisrackets, fietsen en een vlotte jongeman, zo te zien. Is dat niet Floris Crone, de tenniskampioen? Mag hij niet binnenkomen? Is hij je vrijer?'

Aleida strekte haar hals om naar buiten te kijken, zodat ze nog langer en leniger leek.

'O, mevrouw, houd toch op. Teunis van Vloten is mijn verloofde.'

'Teunis van Vloten? Wie mag dat zijn? Kan die wel op tegen Floris Crone?'

Hikkend van de lach bracht Aleida uit: 'Op zijn rijwiel zeker, want hij is kampioen.'

'Kampioen op zijn rijwiel?'

'Nu dit zo'n sportief onderonsje wordt, mogen wij zeker wel gaan?' brieste mijn moeder en ze trok tante Margot aan haar hand van de bank en stormde met haar de kamer uit, terwijl ze bijna oma omverliep, die niet eens boos werd maar alleen vertederd zei: 'Driftkopje!'

In de late middaguren kreeg Aleida les op de banen van tennisvereniging Oranje Boven, dicht bij oma Mimi's huis. Oma vertelde ons dat Aleida les kreeg van Floris Crone. De kranten schreven over hem en hij was ook op de radio geweest. Dit hadden wij ook gehoord, want de radio stond bij oma dag en nacht aan. Aleida zweeg over hem, wat wij ook vroegen.

Ze had gevraagd of ze eens in de veertien dagen niet op zondag hoefde te komen. 'Waarom niet? Voor ons is dat een dag als de andere,' had oma gezegd.

'Zondag is toch voor iedereen een rustdag, ook al is het niet voor iedereen de dag des Heren,' zei Aleida. 'Vandaar dat ik meende...'

'De Here zou zich in deze tijd bepaald geen rustdag mogen veroorloven. En jij wel?'

'O nee, hoor. Wij doen niet meer aan rustdagen sinds onze Corie het bijbelwater heeft gekregen,' antwoordde het meisje verlegen. 'En een rustdag was de zondag toch al nooit voor ons, want dan is het extra druk met de boten. Teunis komt vader en Henk weleens helpen, maar omdat hij veel wedstrijden rijdt op de zondag, doe ik meestal het werk.'

'Wat voor werk bedoel je toch?' informeerde oma.

'De boten toch, mevrouw!' Wij spitsten onze oren. Waar boten waren, daar was het goed.

Wij zaten op onze zondagse lolly's te zuigen. Mijn vader zag het niet graag, dus wij zaten ermee onder de grote tafel, waarover een Perzisch kleed lag waarvan wij af en toe een punt moesten optillen om te kunnen zien wat zich in de kamer afspeelde. Telkens stootten wij elkaar aan als wij iets aan Aleida ontdekten dat wij dringend met elkaar wilden bespreken. Tinka deed dat zangerig in onze eigen oude taal, maar die was ik aan het vergeten, dus ik fluisterde in de witte taal.

Aleida was in mijn ogen een wonderlijk schepsel, heel anders dan alle mensen die ik kende. Ze zag er sterker uit dan wij allemaal, met lange spieren in haar armen en benen. Nog opvallender aan haar was, dat ze blaakte. Ze blaakte en glom. Ze fonkelde zo dat iedereen naast haar verbleekte. Het was een pijnlijke lust om naar haar te kijken.

Ons keek ze welgezind aan met haar goudbruine ogen, waaruit levensvreugde ons tegemoet blikkerde. Wij zagen dat ze nergens bang voor was en overal zin in had. Dat ze alles durfde.

Ineens deed ze me denken aan oom Felix. Ik kon het niet voor mij houden.

'Weet je nog, oom Felix?' vroeg ik achter mijn hand.

'Ssst, tidah boleh kosong, niet over praten, niet hier.'

Tinka wilde alleen maar over vroeger praten als er geen andere mensen bij waren.

'Zij heeft niet eens een vest aan, zie je dat!' zei ik vlug. 'En zij heeft geen kippenvel en is bruiner dan wij.'

Wij legden onze armen op onze knieën en schoven voorzichtig onze dikke flanellen mouwen een stukje naar boven en bekeken eerst onze eigen huid en gluurden daarna naar die van haar, die glad was en door de zon gekleurd, terwijl wij de tint en het vel hadden van een geschilde komkommer.

Het was tijdens het thee-uur dat wij Aleida voor het eerst zagen. Iedere middag was er het thee-uur, toen Tinka er was, toen mijn moeder en tante Margot en mijn broertje er nog waren, ook nog daarna.

Het begon als oma uit haar middagdutje was herrezen, om een uur of vier in de middag. In de grote voorkamer met de serre die grensde aan de voortuin, stonden wel drie of vier theepotten klaar. De kopjes en schotels waren van allerlei verschillende serviezen afkomstig en omdat iedereen een voorkeur had voor dit of dat kopje, kreeg het de naam van zijn bewonderaar. Zo bestonden het kopje van Lilienthal en dat van Jongsma en van dokter De Vries en dat wat Gregor niet mocht, zonder dat wij wisten wie Lilienthal of Jongsma of Gregor waren. Wij konden natuurlijk niet voor nieuwe benamingen zorgen, want het was oma die de naam gaf. Zelfs tante Flora moest het niet in haar hoofd halen een kopje te benoemen. Heleentjes Chinees Porselein heette dat van mijn moeder en de Duitser van Cees was voor mijn vader. Oma had zelf Louise, doorschijnend wit met roze rozen. Ik zorgde ervoor dat ik geen lievelingskopje kreeg en liet niet merken dat ik het een boven het ander verkoos. Alle kopjes wilde ik proberen om erachter te komen wat zij mij konden vertellen. Het kopje van Peronel had op de bodem een vrouwengezicht, dat voor je ogen opdoemde bij de laatste teug. Wie Peronel was, wist ik wel. Over Peronel werd in huis veel gesproken. Bijna alle schilderijen die er hingen, had hij gemaakt. Er werden ellenlange gesprekken gevoerd of wij ze zouden meenemen naar Engeland of maar beter van niet.

Net als over de schilderijen ging het in de gesprekken ook over Tinka en mij. Het stond vast dat zij naar Engeland zou gaan, maar of ik ook mee zou reizen, was nog niet zeker. Misschien was het beter als ik bij oma Mimi en mijn vader bleef. En bij Aleida.

Zulke gesprekken voerden de boventoon op het theeuur, dat trouwens geen uur duurde maar soms wel de rest van de dag. Het kwam vaak voor dat de theeboel werd afgebroken als het al donker was. Dan pas werd ontdekt dat wij al die tijd rustig onder de grote tafel hadden gezeten, terwijl het allang 'kinderbedtijd' was.

's Avonds laat kropen Tinka en ik weer uit bed en wij speelden verder onder een tafel die in een andere kamer stond.

Wij hadden de stille achterkamer op een dag ontdekt toen het keihard regende en waaide en het te koud was om naar buiten te gaan.

Wij zwierven door het huis en sommige kamers waren vol schreeuwende mensen, maar andere waren verlaten, alle slaapkamers waren leeg, behalve die van oma Mimi waar haar honden lagen. Wij daalden af naar de keuken, waar wij altijd welkom waren, ook al mocht de keuken nooit zonder toezicht worden betreden omdat de vuren er brandden en de wateren er kookten.

In de keuken zaten altijd de ooms met, ondanks de hitte die er heerste, hun lange jassen aan en ze riepen ons binnen of kwamen met hun hoofd om de keukendeur, maakten een grapje in een of andere taal en gaven ons appels en koek.

Deze keer was het koud in de keuken, de ooms zeiden niets. Er hing een rare sfeer alsof ze er met hun hoofden niet bij waren.

De grote achterkamer leek daarvan wel een voortzetting. Er waren planten, die veel gele bladeren lieten vallen en kaal werden. Ze hadden net zo goed geen plant meer kunnen zijn. Ze hadden het lang zo goed niet als de planten in oma Mimi's atelier. Voor de ramen en de Franse deuren hingen geen vitrages. Achter in de tuin kon je door de dun bebladerde struiken de grafzerken op het kerkhof zien. De achtertuin van oma Mimi behoorde al aan de doden die ginds lagen. De doden konden naar binnen kijken in de kamer en als zij wilden, liepen zij er in en uit.

De achterkamer, waar wij ook weleens 's nachts speelden, was ook voor hen, dat was ons meteen duidelijk. Ook omdat de kamer naar hun smaak was ingericht, met mosgroene, fluweelachtig beklede muren, waarover een zilverachtige schimmel lag. Boven de zwart marmeren schoorsteenmantel hing een spiegel waar het weer in zat.

Op de twee grote schilderijen van William Peronel waren alle mensen naakt en dood.

De banken en stoelen in onze nachtkamer kropen altijd bij elkaar. Iedere nacht vormden ze weer andere groepjes, in kringen met hun rug naar ons toe, hun zittingen en leuningen tegen elkaar aangeschoven. Nooit zagen deze zitmeubelen er helemaal leeg uit. Er lagen dikwijls in elkaar gefrommelde kranten, maar ook vermoedden wij dat er nog delen van iemand waren achtergebleven, een arm over een leuning, een vergeten been. Vandaar misschien dat de zetels kreunden en klaagden als je het waagde erin te gaan zitten. 'Wij dragen al zoveel, ons lot is al zo zwaar.'

Dag en nacht brandde er de haard. Wie maakte die aan?

De gladde stoelen rond de grote tafel voelden warm en kleverig aan, alsof er net iemand van was opgestaan. Er lag altijd wel een half opgerookte sigaar in de asbak. Er hing een waas van rook en er waren de geuren van het kerkhof. Vuur en stof hadden zich met aarde en blad gemengd en met alles wat oud en afgeschreven was.

De vloer was van donker hout, maar je zag uitsluitend de smalle randen aan de omtrek. Iedere plek was bedekt door kleden. Ze werden hier neergelegd als ze uit andere delen van het huis waren verbannen. De overtollige tapijten lagen op en over elkaar heen, altijd uitgespreid, want van oma Mimi mochten kleden niet langdurig opgerold blijven staan. Er waren er zoveel, dat er heuvels in de kamer waren verrezen. Tinka en ik hoopten dat hier van ons allemaal de levenskleden bijeen waren, zodat we die konden lezen.

Oma, dat wist ik, legde hier soms 's avonds de kaart, niet voor zichzelf maar voor anderen. Zij zat dan bijna altijd te mopperen dat het slecht was voor haar hart en haar ogen.

Als Tinka en ik er in de nachtkamer achter kwamen wat

de levenstapijten vertelden, zouden wij weten hoe het iedereen verging en hoefde oma Mimi haar ogen niet meer te vermoeien. Maar misschien moest ik eerst leren kaartleggen voordat ik de tapijten begreep.

Dit is uw huis
dit is uw kruis
dit acht u niet
dit verwacht u niet
en dit komt zeker en gewis!

Op de tafel in de nachtkamer lag een verschoten doek die ons aan het oog onttrok. Het was goed dat wij daar altijd onder gingen zitten, want de nachtkamer was niet van ons alleen. Vaak zou de deur nog opengaan.

Elke keer schrokken we zo dat we bleven zwijgen. Die er binnenkwamen, schreeuwden en sloegen met hun vuisten op tafel.

Het was voor ons wonderlijk dat deze mensen die zo donker jankten en sisten en schuimden, elkaar konden verstaan, het was alsof zij muziekinstrumenten bespeelden, samen in een orkest. Klanken die wij konden herkennen.

Na verloop van tijd wenden wij aan het vreemde concert boven ons hoofd. Zodra het begon, doken wij weg in de blauwe, rode en donkere vlakken van het tapijt en waanden wij ons in de bergen, in de lucht, op het dak van ons huis, onder de aarde. Wij speelden dat wij een schip hadden dat wijzelf konden varen. Het zag eruit als onze tafel met zijn roodbruine kleed. De blauwe vlakken waren de zee waarover wij terugvoeren naar huis.

15

Celia Zwaan Peronel was tekenlerares en ze had gevraagd of wij, nu zij vakantie had, bij haar kwamen logeren. Ze wilde ons graag tekenen, vooral Tinka in haar danskostuum uit Bali.

'Heeft Celia belangstelling voor Tinka? Dat valt me mee van haar,' zei mijn moeder. 'Weet je wat, het is een goed idee, de kinderen gaan een poosje naar het Hollandse huis, dat zal een leuke verandering voor ze zijn.'

Het Hollandse huis van opa Smit was een groot huis met een hangend rieten dak. Het lag in een lange groene laan, verscholen tussen bomen en wekte verbazing omdat het zo rond was en eruitzag als een walvis op het droge. De tuin was enorm, vol uitbundige struiken, verwilderde bloemperken en kniehoog gras. Achterin stond een prieel, dat door klimop was bedolven. De vensterbanken van het huis waren versierd met bloembakken, boven de ramen welfden zich oranje markiezen.

Met geloken ogen keek de walvis uit over opa's vijver, die niet groot genoeg was voor hem. Eenden kwaakten hem de hele dag om de oren. Opa's woeste tuin was omgeven door een lage, stenen muur en grensde aan een keurig, kaalgeknipt park. Hier bloeiden rozen achter hekken en stonden alle bloemen in kooien. Over de aangeharkte kiezelpaden wandelden mensen rond die naar hun voeten keken, zodat ze er niet over struikelden.

Celia Zwaan woonde in het huis van opa Smit. Zij zat vaak in het prieel de rozen in het park te tekenen.

'Waarom zijn de bloemen gevangen, tante Celia?'

'De mens is heer en meester over de natuur.'

Bossen en grasvelden waren afgerasterd met prikkeldraad. Borden erbij met Verboden Toegang. Niet betreden.

Niet aankomen. Levensgevaar.

Afblijven! De bliksemflits: het teken van woedende goden.

Ze waren kwaad op ons, de goden, en we wisten nog niet wat we hadden gedaan, maar we moesten ons voor hun woede verbergen. Binnenblijven, zoals alle mensen. Niemand waagde zich hier zomaar buiten, de regen in. Uitsluitend als het niet anders kon, werd er even om de hoek van de deur gekeken of werd behoedzaam een raampje opengeschoven. Bij veel huizen had ik borden zien staan: Gelieve Niet Aan Te Bellen, Niet Thuis, Geen Rijwielen Plaatsen en Leveranciers Achterom.

Het leven werd geleefd achter vensterglas, dat was afgedekt met dunne witte doeken die het licht en nieuwsgierige blikken weerden. In de avond gingen de zware overgordijnen dicht en werden de huizen als bolwerken versterkt met ijzeren luiken.

Wanneer de mensen zich op straat begaven, hadden ze rouwkleren aan.

Celia Zwaan deed aan dit alles niet mee. Zij droeg luchtige jurkjes, zette ramen en deuren wijd open en danste in de tuin.

Samen maakten wij urenlange tochten door het domein van de vos, wij wandelden met straffe pas door het ontoeschietelijke kustgebied met zijn ondoordringbare, doornige groei. Het was er altijd nevelig en grijs, met vegen van bloedrood en mosterdgeel. Een groezelige zee knaagde verveeld aan duinen, die niet blank waren, zoals in het lied, maar van zand, dat de kleur had van as. Uit de as stak het helmgras, scherp en blauw als een mes.

Dit landschap noodde niet tot lanterfanten, hier werd gemarcheerd en gejaagd en gestroopt. En gezwegen.

Toen wij het Hollandse huis van opa Smit binnenkwamen, was het eerste dat wij zagen, de eenzame kamerplant. Hij stond in de hal, op een koperen tafeltje, in een koperen pot. Hij was kleiner dan wij. Hij leek zich te schamen.

Wij schrokken. Dit scharminkel hadden wij vroeger gekend als een reus! De reus had al die tijd in ons hoofd liggen slapen en ineens stond hij voor onze neus als een dwerg.

Hij gaf ons een teken van herkenning. Het eerste goede teken was dit, op onze lange reis.

Wij wilden iets terugdoen, op zijn bast kloppen en zijn leven daaronder voelen stromen, maar hij was te fragiel. Hij zou onder onze liefkozingen bezwijken. Zijn stam was nog schrieler dan het pootje van een vogel. Wij aaiden de slappe bladeren.

'O, kom er maar niet aan, poesjes, dic is op sterven na dood,' zei Celia Zwaan.

Het duurde even voordat ons te binnen schoot hoe het kwijnende gedrocht heette. En toen durfden we zijn naam niet hardop te zeggen, want was het wel waar? Was hij de waringin?

Ik kon het niet geloven.

Tinka liet haar haren naar voren vallen, zodat niemand haar gezicht kon zien en zij ook nergens naar hoefde te kijken.

'Tante Celia, hoe heet de plant?'

'Die daar? Dat is een ficusje, kind.'

Ficusje, zo zag hij er ook uit.

'Is het niet de waringin?'

'Ficus Benjamina is zijn naam.'

Ze wist het niet. Maar het was onze waringin. Wat hadden ze met hem gedaan?

Wij moesten er naar raden. In een vlaag van helderziendheid of verstandsverbijstering zagen wij ons eigen lot. Wij zouden worden geknot en iedereen zou onze naam vergeten. Wij zouden alleen in een hal blijven staan.

Op een veld, dat dun was bezaaid met gele sprieten, stond een bord: Gelieve het Gazon Niet te Betreden.

'Wat is er met het gras?' vroegen wij Celia Zwaan. 'Wil het gras niets meer? Is het ziek?'

'Het gras heeft niets te willen, het gras heeft geen wil. Wij hebben een wil. Een vrije wil. Maar die gebruiken we niet. Wij laten ons liever gaan.' Zij legde haar vinger op haar lippen: 'Ssst. Niet zeggen tegen juffrouw Elisabeth, dat we ons zomaar laten gaan.'

'Wie is juffrouw Elisabeth?'

'Mijn oude gouvernante. Ze zit in een klein kamertje boven. Daar heb ik haar opgesloten.'

'Mag ze er niet eventjes uit?'

Celia lachte zachtjes. Wij zagen tussen haar roze lippen haar tanden, die klein en fijn waren en glansden als pareltjes. 'Daar heb ik niets mee te maken.' Ze fluisterde: 'Haar wil is vrij, ze kan gaan en staan wanneer ze wil.'

Zijn natuurlijke aanleg en zijn vrije wil waren voor de mens in het leven het allerbelangrijkste, verkondigde Celia Zwaan. Maar aan zijn natuurlijke aanleg kon de mens niets veranderen, want die zat in zijn bloed. We hoefden maar te kijken naar onszelf: ons bloed was gemengd en exotisch, dus het stroomde snel en naar alle kanten. Wij rolden als kiezelsteentjes over de ganse aardbol en vergaarden geen mos.

Celia's bloed kwam van het noorden en was puur, koel en traag. Het hechtte aan zijn standplaats en moest zich met spel en dans verwarmen. Er zat voor haar niets anders op dan dat zij zich roerde, de hele lieve dag en nacht lang. Met zijn wil kon de mens alles, zolang hij zich maar niet liet belemmeren door godsdienst, staat en kledij.

Van Celia hoefden wij onze schoenen niet aan en op onze kleren lette zij niet.

In opa's huis schoven vrouwen op sloffen door de gangen en over de trappen. Murmelende, oude vrouwen met knotten in hun haar, waarin zij kleine breipennen hadden gestoken. Zij keken ons vriendelijk aan, knikten een beetje met hun bibberende wangen, maar zij zeiden niets tegen ons. Wij vroegen Celia of de vrouwen ook in het huis woonden.

Celia zei dat zij de enige was die hier woonde. Juffrouw Elisabeth de Groot telde niet mee, want die zat in opa's kamer achter slot en grendel.

'Celia, wij hebben ze gezien. Ze stoften de trap.'

'O, de dienstboden misschien.'

Als wij aan tafel zaten, zetten de oude vrouwen schalen neer. Ook schepten ze soep in het bord dat voor ons stond, of we soep wilden of niet.

'Celia, daar zijn ze weer,' fluisterden wij.

Celia keek verstrooid op van haar tekening. Naast haar bord lag altijd een vel papier waarop ze tekende, terwijl ze at.

'Wat bedoelen jullie toch, lieve kinderen?'

'De vrouwen met de knotten en de breipennen. Zijn ze levend of dood?'

'Ik weet het eerlijk gezegd niet.'

'Zal ik het ze vragen?'

'Och, doe maar niet. Ze schrikken misschien.'

De laatste week van juli en de eerste week van augustus waren wij bij Celia in het Hollandse huis.

Wij zeiden dagelijks een paar woorden in de oude taal

tegen de waringin om hem te laten weten dat niet iedereen hem was vergeten. Wij wilden voor hem zorgen en spraken hem moed in. Wij zongen liedjes van vroeger voor hem.

Vroeger had hij ons getroost, nu troostten wij hem. Onze wereld was nu eenmaal omgedraaid, ondersteboven gekeerd, sinds wij op reis waren gegaan.

Het regende iedere dag, maar niemand was blij met deze regen. Als we wakker werden, zagen we de grijze wolken bijna tot aan de ramen van onze kamer komen. We slopen naar de bovenste balkons om te kijken of we ze konden grijpen. Er hingen dunne slierten nevel.

Celia Zwaan stond beneden in haar gladde witte badpak, ze zwaaide haar benen boven haar hoofd. Iedere ochtend deed ze buiten haar gymnastiekoefeningen, wat voor weer het ook was.

We gingen op onze tenen weg van het balkon en op onderzoek uit. In huis doorkruisten we de gangen, op zoek naar juffrouw Elisabeth. We draaiden behoedzaam aan alle deurknoppen. Mochten we haar wel bevrijden? We wisten niet in welke kamer ze zat. Ze kon wel overal zitten, want alle kamers waren op slot.

Op de uitgestrekte zolder, waar de elektrische speelgoedtrein van opa Smit stond opgesteld, hoorde je de regen ruisen in het rieten dak. Celia liet ons zien dat de treinen echt konden rijden. Er rinkelden belletjes op de stations en rode seinlampjes gingen aan en uit.

'Niemand zeggen hoor, we gaan ongelukken maken.'

Giechelend liet zij locomotieven op elkaar botsen, ze legde tunnels op hun kant, zette speelgoedschapen en karretjes gewoon midden op de rails, zodat de treinen ontspoorden. Wij smeekten haar dit niet te doen, want ze lokte het kwaad uit de hoek.

In een poging het zoet te houden lieten wij onze wagons voorbeeldig tuffen naar het land van de zwarte bergen met de witte hoeden.

'Zwitserland! Daar gaan jullie ook nog wel heen binnenkort.'

'Nietes, we gaan naar Engeland.'

'Naar Engeland moet je met de boot,' zei Celia Zwaan.

Tinka en ik keken haar ongelovig aan.

'Kan niet, want onze boot is weg.'

'Waar een wil is, is een weg,' antwoordde Celia.

Celia hield van wandelen en iedere dag nam ze ons mee op haar wandelingen door de duinen of door Den Haag.

Den Haag was anders dan Parijs en Londen, want het was geen stad, maar een dorp, een fabeldier, een ongelukkige eenhoorn. De laatste die op de wereld was overgebleven. Droevig stond zij aan zee om de verdwenen ark na te turen, zij was op het punt zich van smart te verdrinken toen zij op het strand was geveld door een jagerspijl. Zij had zich uitgestrekt en was in een droomslaap gevallen, die nog eeuwen kon duren. Celia maakte een schets en liet ons ook op de stratenkaart zien waar de eenhoorn aan de kust lag. In de duinen rustte het hoofd, op kussens van zand. Verderop stak de hoorn in zee. Dichterbij waren de poten en achter ons lag de lange staart in het land. Het karkas van ivoor waren de huizen waarin de mensen woonden. Liefderijk was alles door de wind toegedekt met een kanten sprei. Als we goed keken, konden we het witte laagje zien dat op alle gebouwen lag. We konden het proeven als we wilden. We namen er een likje van en moesten toegeven, ja, de sprei was gesponnen uit het zout van de zee.

Wij wandelden in de late avond met Celia Zwaan langs een poot van de eenhoorn naar zee. Zij had een paraplu meegenomen, maar het regende niet. Niemand kwamen wij tegen.

'Zijn er geen mensen meer, Celia?'

'Zij zijn dood of zij slapen, zo is Den Haag.'

In Den Haag zag ik achter de vensters van de huizen voor het eerst kamermensen, die tussen hun kamerplanten hun kamerleven leidden. Wij mochten niet kijken, maar wij deden het wel. Wij zagen de mensen zitten in schemerlicht. Of zij nog leefden of al dood waren, wisten we niet. Ze bewogen niet.

Tussen de oude hoge bomen langs de laan stonden lantaarns, die hun schijnsel wierpen door het gebladerte heen. Groenig lichtten onze gezichten op in de duisternis, wij sliepen niet en waren niet dood, maar iets daartussenin.

Het was een pikdonker gat waarin wij tuurden, aan het einde van onze avondwandeling. Wij konden niet verder, wij stonden op het zand en tot hier kwam de zee. Wij hoorden hem slissen, grommen, wij zagen hem een paar seconden. Het licht van de vuurtoren zwaaide over hem heen. Eerst hoorden wij hem dreigen en toen werd hij zichtbaar in een flits van licht. De zee was gevaarlijk zwart en glom als een kris. Hij wierp schuim naar ons toe, als een waarschuwing.

Achter ons lag het karkas, waarin lampjes waren ontstoken.

Opzij van ons zagen wij in zee de hoorn van het fabeldier. Het leek wel of het daar kermis was. De hoorn was versierd met snoeren licht die in een briesje heen en weer wiegelden. Mensen liepen er gearmd op en neer, lachten en maakten plezier, ze hingen over de reling en floten. Ze trokken zich niets aan van de zee. Gingen wij ook? Celia zei: 'Het wandelhoofd Wilhelmina is voor trópenkinderen verboden terrein.'

Kinderen die uit verre landen kwamen, zoals wij, en die

nog zo laat buiten liepen, konden zich maar beter niet aan de mensen vertonen.

Ineens waren alle meubels in het Hollandse huis met witte lakens bedekt.

'Hebben zij lakens omdat de tafels en de stoelen moeten slapen?'

'Tafels en stoelen hoeven niet te slapen.'

'Waarom staan zij dan onder lakens?'

'Omdat ze anders stoffig worden.'

'Worden ze ziek van het stof?'

'Nou, nee, ja, goed, jij je zin, nieuwsgierig Aagje, de tafels en de stoelen moeten slapen omdat wij toch spoedig vertrekken.'

'Gaan wij gauw naar Engeland, Celia?'

'Je zult het zien en beleven.'

'Wonen de engelen daar?'

'Als engelen bestonden, ja zeker.'

Wij speelden op de houten vloer dat wij acrobaat waren. Wij kregen balletles van Celia Zwaan. Tinka deed niet goed haar best, zij moest lachen om de nieuwe passen die zij leerde.

'Bruintjes, ik wil wedden dat jullie kunnen dansen als Mata Hari. Het geheim van jullie bloed is het natuurlijke gevoel voor ritme. Mag ik jullie aansporen om de zwaartekracht op te heffen, het is slechts een kwestie van willen.'

Het was Celia's wens, dat wij dansten op haar verjaardag. Ze had Tinka gesoebat om nog éénmaal de dans te doen die Tinka van de goden niet meer mocht dansen. Celia bleef aandringen, we waren hier immers in Holland, zei ze, de goden van Bali konden zover niet zien, dus het kon vast geen kwaad.

Mijn optreden nam Celia op de koop toe.

'Je doet maar wat er in je opkomt, Louise, dat is altijd goed, jij kunt nog alles want jij bent jong! Jij bent nog niet door regels en systemen bedorven.'

Tinka had haar haren voor haar gezicht laten vallen.

'Wat betekent dat?'

'Dat ze niet wil,' antwoordde ik in haar plaats. Tinka sprak soms urenlang niet.

'Waarom spreekt ze niet, wil ze dan echt niet?' Celia klonk zo teleurgesteld dat ik iets moest bedenken. Ik zei: 'Het kan niet omdat Garoeda er niet meer is.'

'Wie is dat nu weer?' vroeg Celia eerst, maar toen riep ze met een verrast gilletje uit: 'Garoeda? Ach, je bedoelt natuurlijk de vogelgodmens.'

'De vogelgodmens,' herhaalde ik met bewondering, 'de vogelgodmens.'

'Ja, de vogelgodmens, en weet je wat: die staat hier in volle glorie. Meisjes, komen jullie maar eens mee. Meisjes met je kuren.'

Ze wenkte ons en wij volgden haar, Tinka nog steeds onwillig. Celia schudde haar grote sleutelbos als was die een tamboerijn. Ze liet alle sleutels rinkelen en ging ons voor de trappen op, bijna tot aan de zolder van de treinen. We liepen door kamers met boeken, een deur door, nog een deur, daarna een trapje op en nog een trapje en weer een deur en toen stonden we in een rond vertrek, dat stoffig was en tegelijk schitterde, dat vagelijk naar kretek rook. Garoeda troonde er op een vensterbank. Met zijn rug naar het raam.

'Oea!' riepen we hard. 'Wah!' Hij keek ons met zijn bolle ogen aan.

'Ja, daar heb je hem dan,' zei Celia. Ik schudde aan haar arm.

'Hij moet naar buiten kijken,' zei ik boos.

Celia wees om zich heen. 'Rondom zijn ramen, hij kan hier overal naar buiten kijken.'

Wij durfden nauwelijks om ons heen kijken. Wij waren plotseling in een stukje van de wereld dat wij heel goed kenden. Maar het was daar al niet meer zoals in onze herinnering. Alles was er doodstil. Klein. Uitgedroogd.

'Dit is het heiligdom van jouw opa,' gniffelde Celia. 'Hier mag ik helemaal niet komen. Niemand mag er komen. Er mag niet eens worden afgestoft en opgeruimd, moet je zien! Wat een bende.'

Ze beende op Garoeda af en nam hem plompverloren in haar armen. Ze gaf ons met haar kin een teken.

'Hupsakee, meisjes, lopen, vooruit met de geit.'

De volgende dag was Celia jarig, 4 augustus. Ze werd drieëntwintig jaar.

Zij had Garoeda op een stoeltje gezet op de eerste rij. Het was maar een houten keukenstoel, dat kon niet anders, want in een fauteuil viel hij om. Wel twintig stoelen in alle soorten en maten stonden in rijen bijeen. De vogelgodmens keek naar de piano en naar de vloer, waarop zou worden gedanst.

Achter de piano waren deuren van glas die openstonden. Het was niet koud, het regende. Binnen moest het licht warm en gefilterd zijn, daarom had Celia de oranje markiezen neergelaten.

Grote bossen bloemen waren geplukt en overal in vazen neergezet, voor wat Celia noemde 'onze matinee'.

De dienstboden zouden in de pauze schalen met versnaperingen en bladen met glazen limonade naar binnen brengen.

'Doen wij ook echte pauze, tante Celia?'

'Ja, warempel wel, wat denk je, wij doen alles tiptop.'

Toen de gasten kwamen, was Celia zich nog boven aan

het verkleden. Zij zou als eerste dansen. Als Isadora Duncan.

Daarna kwam ik, met 'Improvisatie', en ten slotte Tinka, als klap op de vuurpijl, niet met de verboden dans, wist ik, maar met 'Dans van Bali zonder muziek'.

De gasten bracht ik naar de muziekkamer. Er waren dames met opgestoken haren en kanten blouses en heren met strohoeden en kleurige paraplu's.

In de grote vestibule lagen alle regenschermen te drogen op de marmeren vloer, een sprookjesachtige vloot met bolle zeilen.

Mijn moeder en vader en oma Mimi en tante Margot kwamen, oudoom Philipp en tante Flora, die zich meteen naar opa's oude piano begaf om zijn binnenste te inspecteren.

'Alle donders,' galmde zij, 'daar zitten kranten in en ik ruik verschaald bier.'

Mijn vader zei dat dit zo erg niet was, omdat Rachmaninov niet werd verwacht en dat zij moest gaan zitten.

Zij deed het, maar zij mopperde: 'Honkytonkytonk, dat kun je erop spelen, iets anders niet.'

Alles was zoals ik het ook wel kende van bij oma Mimi en zoals het ook was vroeger, bij ons thuis. Rommelig en vrolijk. Totdat Casparine verscheen.

Alle deuren voor en achter stonden open en iedereen was dan ook zomaar ergens naar binnen gelopen, maar niet zij. Casparine belde aan.

Ik rende naar de voordeur. Zij had geen regenscherm. Zij had witte handschoenen aan, zij rees lang en dun op uit haar smalle schoenen met puntige hakken, zij was gekleed in smetteloos wit, dat kletsnat aan haar lijf plakte.

Verbaasd vloog mijn blik naar boven, zij had een rond, donker gezicht, net als Tinka, maar zij had jongensachtige, heel korte zwarte haren, veel korter geknipt dan die van mijn ooms en mijn vader, veel korter nog dan die van Aleida. Zij zag eruit alsof je haar niet mocht aanraken. Maar zij stak mij toch een gehandschoende hand toe en zei op vlakke toon, terwijl ze met halfgesloten ogen over mij heen keek: 'Ik ben Casparine Smit. Goedemiddag, kind. Ben jij Louise Benda?'

Daarover moest ik even nadenken. Was ik Louise Benda? Had iemand mij eerder zo genoemd? Ik wist het ineens niet zeker of ik Louise Benda was.

'Goed, wijs mij dan maar waar ik moet zijn.'

Binnen groette zij iedereen in het algemeen, met een knikje, en ze hield haar handen ineengestrengeld, zodat niemand haar een hand kon geven. Tante Margot was opgesprongen en naar haar toe gegaan, alsof ze Casparine wilde omhelzen. Casparine deed nu haar handen van elkaar en stak ze naar voren, om tante Margot af te weren.

Casparine keek niet om zich heen, ze wierp een blik op het Garoedabeeld en ging een stoel verder zitten. Ze plaatste haar benen heel precies naast elkaar, legde haar ellebogen elk op een leuning van de stoel, stak haar kin omhoog en sloot haar ogen.

'Hoe staat het met de studie, Cassie?' riep mijn moeder.

Casparine keek niet op of om. Na een poosje zei ze: 'Ik ben klaar, Hélène.'

'Dat is vlot. Dan viel het zeker nogal mee. Wat was het ook alweer?'

'Rechten,' zei Casparine voor zich uit.

'Mooi! Dan hebben we een advocate in de familie. Die kunnen we wel gebruiken.'

Casparine hief haar kin iets hoger en zei niets meer.

Hoe gingen de dansen? Celia kon heel goed Isadora Duncan doen, die ze bewonderde en die ze had zien optreden.

Ze was met haar lange, losvallende blonde haren en haar blote blanke bovenlijf zo'n indrukwekkende verschijning dat zelfs tante Flora er tijdens de uitvoering stil van werd. Na afloop riep zij daverend uit: 'Bis! Bis!'

'Stil alsjeblieft zeg!' snauwde mijn moeder.

Daarna sprong ik in mijn roze tutu wat in het rond, met wapperende armen. Toen was het pauze.

Iedereen stond op en liep rond in de kamer en op het terras, behalve Casparine, die bleef zitten en strak voor zich uit keek. Er waren limonade en taart. Flora zei dat ze de dans graag nog een keer had willen zien, ze raakte niet uitgepraat over Celia's gewaagde kostuum.

'Mensenlief, die Celia, dat is me een Walkure, zoals er maar weinig zijn gemaakt.'

Zonder dat iemand het had gemerkt, was Tinka op het toneel verschenen. Ze stond dicht bij de piano, in haar rood met groen en gouden danskostuum, haar hoofd getooid met bloemen. Ik merkte haar pas op doordat ze signalen uitzond, of wat was het, alsof ze stond te gloeien. Er ging ineens een spanning van haar uit, die alle aandacht opeiste. Ze was al aan het dansen en op hetzelfde ogenblik verstijfde ik in de houding waarin ik stond. Ik kon me niet meer bewegen.

Roerloos en bijna ademloos keken wij naar Tinka's dans.

Ze bewoog haar hoofd, haar lijf, haar armen, maar ze kwam geen millimeter van haar plaats. Haar voeten waren als verzonken in de bodem en toch leek het bij vlagen alsof ze zich hoog boven de grond verhief. De muziek, die er niet was, konden wij horen, onwezenlijke klanken om haar heen, passend bij het geritsel van de tuin en het gelispel van de regen. Deze dans had ze niet eerder gedaan.

Tinka wendde zich van ons af en verroerde zich lange

tijd niet. De dans was ten einde, maar niemand kon met applaudisseren beginnen.

Casparine Smit stond op, hief haar gehandschoende handen en bracht ze een paar keer traag op elkaar, ze brachten een dof geluid voort, dat onmiddellijk werd overgenomen door een klaterend applaus van alle kanten.

Tinka draaide zich naar ons toe met een gezicht dat strak was van de haat. Ze wilde iets zeggen, haar lippen bewogen, maar er kwam niets uit. Voordat iemand had kunnen spreken, verliet ze de kamer. Ik ging haar meteen achterna.

Casparines hakken tikten op het hout, vlak achter mij. Ze raakte mij even aan op de schouder en zei dringend: 'Zeg haar dat ik het begrijp, zeg haar dat.' Ik draaide me om en keek van dichtbij in haar gezicht, dat lief en weerloos was, een nachtmensengezicht.

Op een zondagmiddag in augustus, toen het ineens warm en zonnig werd, dansten we met zijn drieën nog een keer onder de rode beuk in de tuin.

Wij hadden de lakens van de stoelen om ons heen geslagen en speelden nimfen in de greep van een faun.

Vanuit de tuinkamer klonk de muziek van de plaat die Celia op de pathefoon had gelegd. L'après-midi d'un faune. Celia, de faun, had zich met haar stevige armen meester van Tinka gemaakt, die zich aan haar greep probeerde te ontworstelen. De danseressen streden zwijgend en na een poosje begon het op een echt gevecht te lijken, waarbij ze alle twee hijgden van inspanning.

Celia had Tinka op de grond geworpen, het leek spelenderwijs. Daarna ontdeed ze Tinka van haar laken. Celia kirde dat het heerlijk was als een mens zich kon laten gaan. Maar Tinka werd genadeloos kwaad.

Zij trok de haren uit Celia's hoofd en rukte haar parelketting kapot en rolde zich bovenop. Met een been aan iedere kant van Celia hield zij haar in bedwang. Na een tijdje leek ze tot een besluit te zijn gekomen; met een donker gezicht richtte ze zich langzaam op en ik zag dat ze tranen wegveegde. Ze slenterde weg en gooide nijdig het stuk van de ketting dat ze in haar hand hield van zich af, in een perk.

Celia lag heel stil en ik zag dat ze glimlachte alsof ze iets heerlijks had beleefd.

Passanten stonden bij het muurtje stil om te kijken, in het begin van de dans hadden sommigen ons aangemoedigd en in hun handen geklapt, maar gaandeweg was de stemming omgeslagen. Ze scholden ons uit, eerst zachtjes en daarna harder, en ten slotte gooiden ze naar ons met kiezelstenen.

Tinka liep verder en zonder op of om te zien sprong ze in de vijver. Ik gooide eerst nog kiezelstenen terug en sprong daarna ook in de vijver, waarvan het water maar tot ons middel kwam. Met gestrekte halzen stonden de toeschouwers bij het muurtje dat onze tuin van de weg scheidde. Een paar sprongen eroverheen en liepen joelend en dreigend op Celia af. Celia ontwaakte uit haar droom en vluchtte naar het huis.

Het zag eruit alsof de relschoppers haar achterna zouden gaan, maar als gezonden door de goden verscheen daar tante Flora. Ze kwam langs de laan aangewandeld met stevige pas, ze had een strohoed op en een wandelstok in haar hand.

'Wat potztausendhimmeldonnerwetter is hier gaande?' De stem klonk als een boze gong.

'Vort! Vort jullie allemaal, baliekluivers en dranzneuzen, wat doen jullie in andermans tuin.' Ze hief haar stok alsof ze ging slaan.

Het publiek stoof uiteen en was binnen een paar tellen verdwenen.

Flora stapte met grote schreden naar de vijver.

Met haar handschoenen aan en zo'n stevige greep als ik nog nooit had gevoeld, zelfs niet van opa Smit, trok zij mij op het droge. Daarna nam zij Tinka onder de oksels, die zich al even gedwee op de kant liet zetten. Wij durfden tante Flora niet te weerstreven.

Over tante Flora werd door iedereen altijd in hoofdletters gesproken, omdat zij een kunstenares was en ook een goed mens.

Zij zette ons op onze benen, droogde ons af met een laken. Haar bevoorrechte handen wreven ons warm, ontdeden ons van plukjes kroos en andere ongerechtigheden. Toen tante Flora ons voldoende had gereinigd en ons in orde bevond, zei ze zacht: 'En nu moet ik een hartig woordje tot jullie spreken. In het prieel.'

Hand in hand slopen wij achter haar aan. Wij pasten beiden in de schaduw van haar imposante gestalte.

'Lieve Louise, waarom heb jij Celia geslagen?' vroeg ze mij over haar schouder.

'Tinka heeft het gedaan,' zei ik haastig, niet om te klikken maar juist om eer te geven aan wie de eer toekwam.

'Tinkaatje!' Het kwam van diep onder uit dat geweldige lijf, het gonsde en zong rond. 'O Tinka, jij weet van je af te bijten, maar weet jij wel dat wij beter goede vriendjes kunnen blijven met iedereen? Dat wij moeten sjacheren en stroop smeren! Met de duivel en zijn moer. Is het niet vreselijk en onverdraaglijk?'

Tinka liet haar haren voor haar gezicht vallen.

'Ik weet het wel,' ging tante Flora met een somber bronzen geluid verder, 'dat lukt ons niet. Allemansvrienden zijn wij niet. Maar o, wat is het lot hard voor ons, die door niets of niemand gebonden zijn.'

Zij zette zich neer op de houten bank in het prieel en wij zaten elk aan een kant van haar. Ze sloeg haar armen om ons heen.

'Kinderen, kinderen, waar gaan wij heen?' riep ze uit.

Wij waren in een stemming vol twijfel, die zich niet meer liet verjagen door dansen of vechten of praten. Wij werden iedere dag heen en weer geslingerd tussen wanhoop en hoop. Hoe vaak hadden wij al niet de opwelling moeten onderdrukken dat wij er nu of nooit vandoor moesten gaan. Terug naar ons eigen bestaan, in ieder geval weg van waar wij nu waren. Wij hadden ons desnoods dwars door de aarde heen willen graven als wij maar op de goede plaats weer uitkwamen.

Toch was het deze dag eindelijk eens zo warm dat wij daardoor in de ochtend even op een dwaalspoor waren gezet: bleef het misschien nu voortaan zo? Werd alles ook hier misschien net als vroeger? Al gauw begrepen wij dat dit niet het geval zou zijn. Het kon niet anders, het was weer hetzelfde liedje, ook deze hitte, hoe vochtig en veelbelovend zij zich ook liet kennen, zou weer het begin zijn van nog meer en weer nieuwe veranderingen.

Onze pogingen om te vluchten mislukten altijd, al voordat we ze konden ondernemen. De goden hadden het anders met ons voor dan wij hoopten.

Tante Flora mijmerde: 'Ja, ik voel de herfst al aankomen. Dan zal ik hier niet meer zijn. Met de herfst zal ik in het grote vrije Amerika zijn. Tinkaatje, ga met mij mee, wij saampjes laten ons dienen door onze Muzen.'

'En ik ook, mag ik dan ook mee?' hoorde ik mijzelf vragen.

Ik hoopte dat Tinka zou zeggen: 'Ik ga als Louise ook gaat.'

Ze zei dat de goden het niet goed vonden, bijna geluidloos, maar ik hoorde het wel. En tante Flora hoorde het ook en zei: 'De goden willen het juist graag.' Zij probeerde de haren van Tinka te strelen, maar Tinka trok haar hoofd voorzichtig weg, want het mocht door niemand worden beroerd, zelfs niet door tante Flora. Tinka's hoofd was de plaats waarin de goden tot haar spraken.

'Pluisje op de wind, de goden hebben mij juist gevraagd om jou mee te nemen. Naar Noord-Amerika. Net zoals Benjamin mij meenam, lang geleden.'

Tinka zei niets.

'Fijn zo, dat is dan geregeld,' zei tante Flora.

De tuin stond vol uitgebloeide gewassen. Vlinders en hommels hingen bewegingloos in de lucht alsof ze de hoop hadden opgegeven.

'Zal ik jullie over Benjamin vertellen?' vroeg tante Flora toen wij zwegen.

'Ja dat is goed, tante,' stamelde ik.

Tante Flora drukte ons stevig tegen zich aan en daardoor konden wij haar volgende uitroep van top tot teen door ons heen voelen gaan: 'Luister naar mij.'

De tranen vloeiden over haar goedige, grote gezicht toen ze ons vertelde dat ook hij een ontwortelde was. Net als wij.

'Maar o, het was een voorrecht om naar zijn spel te mogen luisteren. Ik heb hem in Londen gehoord, waar jullie naar toe zullen gaan, als ik het niet tijdig kan verhinderen. Die verkalkte stad van verkrampte Victorianen, die nog niet in beweging zijn te krijgen met een adder in hun aars. O, die stad, vol kouwe kak en kanenbraaiers, die begon te twinkelen en te spinnen als een nest vol jonge katten. Geloof mij, die smerige Theems ging ervan bruisen en riedelde buiten zijn oevers, ach, het had mij niet verbaasd als Big Ben een revérence had gemaakt. Het was alsof Mozart weer onder ons was. Maar Benno was niet voor het geluk geboren, wat gaf het hem tenslotte dat hij speelde voor de groten der aarde?'

Hij was al uitgebuit als wonderkind, vervolgde tante Flora op treurige toon. Van podium naar podium gesleurd en als talent in de watten gelegd, maar als mens verminkt en daarom ongeschikt geraakt voor de liefde. 'Wie niet van ons, die door de goden zo nodig moesten worden uitverkoren?'

Tante Flora snikte het uit en wij snikten ook.

'Beloof mij, kinderen, dat jullie Benjamin nooit zullen vergeten? Zullen jullie iedere dag even aan hem denken?'

Wij beloofden het, maar ik hield mijn belofte niet.

16

Het is geen genoegen uit de vijver van herinneringen voor de zoveelste keer dezelfde brokstukken op te vissen. Door het vele oprakelen zijn die gruzelementen van de voorbije werkelijkheid er ook niet schoner en duidelijker op geworden. Onwillig, liever niet, geeft het geheugen de smerige klonters prijs. Het geheugen gedraagt zich bij voorkeur als trotse beheerder van een fraai park waarin alles staat zoals het moet staan, waar op tijd wordt gekapt en gesnoeid, onkruid gewied, waar indringers worden verjaagd en ontluisterende beelden verwijderd. Kleine triomfen zijn er op sokkels gezet. Goede daden baden in licht.

Hier en daar ligt nog een landmijn, dus blijf op de paden. In de buurt van die troebele vijver is het niet pluis. Ga er niet dreggen. Het is daar niet zoals hier, waar welbestede dagen wiegen tussen bloeiende bloemen.

Daar verstrengelen zich op manshoogte uitbottende struiken, ze vormen onontwarbare knopen, een grillige poort boven lauwe drek, waarin padden lusteloos paren. Maar een lusthof is het daar niet. Die jammerlijke vaalt kan aan niemand fier worden getoond. Men moet er niet komen of er als de sodemieter vandaan. Er roert zich in deze drab niets dan twijfel en pijn.

Ik kan er evenwel niet aan voorbij. Wij zijn hier om te leren, zeiden mijn oma en mijn vader, van het goede en het kwade.

Dus wat komt er boven?

Afbeeldingen waarvan ik mijn ogen niet kan afhouden,

terwijl ik sidder van woede en schaamte. Voorwerpen die ik haat en moet betasten, nog steeds.

De armband van Tinka. Hoeden van mijn vader en mijn ooms, een rossigblonde aanplaksnor, die moet van Mannie zijn.

Mannie hield ervan om zich te verkleden, maar voor de lol, niet als het moest om je leven te redden. Een pet van Noski en kleren van mijn moeder en tante, bijna te dun en te frivool om nog naar te kijken, laat staan te dragen.

Creaties van oma Mimi, een paar oudjes maar. De goede zijn allemaal verloren gegaan. Was dat alles geweest, dan hadden we niets te klagen.

Brieven en dagboeken, aantekeningen op kladpapiertjes, toch bewaard, het handjevol as, dat in een envelop is gestopt, met de groene linten samen, het enige dat nog rest van deze vurige liefdesbrieven. Afgescheurde bladzijden uit een dagboek. Een onvoltooid babyboek, een stapel correct bijgehouden kasboeken, het begin van een postzegelverzameling. Knipsels uit kranten, persoonsbewijzen met valse namen.

Er zijn memento's bij die op de vuilnisbelt thuishoren. Ik zal ze er niet heen brengen, want ze keren toch terug. Ze keren met pesterige regelmaat terug, als weggesneden wratten, met verdubbelde satanische kracht.

Tientallen, honderdtallen, misschien wel duizend foto's. Na de oorlog opgegraven uit de tuin van opa Smit.

Jarenlang zijn wij letterlijk te beroerd geweest of, laten we liever zeggen: te druk bezig met nieuw leven, om ze te laten ontwikkelen.

Opa Smit had goede bedoelingen toen hij Tinka met ons mee naar Europa stuurde. Hij heeft gezworen dat hij goede bedoelingen had en niemand twijfelde daaraan.

Alleen Tinka twijfelde eraan. Ik niet.

Wij waren terug bij oma Mimi. Er werd goed op ons gelet door Aleida. Als we dan toch zulke flinke meisjes waren dat we 's nachts niet wilden slapen, dan moesten we onze energie maar besteden aan sport.

Wij voelden ons steeds vreemder worden. Wij hadden bijna nergens meer zin in.

Wij waren al veranderd. Tinka's kin was klein en puntig geworden en stak eenzaam vooruit: het was alsof zij deze kleine scherpe knokkel moest volgen, alsof zij werd bezeten door een geest die haar dingen influisterde die zij alleen begreep.

Wij luisterden naar de stemmen die door de tuin dreven en die zich door de wind naar boven lieten dragen, door ons raam. Wij luisterden naar de woorden die langs het kleed van de tafel naar beneden gleden en bij ons op de grond ploften. Die wegschoven. Die voordat wij ze konden vatten, onder de kleden in de nachtkamer verdwenen.

Wij speelden nooit meer dat wij al terug waren.

Terug en vroeger waren niet meer van ons.

Op een nacht, niet lang na het gevecht met Celia in de Hollandse tuin, zei Tinka, bijna onverschillig: 'Ik moet gaan.'

'Jij moet gaan?'

'Door het water.'

'Door het water, hoe dan?'

'Door de zee.' Ze zei het rillend. Het gaf mij hoop. Ze was bang voor de zee. Ze zou er nooit doorheen durven.

'In zee moet je zwemmen. Kun jij zwemmen?'

'Ik ga lopen.'

'Is het ver?'

'Geeft niet.'

'Ik denk dat het te ver is. Te ver om te lopen.'

'Kijk maar op jouw wereldbol hoe ver. Het is niet ver.'

Het was misschien een paar dagen ver op de wereldbol,

al leek het niet eens meer zo heel ver weg. Wij lieten onze vingers van Den Haag naar Bandoeng en Bali wandelen en waren er in een ommezien.

De vader van oma Mimi was van Rusland door Polen naar Duitsland en toen naar Holland gelopen.

Hoe lang had hij erover gedaan, vroegen wij aan oma Mimi.

'Wat een vraag! Waarom willen jullie dat weten?'

'Wij willen weten hoe ver het is. Omdat wij gaan lopen.'

Ik had het oma Mimi verteld. Zij mocht het weten. Zij zou ons geheim niet verder vertellen. Zij had ons nog nooit een strobreed in de weg gelegd. Wat wij ook deden en wat wij ook uithaalden aan 'rare streken', zij vond alles goed.

Ik vertelde haar alles, maar toen ik had verteld dat wij terug zouden lopen naar het huis van Poppy en dat Tinka in haar hoofd had gehoord dat zij dit moest van de goden, toen trok ze ons beiden abrupt naar zich toe. Ze zette ons bijna ruw neer op haar schoot, op haar knisperende tafzijden dijbenen, zij wiegde ons heen en weer en begon te huilen met zwarte tranen, die in haar rimpels verdwenen.

'Kinderen, hou op, hou op. Zijn jullie helemaal betoeterd, zijn jullie helemaal mesjogge? Blijf gewoon waar je bent. Blijf waar je bent tot de boot. Totdat de boot komt: hier blijven.' Oma Mimi drukte ons tegen zich aan. 'Waarschijnlijk wordt het allemaal al gauw heel veel beter. Gekke kinderen dat jullie zijn, jullie laten mij schrikken. Jullie moeten toch eens sneeuw hebben gezien. Jullie hebben nog niet één keer van je leven sneeuw gezien. Wacht op de winter! Wedden dat het gaat sneeuwen? Sneeuw is zo mooi. Dat moet je zien en beleven. De wereld wordt wit en zacht. De wereld wordt in de watten gelegd. Dat moeten jullie zien. Daarna mag je gaan, met de boot.'

Haar stem kronkelde om ons heen, ze spon ons in.

De wereld en de watten hielden ons een poosje bezig. We spraken erover, fluisterend, onder de tafel, liggend op de Perzische kleden waarin we geen sneeuw konden vinden.

Op een ochtend zei Tinka dat de goden hadden bevolen dat het vandaag moest gebeuren.

'Wacht jij maar af, wacht jij maar op de sneeuw, dan ga ik vast lopen.'

'Waarom nu al?' vroeg ik.

Tinka antwoordde dat zij moest. De dag waarop wij naar Engeland zouden reizen, kwam steeds dichterbij. Tinka had de goden gesmeekt het uit te stellen en tot drie keer toe hadden de goden het vertrek uitgesteld. Nu luisterden zij niet meer.

Ik was die nacht naar de blauwe kamer gegaan waar Tinka sliep en waar nu ook het ledikant van mijn broertje stond, al sliep hij daar niet vaak. Meestal lag hij in het grote bed naast mijn moeder, omgeven door een wal van kussens.

De ooms spraken in de kamer van de Perzische kleden. Wij hoorden hun stemmen door de plankenvloer komen. De stem van mijn vader was erbij, luider dan gewoonlijk.

Voordat ik die nacht naar Tinka ging, was ik in mijn eigen slaapkamertje, een van de witte kamers boven, die bij het rijtje kamers hoorde waar ook Noski sliep, waar het draaiorgel stond en de poppenkast. Daar, vanuit mijn kamer, had ik gezien dat Aleida heel laat thuis was gekomen.

Aleida stampte naar boven, snuivend, kletsnat van de regen. Ze deed het licht aan in de gang en ik zag hoe ze haar neus snoot in haar sjaal. Ze had een fietstocht achter de rug van twintig kilometer.

Door striemende regen en bulderende wind was Aleida gegaan om haar vader te helpen met de boten. Daarna had ze haar donkerblauwe jas weer aangetrokken, haar rode sjaal weer omgedaan en dezelfde fietstocht terug gemaakt. Weer twintig kilometer, door dezelfde regen en storm. Om ons te helpen en te verzorgen, wat ze graag deed, vanuit de 'goedheid van haar hart', zoals oma Mimi het noemde. Ik mocht mijn neus nooit in mijn sjaal snuiten, maar Aleida wel. Ik wilde het haar nog zeggen, dat zij dit mocht omdat zij zover fietste om goed te doen, maar ik kon van de kou of van slaperigheid niet boven de dekens uitkomen. Aleida kwam naar mij toe, niet wetend dat ik wakker was. Zij ging met haar vingertoppen over mijn haar. 'Slaap maar meis, slaap,' mompelde zij.

Toen zij weg was, voelde ik aan mijn haren, ze krulden niet, ze kroesden, zoals mijn moeder altijd radeloos riep. Ze waren nu elektrisch, wist ik. Vroeger was dat niet zo, maar hier gebeurde dat.

Ik had Aleida met een bons in haar bed horen vallen, ze had niet eens haar tanden gepoetst zoals ze elke avond heel lang deed.

De kust was vrij. Ik kroop uit bed, zette mijn voeten neer op de koude grond en liet mijn haren knetteren en keek ernaar in de wastafelspiegel op de gang. Ik kamde mijn haren met de kam die daar lag, de dikke, grove kam voor Aleida's haren, die glad waren en dezelfde kleur hadden en ook zo roken als het haar van oma's Ierse setters. Aleida's haren knetterden niet, ze sprongen niet rond.

Mijn haren knetterden in een wijde boog om mijn hoofd en de vonken sloegen eraf. Je kon de vuurspetters zien in de spiegel, je kon de minieme vlammetjes hoog opjagen. Met Aleida's kam liet ik mijn haren rondvliegen in een vuurwerk. Dit moest Tinka zien.

Ik liep op mijn tenen de trap af naar beneden, naar de

blauwe kamer waar Tinka sliep, ik had de kam van Aleida nog in mijn hand.

Tinka was klaarwakker en zei dat ze moest gaan.

Ze keek niet naar mijn haren.

Ik weet niet wanneer Tinka is geboren. Om de werkelijkheid te doorgronden hoef ik dat ook niet te weten.

Zij was ongetwijfeld een Schorpioen. De schorpioen steekt zichzelf dood als hij meent dat hij in nood verkeert.

Ik kende die wrede spelletjes waarbij een kring van vuur om het dier heen wordt gelegd. Geen fabeltje is het, maar werkelijkheid.

Ach, astrologie. Een sierlijk tijdverdrijf en gezelschapsspel. Het is even gemakkelijk om de goden de schuld te geven als geloof te hechten aan de verklaringen van sterrenkijkers en waarzeggers.

Opa Smit geloofde niet in toeval en niet in goden. Een mens had alles zelf in de hand. Nadat de oorlog hier voorbij was en de oorlog daar ook, voerden hij en ik wel gesprekken. In de kamer van de treinen, maar vaker in de kroeg. We gingen op weg naar de zee. Vele malen zijn we op weg gegaan naar de zee, omdat opa de plaats wilde zien waar die kleine opstandige dwingeland hem de voet dwars had gezet. Halverwege, op de Scheveningseweg, rustten wij uit. We pauzeerden in het café, waar we telkens bleven zitten tot sluitingstijd. Nooit zou ik opa Smit laten zien waar Tinka lang geleden de zee in liep.

Ik vroeg hem waarom hij Tinka had weggestuurd, waarom hij haar aan ons had meegegeven.

Wij hadden over zoveel andere dingen met elkaar kunnen spreken, maar het leek alsof dit het enige was dat ik van hem wilde weten. En het leek alsof hij ook iedere keer op die vraag wachtte. Hij antwoordde met schorre stem, van verkoudheid of ontroering, daar durf ik geen uitspraak over te doen, maar hij antwoordde zo overtuigend als maar kon, dat een man van eer zijn bastaarden niet liet verrekken.

'Maar zij was uw bastaard niet. Zij was uw oogappel. U had uw oog op haar laten vallen.'

Mijn opa sloeg zijn glas achterover. Hij wist het best, hij had voor god gespeeld, hij was het nog, een god. Een van de blanke goden, nu van de troon geschopt, maar toch. Hij rechtte zijn schouders.

'Het had ook goed kunnen gaan. Ze had wat van haar leven kunnen maken.'

'Advocate zeker, zoals Casparine!'

Opa Smit opende zijn vuist, die op tafel lag.

Zijn donkere ogen richtten zich verbijsterd op mij, zijn kleindochter, die hem verhoorde? Men vraagt een god niet om rekenschap.

'Ze was een geboren danseres. In Europa had ze kunnen dansen, daar niet meer. En wat denk je dat er onder dit bewind van haar was geworden?'

Zei ik: 'Alles toch beter dan dit'?

Ik hield het voor mij. Ik rekende hardop uit dat als Tinka dertien jaar was toen wij op de boot Garoeda voeren, zij nu zesentwintig jaar zou zijn, nu, op het ogenblik dat mijn opa, die dronken was, en ik, die ook dronken was en zwanger bovendien, aan een tafeltje zaten in Bar 1, een café halverwege Den Haag en Scheveningen.

Hij sloot zijn vuist, sloeg ermee op de tafel, met zo'n geweld dat de glaasjes omhoog sprongen.

'Zesentwintig, nou en? Ze is er niet meer, die dwarskop, ze is er godverdomme niet gekomen.'

Om de aangeslagen vuurvreter te troosten, mijn opa met zijn bloeddoorlopen ogen, waar vocht uit druppelde, dat hij wegveegde met de woorden: 'dat verdomde griepland ook', om hem te troosten zei ik tegen hem, wat ik ook meende: 'Ik weet heus wel dat u het uit liefde deed, niet uit kwaadaardigheid.'

Hij antwoordde meteen: 'Liefde? Geen sprake van. Het was dwang. Liefde moet van twee kanten komen.'

Alcohol legt soms de toegang bloot tot de kwalijke stukken waarvoor het geheugen zich geneert. Stukken die zo zwaar zijn dat zij zonken tot waar geen licht meer komt, tot op de rotsige bodem, waar zij zijn weggeschoven in spelonken van het gitzwarte gesteente waar black-outs in ontstaan. Black-outs, die een gezonde, wellevende sterveling slechts kent van horen zeggen.

Geen macht ter wereld die ze nu nog bij de kladden kan grijpen, deze feiten, die daar liggen te fossiliseren. Behalve de alcohol, een enkele keer. In grote hoeveelheden genuttigd, lukt het de sterkedrank een weg te boren door alle versperringen heen.

De maan verblindde ons niet en verwarmde ons niet. Wij strompelden in tegen de wind, nee, we strompelden niet, we tornden op tegen de wind, we lieten de wind achter ons, lieten mijn broertje in zijn wagentje staan op de boulevard.

Hij sliep die keer in de blauwe kamer van Tinka. We moesten hem dus meenemen, zodat niemand onze verdwijning zou opmerken als hij in de nacht wakker werd en schreeuwde. We hadden hem aangekleed, in zijn wagentje gezet, we waren in de nacht met hem over de lange laan gegaan.

Later heb ik hem naar huis terug geduwd, nee, dit is niet helemaal waar. Hij krijste zo dat ik hem in zijn wagentje een zijstraat heb ingereden. Daar heb ik hem laten staan en ik ben doorgelopen, alsof ik geen broer en geen zusje meer had.

Ik had geholpen haar aan te kleden in haar danskleren, haar mooiste kleren.

Zal ik vertellen hoe ze erbij heeft gestaan voordat we gingen? Ik kan het vertellen, maar ik doe het niet.

Mijn broertje was wakker geworden. Hij zag ons in de weer met de gouden kleren en de zijden bloemen. Hij kon al zitten, hij zat rechtop in zijn bed, met stralende ogen. Hij verheugde zich op een spel of een uitstapje.

In haar gouden glanzende danskledij werd ze een ander, ik schrok ervan. We keken naar elkaar toen we op onze tenen langs de spiegel in de gang slopen. We waren vreemden voor elkaar.

Vaak loop ik over het zand en kijk naar de zee. Ik zal Tinka zien. Ik weet precies hoeveel stappen we hebben gezet, hoeveel stappen we nodig hadden om bij de branding te komen, tot het punt waar ik terug moest gaan. Mijn broertje stond in zijn karretje te schreeuwen op de boulevard, maar er was niemand die hem hoorde.

Ook al is het telkens anders aan zee, is het eb of vloed, spring- of doodtij, al komt het aantal stappen op het zand nooit meer zo uit als toen, die sporen van ons zijn niet uitgewist. Ik loop in haar spoor, ik ga haar telkens achterna, ik kan haar niet met rust laten, ik wil haar laten omkeren, net zoals toen, toen ik het lot niet begreep. Het kon niet in ons tapijt zijn geweven en zo ja, dan wilde ik het ruilen. Het mocht niet waar zijn, ik moest het lot in eigen hand nemen.

Daar gaan wij, hand in hand. Niet onwillig en onzeker, maar opgewekt, want wij weten dat de goden het goede zullen doen.

Als Tinka naar Engeland moet gaan, dan zullen zij haar brengen. Mag zij bij ons blijven, dan tillen zij haar terug op het strand.

Tinka kon niet zwemmen. Zij was bang voor de zee.

Ze moest dus niet zo ver gaan, fluisterde ik haar toe, de goden begrepen haar goede bedoelingen wel.

Ze hebben haar op het strand teruggelegd. Maar ik heb niet op haar gewacht. Ik had op haar moeten wachten.

Ze is aangespoeld, maar ik heb haar niet gezien. Was zij dat wel, zoals anderen beweerden? Is zij wel verdronken? Is zij wel zover de zee ingegaan, durfde zij zover te gaan?

Ik heb haar niet de zee in zien lopen, tenminste niet verder dan een meter, niet verder dan haar enkels kwam het schuim van de zee. Dat kleine stukje liep ik nog met haar mee, een klein eindje achter haar. Toen keek ze om, over haar schouder, en boos, zo had ik haar nog nooit gezien. Ze was nog vreemder dan een vreemde. Haar gezicht stond hard en vastbesloten. Ik greep haar arm om haar uit het water te trekken. Ik wilde haar uit het water trekken, het lot stond nog niet vast, wij konden het nog veranderen, zij moest niet gaan. De zee lispelde gemeen, misschien verlokkend, wie zal het weten, de zee zag er onheilspellend uit in de lichtvlagen van de vuurtoren. Ik schreeuwde haar toe dat zij zonder boot niet kon gaan.

'Ga weg.' Ze weerde mij af, niet zachtzinnig. Ze kneep mij, ze nam mijn vlees tussen duim en wijsvinger, draaide het om, beet er plotseling in.

Kijk, je kunt de afdruk nog altijd zien staan, hoewel nu niet goed meer, het is zo lang geleden, maar hier staan de vier punten, een klein eindje uit elkaar, daaronder nog eentje, een kleine. Het litteken heeft nu bijna de kleur van mijn huid, maar voor wie het wil weten: het is een mensenbeet, de gevaarlijkste beet aller beten.

Zij dwong mij haar los te laten en ze is gegaan.

De goden hebben haar zo snel als ze konden weer teruggelegd, zo snel dat er nog kleur op haar wangen lag, een oude man heeft haar nog de kus des levens gegeven, een oude strandjutter die in de nacht rondscharrelde om dingen te vinden die schitterden in het licht van de maan. Hij zag Tinka liggen, de schitterendste van allen. In haar gouden jurk. Hij heeft haar tot leven willen wekken, het is hem gelukt, wil ik zeggen. Niets wil ik liever zeggen dan dat.

Een dag die altijd terugkomt, eerst om het uur en dan om de dag, de week en de maand enzovoort en later nog eens per jaar in alle hevigheid, en langzaam aan raakt zo'n dag met het leven verweven en lijkt het of het altijd zo is geweest en of het zo heeft moeten zijn en of er geen ander patroon mogelijk was, geen andere weg.

LARIE!

Zij vertrokken naar Engeland, op 22 augustus 1939, niet eens overhaast, niet als een vlucht, maar stijlvol, zoals het behoort, met bedroefde en schuldbewuste gezichten. Mijn moeder met Simon en tante Celia. Tante Margot had besloten niet mee te gaan naar oma Helena, maar bij mij te blijven. Ik zag zo pips. Ik moest worden vertroeteld met eieren en de melk, die ik haatte.

Vanzelfsprekend ging Tinka niet mee. Dat ik mij zo haarscherp, beeld voor beeld, tot in detail herinner dat ik afscheid van haar heb genomen, schrijf dat maar toe aan mijn fantasie of aan haar geest die mij nog niet had verlaten.

Het schip werd door meeuwen voortgesleurd over de schuimende golven, er werd een uitwaaierend spoor getrokken van waterscherven waarin de zon zich grillig spiegelde als zij, voor enkele ogenblikken, te voorschijn kwam van achter haar witte watten. Alles was wit om ons heen en werd steeds witter. Koud en kouder. Wij hadden moedig afscheid genomen en nu stonden wij hier, mijn vader, tante Margot en ik.

‘Nu, zullen we maar gaan, Loulou. Het schip is een stipje. Zij kunnen ons allang niet meer zien.’

‘Waar zijn zij nu?’

‘Onderweg naar Engeland.’

‘Witte zwanen
zwarte zwanen
wie gaat er mee naar Engeland varen
Engeland is gesloten
de sleutel is gebroken
er is geen ene timmerman
die deze sleutel maken kan,’ zong ik. Maar ik monterde mijn vader er niet mee op. Langzaam liepen wij in de richting van Noski, die samen met Dido en Ana, de Ierse setters van oma Mimi, bij de auto stond te wachten. De honden hadden hun lange neuzen in onze richting gestrekt, maar kwispelden nog niet. Eenmaal vlakbij zouden ze dat wel doen, ze zouden ons bijna omverspringen van vreugde.

Liefst was ik naar het groepje toe gehold om wat met de honden te stoeien, maar ik begreep dat ik mijn vader niet los mocht laten.

Zijn magere, droge hand omklemde de mijne stevig, wij liepen bijna tegen elkaar aan, ik kwam met mijn hoofd net tot zijn jaszak, waarin zijn leren handschoenen zaten, waarvan de vingers zo nu en dan langs mijn wang en mijn neus streelden. Ik begreep dat mijn vader, die lange benen had en altijd zulke grote stappen nam dat niemand hem kon bijhouden, zijn passen had gericht naar de mijne en dat wij daarom zo langzaam vooruitkwamen. Zou ik roepen: ‘Kom mee, papa, hollen?’

Ik durfde het niet. Als hij zou hollen, zou hij veel harder kunnen gaan dan ik en dan verdween hij misschien uit mijn gezicht.

Ik ging nog langzamer lopen.

Hij had mijn wond verzorgd, was met mij in de nacht als een razende naar het ziekenhuis gereden, hij had zich geërgerd aan het geklungel, hij had mij gerustgesteld, hij had ook gezegd: 'De mensenbeet is de gevaarlijkste beet aller beten', en pas nu, terwijl ik heel langzaam naast hem liep, probeerde hem nog langzamer te laten gaan door mij bijna te laten voortslepen, durfde ik hem te vragen of het bloedzusterschap was, haar beet.

Ik was ervan overtuigd dat Tinka toen ze mij beet, een klein beetje bloed had geslurpt.

'Ach Loulou, wat moet ik daarover zeggen?'

Hij haalde zijn schouders op, liet mij even los, greep mijn hand meteen weer en zei: 'Je hoeft elkaars bloed niet te drinken om broeders of zusters te zijn.'

Eergisteren of nog langer geleden had ik het woord voor het eerst gehoord. Er was een artikel met foto's in een krant die rondslingerde in de keuken.

'Wie brengt deze smeerlapperij hier naar binnen?' vroeg oma iedere keer, terwijl zij heel goed wist dat er prei en andijvie in hadden gezeten. Mijn vader en de ooms en Noski, en zijzelf ook, spreidden de kranten op tafel uit, streken ze glad en lazen ze staande met gefronst voorhoofd. Als oma binnenkwam, zei ze met een ijzige stem: 'Gaan jullie er rustig voor zitten.' Papa antwoordde dan: 'Wij doen dit tuig niet de eer aan ervoor te gaan zitten, wij nemen er slechts terloops kennis van, terloops, let wel: in het voorbijgaan.'

'Ik zou er mijn ogen niet aan bederven.'

'Het kan geen kwaad te weten wat er wordt bekokstoofd.'

'Het zal ons veel helpen.'

Het woord bloedbroederschap had in zo'n krant gestaan.

Tinka en ik hadden erover gesproken, de nacht voor de nacht van haar vertrek.

Wij herhaalden wat er was gezegd in de keuken. Oma en Noski gruwden ervan. 'Wat een barbaarse gewoonte, verkapt kannibalisme, die moeten nodig wat van anderen zeggen.'

'Waarom doen ze het, oma?'

'Die mensen drinken elkaars bloed om eeuwig met elkaar verbonden te zijn.'

'Wat is eeuwig verbonden?'

'Dat je elkaar nooit meer kwijtraakt, je leven lang niet. Alsof je zusters bent. Of broeders, natuurlijk,' had oma er met een vies gezicht aan toegevoegd.

Tinka en ik waren geen zusters, we zouden het nooit worden. Over een paar dagen al zouden we worden gescheiden, waarschijnlijk voorgoed. Tinka bleef in Engeland en ik ging terug naar Bandoeng. Er zat niets anders op dan dat we bloedzusterschap dronken. Voorzichtig had ik aan oma gevraagd of je heel veel bloed moest drinken om van iemand een broeder te zijn.

'Je hoeft geen bloed van iemand te drinken om zijn broeder te zijn!' schreeuwde oma. 'Broederschap is een gevoel. Daarvan hebben die lui te weinig.'

'Moet je wel een glas vol?'

'Een druppel zou meer dan genoeg zijn, kind, maar laten zij zich maar aan elkaar zat zuipen. Ik mag het hopen, laten zij elkaar maar afslachten, jullie krijgen een glas ranja, zeurkousen, een glas oranje bloed! Leve onze Vorstin en haar Vaderland.'

Noski kwam met de limonadeglazen aan, zette ook zijn eigen fles lichtroze drank op tafel, de zelfgemaakte peperwodka waarmee je volgens hem een paard achterover kon slaan en met zijn kikkerstem kwaakte hij: 'Hierover mag men niet raaskallen, kinderen, een koningin heeft blauw bloed, niet oranje.'

We hadden ons bedlampje meegenomen onder het laken, de dekens gooiden we eraf, die waren te zwaar. Wij zaten met onze benen om elkaar heen en het laken rustte op onze hoofden. We hadden het lampje aangeknipt en het leek alsof we in een witte wolk zweefden. We raapten de dekens weer op van de grond en legden ze opgerold om ons heen als een steun in de rug, voor als we zouden flauwvallen of sterven misschien, ik klappertandde van angst en opwinding.

'Ssst,' zei Tinka, 'er is heus niets aan. Anders zouden de barbaren het toch ook niet durven.'

Tinka zei dat zij als oudste eerst moest worden geprikt, zij hield de lange speld van haar broche vlak bij haar vingertopje en stak toen heel zachtjes een piepklein gaatje erin. 'Adoe niets gevoeld,' zei ze triomfantelijk en stak op haar vinger het druppeltje bloed omhoog.

Dit likte ik op, ik wilde weten hoe bloed smaakt, het smaakte naar de reling van het schip, ik was bijna vergeten hoe de reling smaakte! Ik zag ons schip weer voor me, Garoeda.

Tinka legde haar armen om mij heen en trok mij tegen zich aan. Ze sprak zachtjes, de woorden kwamen er hol uit, maar wat zij zei, begreep ik. Zij stak snel het puntje van haar tong in mijn mond.

'Geef maar terug, mijn bloed. Een druppeltje is genoeg, we doen het heen en weer.'

Tinka deed haar mond open en ik legde met mijn tong het druppeltje bloed er weer in. Zij legde het weer terug bij mij. Haar tong kroop traag naar binnen, sloom als een slak. Ik probeerde mijn bloed terug te vinden en te proeven hoe zij smaakte. Onbekend en vertrouwd, dan ging het weer weg en zat er niets anders op dan het opnieuw te zoeken. Al proevend van elkaar sliepen we in. Ik was gerustgesteld: meer zusters worden dan zo kon immers niet.

Ik had altijd gedacht dat Tinka en ik op elkaar leken, ook al was zij donkerder van haar en huid.

Pas toen zij in zee stond en zo boos omkeek omdat ik de enige was die haar nog kon tegenhouden, toen zag ik dat ze heel iemand anders was. Ze was een onbekende met een strak, koud gezicht. Ik kon me niet meer voorstellen dat wij samen in bed hadden gelegen en elkaar hadden geproefd.

Ze had van niemand afscheid genomen, ook niet van mij.

Ik speelde dat ze toch naar Engeland zou gaan en van niemand afscheid nam. Alleen van mij. Haar gestalte tekende zich af voor mijn ogen, hoe ze iedereen ontweek en ontglipte. Hoe ze net als Casparine haar handen ineengestrengelde en telkens als ze aan de beurt kwam om te worden gezoend en omarmd, haar handen uitstak om ons af te weren. Wie haar wilde omhelzen of kussen of alleen maar strelen, duwde ze weg. Niet ruw of onbeleefd, maar vastbesloten.

Het kostte mij veel moeite haar aandacht te trekken. Ten slotte wist ik niets anders meer te doen dan in haar arm te knijpen, zodat zij zich om zou keren en niet weg hoefde te gaan.

Zo hard als ik kon riep ik schallend over de kade: 'Ga niet weg, Tinka, ga niet weg alsjeblieft.'

De anderen keken mij droevig aan.

Pas toen zij op het strand stond om de weg te gaan die wij op de wereldbol hadden uitgezocht, terug naar waar wij vandaan kwamen, zo heel ver was het niet, toen zag ik dat ze iemand anders was dan ik. Ze was een onbekende met een strak, koud gezicht dat bang stond of boos. Was ze boos of bang?

'Ga niet, Tinka, ga maar niet, andere keer maar, ja? Zo koud nu.'

Ze luisterde niet.

Tinka zou haar handen in elkaar gestrengeld voor zich uit houden en afscheid nemen van niemand. Deze keer ging ik haar wel achterna, ik mocht nu niet aan de grond zijn genageld, deze keer moest ik wel durven doen wat mij te doen stond, ze zou mij niet nog eens te snel af zijn. Vooruit, vooruit, ik moest verder lopen, als het moest zou ik haar achternazwemmen tot aan het einde van de wereld, want ik kon zwemmen. Ik zou onder water duiken, haar onder water zoeken, tot aan Bali toe, totdat ik haar vond in de warme zwarte zee.

Ik zat op mijn knieën op de kade, het water tussen wal en schip was zwart, ik keek naar beneden, waar het koud was en donker.

Zij was er en zij hoorde mij meteen en keek mij aan toen ik zo luid riep als ik durfde: 'Tinka!'

Haar weerspiegeling wiegde zich gelijk aan die van mij in het water, ze kwam steeds dichter naar me toe, ze zou haar gezicht op het mijne leggen en haar tong in mijn mond steken, sloom als een slak zou haar tong door mijn binnenkant gaan.

'Ben jij helemaal gek geworden? Wat hang je daar nou boven het water, hou jij daarmee op, met die gevaarlijke toeren. Hebben we nog geen ellende genoeg?' Half huilend, maar haar tranen verbijtend, trok mijn moeder mij overeind en haalde Tinka en mij uit elkaar. Mijn moeder sleurde mij mee naar de rest van de familie. Iedereen keek droevig naar mij.

Weer was het mislukt.

Zonder veel hoop keek ik nog om of Tinka mij misschien zou volgen.

Zij stond op de kade, op het strand, waar zij altijd staat, overal staat zij. In haar gouden kleren, in haar te lange, lichtgrijze winterjas. Zij heeft een gele sjerp om haar middel, bloemen rond haar hoofd, zij danst. Zij maakt vreemde bewegingen, die nergens en toch ergens naar toe leiden.

Ik werd door mijn moeder stevig bij mijn schouder gepakt, ik mocht niet meer van mijn plaats komen.

'Louise, niet staan dromen, alsjeblieft. Zeg maar even lief goedendag tegen je broertje.'

Ze liet Simon, die op haar arm zat, naar mij toe hellen. Voor de zoveelste keer was ik verbaasd dat er iemand bestond die mijn broertje was, terwijl ik helemaal niet om een broertje had gevraagd. Nooit. Het kon bijna niet anders of er was een vergissing in het spel. Nu ik wist van zusters en hoe je dit werd, was ik pas goed verontwaardigd dat iedereen dit mijn broertje noemde, dit dikke, witte kereltje met zijn bos rare krullen. Nooit kon hij mijn broertje zijn. Hij stonk naar melk. Ik wilde hem niet aanraken. Eerder had ik niet veel over hem nagedacht, ik verwachtte dat hij vanzelf wel weer weg zou gaan, maar nu werd hij mij te nadrukkelijk gepresenteerd.

Mijn moeder duwde steeds zijn natte blauwpaarse lippen die trilden en pruilden, tegen mijn wang. Zij keek mij daarbij hoopvol maar toch ook onverwacht dreigend aan. Met mijn hand veegde ik driftig de vochtige plek van mijn wang. Ik kon hier niet meer aan gehoorzamen, ik kon hier niet een wildvreemde baby gaan zoenen nadat ik niet al te lang geleden nog door mijn ware zus was gekust.

'Hij is mijn broertje niet,' krijste ik.

'Kom, neem nu toch even lief afscheid van hem,' smeekte mijn moeder. Hij zat op haar arm te pruilen en te kwijlen en zij hield mij met haar andere hand vast.

'Hij is mijn broertje niet,' brulde ik, rukte me los en ging ervandoor, hard hollend over de kade, zigzaggend tussen de mensen door. Ik wist zeker dat Tinka mij nu zou volgen. We zouden ons ergens verstoppen. We zouden wachten tot de anderen met de boot waren verdwenen. Dan zouden we naar het huis gaan van oma Mimi, waar het bed in het blauwe kamertje stond dat misschien nog niet eens opnieuw was opgemaakt.

Of, ik durfde het niet te denken, maar ik deed het toch: of we vonden hier nog gauw een boot die ons terug zou brengen naar ons echte huis, dan mocht oma mee en papa ook.

Mijn vader was mij achternagekomen en tilde mij op.

'Niet weglopen, Loulou, wij zouden toch bij elkaar blijven?'

'Papa, is hier ook de boot waarmee wij naar huis gaan?'

Ik hoorde het al aan zijn stem. 'Nog even volhouden, Loulou, dan gaan we weer terug.'

Ik probeerde het nog een keer: 'Komt onze boot hier ook?'

'Nee, die boot komt hier niet. Nog een poosje volhouden, Loulou, voor hoe lang weet ik niet, maar op een goede dag gaan wij zeker weer terug.'

Hij zei het op plechtige toon en ik fluisterde: 'Eerlijk beloofd?'

'Ja, eerlijk beloofd.'

Toen wij weer beneden aan de boordtrap kwamen, waren mijn moeder en mijn broertje en tante Celia al het schip op gegaan. Tante Margot wachtte op ons. Zij trok mij in haar armen. Zij rook naar iets heerlijks, wat ik toch niet goed kon verdragen.

Het was zoet en fel, maar ik was de naam kwijt van de bloem uit de tropen die zo onvergetelijk geurt.

Zij pakte mijn hand en druppelde er iets in uit een flesje. 'Kijk, toet, je flesje uit Bali! Hier, zwaai daar eens mee, flink zwaaien, hoor, met je hand. Kom, doe maar in de lucht heen en weer. Moet je opletten hoe lekker het ruikt.'

Ik bewoog mijn hand heen en weer en ineens rook het om ons heen weer net als vroeger. Zoet en fel, en toch ook zacht als in een droom. Ja, het was de kembodja, ik wist het weer.

17

Op een nacht kwam Mimi naar de witte kamer, waar ik in bed lag. Ik had liggen huilen, maar ik had ervoor gezorgd dat niemand het hoorde. Mijn kussen had ik kapotgebeten, omdat ik geen geluid mocht geven. Er mochten niet nog meer vragen komen. Ik kon geen vragen beantwoorden. Mimi schudde aan mij, totdat ik de dekens zo ver optilde, dat ze mijn hoofd kon zien. Ik zei niets.

Ze ging op de rand van het bed zitten en zei: 'Kom kind, kom maar mee.'

Ze pelde de dekens van mij af, trok mijn kussen van het bed, nam het onder haar arm en ging mij voor de kamer uit.

Om de mensen die sliepen niet wakker te maken, deed ze haar best om zachtjes te praten, maar daardoor klonk ze eigenlijk nog luider dan anders. Want als ze zogenaamd fluisterde, kwam haar geluid boven alles uit, als de fluit van een stoomboot.

Op weg naar beneden knipte ze de ganglichten aan. We liepen langs de blauwe kamer, waarvan de deur was gesloten. Ik wilde niet kijken . We liepen langs de kamer van mijn moeder, waar tante Margot nu sliep. Waar sliep mijn vader? Ik wist het niet. Hij sliep niet. Hij zat altijd te praten met de ooms en andere gasten, in de kamer van de Perzische kleden.

'Ik mag niet naar beneden, Mimi,' fluisterde ik.

'Jij móét verdorie naar beneden,' voegde ze me toe, 'hoe kom je anders naar mijn kamer?'

Wij liepen door de gang naar haar kamer, waarvan de deur half openstond.

'Kan ik slapen, als jij mij wakker houdt met dat gejammer?'

Hoe was het mogelijk, dat juist Mimi mij had gehoord, Mimi, die tegen iedereen beweerde dat ze even doof werd als de oude dienstboden en die onverstoorbaar door alles en iedereen heen sprak, alsof zij de enige in de wereld was die het woord voerde?

Terwijl ik hierover nadacht, waren wij in haar slaapkamer beland, waar schemerlampen en lampjes, geel, roze en wit, ons verwelkomden als een feestelijk verlichte vloot op de donkere zee.

Mimi zei tevreden: 'Ja, is het niet enig? Je kunt er uren naar kijken.'

Ze wees naar haar bed, een grote vlakte met heuvels van kussens, waar ze mijn kussentje met een achteloze zwaai bovenop wierp, 'zo, daar waar het terechtkomt dat is jouw kant en de andere kant is de mijne.'

Ik wilde direct naar mijn kant toe gaan, maar ze hield mij tegen.

'Laten we nog even van onze lichtjes genieten,' zei ze. We gingen elk in een breistoel zitten aan een ronde tafel, waarop schalen stonden met fruit en lekkernijen.

Ik speelde stommetje en keek naar de grond, waar een pluizig kleed lag. Wit, zonder kleuren of figuren erin. Ik was blij dat ik niet op een Perzisch kleed zat dat ik zou moeten lezen. Het was warm bij Mimi en het rook er zoet.

Haar nabijheid maakte mij rustig, maar ik wist eigenlijk niet, wat ik met dit gevoel van rust moest beginnen. Het liefst was ik alleen. Dat was nog maar het gemakkelijkst.

Mimi vroeg mij niets.

Toen ik naar haar gluurde, zag ik dat ze met een grote glimlach van haar lampen genoot. Ze rochelde wat en ze hoestte. Tussen het hoesten door grinnikte ze en ze probeerde iets te zeggen. Verstond ik het goed?

'Tijd... voor... een... dropje.'

Ik mocht onder geen beding drop eten in bed.

'Drop is geen snoep, drop is medicijn!'

Ze stak een handvol tegelijk in haar mond en hield mij de schaal onder mijn neus, waarin meer soorten drop lagen dan ik in mijn hele leven bij elkaar had gezien.

'Mijn tandenborstel is nog boven,' zei ik en besloot op mijn handen te gaan zitten, wat ik lang geleden weleens deed, als ik van mijn moeder nergens mocht aankomen.

'Denk jij dat ik geen... kijk eens wat hier staat?'

Op de tafel mijn Mickey Mouse-beker, met de Mickey Mouse-tandenborstel die wij nog op de boot hadden gekregen, mijn halflege tube tandpasta ernaast, het stond er allemaal, deels verscholen achter een mand met appels. Zij was dus eerst naar mijn wastafel gegaan en had mijn beker en tandenborstel al meegenomen!

'Kom op, neem eens wat, mijn arm wordt nog lam.'

De lichten bleven allemaal aan toen wij gingen slapen.

'Mimi's bed lijkt wel een praalgraf, met al die frutsels en rozenblaadjes,' had mijn moeder eens spottend gezegd. Maar ik bedacht, dat het misschien wel gezellig was, om in het graf te zijn.

Iedereen kwam er ten slotte terecht, beweerde Mimi. De een wat vroeger, de ander wat later.

'Blijven wij er altijd in, in het graf?' vroeg ik haar.

'Dat is de vraag.'

'Wat is de vraag?'

'Waar wij blijven, dat is de vraag,' antwoordde zij.

In het praalgraf van Mimi mocht iedereen erbij komen. Alle mensen en de honden ook en de poezen, die er altijd al eerder waren dan wij. De wereld was buiten en wij waren hier.

Noski lag regelmatig aan het voeteneind zijn Russische sigaretten te roken. Soms barstte hij uit in een lied.

Mijn vader zat aan de andere kant van het voeteneind en een enkele keer zong hij haperend mee.

In de avonden leek Mimi's slaapkamer op een toneel, waarop allerlei mensen kwamen en gingen. Mensen die de hele dag in de keuken hadden zitten praten en ruzie zoeken, kwamen naar boven. De welgedane heren zetten zich neer in de breistoeltjes. Zij lieten zich door hun tantes asbakken en kranten achternabrengen, zij stopten drop in hun mond of namen een appel en zetten de gesprekken met volle mond voort. Dat mocht hier, met volle mond praten. Wel had Mimi een paar onderwerpen van gesprek verboden, zoals oorlog en der Hitla.

In de regenachtige augustusmaand werd het niet donker, maar ook nooit helder licht. Het was in de vroege ochtend al even schemerig als in de late avond. De vloot lampen en lampjes brandde de hele dag en de halve nacht.

Als ik al in pyjama op het bed zat, aan de kant waar mijn kussen lag, wensten de ooms en de tantes mij 'welterusten'. Daarna vertoonden zij nog een huzarenstukje, zoals oma het noemde, of een goocheltruc, die meestal mislukte.

Tante Flora was afgereisd naar Noord-Amerika, maar niet getreurd, want de een na de ander bespeelde de piano, die beneden stond. Niet zo mooi als tante Flora deed, maar wel veel harder, zodat we het allemaal goed konden horen, ook boven.

Iedereen zat naar de muziek te luisteren en te soezen, toen oudoom Philipp op een avond laat binnenkwam. Hij was op reis geweest en niemand had hem al terugverwacht. Hij legde een bos verlepte bloemen voor Mimi neer en zei somber: 'Het ziet er lelijk uit.'

'Ja, jij laat je ook alles maar in je handen stoppen,' zei

Mimi. 'Maar wat doe je hier, broer? zeg niet, dat je voor mij bent teruggekomen.'

'Er is niets meer te doen in Genève, ze hebben de bijeenkomst gesloten.'

'Ze hebben de bijeenkomst gesloten? Waarom? Waarom?'

Oudoom Philipp klom op een stoel en sprak ernstig: 'Wegens dreigende omstandigheden. Onze zionisten hebben het congres in Genève gesloten wegens dreigende omstandigheden.' Hij schudde zijn hoofd en bromde: 'Waarvoor heb je zionisten nodig, als omstandigheden niet meer dreigend zijn?'

Er brak een woordenwisseling uit, waarbij alle ooms om de beurt op de stoel wilden staan, om het hoogste woord te kunnen voeren. Ten slotte dreef oma Mimi iedereen terug naar de keuken. Tot diep in de nacht hoorden wij zware stemmen naar boven komen.

Op 31 augustus wandelden mijn vader en tante Margot en ik door het Haagse Bos. Om de verjaardag van de koningin te vieren, dronk ik op een terras onder oude bomen oranje limonade, waar een blokje ijs in dreef.

Tante Margot had een glaasje oranjebitter met klont, waar ze gewoon met haar vinger in roerde, zo verstrooid als ze was. Zij zuchtte diep: 'Mmmm, het zal nu zo te gezellig zijn in Batavia, weet je.'

We reden terug met de tram en ik keek naar buiten, naar oude gele huizen met grote ramen waar de zon zich in spiegelde. Overal liet de wind de rood-wit-blauwe vlaggen golven en hun vrolijke oranje wimpels. De tram ging over een stille laan, waar de boomkruinen elkaar in de hoogte raakten, zodat het wel een groene tunnel leek waarin we reden. We kwamen langs het huis van opa Smit, waar de vlag ook wapperde, aan een hoge paal in de tuin. Vanuit de tram kon ik de vijver niet zien, maar ik kneep toch stijf mijn ogen dicht.

Papa zei dat we voor mij een bril zouden laten maken, maar het had nog geen haast. Het kon wachten tot mijn moeder er weer was. Ik sperde mijn ogen wijd open en durfde er niet aan te denken dat mijn moeder weer terug zou zijn.

'Duurt het nog lang voordat ze er weer is?'

'Nee hoor, in de herfst zijn ze heus terug.'

We dronken thuis nog meer oranje limonade.

Het was al donker, toen Noski met zijn hand tegen zijn voorhoofd sloeg en zei dat hij in de feestvreugde was vergeten de rood-wit-en-blauwe vlag met wimpel te strijken. Dat had moeten gebeuren voor zonsondergang.

'Brengt het ongeluk?' riep ik uit en ik wist meteen, dat ik iets verkeerds had gezegd, want Mimi en mijn vader keken mij bedrukt aan. Was alle ongeluk in de wereld al op?

'Geen denken aan, geen sprake van!' zei Noski opgewekt. Hij nam mij aan de hand mee naar buiten, naar de vlaggenstok in de tuin.

'Vlaggen brengen weleens ongeluk, maar niet als ze 's avonds nog buiten hangen. Dat is geen ongeluk, dat is alleen maar incorrect!'

De volgende dag was iedereen in rep en roer, want de oorlog was uitgebroken. Ik vroeg aan mijn vader of dit ongeluk was of incorrect.

'Beide!' antwoordde hij woest. 'Het is een vreselijk ongeluk en verdomd incorrect.' Hij vloekte uit volle borst.

Mijn vader, oudoom Philipp, de ooms, ze liepen allemaal heen en weer in de kamer van de Perzische kleden. Door de Franse deuren die openstonden, beende iedereen de tuin in en dan weer terug.

De radio, die in een hoek stond en waar een groot kleed

overheen had gelegen, was ineens keihard aan het loeien. Ik wist niet eens dat uit een radio zo'n hard geluid kon komen. Het donderde overal doorheen. Holle, bonzende stemmen en galmen kwamen eruit.

In de tuin luisterden de ooms ernaar, met gespannen gezichten. Aleida ook. De tantes met de schorten en de tantes met de breinaalden, de tantes met de kopjes thee, ze kwamen er allemaal bij en keken bang en boos. Ik durfde niet te vragen wat er was. De ooms hadden toch al telkens 'ssst' gedaan. Ik vroeg niets, maar keek Aleida aan.

'Later, meis, later,' fluisterde zij.

Nadat ik een tijd met de honden had gespeeld, slenterde ik in mijn eentje naar het atelier. De zon scheen hier op zijn warmst door de vele ramen. Ik wachtte op oma Mimi.

Ze verscheen niet. Ik keek naar buiten en zag haar nog steeds in de tuin staan, in haar geruite tafzijden jurk. Ze stond stilletjes bij het gezelschap, dat elkaar de oren van het hoofd praatte. Het was niets voor haar om zo lang naar het geredeneer van de ooms te blijven luisteren. Ze luisterde zelfs nooit heel lang naar mijn vader.

De dames medewerksters, die anders altijd graag met mij wilden praten, waren daar niet voor in de stemming vandaag. Ze zaten met zijn drieën op het bankje in de tuin en hadden aan één stuk door gepreveld: 'We moeten weg nu het nog kan.'

Toen er de hele ochtend niemand in het atelier kwam opdagen, ging ik naar Mimi's kamer en keek om de hoek van de deur.

Daar lag mijn oma, op haar vorstelijke bed, met haar geruite jurk nog aan en haar knoopjesschoenen ook. Er lag een lap over haar ogen.

'Zal ik koelte wuiven, Mimi?'

'Nee lieverd, ik heb koelte genoeg.'

‘Maar die lap dan over uw ogen...’

‘Een natte lap is goed tegen de zenuwen.’

‘Welke zenuwen, Mimi?’

‘Ach, die oorlog is me rauw op het dak gevallen.’

Ik zag de oorlog op ons dak zitten, een reusachtig zwijn, rond als een wereldbol, rauw en dik. Het trok een benauwd gezicht, want de schoorsteen prikte in zijn billen.

Mijn vader kwam binnen. Hij was al op de rand van Mimi’s bed gaan zitten, toen hij mij zag, aan haar andere kant.

‘Loulou, neem jij de honden maar eens mee naar buiten, oma moet rusten.’

‘Ik ben er nog maar pas en de honden ook, papa, we zijn al heel lang buiten geweest.’

‘Ja? Ga dan maar naar Aleida, dan kan zij met jou spelen. Ze is er weer, hoor. Ze is boven, in haar kamer.’

Op de witte zolder hadden de twee dikke dienstboden gewoond, die verhuisd waren. Aleida was in hun plaats gekomen.

Zij stond nu overal alleen voor bij ons in huis, zei mijn vader. Het was kranig, dat zij bleef.

Zij sliep in een kamertje waarvan de deur altijd openstond en zij waste zich op de gang. Ze vond het nooit erg, als ik alleen of met de honden naar boven kwam. Aleida rook ook naar honden. En naar paarden en hooi.

Ik keek vaak naar haar, als zij zich waste.

Het beste uitzicht op de wastafel in de gang had ik vanuit een kleine witte kamer. Er waren op zolder nog meer kamers, maar als ik in de ochtend naar boven sloop, verkoos ik deze. Er was een dakraam dat op de hemel uitkeek. Er stond een smal, ijzeren ledikant, met een bultige matras. Boven het bed hing een kruis met een halfnaakte Christus eraan, die door niemand meer werd afgestoft. De oude dienstbode was vergeten hem mee te nemen. Voor ik in dit bed stapte, boog ik diep mijn hoofd voor de man aan het kruis, die een zoon was van een god. De dienstbode had dat ook gedaan. Een kruis slaan, zoals zij, ging mij niet goed af omdat ik niet precies wist waar ik moest beginnen. Niemand in huis wilde het mij leren.

Bij Mimi lag de zoon van de god in de lade van de souvenirs. Daar bewaarde Mimi van alles wat haar dierbaar was. Zoals het portret van de Goede Duitser, die haar man was geweest, en zijn gouden ring en een horloge en een pijp, met een lange, kromme steel. Er waren ook kleine gele foto's van meneer Benjamin aan de piano, toen hij jong was en zonder baard. Er waren vergeelde brieven, waarvan sommige in muziekschrift, geschreven in een inkt die al bijna tot onzichtbaarheid was verbleekt. Toch bekeek zij deze brieven vaak, spinnend van genoegen.

Met toegeknepen oogjes stond zij ze niet te lezen maar te zingen. Ze zong de brieven en ze sloeg de maat, met haar fladderende vingers.

Vroeg in de ochtend werd ik wakker. Oma Mimi sliep dan nog. Zij heeft nooit gemerkt dat ik ons bed verliet, op mijn tenen de kamer uit sloop en mij op de tast naar boven spoedde. De hemel die ik door de dakramen zag, was nog donkerblauw van de nacht.

Aleida verscheen bij het eerste licht van de dag.

Ongekend was het, zoals zij met een sprong uit haar bed kwam en meteen op en neer veerde op de houten vloer, hoe zij naar de gang roffelde op haar blote voeten en weer terug. Met haar tong klakte zij, met wijd open mond geeuwde zij, ze rekte zich naar alle kanten uit. Ze klapte in haar handen en gaf zichzelf slaag op haar wangen. Ze wreef haar armen en haar dijen, ze maakte steeds meer bewegingen en ze gaf steeds meer geluid. Aleida begon de dag met wilde sprongen en kreten.

Zo had ik ook willen zijn, ik had graag geleerd om op

die manier uit mijn bed te komen. Willen brullen van opwinding. In plaats daarvan kroop ik het bed uit, zweeg beschaamd en meldde mij present door haar in de weg te gaan staan. Terstond werd ik door haar omhelsd, terwijl ze nog niet eens haar kleren droeg.

Aleida knuffelde hardhandig, haar liefkozingen waren eerder pijnlijk dan prettig. Toch wilde ik deze kwellingen ondergaan, zo lang als ik ze kon verdragen.

Zij zette mij neer op het krukje van kurk dat hard was en zacht tegelijk.

'Is wassen aan de wastafel beter dan in het bad gaan, Aleida?'

'Meis, daar heb ik geen tijd voor, voor baden, het loopt al tegen zessen.'

'Als ik het bad voor jou laat vollopen, gaat het misschien nog wel vlugger dan wassen.'

Ze sprong op me af, nat als ze was, en met het washandje nog om haar hand, knelde ze mij opnieuw in haar armen.

'Meis, wat ben je toch een apie van mij. Zou jij dat heus voor me doen?'

'Ja Aleida, dat wil ik wel doen.'

Ze proestte en snoof en schudde haar haren, als een hond, ze was nog vrolijker dan alle honden die ik kende.

'Dan moet dat maar eens gebeuren!' riep ze uit.

'Vanavond al?'

'Ja hoor, vanavond al.'

Ik heb het bad nooit voor haar laten vollopen. Op de dag dat in Europa de oorlog uitbrak, stond ik doodsangsten uit dat Aleida mij zou vragen om het bad voor haar te laten vollopen. En dat was nog tot daaraan toe, maar misschien zou zij willen, dat ik bij haar kwam zitten, zoals zij al had aangekondigd. 'En dan kom jij er lekker bij, meis!' Dat mocht nooit gebeuren.

De oorlog zat op ons dak, maar had nog geen einde aan het thee-uur gemaakt, alles ging door als vanouds, de herfst die volgde en nog een winter.

Ik zorgde ervoor bij Aleida vandaan te blijven, zodat ze me niets kon vragen. Daarom moest ik ook op afstand van mijn vader blijven, want Aleida bevond zich op het thee-uur altijd in zijn buurt. Zij keek hem voortdurend met vraagogen aan.

Maar ik heb niet gemerkt dat zij hem weleens iets vroeg. Het was uit gedienstigheid dat zij naar hem keek en zolang in zijn buurt rondhing. Zij was eigenlijk niet iemand die ergens bleef hangen, juist niet. Zij was niet zoals de dikke Duitse dienstboden, die altijd bleven rondhangen en over van alles en nog wat krakeelden en de hele boel uit hun handen lieten vallen en die tot slot luidkeels weeklagend een tafeltje omverliepen. We waren allemaal dol op de dikke Duitse dienstboden, maar jammer genoeg waren ze van ons weggegaan.

Aleida handelde bij al haar werkzaamheden altijd even snel en trefzeker, alsof ze aan het tennissen was. Het thee-uur deed ze in een handomdraai. Alles stond al klaar voordat je er erg in had. Theepotten, serviezen, dekschalen met dampende soep, schotels vol etenswaren, manden vol koekjes en fruit, bonbonnières, vazen met bloemen, alles werd naar binnen gedragen en Aleida was op haar snelle voeten alweer vertrokken voordat je haar goed had gezien. Maar zij was er geweest, je kon het ruiken, in de lucht hing nog haar scherpe geur.

Aleida liet zich niet gauw van streek maken. Floris Crone zei altijd dat zij een winnares was, 'koelbloedig en veerkrachtig'.

Ik vond het mooie woorden, maar ik haalde ze door elkaar, koelkrachtig en veerbloedig. Door te oefenen met oma werd ik die woorden ten slotte meester: koelbloedig en veerkrachtig. Het betekende dat Aleida zich niet klein liet krijgen.

Behalve misschien door papa, die zich weinig met haar bemoeide, die afstandelijk was.

Aleida vroeg of mijn vader een hekel aan haar had. Ik antwoordde dat ik het niet wist.

'Zal ik het hem gaan vragen?' bood ik nog aan, maar ze smeekte me dat vooral niet te doen en ik heb het dus niet gedaan. Wel was in een flits door mijn hoofd gegaan, dat ik misschien beter had kunnen zeggen dat mijn vader haar flink en aardig vond en vol lof over haar praatte. Want dat deed hij. Hij moedigde mij ook altijd aan naar haar toe te gaan. Volgens hem kon ik veel van Aleida leren, tennissen en fietsen en schaatsen om maar eens wat te noemen.

Mijn vader had hardop gezegd, in de keuken nog wel, toen de strenge ooms er nog waren: 'Aleida is een vrouw met een gouden hart.'

In het bed in de witte zolderkamer, vroeg ik eerst vergiffenis aan de godenzoon en daarna vroeg ik hem welk vergrijp ernstiger was: dingen vertellen die niet waar waren, of dingen níet vertellen die waar waren.

Mijn vader zei dat het geen kwaad kon alles te vertellen wat je wist, ook al kon je niet altijd weten, wat waar was en wat niet.

Oma Mimi zei: 'Wat een onzin allemaal, je vertelt wat er op je hart ligt en dat is altijd waar.'

Op mijn hart lag dat het Aleida niets aanging hoe papa over haar dacht, omdat hij míjn vader was en niet die van haar.

Maar toen ze mijn haar borstelde 's avonds, wist ik niet of ik dit tegen haar moest zeggen, ook al was het de waarheid. Daarom bedacht ik er iets anders op.

'Papa vindt jou lief, hij zegt, jij hebt een hart van goud en hij zegt...' Ik was bezig nog meer op te sommen, toen de borstel ineens gemeen langs mijn blote rug schuurde. Ik begreep dat ik te veel had gezegd.

Gelukkig vroeg ze niets, maar zei ze blij: 'Kijk de vonken er eens afvliegen, meis, moet je zien wat een vuur eruit springt, kijk, lieve meis, vuurwerk in je haar.'

Sinds de oorlog op ons dak zat, was tante Margot meer ziek dan gezond. Ze probeerde de hele tijd op te bellen, maar ze vertelde nooit naar wie en het was altijd tevergeefs.

Zij lag op de sofa bij de openstaande balkondeuren, in de kamer van mijn vader, want daar was het meeste licht en kon zij tenminste lezen. Zij las bijna alleen nog maar brieven. Zij hield niet meer van boeken, want alle boeken die ze las, maakten haar aan het huilen. Maar soms moest het, want 'ajo ja, dan gaat die tijd wat sneller'.

Tante Margot zei dat deze kamer er nog een beetje mee door kon, maar dat alle kamers in Holland te donker waren. Zoiets zou zij vroeger niet hebben gezegd. Als mijn moeder klaagde over donkere en benauwde kamers, monterde tante Margot haar juist altijd op. 'Leentje, het valt reuze mee allemaal!'

Maar nu vond tante Margot niets meer meevallen.

Zij was een tikje overspannen door de omstandigheden, zei mijn vader.

Na mijn eerste schooldag in Holland probeerde ik mijn geheugen in de steek te laten. Helemaal gelukt is het niet.

Iedereen vroeg mij natuurlijk na afloop van de eerste dag hoe het was geweest. Ik had willen zeggen dat ik het niet meer wist of willen vertellen dat ik de dag in een ijzige kooi had doorgebracht, zwijgend en roerloos, beloerd door een heks, geflankeerd door kobolden en draken.

Maar dat was niet waar. Het was niet zo erg en toch erger. Er was een dikke juf, met een pruillip en een zangerige stem, die de hele dag lief had gedaan. Ze had van alles geprobeerd om mij aan het praten te krijgen. Ze deed haar zilveren haarband in mijn haren, maar ik trok hem eruit en gooide hem op de grond. Ik had bijna naar de juf gespuugd.

Thuis nam Aleida mij bij de hand om mij mee te nemen, de tuinkamer in, waar het thee-uur was. Ik trok mijn hand los en rende naar boven om mijn vader te raadplegen over tante Margot.

Zij moest wel heel erg overspannen zijn dat zij mij die dag naar die ellendige school had gebracht. Ik wilde niet naar school, maar zij had gezegd dat het moest. Ik beschouwde haar handelwijze als een zeker teken van een ernstige ziekte. Zij had nog een hele tijd naast mij op een stoeltje gezeten, maar toen de andere kinderen maar bleven gniffelen en fluisteren, was zij weggegaan. Zij had mij bij de poort vast nog horen krijsen. Zij was niet teruggekeerd. Mijn tante was ziek.

Ik wist dat mijn vader vroeger zieke vrouwen beter maakte, die dan later bij ons kwamen om hun baby's te laten zien. Ik vroeg hem of hij tante Margot ook een baby kon geven, zodat ze weer beter werd.

'Nee, dat gaat niet zo vlug en gemakkelijk als jij wel denkt,' zei mijn vader. 'Tante Margot moet maar zo vlug mogelijk terug naar Bandoeng, dat lijkt mij het beste.'

'Wij ook?'

'Nee, wij wachten tot mammie en Simon er weer zijn.'

'Komen ze gauw?'

'Als de oorlog is afgelopen.'

'Gaat de oorlog gauw weg?'

'We hopen van wel.'

Tante Margot kwam langzaam omhoog van de divan, haar gezicht was nat, van tranen of van zweet. Haar jurk kleefde aan haar lijf.

'Warm, tante Margot?'

'Ooo, niet lekker warm.' Ze liet zich weer langzaam terugvallen.

'Viel het mee, liefje, vertel eens, toe?'

'Mm,' deed ik en ik kroop over haar heen, en verder over de sofa naar het balkon, waar Mimi's kamerplanten hun buitenleven leidden. Er stonden kleine palmen en bloeiende gewassen, waaromheen bijen zwermden. De rode rozen, die beneden tegen het huis aan begonnen, waren tegen de muren omhooggekropen en slingerden zich om de balkonspijlen, wat eigenlijk niet de bedoeling was, want hier was het domein van de blauweregen. Die had ik nog nooit zien bloeien. Dat zou in het komende voorjaar gebeuren en het zou een en al Blauwe Feestvreugde zijn, had Mimi voorspeld. Wat een voorjaar precies was, moest ik maar eerst eens beleven.

'Lente, als het nieuwe jaar echt begint en alles in bloei raakt. Opnieuw beginnen!'

De rode rozen van Mimi heetten Paul en werden door haar 'brutale jongens' genoemd, die men van tijd tot tijd een halt toe moest roepen.

Niemand had tijd om de rozen een halt toe te roepen, dus zij gingen ongemoeid door naar boven.

Op het balkon, met mijn rug naar tante Margot gekeerd, maar met ogen in mijn achterhoofd, legde ik mijn hand om een fier opwaarts strevende tak met twee rozen eraan, de rozen waren op weg naar boven, naar de kamer waar Aleida sliep en ik soms ook.

Ik greep de tak stevig vast en voelde de doornen in mijn huid dringen. Ik klemde mijn hand nog vaster om de stengel en probeerde geen geluid te geven. Hoe harder ik kneep, hoe minder pijn ik voelde. Ik liet de roos los en likte het bloed op uit mijn hand.

Ik hurkte op het balkon neer en liet Witbol, Mimi's oude zwart-witte kater, aan mijn bebloede hand ruiken. Hij snuffelde en snuffelde nog eens en wendde zich beledigd van mij af.

Tante Margot had het boek, waarin zij toch niet las, op de grond gelegd en zij keek naar de vertoning die ik ten beste gaf met instemmende treurigheid, alsof zij alles begreep. Zij stak haar hand naar mij uit.

'Was het zo erg, Loulou, kindje?' vroeg ze een paar keer met trillende lippen. 'Kom toch eens hier.'

In de ochtend had ik een uitgeleide gekregen naar school dat feestelijk had moeten zijn. Tante Margot en ik zaten mooi aangekleed op de achterbank van Mimi's auto, Noski zat aan het stuur en hij had voor de gelegenheid een pet opgezet en zijn snor naar boven gekruld.

Bij het tuinhek werden wij uitgezwaaid door Mimi en mijn vader. Tante Margot mocht met mij mee tot in een benedenkamer, die klaslokaal werd genoemd. Het woord klaslokaal beschreef goed wat het was, ik kon het woord geluidloos in mijn hoofd van de ene kant naar de andere kant laten ketsen: een koude, klamme ruimte met kale muren en harde houten banken die allemaal in de richting stonden van een gapend zwart bord, klaslokaal, klaslokaal, het kon niet hartelozer en onherbergzamer zijn.

'Laten wij maar een gezellig plekje voor jou zoeken,' zei tante Margot. Een dikke vrouw kwam op ons af en zei met een lach van oor tot oor: 'Waar gaat dit klein mirakeltje heen? Waar zullen wij haar zetten met haar lange staarten? Ja ja, zij is een mirakel, het kind van Leentje!'

Zij ratelde maar door. 'Dat ons blauwkousje Leentje nog eens zo'n heerlijk kind zou krijgen. Een perendrupsje is het, die zetten wij helemaal vooraan, dan kunnen wij het allemaal goed zien.'

'Perenrups,' kroop er door de rij kinderen heen en voor mijn geestesoog zag ik een geplette rups stuiptrekkingen maken.

Een tijdje geleden had ik een rups gevonden op de bodem van mijn melkbeker. Hij was dood. Ik wist niet of hij er ook al had gelegen, toen ik de melk nog moest opdrinken. Na die dag dronk ik nooit meer melk. Mijn vader vond het best, maar tante Margot en Aleida dachten er anders over. Ze dachten dat het aan de beker lag en hadden een nieuwe beker voor mij gevonden, een lichtblauwe, waar een kind in een hoepelrok op was afgebeeld. Het kind met haar blauwe hoepelrok dronk uit een lichtblauwe beker, waarop een kind was afgebeeld met een blauwe hoepelrok, dat dronk uit een lichtblauw bekertje, dat te klein was om te zien of er weer een kind met een hoepelrok op stond. De beker, die ergens achter in een kast was gevonden, was nu mijn eigen beker en ik dronk er water uit, soms thee, maar nooit de koude melk die ik kreeg ingeschonken aan de ontbijttafel. De melk voerde ik, zodra ik er kans toe zag, aan de kat of aan de honden of aan de kleine waringin.

Vanochtend had ik dat niet gedaan, ik had de melk in de beker laten staan, maar deze dag was zo ongewoon dat niemand het had gemerkt. In mijn beker kon vandaag wel weer een rups liggen zieltogen, of zijn verdronken.

'Wat sta je daar te dromen?' vroeg juffrouw Guillaumine.

Zij schoof mij aan mijn arm naar de middelste rij in de voorste bank, waaruit ik meteen aan de andere kant weer ontsnapte. De rest weet ik niet meer. Na enige schermutselingen, waarbij tante Margot ten slotte haar zijden halsdoek afstond waarin ik de hele dag naar hartelust kon huilen als ik wilde, kwam ik weer op het uitgangspunt terecht, de voorste bank in de middelste rij. Met mijn ene oog loerde ik de hele ochtend naar de deur, waardoor tante Margot was verdwenen.

Juffrouw Guillaumine zei, terwijl ze haar handen kletsend in elkaar sloeg, dat ik op mijn moeder leek.

'Maar wat kon ze klessebessen, onze Leentje. Jij niet, hè? Babbel, babbel, babbel, onze Leentje en jij zit daar maar als een sprakeloos klompje ijs.'

Juffrouw Guillaumine trok aan mijn haar.

'Wat een staarten, wat een staarten.'

Alle kinderen hadden ernaar gekeken en luid gelachen.

'We moeten wennen aan de dingen die nieuw zijn in ons leven,' sprak tante Margot traag, 'en dan ook weer wennen als de dingen anders lopen dan je hoopt dat ze lopen. Ja, aan het hele leven moet je wennen.' Ze kwam weer overeind om mij aan te kijken: 'Wennen, wennen, wennen, en vooral: geduld!'

Ik had mijn hand geopend en veegde hem schoon aan mijn jurk, ik wist wel dat dit niet mocht, maar dat kon me niets meer schelen.

Tante Margot zag wat ik deed en hicld op met spreken. Na een poosje naar mij te hebben gekeken, ging ze weer liggen en trok de sprei over haar hoofd. Ik hoorde haar snikken.

In plaats van te zeggen dat ik met haar terug wilde, terug naar Bandoeng, tilde ik de sprei een stukje op en zei in haar oor: 'Ik wil geen staarten meer, tante Margot. Ik wil geen staarten.'

In december kwam Koning Winter. We kregen ijsvrij omdat het had gevroren dat het kraakte en er was winterpret. Er scheen een winterzon die schuurde aan je ogen, er woei een winterwind die je voorhoofd doormidden sneed.

Ik wist niet wat winter was en hoe lang winter kon duren.

'Zal ik jou de schaatsen eens onderbinden? Dan gaan we zwieren op het ijs,' stelde Aleida voor, op jubelende toon, alsof zij mij het grootste plezier van de wereld in het vooruitzicht stelde.

'Ach toe, leg dat kind eens uit wat dat betekent,' verzocht oma Mimi haar. 'Het kind denkt dat ijs er is om op te eten.'

Op Friese doorlopers leerde ik van Aleida hoe ik over het harde zwarte water moest schuifelen. Eerst ploeterde ik achter het krukje van kurk. Daarna krabbelde ik zonder krukje verder. Met benen die onder mij uit gleden en met armen die als wieken in het rond maalden.

Op een dag kwam mijn vader ook. Hij schaatste in bochten en maakte achten alsof het niets was. Hij gaf Aleida een arm. Zij deden samen beentje over, ik keek ernaar.

Er was niet veel te zien, behalve dode bomen zonder bladeren en mensen met ijsmutsen. Je kon beentje over, en in achten, en in bochten, en heen en weer gaan over de vijver in het Haagse Bos.

Ik vroeg mij af of de vissen naar ons zouden kijken, in hun verglaasde element; ze zouden mij wel haten, want ik viel steeds op hun dak.

18

Het was vrijdag 10 mei en de oorlog was nu ook op Nederland gevallen, met een stortbui van bommen en granaten. Hij was nu zo dichtbij, dat hij kwaad kon voor ons. Als er bommen kwamen en afweergeschut of een kogelregen, moesten we plat op de grond gaan liggen, met ons gezicht naar beneden. De oorlog was door het dak gezakt en raasde met geweld door het land. Hij zocht naar prooi. Kreeg hij ons in de gaten, dan waren we er geweest.

Twee dagen later vertrok tante Margot halsoverkop naar Amsterdam. Het was een buitenkansje, een ongelooflijke tref, een wonder, zei mijn vader, dat ze nog mee kon varen met de Johan de Wit, de laatste boot die naar Indië ging.

Ik hoefde niet meer naar school, want we konden niet door de bommenregen, zonder gevaar voor ons leven.

Als oma opstond, midden in de nacht, om in haar atelier te werken, aan haar laatste show, of die nu wel door zou gaan of niet door zou gaan, of als ze zo lang bezig bleef met haar tarotkaarten dat zelfs het kaarslicht pijn aan mijn ogen ging doen, dan sloop ik weer naar boven, naar de witte zolder, waar niemand meer logeerde. Noski had er zijn kamer nog, maar zelf was hij weg. Met de auto had hij mensen, dieren en koffers naar veilige oorden gebracht. Hij had de tantes en de ooms meegenomen, naar het land van de witte chocolade.

Oudoom Philipp en papa en ik wuifden hen na. Later hadden we Philipp naar de trein gebracht, hij ging terug naar Parijs. Zijn katten zouden bij ons blijven, totdat het weer vrede zou zijn.

Het was een warme voorjaarsdag. De zon scheen en Mimi en ik waren in de tuin de kleine hond aan het voeren. Balletjes uit de bouillon kreeg hij, want hij was een oorlogsgewonde. Niet door kogels was hij geraakt, maar door rondvliegend glas.

De hond was op een middag na luchtalarm bij ons naar binnen gedropen, via de achtertuin. Bescheiden piepend had hij bij de keukendeur gestaan.

'Een oorlogsgewonde, ik zal er wat aan doen, ik kan het niet laten,' zei mijn vader. 'Glas in zijn poot, dat verhelpen we wel.'

Oma zat op de tuinbank en ik voerde de hond. Zij vertelde verhalen over haar vader, die zich soms Arthur Regenfuss had genoemd, de naam die hij had gevonden op een weggegooid, groen uitgeslagen naambord in Frankfurt, aan de oevers van de rivier de Main.

'Hij dacht: je kunt maar nooit weten. Zo'n mooie naam komt vast nog weleens van pas. En weet jij wel wat dat betekent, Regenfuss?'

Ik wist het en ik wilde het net gaan zeggen toen Aleida met fiets en al over het tuinpad aankwam. Ze richtte zich meteen tot Mimi en vertelde opgewonden, dat bij het theehuis van de tennisbaan een bordje 'Verboden voor Joden' was verschenen.

Uit protest had ze onmiddellijk rechtsomkeert gemaakt. Zij vertelde het verontwaardigd, gooide haar haren naar achteren en riep op boze toon dat zolang dat bordje daar stond, zij daar niet meer zou komen. Dat zouden ze weten! Dan hadden ze geen wedstrijdspeelster meer.

Uit gewoonte was Mimi al bezig aan haar vaste toespraak over de fietsen.

'Nu hebben we een aparte schuur voor die voertuigen laten bouwen, met een ruime ingang, vlak aan de straat, gemakkelijker kan het al niet, zodat niet Jan en alleman zijn vehikel hier in mijn perken dondert...' Haar woorden kwamen trager en trager en zomaar ergens middenin sprak ze met een verbaasde klank in haar stem: 'Nou ja zeg, dat is me ook wat moois, waarom doen ze aan die onzin mee?'

Er viel een stilte, waarin ik aan Mimi's knie schudde en zacht zei: 'Regenvoet.'

'Dadelijk kindje, nee, hoor, Regenvoet is het níet.'

Ze gaf klopjes op mijn hand die op haar knie lag.

Aleida praatte ondertussen over een meneer, die had opgemerkt dat joden hier vast nog wel mochten betalen. Hij had op zijn bril geademd en deze met zijn das schoongemaakt en toen was hij onder het bord een sigaret gaan zitten roken.

'Maar ik weet niet of hij joods was.'

'Was hij niet joods?' vroeg oma.

'Hoe kan ik dat weten, mevrouw.'

'Ja, daar zeg je wat. Maar hij bedoelt het goed, dat hij daar gaat zitten, of hij nou joods is of niet.'

'Die bordjes moeten daar niet hangen,' zei Aleida fel. 'Nooit. Die zien er zo gemeen en armoedig uit, net alsof er verboden voor honden staat.' Aleida sloeg haar hand voor haar mond. 'O, neem me niet kwalijk, mevrouw, ik had geen erg, o, dat arme kind.'

Ik keek achter mij om te zien welk kind ze bedoelde. Kroop mijn domme broertje hier weer rond, nu het hier gevaarlijk was, en verboden? Maar dat kon immers niet, hij was met mijn moeder in Engeland.

'Ga eens rustig zitten, meisje,' zei Mimi tegen Aleida

en maakte een gebaar naar de bank, ‘ga daar zitten om even te bekomen.’

‘Regenvoet, regenvoet,’ neuriede ik. De nieuwe hond lag uitgestrekt op zijn rug in het gras. Ik had hem gevoerd en nu borstelde ik hem. Hij trappelde voorzichtig met zijn voorpoten ten teken dat ik verder moest gaan. Ook Mimi’s kat Witbol was stijfjes komen aanlopen. Dat hij zich met zijn oude voeten op het koele gras waagde, betekende dat het zeer warm zou worden en ook dat het langdurig warm zou blijven. Witbol was een betere voorspeller van het weer dan de berichten op de radio en dan de barometer in de hal.

‘Zeg het eens, Witbol,’ prevelde oma. ‘Dat het mooi weer wordt, dat weten we nu wel. Maar wanneer is deze waanzin afgelopen? Zeg het eens, oude paai.’

Aleida verkondigde dat ze lang genoeg had gezeten, zij ging wat doen. Ze liet de oranje en wit gestreepte markiezen neer.

‘Of zouden die ook al niet meer mogen? Ik heb gehoord, in de tuinen worden afrikaantjes en goudsbloemen verboden.’

Alles leek zomers en rustig, behalve als er luchtalarm zou komen. Dan moesten we als de bliksem naar binnen. Iedere dag werd het lichter en warmer. Er waren geen logeergasten meer in huis. Tante Margot had op het nippertje de boot gehaald, al de tantes en ooms waren weg.

De aanwezigheid van Aleida vulde mijn leven. Zozeer zelfs dat ik iedereen, ook mijn moeder en mijn broertje, begon te vergeten.

Er was geen tijd meer over om aan iets of iemand anders te denken. Als Aleida overdag haar bezigheden had in huis, volgde ik haar op de voet.

Maar tennissen deden wij niet meer, want het was geen goed spel voor mij. Ik zag de bal niet aankomen. En zij wilde niet verder spelen, zoals oom Felix vroeger deed, zonder bal.

Op deze dag, die al op een zomerdag leek, zat mijn vader boven een brief te schrijven. Af en toe zagen wij hem heen en weer wandelen over het balkon. Wij hoorden hem eerder dan dat wij hem zagen, want het houten plankier kraakte. Boog hij zich over de rand van het balkon om naar ons te kijken, dan riep Mimi hem van allerlei toe. Dat hij vooral niet moest vergeten onze liefste groeten te doen en vele kussen erbij. Ook riep ze naar boven: 'En dan kun je nog vertellen dat onze fuchsia's al aan het uitlopen zijn, dat moet je ze schrijven, want in Engeland zijn fuchsia's belangrijk, mijn jongen.'

'Nog meer, Mimi?'

'Weet je dat er nou ook al een bordje met Verboden bij de tennisbaan staat?'

Mijn vader boog zich ver over de rand van het balkon, floot en wees hoofdschuddend naar de hoge heg die ons scheidde van de foute buren. Wat er fout aan de buren was, wist ik niet.

'Schijt aan die buren,' siste Mimi. 'Zij kunnen mij de bout hachelen,' voegde ze er luid aan toe.

Onmiddellijk zei ze tegen mij: 'Dat mag ík zeggen omdat ik een oud mens ben, jíj niet, hoor je dat.'

Mimi pakte mijn hand. 'Help mij eens met mijn schoenen, liefje.'

Ze had schoenen aan die met donkerrode strikken om haar enkels waren gewonden. Als je de strikken had losgemaakt, moest je ook nog drie of vier knoopjes lospeuteren. Vroeger had Noski in de ochtend vaak oma's schoenen aan haar voeten gedaan, mopperend dat zo'n ijdele vrouw het verdiende haar nek te breken op zulke hakken. Zij probeerde hem dan te schoppen, maar Noski hield haar voeten stevig vast. Ik had gezien dat hij, voordat hij de schoen eraan schoof, haar voet naar zijn mond bracht en erin beet, zachtjes waarschijnlijk, want Mimi had niets gezegd, ze was alleen verder achterover gaan leunen en had zo'n beetje grommerig geroepen, zoals ze weleens kon doen: 'Over ijdele kereltjes gesproken, ik weet er wel eentje.'

Mimi kroelde door het gras met haar blote voeten, die zo glad en wit waren, dat ze wel van iemand anders leken.

Van mijn moeder bijvoorbeeld, die zelf ook glad en wit was, helemaal. Mimi's gezicht was donker, met gespikkeld vel dat overal was gebarsten. Zij zei dat het kwam omdat haar gezicht al bijna honderd jaar oud was. Waren haar voeten dan niet honderd jaar oud?

'Die zaten altijd binnen, met hun oogjes toe. Die hebben niet veel van de wereld gezien. Als je niets van de wereld hoeft te zien, blijf je wel mooi en jong.'

Daarna vertelde zij een verhaal over een klooster waarin nonnen leefden, dat waren schorseneren onder hun zwart habijt, ze hadden allemaal eendere witte lijfjes en eendere gezichtjes met ogen en een mondje, dat niet eens meer open en dicht kon. Mijn vader riep over het balkon: 'Wat maak je dat kind nu allemaal wijs, Mimi, daar is toch geen woord van waar!'

Oma antwoordde dat het lot van de mens was, tevergeefs naar de enige waarheid te zoeken.

'Wat is het lot van de mens, Mimi?'

'De mens heeft zijn lot in eigen hand,' zei ze plechtig. 'Zijn lot staat in zijn hand geschreven. Ik zal het je laten zien.'

Ik leunde tegen haar aan en liet haar in mijn handen lezen. Met haar puntige nagel ging ze voorzichtig langs de lijnen, ze wees polsbanden aan, de kinderen die ik zou krijgen, de successen, ze schilderde mijn toekomst alsof het een sprookje was. Het klonk mij als muziek in de oren, ik liet mij wiegen door de klanken die langs mij heen stroomden. Ze sprak over mijn leven en over dat van haar, dat al zo lang had geduurd. Ze was oud, kijk maar eens wat een lange levenslijn zij had. Ze wees de lijn aan in haar eigen hand, die altijd trilde en die, als ze naar iets wees, een beetje leek op een fladderende vogel. Ongemerkt waren wij alweer terechtgekomen in het wonderbaarlijke leven van haar vader Rosenblueth alias Regenfuss, over wie zij zo graag vertelde, dat ik hem al bijna even goed kende als Noski, die nog steeds in het echt bestond, ook al was hij weg.

Mimi zei vaak dat ze ook weg zou gaan. Ze zei er weleens glimlachend bij, dat ze nog een appeltje moest schillen met Benno Silbermann.

'Wat voor appeltje, Mimi?'

'O, dat is iets tussen hem en mij.'

Ik vroeg haar of ze boos op hem was.

'O nee hoor, allang niet meer.'

'Zijn de goden boos op hem?'

'O, vast niet, ze zijn blij met goede muzikanten.'

Ik bedacht opgelucht dat wij de goden hadden gesust met zijn schat.

Ten slotte was Mimi echt weg. Voor mij niet helemaal, ik had nog net op tijd stukjes van haar weten te redden, maar die had ik voorlopig weggestoken in mijn vluchtkoffer, wat de stukjes niet erg vonden want ze waren nooit aan daglicht en buitenlucht gewend geweest. Het waren de brieven en de foto's en de tekeningen en de linten en oude bloemen die aan de binnenkant van de kastdeur hadden gezeten. Ik had begrepen dat zij wilde dat ik deze relikwieën bewaarde, anders had zij ze zelf wel vernietigd. Ze had immers in haar opruimdrift ook een groot deel van haar eigen hoeden en jurken verbrand. Wij waren op en neer gerend van het glazen atelier naar het vuur in de achtertuin, heen met alle jurken uit de nieuwe collectie in onze armen en hand in hand terug, speurend naar nog meer buit. Totdat papa er een eind aan had gemaakt en Mimi spartelend naar haar bed had gedragen. Zij was er niet meer uit gekomen. Maar ik, die de geheime manier wist om in haar kamer te komen, ook al was die zogenaamd op slot, had bij haar bed gezeten. Voordat mijn vader binnenkwam, had ik tijd genoeg om mij te verstoppen. Ik hoorde zijn voetstappen op de gang, zijn verlegen voetstappen, die hier en daar even halt hielden, alsof zij eigenlijk niet verder wilden. Maar zijn voetstappen waren nog snel en levendig genoeg toen, niet gewichtloos en geluidloos, zoals later.

Bij elk bezoek bleef papa langer bij Mimi. Ik kreeg kramp in mijn kuiten van het hurken in mijn hoekje bij het venster, zodat ik ten slotte maar gewoon op de grond ging zitten en mijn benen languit van onder de gordijnen vandaan liet komen. Hij zag ze toch niet.

Hij zat eerst op de poef naast haar bed, waar ik ook had gezeten. Hij was nog gaan staan en had zich over haar heen gebogen, hij had haar onderzocht, hoewel ze tegenstribbelde. Hij was teruggekomen zonder instrumenten, want hij had haar eerst zijn lege handen moeten laten zien.

'Je komt me niet onderzoeken, jongen. Je hebt niets bij je, anders ga je maar weer.'

Hij was op de rand van haar bed gaan zitten en toen was hij naast haar gaan liggen. Ze spraken murmelend met elkaar in de taal die op Duits leek maar het toch niet was, die zacht en slobberend klonk, zonder tanden, zo geheimzinnig dat ik er maar weinig van begreep, ook al had ik het nog zo vaak horen spreken boven mij, aan de grote tafel, door de mannen met de hoeden, die er ook in konden zingen en schreeuwen. Mimi schreeuwde nu en dan ook eventjes, maar dat deed ze in het Nederlands omdat dat duidelijker klonk en ze lachte erbij en dit lachen klonk hard. Ik zat te bedenken of mensen die in verschillende talen spraken, in al die talen anders zouden lachen. Dit was zo: het Hollandse lachen van Mimi was hoekig en het murmelende lachen klonk gesmoord en leek bij scherper toehoren op huilen. Ze huilden beiden in het kussen. Het werd luider en luider, ik deed mijn handen voor mijn mond om het niet op een gillen te zetten, ik had mijn vader nooit horen huilen, ik wist niet dat dit kon, ik wist ineens zeker dat wij met man en muis zouden vergaan. Ik kon niet gillen, want ik mocht papa niet laten merken dat ik hier was. Een koude vlaag drukte mij tegen de grond en ik moest zo nodig plassen dat ik het in mijn broek deed.

'Mag ik er een keertje mee ophouden, jonkie, ik heb het allemaal gezien,' riep Mimi tegen mijn vader toen hij begon over kuren in Zwitserland, opknappen en nieuwe pillen.

'Hoe kom ik naar Zwitserland, malle idioot? Vliegend zeker?'

'Er zijn mij routes ter ore gekomen.'

'Ach wat, het is nergens meer veilig. Zelfs als we konden vliegen en dat kunnen we niet, dan was het niets geworden. Het zwerk is vervuild.'

'Dat gaat ook weer voorbij.'

'Alles gaat voorbij. En ik heb er genoeg van gezien. Ik heb het allemaal voorbij zien komen. O ja, weet je nog *Der Vogelflug, als Grundlage der Fliegekunst, Ein Beitrag zur Systematik der Flugtechnik, Auf Grund zahlreicher von O. und G. Lilienthal ausgefuehrter Versuche*.'

'Waar heb je het over?'

'Dat was net verschenen, dat had Philipp meteen te pakken, dat las ik terwijl jij op het punt stond om geboren te worden. Ik hoopte dat wij konden leren vliegen, o ja, Philipp, jij en ik. O. und G. Lilienthal wisten er al wat van, maar...'

'Maar toen?'

In mijn schuilhoek luisterde ik gespannen mee. Twee wensen had ik in mijn leven, de een was geheim en de andere was dat ik kon vliegen.

'En toen? Toen kwam die gannef met zijn Caesaren-Wahnsinn.'

'Wij hadden de pech dat hij een kenner van de Mischnajoth was.'

'Smoesjes. Ik wil er niet meer over spreken.'

'Doe het dan maar niet.'

'Toen jij werd geboren, stonden de kranten vol bombarie over het bezoek van de tsaar. Dat heb ik toen ook nog eens woord voor woord gelezen, en dat was om eens en voor al te voelen hoe een mens zijn tijd kan verdoen.'

'Jij hebt je tijd nooit verdaan, Mimi,' zei mijn vader.

'Ik wil geen kranten meer lezen, vol leugens en bombarie, en ik wil in dit leven niets meer aanschouwen en niets meer beleven. Ik heb mijn mooie kleinkinderen gezien en kan goedschiks gaan.'

Nadat mijn vader Mimi een handkus en een kus op haar voorhoofd had gegeven en zuchtend en hoofdschuddend was weggegaan, kwam ik te voorschijn, ging aan de andere kant van het bed liggen, op mijn eigen plaats en hield mij koest, zodat zij nog een poosje kon slapen zonder te hoeven draaien en hoesten.

'Doe de kast eens open, kindlief.'

Zij was wakker. Ik zette de wastafelkast wijd open, zodat wij een goed uitzicht hadden op de binnenkant van de deur.

Wij keken samen vanaf het bed naar haar schatten, zoals oma ze noemde. Ze blies kushandjes in hun richting.

'Neem jij ze maar, Loulou. Die je hebben wilt dan. En vergeet niet mijn bruidsjurk. Die is voor jou.'

'Gaat u echt weg, Mimi?'

'Ik ga nooit van jou weg, lieverd, maar deze oude vellen en botten, daar moet het nu maar eens mee gedaan zijn.'

Ze liet mij zien hoe slap het vel aan haar armen hing en wapperde ermee heen en weer. 'Het is op. Te oud. Versleten.'

'Neem dan nieuw, Mimi.'

'Ik neem alles nieuw, geshiwes, in een nieuw leven. Een nieuwe naam om mee te beginnen.'

'Hoe, Mimi? Mag ik de nieuwe naam weten?' Ik lag op de dekens te trappelen in mijn nog natte jurk, ik trappelde om warmer te worden, maar ook van opwinding. Geheimen, onthullingen, samenzweringen, het was mijn element aan het worden.

'Germaine Friedensreich.' Ze zei het met een enorme grijns. 'Wat denk je daarvan? Valt er wat aan te merken op Germaine Friedensreich? Niets, dames en heren. Zij is rein en zuiver van hart, ziel en bloed.'

Oma had haar ogen gesloten en maakte met haar handen sierlijke gebaren in de lucht. 'Voor een hoed voor die Friedensreich neem ik oranje blanje bleu. Zo onschuldig op het eerste gezicht. Een witte huif, meisjesachtige blauwe linten op het bloot van haar mollige schouders, bloot met rood en zwarte puntjes. De huif bedekt haar harde kop. Daar kun je een knuppel op kapotslaan. Daar heeft ze dikke, harde, strooien haren en op die harde strooien bol zijn neergestreken de adelaar en de duif! Zie je ze zitten, zij spreken. "Wo das Denken aufhört da beginnt der Glaube, sprach zum Adler die Taube. Sagte der Adler: mit dem Unterschied jedoch, wo du glaubst, da denk' ich noch."'

Zij sprak alsof zij hardop droomde, niet akelig, maar vrolijk, want ze lachte vaak.

Terwijl zij haar sprookjes ijlde, haalde ik zorgvuldig haar schatten van de deur. Diezelfde dag nog kreeg ik het voor elkaar om de kastdeur weer op te sieren met drie kruisbeelden, die ik uit de kamers boven had gehaald. Eromheen plakte ik alle poesieplaatjes die ik had.

Ik vloog heen en weer en doorzocht alle kamers in huis naar plaatjes en versieringen die voor de binnenkant van Mimi's kastdeur in aanmerking kwamen.

In de slaapkamer van Mimi verschafte ik mijzelf iedere keer weer toegang op de geheime manier met het ijzerdraadje dat onder de gangloper lag.

Ik weet niet meer of ik die ene keer tussen de bedrijven door ook nog een andere onderbroek heb aangetrokken. Wat ik ook niet meer weet, maar wat mij nu met verwijtende kracht achteraf te binnen schiet, is of ik weleens heb gevraagd waarom dat ijzerdraadje daar eigenlijk lag en of ik daar antwoord op heb gekregen.

Drie Jezussen aan hun kruisen hingen nu aan de binnenkant van de kastdeur. Ze waren niet eenzaam meer. Hun omgeving had ik opgefleurd met plaatjes van engelen en rozen en vakantiekiekjes van onbekende mensen.

Je moest goed zijn voor Jezus, want hij kon wonderen doen, had Aleida mij verteld. Hij kon alles. Ook mensen uit de dood laten verrijzen. Talitha koemi, hoefde hij maar te zeggen en het dode meisje stond op.

Toen Mimi dood was, opende mijn vader de kastdeur,

in gedachten verzonken, alsof hij naar iets zocht wat er niet was en hij was in een gehinnik uitgebarsten en had uitgeroepen: 'Jezus! Waar komen die allemaal ineens vandaan?'

Hij was gaan zitten, niet op het bed, waar oma lag, maar op de poef ernaast, met zijn hoofd in de handen.

'Talitha koemi, Talitha koemi,' zei ik steeds. Ik liep bij haar bed op en neer, aan haar kant. Misschien zou het ook lukken bij Mimi.

Mijn vader trok mij naar zich toe en zette mij bij zich op schoot. Acht jaar was ik en ik huilde niet, maar hij wel. Ik keek naar Mimi om raad en zij keek terug, vanuit het kiertje dat van haar ene oog was opengebleven. Ik had het gevoel dat zij een beetje lachte om ons.

'Zij is al groot, onze Loulou, en jij moet het goede voorbeeld geven, mijn jong, snuit je neus,' hoorde ik haar zeggen.

'Laten we Talitha koemi doen,' zei ik tegen mijn vader.

'Nee,' antwoordde hij, 'dat kunnen wij niet doen, want Mimi wil niet meer opstaan. Wij moeten het maar goedvinden dat zij niet wil opstaan.' Hij hield op met huilen en snoot zijn neus.

Het was eigenlijk ongemakkelijk dat mijn vader bij mijn bed zat en niet zoals anders tot diep in de nacht achter zijn bureau.

Daar zat hij altijd te lezen, in het rondje licht van de lamp met de groene glazen kap. Hij hield dan zijn fronsende voorhoofd gesteund in zijn hand en zijn goud omrande brilletje ging langs zijn neus op weg naar beneden.

Nu kwam zijn brilletje af en toe ook al bijna terecht in het verhaal van de nachtegaal, dat hij mij aan het bed voorlas. Ik was bang dat er iets verkeerd zou gaan als zijn bril op de bladzijde viel. Er waren al weer veel meer dingen verkeerd gegaan dan wij dachten.

Het verhaal was al veranderd omdat mijn vader het voorlas in het Nederlands, maar met zijn Duitse accent, waardoor de keizer en zijn majordomus en de nachtegaal eigenlijk harlekijnen werden, die in hun grappige taaltje en met malle grimassen tevergeefs probeerden het noodlot te verstrooien. Dat ik toch weer even moest huilen, deze keer, kwam niet door het verhaal maar door de aanblik van mijn vader, die zat voor te lezen terwijl hij er eigenlijk geen zin in had, maar het toch dapper deed omdat wij alle twee op andere gedachten moesten worden gebracht. Hij veegde met zijn zakdoek mijn tranen weg, ook toen ze nog niet eens uit mijn ogen waren gevallen.

'Niet huilen, alles is goed,' zei hij.

'Is het goed, papa, om dood te zijn?'

'Het lijkt mij wel rustig. Meer weet ik er niet van.'

Mijn vader had ik nooit horen zeggen dat hij iets niet wist.

Toen Mimi uiteindelijk helemaal weg was, alle kleren opgeruimd, de boeketten, de foto's, zelfs de binnendeur van de kast van de Jezussen en de nieuwe plaatjes ontdaan, leek het of het huis door iedereen was verlaten.

Mijn vader zat in de balkonkamer, die uitkeek over de achtertuin en het kerkhof, maar hij zag dit uitzicht niet, want hij zat met zijn hoofd in zijn handen. Zo had hij lang geleden ook in Bandoeng gezeten. Hij had mij toen niet eens gezien terwijl ik langsliep. Hij zat met zijn ellebogen op zijn knieën en zijn sigaret ging vanzelf uit, in zijn hand.

Ik kreeg een klein beetje nieuwe hoop.

Mijn hoop werd nog groter, toen er rook onder de deur van de balkonkamer kroop.

‘Ik denk dat we weggaan, Aleida.’
‘Ja, wij gaan weg. Maar hoe weet jij dat, meis?’
‘Papa zit te roken.’

IV

Het waterland

(1942 – mei 1945)

19

Toen het huis van oma Mimi was afgesloten, zijn wij op een nacht weggewandeld naar het waterland. Mijn vader en Aleida en Teddy en ik.

Wij zijn bij Aleida gaan wonen. Dat heeft nog geen drie jaar geduurd. Drie jaar is niet lang op een mensenleven, maar het leek toen zo lang dat ik dacht dat het altijd zou duren.

De mensen bij wie wij woonden, spraken vaak over de gezegende tijd die zou aanbreken 'als de oorlog voorbij is'. Elke dag werd het wel een paar keer gezegd: 'Als de oorlog voorbij is...'

Het leek of dat nooit zou gebeuren.

Toen de oorlog voorbij bleek te zijn, was het als door een wonder. Niemand vroeg later hoe het ons was vergaan, dus wij hoefden er ook niet meer over te praten. Het was een wonder dat de oorlog voorbij was en dat wij nog leefden.

Over wonderen spreekt men niet te hard of te vaak, want dan verjaagt men ze uit de wereld.

We mochten niet meer achteromkijken, maar altijd vooruit.

Mijn moeder wilde, toen zij terug was in Holland, wel veel weten. Vooral over wat zich tussen Aleida en mijn vader had afgespeeld. Ik wist daar niets van.

Mijn moeder kon maar moeilijk geloven dat ik mij zo weinig herinnerde van ons verblijf in het waterland. Eigenlijk herinnerde ik mij er niets van. Ja, wij hadden daar gewoond. Bijna drie jaar. Ongeveer. Dat was het dan.

Mijn herinneringen zijn als kraaien: ze strijken neer in zwermen, waar en wanneer zij willen. Ze komen allemaal tegelijk en maken er een bende van, met veel stampij, of er is er geen, slechts een doodse stilte.

Het huis in de diepte, de tuin met bloemen, daarachter de zwevende meren en de rivier. Links Oude Verlaat. Verderop Nieuwe Verlaat. Een sluisje uit 1740, de eerste steen gemetseld door Jonas van Vloten. Rechts de bijgebouwen en de molen. Onze opslagplaatsen.

Niets hiervan hoef ik moeizaam, van onder de versteende lagen, uit mijn geheugen vandaan te schrapen. Dit is er nog allemaal, vrijwel onveranderd. Ik kan erheen gaan wanneer ik maar wil en als ik maar wil.

De doolhof met schaduwplanten.

De kano's, de roei- en de zeilboten, de aanlegsteigers, de winterverblijven.

Nieuwe kippen en geiten. Geen varkens meer.

In het dorp oude mensen, die geen mond opendoen.

De dochter van Aleida Bakker, Dora, met wie ik niet praat, wat kinderachtig van mij is. En onvergeeflijk.

Onder de dijk staat het huis met de tuin met de berk. Op de dijk het huis met de herberg. Rieten stoelen en houten tafels, die op een terras bij het water staan.

Vanuit mijn dakraam kon ik ze zien, de stoelen, de tafels, de boerenbonten tafelkleedjes, altijd verzwaard door keien, zodat ze niet werden gegrepen door de wind, die hier altijd blaast.

Het pannendak is vanaf een grote afstand zichtbaar, het glanst rood in de zon. Niet te zien is het raampje van mijn vroegere kamer, aan de voorzijde.

De dagen bekeek ik door een klein, rechthoekig raam, dat je open kon zetten op een haak met vier gaatjes. Om erdoor naar beneden te kunnen kijken moest ik op een krukje staan. Mensen die lang genoeg waren, konden zomaar door het raampje kijken, zoals mijn vader en Aleid. En Mannie. En moeder Van Vloten. Corie niet. Zuster Corie schoof zittend door het huis, ze kon geen trappen op.

Ik stak mijn hoofd naar buiten en liet mijn blik naar beneden glijden, eerst over het hoge en daarna over het lage dak. Langs mosgroene dakpannen daalde mijn oog verder af, tot het bij de klinkerweg kwam, bij de brede vaart. Twee aanlegsteigers waren nog te zien en een hoek van het botenhuis. Bij het andere huis, de herberg met het lage dak, kon ik de stoelen en de tafels zien waar de klanten zich te goed deden aan pannenkoeken met spek. Spek at ik nooit.

Het kwam van Edda, de moeder van Barend, later van Barend zelf. Hij was een vriendelijk varken, dat in zijn stal bij de winterboten stond. Op een dag was hij weg, maar niet helemaal.

Ernst Haindl reed op een Duitse Kinderwagen.

'Verdomd, een Waldheini met een Duitse Kinderwagen, dat ik het nog mag beleven,' mompelde Mannie.

Met onze hoofden tegen elkaar aan gluurden wij uit het dakraampje. Ik herhaalde de zin geluidloos en telde de foute en verboden woorden. Drie in totaal. De volgende stap was dat ik mij verdiepte in welke er fout waren en welke verboden.

Dit was moeilijker, maar zo ging het er nu eenmaal aan toe in Mannies lessen.

Mannie logeerde in de molen. Hij was ingestort omdat hij niets meer te doen had en geen uitzicht had. Vroeger had hij in een huis bij de haven gewoond, hij had altijd iets te doen en er was genoeg te zien. Mijn vader zei dat er geen land meer met hem was te bezeilen. Daarom kwam Mannie zijn tijd nuttig besteden door mij levenslessen te geven en hersengymnastiek met mij te doen.

Mijn vader woonde in het bijgebouw. Daar zaten hij en ik weleens samen bij onze wereldbol, die tussen ons in op een tafeltje stond. Ik leerde over landen en volken, die allen broeders waren.

Overdag losten Mannie en ik raadsels op. Wij tekenden snorren, brillen en baarden op de plaatjes en de foto's die wij vonden in de oude tijdschriften van de familie Bakker. Wij onderzochten of iets goed, slecht, verkeerd, fout of wel een wonder was. Dit te weten was belangrijk in het leven.

Ernst Haindl reed, toen wij hem voor het eerst zagen, op een Duitse Kinderwagen, een motorfiets, een DKW. Een grote driewieler was het volgens mij, maar Mannie legde uit: een motor met zijspan. Er was plaats in voor nog een Duitser, een mooie herdershond.

Een speelkameraadje voor Teddy de Wit misschien, mijn oorlogsgewonde hond, die nog steeds door alle katten hardhandig werd gemept. Ik sprong op om naar beneden te hollen en werd door Mannie bij de deur in mijn kraag gegrepen. Was ik gek geworden? Wilde ik ons leven op het spel zetten? Ik wist niet wat ik hoorde. Ja, ik hoorde het goed, fluisterde Mannie, wij verkeerden in levensgevaar. Er was een vijand over Holland gekomen.

Het duizelde mij en ik lag verslagen op het bed. Ik hoopte tegen beter weten in dat wij een spannend spel speelden. Niet menens. Maar het was ernst, zei Mannie, knoop dit maar in je oren: wij moeten op onze hoede zijn. Het gaat om dood of leven. Niemand mag ons zien en wij zijn niemand, daarmee basta.

Wij lagen met onze schoenen aan op het bed, Mannie had zijn arm om mij heen geslagen. Ik staarde strak naar de zoldering, verbood mijzelf om met mijn ogen te knipperen, kneep mijn ogen ten slotte stevig dicht.

Wij hoorden beneden Teddy angstig keffen. Ik hoopte dat hij zich niet in levensgevaar begaf. Ik mocht hem niet roepen. Ik mocht niet naar beneden om hem uit de penarie te halen. Ik mocht niet kijken door het raampje.

Mannie trok het laken over ons heen, tot boven onze hoofden. Wij lagen doodstil en ademden klein. Wij zakten zo diep als wij konden in de matras. Na een poosje, zo stelde ik me voor, was er niets meer van ons te zien. Wie de deur van de kamer zou opendoen en een blik naar binnen zou werpen, zou niets anders zien dan een keurig opgemaakt bed waar iemand tot besluit met zijn hand het laken nog eens extra glad had gestreken.

Het water ligt erbij als altijd. Als een beleefde afspiegeling van alles erboven. Lucht, bomen, struiken, het riet. De blauwe wangen van mijn eerste kano. Mensengezichten en eendenkoppen. Alles geeft het water terug, om het even.

Het huis had, en heeft nog steeds, glanzend geverfde, rood-witte luiken. Het dak is vernieuwd, de nieuwe pannen zijn nog niet bemost.

Achter alle ramen hingen witte glasgordijnen waarin figuren waren geweven, molens en schepen. Deze gordijnen hangen er niet meer. Er zijn goudgele rolgordijnen voor in de plaats gekomen.

Op de punt van het dak stond een windhaan, die naar ons wees.

Lieflijk was de omgeving, maar onheilspellend ook, door het vele, donkere water, dat je altijd zag, waarheen de blik zich ook richtte.

Het liefst had ik toen al rechtsomkeert gemaakt, lang geleden, toen we er voor het eerst kwamen.

Verder dan dit punt kon een mens te voet niet komen. Het water lag voor ons en aan weerskanten.

Wij waren veilig, had Aleida gezegd.

In de tuin bij het huis zag ik voor het eerst zuster Corie. Zij zat in het midden van de tuin onder de boom, een zilverberk. Daaronder was ze neergezet, een druk bewegende gedaante, vastgebonden op een luie houten stoel die geen kussens had maar wel wielen.

Het was niet meteen duidelijk of Corie een mens was of een dier, zo dik zat zij ingepakt in doeken en dekens.

Alleen het hoofd stak eruit. Daaraan ontsproot een woeste witte haardos, die mij aan een hoed van Mimi deed denken, een hoed nog in wording, maar die al heel wat beloofde.

De aanblik van dit rondtollende hoofd met de meetrillende hoed erop deed mij voor even de tocht vergeten die wij lopend hadden volbracht, voetje voor voetje in het duister.

Het wezen in de stoel galmde. Ik zag hoe het heen en weer schudde, alsof het een onbedaarlijke lachbui moest binnenhouden. In plaats van te lachen begon zij te zingen. Zij zong welluidend en verstaanbaar een psalm.

De zingende vrouw was Aleida's oudste zuster, over wie zij weinig had verteld. Haar verhalen gingen meestal over haar vader, hoe groot hij was en hoe sterk en hoe wijs. Waarom wilde Aleida mijn vader afpakken als zijzelf zo'n goede vader had?

Het erf lag een stuk lager dan de weg waarover wij waren gekomen. Het lag nog lager dan de zwarte meren die erboven schenen te zweven. Deze spiegelende vlakten strekten zich uit tot aan de horizon.

Achter en naast het huis waren de andere gebouwen bijna niet te zien. Ze waren van donkergroen hout en goed verborgen, opgaand in hoog struikgewas en kleine, maar dichte bosschages. Dichtbij zag ik de waterput, de kippenren, het stenen schuurtje waarvan de deur openstond. Fietsen, ladders, schoppen en bezems.

Onze tocht erheen was begonnen in het holst van de nacht. Het was niet de bedoeling dat iemand ons zag. Mijn vader en zij liepen naast elkaar, om de beurt trokken zij de bolderkar waarin ik boven op onze boeken zat, met zowat al mijn kleren aan. Naast mij stond, in zijn koperen pot, opa's waringin, die ik mijn mooiste sjaal had omgedaan. Als laatste kwam Teddy. Zijn linker achterpootje bloedde weer aan het einde van de tocht.

Aleida's schouder schuurde bij elke stap langs de mouw van mijn vader. Zijn leren handschoenen zaten in de zak van zijn jas, de vingers erbovenuit. Deze konden niet langs Aleida's wangen strelen, want haar wangen kwamen hoger dan die van mij. Als ze naar hem keek, pratend of zwijgend, hoefde ze haar hoofd alleen maar opzij te draaien, niet omhoog.

Ze liep nog sneller dan hij, zij moest haar pas een beetje inhouden. Haar tred was slungelig, maar sierlijk.

Zo liep de vos die ik in de duinen had betrapt met haar prooi. Aleida Bakker was geen vos, maar ze leek erop.

Mijn vader trok mij voort in mijn kar. Ik zag hoe Aleida af en toe haar ene arm naar achteren strekte omdat ze wilde helpen met trekken. Ze deed het niet. Ze had dan haar hand op die van hem moeten leggen.

Wanneer zij naar mijn vader keek, stelde ik me voor hoe haar ogen groenig oplichtten in het donker, zoals die van een kat of een vos.

In plaats van naar beneden te kijken, naar de weg, om te voorkomen dat zij in een kuil verdween, keek ze de hele tijd naar mijn vader. Er scheen geen maan. Misschien kon zij, net als een kat of een vos, net als ik, in het donker zien. Ze gaf geen antwoord toen ik vroeg hoe ver het nog was.

In het schemerlicht zag ik haar spitse vossengezicht steeds naar één kant draaien, naar waar mijn vader liep. Ik verbeeldde me dat ze al die tijd, slungelachtig en toch met verende passen, tevreden heen en weer sloeg met haar staart.

Ze was onze redding, zei mijn vader, ze bracht ons in veiligheid. Wij gingen schuilen bij haar, omdat het in Den Haag niet meer veilig was. Niet voor ons. Ook niet voor Tycho en zijn oma en zijn vader, die hier al eerder waren gekomen en die logeerden in de molen naast het botenhuis.

Waar dit allemaal goed voor was, begreep ik niet, maar het kon mij eigenlijk niet meer schelen. Ik stelde geen vragen meer. Aan niemand. De antwoorden kwamen toch altijd op hetzelfde neer. Alles wat gebeurde, had met Europa te maken. Of met de oorlog. Maar ook vaak met het slechte weer, waarvoor iedereen hier altijd moest schuilen.

In de duinen had ik de vos gezien die op Aleida leek.

Het was alweer een tijd geleden. Ze waren er toen allemaal nog, mijn moeder, mijn tantes. Het gebeurde op een wandeling. Op het laatst bleek dat wij waren verdwaald. Mijn moeder, Celia Zwaan en tante Margot hadden zitten schertsen met onbekende heren in de uitspanning waar wij pannenkoeken met stroop hadden gegeten. Daarna wisten we geen van allen meer hoe we terug moesten lopen naar de halte van de gele tram. Wij dwaalden in een avontuurlijke stemming door de duinen. Het werd later en later. In de schemering, op een smal, door braamstruiken overwoekerd en voor grote mensen onbegaanbaar paadje, zag ik de vos. Zij slenterde weg met haar buit.

De zon was juist ondergegaan. Celia bezong de lila en

violette schakeringen van de hemel, zij wees ons de purperen en mauve gloed. De anderen keken naar boven en zagen dus niet hoe brutaal de vos zich aan mij vertoonde, hoe zij met haar buit pronkte. Zij scheen mij te dwingen haar toe te juichen, wat ik zou hebben gedaan als ik niet ook de nog kloppende borst, de trekkende poot, het ene, naar mij toegedraaide oog van haar prooi had gezien. Voor ik een kreet van afschuw kon geven, was zij al verdwenen, niet slinks, maar met opgeheven hoofd. Ik verachtte mijzelf omdat ik niets had kunnen doen om de vogel te redden, die naar mij had gekeken met zijn ene oog, waarin nog leven en hoop flakkerden. Ik wierp me languit in de braamstruiken. De vogel had zijn laatste hoop op mij gevestigd, maar tevergeefs. Later geloofden ze niet dat ik de vos met haar prooi had gezien.

'Welnee kind, je verzint het maar, en anders was die vogel toch allang dood.' Celia Zwaan sprak op een toon die geen tegenspraak duldde.

'Nou ja, maar... verdwalen brengt een mens zijn hoofd op hol,' vond tante Margot, die later nog plagend vroeg hoe ik er zo zeker van kon zijn dat de vos een vrouwtjesvos was.

'Ik zag het aan haar.'

Een vrolijk en brutaal vrouwengezicht had de vos, zoals Aleida. Rossig blond was ze, zoals een vos moet zijn. Aleida was het ook.

Op onze voettocht naar het waterland zag ik dat Aleida haar mond maar open hoefde te doen om mijn vader buit te maken. Hij zou geen slag of stoot geven, niet spartelen of krijsen. Ik was bang dat ik hem niet kon redden.

Om het onheil te bezweren riep ik naar mijn vader, of hij mij een verhaal wilde vertellen. Zolang hij tegen mij praatte, was er nog niets aan de hand.

'Welk verhaal wil je horen?'

Ik wist er geen. Toen vroeg ik maar of hij een nieuwe naam voor de hond wilde verzinnen. Geen naam van een plaats, dacht ik erachteraan. Ik wilde niet dat wij naar de plaats gingen waar Aleida woonde en ik wilde helemaal niet dat nieuwe Teddy zo zou heten.

'Waarom niet?' vroeg mijn vader. Ik schrok ervan. Had hij gehoord wat ik dacht? Had ik het soms hardop gezegd?

'Kan Teddy-Den Haag misschien?' vroeg ik lamlendig.

'Niemand hoeft te weten waar wij vandaan komen.'

Ik had geen zin om te vragen waarom niet. Ik had de moed niet om te vragen of we ooit nog terug zouden gaan naar Den Haag, waar oma Mimi had gewoond.

We waren nog nooit ergens naar teruggegaan, dus we zouden ook Den Haag nooit meer zien. Verzonnen wij een naam, dan moest het er een zijn die lang meeging. Ik dacht aan Teddy de Wit. De kleine hond had een zwart oor en er zat een rode vlek op zijn rug, maar verder was hij helemaal wit. Dat mocht toch zeker iedereen weten, en dat hij wit was, konden ze trouwens allemaal zien.

Toen we eindelijk stilstonden, vroeg ik: 'Zijn we nu ergens?'

'Ja, jullie zijn er. Jullie zijn bij mij thuis,' zei Aleida.

Ik probeerde mijn ogen weg te trekken van de bolle vrouw in de tuin, vastgebonden in de houten stoel op wielen, de vrouw die mij aan onze boeddha in Indië deed denken, maar dan in het beweeglijke. Het was beter om niet aan Indië te denken, want het maakte mij de laatste tijd koud in plaats van warm. Ik klappertandde.

Een witte kat verborg zich onder de stoel van de vrouw, onder de afhangende dekens. Kippen pikten driftig voort.

De zilverberk strekte zijn takken uit om overal bovenuit te komen en meer van de wereld te zien. Wij stonden met hangende armen stil op de weg, boven aan een stenen trapje dat naar het erf leidde.

'Doe alsjeblieft of jullie thuis zijn.'

Ik hoorde Aleida's stem, helder en hartelijk. Om haar niet teleur te stellen zou ik moeten doen alsof ik het naar mijn zin had, alsof ik uitzag naar mijn logeerpartij. Kon ik maar van top tot teen een ander kind worden, een aardig en beleefd meisje, dan zou het lukken.

Ik zou zo'n kind zelf moeten verzinnen.

Ik bedacht slome Louise.

Een onverschilligheid kwam over mij en het zou niet lang duren of ik viel in slaap. Het was alsof iemand mij langzaam veel kleren, heel veel kleren aantrok. Zoals iemand dat bij het levende beeld daarbeneden moest hebben gedaan. Kleren om mij heen, doeken daar nog over en dekens ook. Net als zij zou ik lijken op een levende, grote pop.

Binnen in de pop zat ikzelf nog wat na te trappelen en te sputteren, maar ik klappertandde niet meer en in gedachten kreeg ik het al lekker warm.

Het lijzige wezen dat om mij heen was gekomen, nam alles van mij over. Ik sloot mijn ogen en verzon dat ik zo klein werd dat ik nergens meer naar kon kijken en niets meer hoefde te verzinnen. Zij ging doen waarin ik geen zin meer had, zij was gehoorzaam. Het was het beste dat zij voortaan zei en deed wat er van mij werd verwacht.

Zij was slome Louise, die ik had verzonnen. Alles wat ikzelf zei en altijd had willen zeggen, dat wij terug moesten, terug, terug, terug, was toch zinloos, en niemand luisterde ernaar.

De vrouw die ook een pop was, lachte niet zo dat je het kon horen; haar mond stond open in een geluidloze schaterlach. Er zou een vogel in kunnen vliegen, een van de vele die hier kwetterend rondvlogen en overal neerstreken. Ze maakten duikvluchten over haar hoofd, maar ze landdden er net niet bovenop, al konden ze het verschil niet zien tussen haar en een boom.

Zachtjes begon de vrouw in de stoel te kakelen. Of was het kraaien? Toen het nog zachter werd, leek het op schreien. Het werd een verdrietig geluid tussen giechelen en schreien in. Het geluid wilde weghuppelen van dit erf.

Slome Louise sjokte naar Aleida en schurkte tegen haar aan. Ze stak, zo oud als ze was, de duim in haar mond en sloot haar ogen.

Ze luisterde, rustig ademend, naar het kwetteren van de vogels.

Ik keek door een kiertje tussen haar wimpers door en zag hoe mijn vader dichterbij kwam en zich vooroverboog om Louise langs haar wang te strelen of om haar bij haar kin te pakken. Maar hij raakte haar bij nader inzien niet aan, hij zuchtte en fronste zijn wenkbrauwen.

'Voel je je wel goed, Loulou?' vroeg hij bezorgd. Slome Louise deed haar ene oog traag open en het leek alsof mijn vader schrok. 'Wat is er? Is er iets?'

Aleida begon te praten voor ik iets kon zeggen.

'Wil dokter misschien ook eens naar onze Corie kijken?' vroeg zij.

Mijn vader gaf meteen opgelucht te kennen dat hij dat graag zou doen.

Uit de achterdeur van het woonhuis kwamen twee mensen te voorschijn die leken op de knotwilgen die hier overal groeiden. Ze waren oud, maar hun leeftijd was niet te zien aan grijs haar of rimpels, maar aan de vele littekens en vergroeiingen, die waren ontstaan na verwondingen en kwetsuren. Alert bewogen ze zich voort, met gekromde armen en benen, alsof zich daartussen nog hun motorfietsen bevonden. Ze hadden in zichzelf gekeerde gezichten. Ze hebben voor de goede zaak hun leven op het spel gezet en ze zijn hun leven kwijtgeraakt. Nu zijn ze twee namen op een klunzig monument.

Sebastiaan Bernard Bakker en Hendrik Bernard Bakker, vader en zoon.

'We zullen eerst maar eens de eh... verblijven laten zien,' zei de oude man. 'Wij zullen het maar doen, want moeder Van Vloten zou het doen, maar zij is de geiten melken,' vulde de jonge man aan.

'Wij zijn u buitengewoon dankbaar voor uw gastvrijheid,' zei mijn vader.

Iedereen deed alsof het om een logeerpartij ging. Ik wist niet eens beter.

'De eh... verblijven zijn vanaf de weg niet zichtbaar.'

'En we hebben hier weinig last van de bezetter over het algemeen.'

'Ze komen hier wel ereis, maar dan alleen maar voor de ontspanning.'

'Zij boffen maar,' zei mijn vader. 'Ontspanning te kust en te keur.'

'Och, zij hebben liever hun wouden.'

'We gaan door de voordeur naar binnen, dan hoeven we niet achterom door de modder.' Aleida spoorde ons aan, omdat wij bleven staan waar wij stonden.

Slome Louise vroeg niets, maar ze draaide haar hoofd ook niet weg. Ze keek onaangedaan voor zich uit. Ze stak haar duim weer in haar mond en probeerde te spinnen.

Aleida legde haar arm om Louise. 'Meis, eerst gaan we door de winkel, dat vind jij wel leuk, hè? Een echte winkel.'

Ik schaamde me een beetje, want toen we bij oma Mimi thuis woonden, had ik nooit gespeeld met de oude houten winkel van Sinkel die ik van Aleida had gekregen. Maar ik maakte me in het kleinste puntje van mijzelf onzichtbaar.

Louise nam haar duim uit haar mond en begon te snateren.

Terwijl ikzelf niet wist hoe ik me nog dieper moest verbergen, terwijl ik het gevoel had dat ik misschien beter, net als oma Mimi, kon sterven, terwijl ik me afvroeg op welke manier ik zo snel mogelijk kon sterven, begon slome Louise te snateren. Louise deed mooizitten, pootjesgeven en koppiekrauw, alles tegelijk.

'O, wat mooi,' zei Louise met een gilletje en ze kneep in Aleida's arm. 'O, wat leuk! O, Aleid! O, wat fijn, mag ik hier echt zomaar weleens spelen?'

Zodra Louise ophield met geluiden maken, stopte ze haar duim weer in haar mond, als een lolly.

'Ik zal je wijzen waar alles is en dan mag jij fijn in de winkel helpen.'

Aleida straalde, ze trok liefdevol aan de pijpenkrullen van Louise, ze schoof het topje van haar pink naast de duim in Louises mond. Ze kwam met haar pink tussen mijn lippen naar binnen. Ze strekte zich naast mij uit, maar ik haatte het. Ik moest ervan kokhalzen. Ik zette het op een krijsen maar het gekrijs bleef in mijn keel steken en het kokhalzen golfde de andere kant uit, naar beneden, in mij terug, zodat ik in elkaar kromp van misselijkheid. Mijn laatste krachten verdwenen.

Slome Louise nam het kalm over, zoals ze voortaan altijd zou doen. Slome Louise liet zich het geflikflooi welgevallen en flikflooide mee.

Ze tikte met haar tong tegen Aleida's pink, alsof ze een letter ging zeggen. Ze zoog onverstoorbaar op de pink, alsof die van drop was, of haar eigen duim.

'Meis,' zei Aleida.

De winkel lag vol rollen touw. Oma's Witbol was hier, haar zwarte venijnige kat was hier, en ook de katten van oudoom Philipp. Ze lagen op de rollen touw te slapen. Ik wist dat Aleida ze in een slagersmand op haar fiets hierheen had gebracht.

'Kijk eens wie daar zijn,' wees Aleida.

Liegen mocht niet, ook al wist niemand precies wat waar was en wat niet, je mocht toch niet liegen, zoals iedereen die ik kende, mij had verzekerd. Ook mijn vader. En zeker mocht je niet liegen tegen je eigen mensen. Eigen mensen waren mensen die van jou hielden en van wie jij hield en bij wie jij hoorde en die bij jou hoorden.

Louise trok zich nergens wat van aan. Ze hoorde bij niemand en daarom mocht ze liegen zoveel ze maar wilde.

Ze deed net alsof ze de katten niet herkende en draaide haar rug naar ze toe.

'Touw! Touw!' gilde ze met dat vreemde stemmetje van haar, alsof touw het mooiste was dat er in de wereld bestond. 'Alle kleurtjes touw, touw, touw! Roodjetouwtje, groentjetouwtje, blauwtjetouwtje, geeltjetouwtje, oranjetjetouwtje!'

'Alle kleuren van de regenboog hebben we hier,' riep Aleida opgetogen.

Terwijl ik Louise liet dansen en kraaien, sloop ik op mijn steeltjesogen de winkel rond. Ik kwam nog meer katten tegen, dikke katten die kopjes gaven tegen de toonbank en katten die zich wasten. Het rook in de winkel naar kat, hout en touw. Er waren katten die net als die van ons op de rollen touw lagen te slapen en er waren er die er zelf ook als een rol zwart, wit of grijs touw uitzagen. Onzichtbaar zette ik mijn verkenningstocht voort. Het beviel mij hier eigenlijk wel. Het rook hier goed.

Toen ik me ten slotte door en door behaaglijk ging voelen, bedaarde het kind dat zich zo aanstelde. Toen Louise eventjes haar mond hield, vroeg ik zo beleefd als ik kon of Teddy de Wit hier naar binnen mocht, met al die katten.

'Jawel, kind, dit zijn goei katten, hij krijgt wel klop.'

Een vrouw met blozende wangen en felblauwe ogen was de winkel binnengekomen. Ze had slordige, grijze haren en veegde haar handen af aan een schort. Ze had gehoord wat ik vroeg. Ze kwam met slepende passen naar mij toe en keek mij nieuwsgierig aan.

'Wat ben jij blond, kleine pit, gelukkig maar,' zei ze.

De knoestige man, de oudste met de staalgrijze haarpluimen, was naast Aleida gaan staan. Hij had een verweerd en goedig bruin gezicht en groenige ogen; hij leek niet op Aleida, maar toch ook weer wel.

'Dit is mijn pa,' zei ze en legde haar hand op zijn schouder. 'Zij daar is moeder Van Vloten, zij doet hier ons huishouden sinds moeders dood.' Aleida knikte in de richting van de vrouw met de felle, blauwe ogen. 'Hij daar is mijn oudste broer Henk. En onze Corie hebben we al gezien in de tuin.'

Gehoorzame Louise haalde de duim uit haar mond en ging het rijtje nieuwe mensen langs om ze een hand te geven. Ze maakte voor alle drie een knix.

20

In het waterland stond alles stil. Het trage land gaf zich niet prijs. Het verschool zich in regen en nevel. Alleen de onzichtbare kou was er altijd en drong overal doorheen.

Onze schuilplaatsen waren niet verwarmd. In de keuken brandde een kolenfornuis, dat werd bediend door moeder Van Vloten. Ik mocht er niet dichtbij komen, dat was te gevaarlijk. Als zij een ogenblik niet oplette, legde ik mijn hand erop. Als ik snel genoeg was, gebeurde er niets. Mijn hand werd warm, gloeide, maar verbrandde niet. Het vuur was hier vriendelijker dan het water, dat in mij beet zodra ik mijn hand erin stak.

Vuur was het enige waar zij een heilig ontzag voor had, zei moeder Van Vloten. Het was van levensbelang, want het bracht warmte en leven.

Aleida vertelde me dat een zoon van de goden het voor de mensen uit de hemel had geroofd en dat hij daar vreselijk voor had moeten boeten. Hij werd aan een rots vastgekluisterd en de roofvogels pikten zijn lever eruit.

En het vuur was er toch al, zei ik verbaasd, het lag te slapen in onze vulkanen. Dat de arme godenzoon dat niet had geweten. Hij had niet helemaal naar de hemel hoeven vliegen, hij had gewoon met een boot naar de vulkaan kunnen varen.

Had mijn moeder dat verteld, wilde Aleida weten. Ja, zei ik, vroeger. Vertel nog eens meer, drong Aleida aan.

Ik antwoordde dat het verboden was om over vroeger te spreken.

'Dat is waar, meis,' zei ze haastig, 'het spijt me zo, vergeef me alsjeblieft dat ik het vroeg en vergeet het maar.'

Ze zag er triest uit, alsof ze zou gaan huilen. Daarom heb ik haar toen toch maar over vroeger verteld. Wat ik mij ervan wilde herinneren.

De tjitjaks en de tokehs. Mijn hond Teddy-Bali. De tennisbaan en het zwembad van Villa Isola. De zwarte eettafel, die mensen omtoverde in demonen.

De zwarte zee, waarin ik zwemmen leerde.

De lichtblauwe brieven van oma Mimi. De boot Garoeda, waarmee wij naar Europa waren gevaren.

Aleida luisterde met hart en ziel. Ze drukte mij af en toe tegen zich aan en riep zachtjes ocharme en jeetjemina.

'Ik zou je er zo naar willen terugbrengen, naar het land van de vulkanen,' zei Aleida. 'Konden we maar vliegen! Als we konden vliegen, dan vlogen we eerst naar je mama en je broertje. En dan? En dan naar Bandoeng, naar je huis waar tante Margot en oom Felix nu wonen.'

Ik haalde mijn schouders op.

Ik antwoordde dat wij niet zouden gaan. Mimi had gezegd dat mijn vader niet kon vliegen. Zij zou niet willen dat ik terug naar Bandoeng vloog, zij zou willen dat ik bij mijn vader bleef.

'Ik ook, meis,' zei Aleida, 'ik wil dat ook.'

Ze zei: 'Geloof me, meis, het komt heus allemaal goed.'

Maar dat kwam het niet, of soms wel?

Het water was vriend en vijand, zei vader Bakker. Holland had het water bedwongen. Het water was als een goede, grote hond. Je gaf hem zijn plaats, die moest hij kennen. Dan had je er de beste beschermer en verdediger aan. Het water zou ook onze vriend en beschermer zijn.

De vader van Aleida zette mij op een stoel in de tuin en wees al het water aan.

Voor ons de rechte vaart, die via een sluis uitmondde in de slingerende waterweg. Achter ons lag het grote meer waarvan je de overzijde, met speelgoedkerken en boompjes, alleen bij helder weer kon zien. Het grote meer had er nog een kleintje bij, een plas, waar je binnen drie kwartier omheen kon lopen. Hier leerde ik kanovaren en roeien. Hier zwommen wij, in die zomer van de hete dagen.

Iedere ochtend lagen wij roerloos in het groene water, Aleida, mijn vader en ik. Wij zeiden niet veel. De zon kwam aan de kant van de speelgoedkerk op, klom boven de bomen uit en spiegelde zich de hele dag in het water. Ik probeerde de weerspiegeling van mijn gezicht vast te houden. Tegelijk wilde ik de gezichten van Aleida en papa zien, zodat ik vijf witte gezichten zag, twee boven en drie in de waterspiegel. Dit kunststukje lukte maar zelden. Waarschijnlijk is het niet één keer gelukt.

Ik hoefde maar te fluisteren dat niemand zich mocht verroeren, of het was al bedorven. Een vleugje adem liet het water al rimpelen. Toch werd het beeld van de vijf vage witte gezichten, de witte ovalen die dreven in het donkere water, als een grote geruststelling in mijn geest opgeslagen.

Wij waren waterlelies. Niets kon ons deren, wij zouden altijd opnieuw boven water komen.

Iedere dag dat de hittegolf duurde, dreven wij in het water.

Er kwamen ochtenden die te mooi leken om waar te zijn. Ik kon het niet verdragen. Ik bedierf het maar gauw, voordat weer iets of iemand anders het deed. Petsend met mijn handen op het water sloeg ik onze gezichten stuk. Ik treiterde Aleida.

Ik zei dat waterlelies geen bloemen waren, maar verdronken meisjes. Meisjes die niet konden zwemmen, zeemeerminnen zonder staart.

‘Ze heten wendolienen. Echt waar, Aleida, zo heten ze, kijk, ze zijn allemaal wendolienen.’

‘Meis, het zijn bloemen, waterlelies, ze heten geen wendolienen.’

‘En ik heet geen meis.’

Mijn vader nam een hap lucht en dook onder water. Voor hij lucht hapte, zag ik hem lachen.

Zij had haar haren achterovergekamd en er een brede witte band omheen gedaan. Haar vossenkop stak gretig naar voren. Ze zwom naar mij toe, het water kabbelde wild om haar heen. Ze maakte slordige slagen met armen en benen, ze zwom als een vos.

De vos, die lang geleden verscheen op het duinpad waar wij waren verdwaald, keek mij trots aan. Zij had mij duidelijk gemaakt dat zij een prooi had, die van háár was en niet van mij. Ik wierp me in de braamstruiken om de fazant te redden. Ik was niet bang voor de vos. Maar zij ook niet voor mij. Terwijl ik pijnlijk geschramd in de struiken lag, had zij zich kort naar mij omgedraaid, met de prooi in haar bek. Zij had mij uitgelachen. Bij haar vergeleken was ik een log en traag schepsel. Ik kon niets uitrichten.

In het water van de plas liet ik de vos zien hoe de otter zwemt. En die otter was ik. De otter doorklieft water en maakt geen geluid. Hij glijdt en golft en is onzichtbaar, als water.

Ik dook onder Aleida door, zonder dat ik haar aanraakte. Ik kwam vlak bij haar boven. Ze schrok en sperde haar mond open, ik ging ervandoor.

Ze achtervolgde mij, maar dat moest ze snel opgeven. Ik dook onder water, greep haar voeten en trok haar omlaag. Ze spartelde om boven water te blijven. Ik trok zo hard als ik kon. Mijn vader kwam haar te hulp, zij deden beiden alsof het maar een spelletje was.

Later, toen de rust was teruggekeerd, ging Aleida drijven. Zij wentelde zich op haar rug, legde haar hoofd achterover in het water. Haar spitse neus stak ze in de lucht, haar tennisballen liet ze bobbelen onder het badpak. Ze dreef en praatte tegen mij, zodat ik naar haar moest kijken.

'Meis, je weet toch dat ik jou bedoel als ik "meis" zeg?'

Ik dook onder zonder haar te antwoorden. Ik kwam boven water en zij praatte door: 'Als je "wendolienen" zegt, weet niemand dat je waterlelies bedoelt.'

'Jij weet het wel. En papa ook.'

'Dat is waar, ja,' zei mijn vader. Hij zwom dicht bij ons in de buurt. Ik huiverde bij de gedachte dat hij ons zou voorstellen om vrede te sluiten en met zijn drieën Jan Huigen te doen. Jan Huigen in de ton met een hoepeltje erom.

Ik riep nijdig: 'Wendolienen wendolienen wendolienen.'

'Geen wendolienen. Waterlelies.'

'Ja, zo is het, Aleida, jij hebt ook gelijk.' Mijn vader zei het vriendelijk. Hij stelde geen vrede voor.

Aleida lachte en toen spatte ze ineens met haar hand water naar hem. En hij spatte terug, naar haar.

Ik zou dit niet durven, mijn vader nat te spatten. Mijn moeder had ik het nooit zien doen.

Het was hartje zomer, in de vroege ochtend, de waterlelies waren nog niet open. Ik keek expres niet naar mijn vader en Aleida die elkaar nat spatten. Ik dook onder en kwam zo lang mogelijk niet naar boven. Ik zwom tussen de stengels van de waterlelies door, mijn ogen open, de zon scheen ook onder water. Ik bevond me in een wonderschone wereld, waarin ik graag had willen blijven, maar Aleida schreeuwde. Ik kon haar overal horen, ook onder water. 'Kom boven, meis, kom nou, het heeft lang genoeg geduurd. Meis, kom boven.'

Ik zwom onder water naar de andere oever, ik klom onopgemerkt aan de wal en hurkte tussen de struiken. Pas een hele tijd later gooide ik kiezelsteentjes naar haar.

Na het zwemmen aten wij gebakken eieren in de keuken bij moeder Van Vloten. Daarna gingen wij naar onze opslagplaatsen toe, zoals mijn nieuwe oom, oom Mannie uit de molen, de verblijven noemde.

Opa's ficusje stond in zijn koperen pot op mijn dakkamer. Hij kreeg weinig licht, maar hij kwijnde niet. Na de reis in de bolderkar had hij veel blad verloren, maar er kwam weer nieuw aan. Ik kon het weten want ik wreef met een doekje alle blaadjes, bijna iedere dag, en ik telde ze ook. Selma leerde mij tellen en rekenen. Zij was de vrouw van oom Mannie. Zij woonden beiden in de molen, net als Tycho en zijn familie, in een opslagplaats die nog kleiner was dan die van mij.

Ik had mijn opslagplaats onder het dak. Daar zat ik de rest van de dag op een bed en oefende drie dingen.

Onzichtbaar worden was één.

Niet bang zijn was twee.

Niet denken aan vroeger was drie.

Als de dag om was, kwam eerst de avond en daarna de nacht, waar ik al die tijd naar had verlangd. Dan ging ik op avontuur, als niemand meer wakker was.

Er waren geen mensen meer op het water en als ze er waren, wilden ze liever niet worden gezien.

Die nacht dat ik – of was het slome Louise? – haar over vroeger vertelde, was de laatste nacht dat Aleida bij mij in het dakkamertje bleef. De laatste keer dat zij in haar nachtpon naast mij kwam liggen. Dat zij mijn haren wegstreek van mijn oor en erin fluisterde dat ik een eindje moest opschuiven.

Er gingen eerst drie nachten voorbij dat zij niet kwam en dat ik toch wachtte. Ik begon de volgende eenzame nachten te tellen, maar hield ermee op.

Zij verscheen nog weleens, maar zo zelden dat ik er niet meer op rekende. Kwam zij wel, dan schrok ik er zelfs van. Het deed me geen plezier meer dat zij kwam. Ik hield me slapend. Ik stopte mijn kussen onder de dekens en propte mijn kleren erbij. Zo leek het precies of Louise daar lag.

'Wacht jij maar op Aleida,' zei ik. 'Laat haar niets merken, hoor.' Slapende Louise liet ik achter en ik ging ervandoor.

In het waterland kwam ik pas 's nachts in beweging en tot leven.

Uren kon ik, tussen de struiken gehurkt, naar het meer zitten turen om te zien hoe het in de late avond, tegelijk met de lucht, donker werd. Nooit slaagde ik erin om het ogenblik te vangen waarop de contouren van lucht en water in elkaar overvloeiden. Dat gebeurde altijd ongezien, water en lucht werden één. Vogels slaakten hun laatste kreten, ze haastten zich naar hun nachtverblijf, op het water, in de lucht, het leek wel alsof ze net als de mensen voor het donker binnen wilden zijn.

Bang voor het donker was ik nooit. Het donker bleek mijn element te zijn.

Er waren nachten dat je in de kano naar het grote meer kon drijven, dat je niet hoefde te peddelen, niet te sturen, een lichte slag met je hand was genoeg. Aleida had gezegd dat het de wind was die het deed. Ook als er geen voelbare wind was, bestonden er nog luchtstromingen die je voortdreven. Deze luchtstromingen had ik wel gevoeld, maar met de stromingen in het water waren mijn ervaringen anders dan wat zij mij erover vertelde. Ze zei dat alle waterstromingen hier, van de vaart, van de plassen en de meren, zelfs nog onmerkbaar in de onooglijke slootjes, bepaald werden door het getij van eb en vloed van de zee. Je kon de stroom mee hebben, maar ook tegen.

Scholen vissen namen mijn bootje op hun rug en droegen mij naar de plek waar ik heen wilde. Dat moest wel zo zijn, want ik kwam altijd waar ik wilde komen. Ik voelde de vissen onder mijn boot en kon ze aanraken. Ik voelde hun lijven met mijn hand wanneer ik mee peddelde om hun last te verlichten. In het water aaide ik hun gladde vel en ze kronkelden zich behaaglijk, maar als ik probeerde ze te grijpen, dan verdwenen ze snel.

Het meer was groot en in de nacht werd het groter. Ik stak van wal en kon al gauw de oevers niet meer zien.

Op Aleida's waterkaart zagen de zes eilanden in het grote meer eruit als een afgehakte en in het water gevallen reuzenhand. De kleinste eilanden waren Pink en Duim. Ze heten anders, maar ik noemde ze zo, want wij moesten toch altijd alles andere namen geven.

De handpalm, naar boven gekeerd, was hol naar het midden toe en moerassig. Je kon er alleen 's zomers lopen zonder natte voeten te krijgen.

Aleida zei dat er op dit eiland vreemde dingen gebeurden en dat een mens zich daar beter niet kon wagen. Ze zei nooit dat ik er niet naar toe mocht gaan. Ze wist niet eens dat ik zover kwam met mijn kano.

Bij ons thuis vroeger waren ook plekken waar je geen voet mocht zetten. Er waren veel dingen die je maar beter niet kon doen, omdat je dan de toorn wekte van de goden.

In Holland was het beter om onzichtbaar te zijn en dat probeerde ik dus ook, hoewel nog niet goed genoeg. Het lukte niet zo goed als ik hoopte, ofschoon ik zeker al drie schriften met probeersels voor toverformules had volgekrabbeld. Mensen in uniform, bezwoer Aleida mij, moest ik nooit onder ogen komen. Ik mocht het niet, zij wel.

Zij mocht wel met Ernst Haindl op een bank bij de tennisbaan zitten. De baan bij het botenhuis. Het net op de baan was kapot, maar Aleida tenniste er toch met Ernst Haindl. Zij mocht met hem tennissen, in de avond, om kwart over acht, als het licht er nog was.

Ik zou nooit vertellen dat ik haar met Ernst Haindl had gezien. Hij droeg zijn uniform trouwens niet, hij had zijn witte tennisbroek aan.

Dat ik met groot verlangen zat te wachten tot het licht wegging, tot het duister werd, vertelde ik Aleida niet. Niemand zou dat trouwens geloven, van brave Louise, die altijd vroeg wilde slapen. Maar het was ook niet Louise die zo ongeduldig was. Het was die andere, een driftige dwingeland, die met haar vuisten aan de binnenkant van mijn huid zat te trommelen. Te bevelen: opschieten nu, niet zeuren, laat die slome maar waar ze is.

Met het hoofdkussen en een stapel kleren maakte de kanovaarster onder de dekens de slome na, die moest achterblijven. Avonturen wilde de kanovaarster beleven. Zij stak van wal. Naar het gevaarlijke eiland toe, de handpalm van de reus. Hij hoefde zijn hand maar dicht te knijpen en ik zou vermorzeld zijn.

Op blote voeten kwam je nog het snelst vooruit, door het moerassige deel van Palm. In dat gebied, vol kuilen en sleuven, groeiden overal kleine, sprietige wilgen. In het midden was een heuvel waar het droog was en waar de bomen dikker en hoger waren. Er waren jaartallen in gekerfd en namen en een hart met een pijl erdoor. Ik was van plan een zaklantaarn mee te nemen en deze namen letter voor letter te lezen en ze in mijn schrift over te schrijven. Maar ik vergat iedere keer weer de lantaarn. En er was op deze plek zoveel waar ik op moest letten.

Er stond een hut. Niet zomaar een slordige hut die door jongetjes in elkaar was geknutseld, nee, het was een bouwsel dat al vele jaren moest hebben getrotseerd. Het was verweerd en sterk.

Op een houten platform, dat werd gedragen door ettelijke dikke ronde poten, ongeveer even hoog als een grote man, even hoog als sommige bomen eromheen, stond de hut, die eigenlijk een boomhuis was tussen de kruinen van de hoge, maar niet de allerhoogste bomen.

De trap die erheen leidde en de waranda en de balustrade waren gemaakt van wilgen. Ze hadden zich er niets van aangetrokken dat ze waren omgehakt en in stukken gezaagd om trap of balustrade te worden. Ze groeiden gewoon door. Dit vond ik nog wel het mooiste aan het boomhuis, dat het groeide. Er zaten echte blaadjes aan, die er in de herfst afvielen, maar dan was intussen de omheining weer een stuk groter geworden en ze had zelfs takken gekregen, waaraan opnieuw blaadjes zouden komen. Het boomhuis leefde, en hoe! Over een aantal jaren zou het weer een boom zijn, een kolossale, wonderbaarlijke wilgenboom op minstens tien poten.

Binnen in de hut was een grote kamer, langs alle wanden stonden brede banken. Er waren pannen, ketels en een petroleumstel. In een grote kist was alles te vinden wat ik dacht dat een mens nodig heeft. Je kon hier minstens een week bivakkeren, zonder gebrek. Vanaf het schuine dak liep een regenpijp naar de waterton op de omloop.

In de hut kwamen vroeger vogelvangers en vissers, maar nu niet meer. Aleida zei dat niemand er kwam.

Ze vroeg mij met gefronste wenkbrauwen, nadat ik mij had versproken: ‘Hé, hoe zit dat, wat weet jij van de hut, wie heeft jou ervan verteld?’

Ik gaf geen antwoord.

‘In die hut,’ zei ze dwingend, ‘kan geen mens komen.’

Ik wist intussen best dat Kale Ket er woonde, die een vriend van haar was. Hij kwam er en ik kwam er en zij kwam er dus ook.

Kale Ket zat op zijn hurken achter de tafel. Hij had mij gezien toen ik naar boven kwam. 'Kom je van Leidje?' riep hij. Ik knikte.

Een vriend van Leidje, zei Kale Ket, dat hij was. Ik wist niet dat hij Kale Ket heette, maar dat zei hij zelf.

'Ik weet wel wie jij bent. Weet jij van mij?'

'Wie bent u dan?'

'U? U? Zeg toch gewoon Kale Ket.'

Ik wilde het eerst niet geloven dat iemand zo heette. Hij zei: 'Hoe ik heet, kan je beter niet weten en het gaat jou verder niks aan.'

Hij was niet aardig, maar zenuwachtig.

'Kom je iets van Leidje zeggen? Zeg het dan en donder als de bliksem weer op.'

'Nee,' zei ik, 'ze mag eigenlijk niet weten dat ik hier ben.'

'Zo. Zo. Weer wat nieuws. Hoe kom je hier dan verzeild? Wat moet je dan? Donder toch op, kind.'

'Ja.' Ik wilde gaan. Hij hield mij tegen.

'Ik ben gedoken,' zei hij, 'net als jullie.'

'Zijn wij gedoken?'

'Ja, godverdomme, ondergedoken, dat weet je toch wel?'

'On-der-ge-do-ken? Waaronder zijn wij dan?'

Kale Ket haalde zijn schouders op. 'Ben jij wel helemaal goed snik?' Hij keek mij grimmig aan. 'Voor deze keer laat ik je gaan,' zei hij bars. 'Als jij je kop maar houdt. Zeg mij eerst even na...' Hij zat een hele poos te denken over wat ik hem na moest zeggen.

Voordat hij weer begon te praten, zei ik dat hij misschien maar beter kon proberen onzichtbaar te worden, net als ik.

'Tjongejongejongejongejonge. Jij hebt me wel een hoop praatjes. Jij bent niet goed in je bovenkamer, wist jij dat? Heeft ze jou eerlijk niks voor mij meegegeven?'

Ik schudde van nee en liet mijn lege handen zien.

'Niks te vreten ook niet?' vroeg hij nog. Hij wachtte niet eens tot ik antwoordde, hij zei al: 'Jij hebt het zelf opgevreten.' Hij zakte moedeloos in elkaar. Hij was er niet goed aan toe.

'Ik wil wel eten meenemen, morgen.'

'Moet je haar horen, ben jij soms de koningin van Seba? Jij zit vol mooie praatjes. Ook vanwege jullie leef ik hier als een varken, hoor.'

Ik keek weifelend om mij heen in de hut, die zo groot was. Volgens mij was de stal van het varken Barend een stuk kleiner en dat zei ik hem ook.

'Donder je nou op?' riep hij. 'Ik ga wel weer paling stropen.'

Ineens herkende ik hem toen. Ik wist niet hoe snel ik moest vluchten, ik struikelde van de trap.

'Geen paniek maken, hè?' Ik wist niet wat paniek maken was, maar hij doelde zeker op wat hijzelf met de palingen deed.

Paniek zaaien, dat was juist iets voor hem. Hij zaaide met scheermesjes paniek onder de vissen. Hij had mij niet herkend van de vorige keer. Hij had mij toen misschien niet eens gezien, maar ik hem wel. En ik had het hem zien doen, met de vissen. Hij gooide scheermesjes in het water, handen vol, hij zat gehurkt op de wal van het eilandje Duim, waar de palingen zich door het gras wentelden, zo sappig en vochtig was het daar. Hij zat er op de rand om ze te vangen als ze net weer in het water waren geplompt. Hij vond het zeker slim van zichzelf om op deze manier mijn vissen te vangen.

In plaats van hem voortaan te mijden als de pest, voer

ik nog een keer zo dicht als ik durfde langs hem heen, zodat ik zijn builen kon zien, de rijen puisten die hele velden vormden op de dunne wittige vacht op zijn lijf. Omdat de zon zo veel en lang had geschenen, waren zijn armen rood. Op zijn rood verbrande armen, waarmee hij onstuimig door het water maaide, zodat hij het met de stervende vissen en al liet opspatten, kon je zien dat zijn puisten waren opengebarsten. Zulke grote puisten had ik nog nooit gezien. Zeker niet bij Barend, het vriendelijke varken dat een schoon, roze vel had, met dikke rimpels en veel stug gouden haar.

De late avondzon schitterde op het water en liet de scheermesjes glinsteren in hun dwarreling naar beneden. De vissen dreven in hun eigen bloed, met gescheurde koppen en kelen. Hij haalde ze met zijn schepnet op. Hij had mij wel gezien, maar had geen aandacht aan mij besteed en ik was voorbijgedreven in mijn blauwe kano.

Hoe vaak heb ik Kale Ket nog in de hut ontmoet, van wie ik toen niet wist hoe hij echt heette? Ik heb nooit geweten hoe hij echt heette, zijn hoofd heeft op aanplakbiljetten gestaan en er is over hem gesproken, maar ik kon het beter vergeten. Ik heb me ingeprent dat ik hem nooit heb gezien. Ik dacht dat hij een demon was, maar hij was een vriend van Aleida, een dienaar van de goede zaak, maar een vijand van de vissen.

Hij maakte mijn eilandjes onveilig. Pink, Duim en Palm. In het grasland van Duim had ik eens een voetstap van hem bekeken, die groter en groter werd en dieper en dieper, in plaats van langzaam aan te vervagen, zoals de voetstappen van gewone mensen.

Hij begroef zijn afval op Palm, maar niet altijd, soms had hij een bergje sigarettenpeuken en eierschalen en worstvellen achtergelaten. Niet om aan de goden te offeren. Dat mocht je geen offer noemen, peuken, doppen en stinkende vellen, waarvan de ratten nog vies waren.

Als er weer zo'n smerig hoopje lag, bedolf ik het met takken en bladeren en bouwde er een kleine brandstapel van. In de boomhut waren lucifers en carbid en een vaatje petroleum. Maar ik mocht de stapels pas aansteken als wij waren bevrijd.

Aleida had mij op het hart gebonden om nooit ofte nimmer iets te doen wat de aandacht van andere mensen trok. Ik moest zoveel mogelijk uit de buurt blijven van andere mensen.

Ik ontmoette weleens hengelaars in de heel vroege ochtend als ik terugkwam van mijn omzwervingen. Als zij mij hadden gevraagd wat een meisje van tien zo vroeg alleen in een bootje op het water deed, zou ik antwoorden dat ik eieren naar het dorp aan de overkant bracht. Aleida had verteld dat zij dit vroeger altijd deed, niet eens in de kano, maar in een roeiboot, die veel zwaarder was. Daarvan had zij haar sterke armen gekregen.

Nooit vroeg een hengelaar mij iets.

Je weet niet wie je wel en wie je niet kunt vertrouwen, zei Aleida, en ze keek triest.

Maar ik wist zulke dingen allang. Je kon niemand vertrouwen. Ook Aleida niet.

Op een nacht wilde ik op het eiland mijn kano vastleggen aan de boomstomp, die als een natuurlijke bolder daartoe diende. Ik zag dat er al een kano lag. Niet aan de bolder, maar op het land, onder een struik. Er was een camouflagezeiltje overheen gespannen, niet te strak en niet te los, precies zoals het behoorde. Ook de peddel was keurig bevestigd. Hier aanschouwde ik het toonbeeld van afmeren zoals vader Bakker het mij ook had geprobeerd bij te brengen. Het was een tweepersoonskano van Bakker, ik herkende hem meteen. Al was de naam afgedekt, ik wist dat het de Welmoet II was. Welmoet was de naam van de dode moeder van Aleida en Hendrik Bakker.

Ik trok mijn kano een eindje verderop op het droge en ging op onderzoek uit. Altijd al had ik gemeend dat het eiland een levend ding was. Het bewoog mee op het ritme van iets nog groters, het water misschien. Het eiland ademde duidelijk voelbaar en hoorbaar. En het was onderhevig aan stemmingen. Soms leek het te zijn ondergedompeld in een helse droom en dan schokte het zo krampachtig dat ik me aan een boom moest vastklemmen om niet te vallen. In een geladen stilte voltrokken deze stuipen zich en pas als ze voorbij waren, hoorde je weer de geluiden van water en wind. Omdat ik over de Welmoet II nadacht, werd ik die nacht door zo'n beving verrast en op de grond geworpen. Misschien was ik een korte poos buiten westen.

Toen ik bijkwam, bevond ik mij onder de hut. Ik zat op de grond, tussen de poten in. Boven me hoorde ik gekreun. Het had een hond kunnen zijn.

Ik aarzelde en had spijt dat ik Teddy de Wit niet had meegenomen. Ook al was hij soms bang en hield hij niet van water, hij was toch gezelschap. Het was eigenlijk jammer dat ik, behalve mijn hond, ook gehoorzame Louise thuis had gelaten. Louise en Teddy zouden mij rechtsomkeert hebben laten maken.

Maar de kanovaarster had zich in haar hoofd gezet dat ik een avonturierster moest zijn. Dus moest ik blijven en op onderzoek uit. Met kloppend hart beklom ik de gammele trap, die meer een ladder was dan een trap.

Het kreunen werd luider en ging over in verstaanbare klanken. Met een schok herkende ik de taal die wij nooit meer spraken, behalve als het niet anders kon, voor de goede zaak en per ongeluk.

Het was Duits, dat wist ik zeker. De mannenstem sprak over eeuwige vervolging en ondergang. De vrouwenstem, die hem suste, had het over hoop en liefde en over de gelukkige tijd die zou aanbreken als de oorlog voorbij was.

Ik maakte me onzichtbaar en sloop over de waranda. Ik keek door een opening die de deur moest voorstellen, maar wilde eigenlijk niet kijken en kon ook niet veel zien. Er werd gewoeld op een bank, onder een deken. Het leek alsof er een beest in een grote zak was gestopt, dat om zich heen maaide en trappelde om zich te bevrijden. Het beest raakte vermoeid en trappelde steeds trager. Ineens was het toch gelukt en kwam het beest eruit. Het richtte zich op, strekte zich uit en splitste zich in tweeën.

Het was niet Kale Ket met wie zij was en ook niet Ernst Haindl.

Ik trok me terug en zweefde de trap weer af. Ik voelde mijn lijf niet meer. Bijna moest ik hardop, luidkeels, lachen om de angst die ik toch nog voelde. Hoe kon dat nou. Ik had immers geen lichaam meer, want dat van mij lag in een bed onder een dakraam te slapen. In tweeën splitsen kon ik mij ook, wanneer ik wilde. Mijn ene helft doorkruiste de wereld en kon overal gaan en staan. Gevaar bracht dat nooit met zich mee. Deze helft was immers onzichtbaar, misschien wel voorgoed. Ik prentte me deze onzichtbaarheid goed in, zodat ik nooit zou vergeten dat ik niet kon spreken.

'Wanneer was dat dan, wanneer? Toe, denk eens na,' verzocht mijn moeder me later. Ik wist het echt niet meer.

Kale Ket bleef onvindbaar voor zijn achtervolgers. Kale Ket kende dit gebied als zijn broekzak. Hij kende de wirwar van vaarten en sloten als geen ander, hij kon zwemmen als een waterrat. Hij verschanste zich telkens op andere plaatsen. Misschien zat hij weleens vlak bij ons ondergedoken, in de stal van Barend, die weg was.

In de stad had Kale Ket wapens buitgemaakt en foute Duitsers omvergelegd, naar de andere wereld geholpen.

Daarover hoorden wij fluisteren. Maar wij wisten het niet zeker.

Wij wisten van niets. Wij hoorden alles pas later. Of wij wisten het wel, maar wij mochten het niet weten. Wij wisten nooit ergens het fijne of het ware van. In ons schemerland wisten volgens Mannie de muizen achter het behang meer dan wij.

Voor Ernst Haindl was het erg dat Kale Ket niet werd gevonden. Volgens Aleida was Ernst Haindl geen goede maar een redelijke Duitser. Hij had weinig werk van de opsporing gemaakt, want hij geloofde het wel. Omdat hij Kale Ket niet tijdig opspoorde, werd hij voor straf naar het Oostfront gestuurd, waar hij een arm en een been is kwijtgeraakt.

De opsporing werd na de verdwijning van Ernst Haindl nog verschillende malen grondig overgedaan. Kale Ket is daarbij nooit boven water gekomen, maar het was voor vijf mensen ten slotte dodelijk. Zodat ik later wel heb gedacht dat de mensen in de molen en de twee Bakkers misschien nog zouden leven als Kale Ket wel was gevonden. Maar zo mag ik niet denken, want je mag mensenlevens niet tegen elkaar wegstrepen, misschien wel in een oorlog, maar nu niet meer.

Tycho de Vries en zijn oma konden uit de molen ontsnappen. Ze lieten zich langs het grote rad naar beneden zakken in het water. Urenlang hebben Tycho en zijn oma stokstijf stil in het koude water gestaan.

De achtervolgers gingen verwoestend te werk.

Ze sloegen bijna geen opslagplaats over, ze haalden alles overhoop, om het even of het huizen, boerderijen of molens waren, schuren of hooibergen. De balken van het botenhuis, waarop wij zaten, zijn ze vergeten. Hadden ze het botenhuis in brand gestoken, dan waren wij ook in het water gaan staan.

Volgens de verhalen staken ze met hun geweerlopen in het hooi. Ze hebben balen stro verzameld om de molen in brand te steken.

Het was in de zomer van 1944.

21

In de molen werd op vrijdagavond sabbat gevierd, Selma en de oude mevrouw De Vries stonden erop. Mijn vader mompelde verbijsterd: 'Sjabbes in een kast.' Maar omdat Selma ziek was geworden en hem had gevraagd om te komen, ging hij toch op een vrijdag. En daarna ging hij vaker. Hij nam Mannie mee, die eigenlijk, net als ik, liever stiekem buiten zat als het donker was. Dus ook Mannie ging weer terug de molen in, mopperend dat dit hem weer moest treffen, gelovig te worden, als het toch al te laat was. Ik wilde ook wel gaan, want sabbat was een feest, maar mijn vader zei dat ik beter bij Aleida kon blijven.

Het was door een wonder dat mijn vader die vrijdagavond van de negende juni niet was gegaan. Het was geen wonder dat ik de volgende dag jarig was, maar het was wel een wonder dat hij die keer bij mij bleef om alvast mijn verjaardag te vieren. Ik had eigenlijk iedereen uit de molen moeten uitnodigen, maar die gedachte was niet in mij opgekomen. Wij deden niets meer aan verjaardagen. Vroeger hadden wij ze wel gevierd, met ballonnen en bloemen en taart.

Mijn vader wist niet dat ik het niet erg vond om alleen te zijn. Ik was eigenlijk graag alleen, omdat ik dan weg kon gaan, op onderzoek uit. Wat ik zocht, wist ik niet, maar alles was beter dan in de nacht op een bed zitten en voor je uit kijken en oefenen in nergens-aan-denken.

Hij kwam naar mijn kamertje onder het dak. Er was nog licht buiten en het dakraam stond open. Hij ging zitten schrijven aan de kleine tafel, die hij eronder had geschoven. Hij schreef een verjaardagswens voor mij, met krullende letters en een gigantische tien. Ik lag in bed, met mijn hoofd aan het voeteneinde, zodat ik ook door het raampje kon kijken en een stuk zag van de vaalblauwe lucht. Het stuk werd vervolgens roze, daarna lila en toen zwart. De vogels die langsvlogen, waren al zwart.

Wanneer in Holland de avond viel, voelde ik altijd die onbestemde dreiging, die mij niet bang maakte, maar opgewonden, met zelfs een gevoel van verwachting: wat had het lot voor ons in petto?

In Indië was er een kortstondige schemering bij het invallen van de avond, maar hier in het waterland duurde en duurde het wegglijden van de dag soms wel uren. Dan pas was de nacht er helemaal, tot in alle hoeken en gaten. Al die tijd stond het sein op onveilig, wat spannend was. Ook door het kleine raam loerden gevaren. Ze loerden niet meer, maar kwamen die nacht naar binnen.

Ik doezelde wat toen ik wakker schrok in een kamer vol vette rook, de herrie moest horen van schoten en kreten. Ik kon niet schreeuwen van angst en benauwdheid, ik wilde me van de trap laten vallen. Misschien ben ik gesprongen.

Mijn vader zette mij onder aan de hangtrap weer op mijn voeten neer, wij kwamen van de vliering naar beneden, hoe, ik weet het niet meer. Hij had mij misschien uit bed getild, hij had een deken om mijn hoofd geslagen, misschien had ik maar gedroomd dat ik sprong. Mijn vader was met mij het kamertje uit gesneld, hij had mij naar beneden gedragen.

De molen was omgeven door vlammen, de moffen hadden balen stro eromheen gelegd, meters hoog opgestapeld. Ze hadden de balen met petroleum overgoten en in brand gestoken. Ze schoten hun geweren leeg op de molen. De hele nacht woedde de brand, er mocht niet worden geblust. Niemand kon erbij komen vanwege de zwarte rook en de verstikkende dampen die in een manshoge kring van verdoemenis om de molen stonden.

Tycho's vader was er toch doorheen gewankeld: met zijn handen omhoog en een zakdoek in zijn mond gepropt kwam hij naar buiten. Eerst wist natuurlijk niemand nog wie hij was, toen riep hij in het Duits dat hij de enige was die in de molen was verborgen. Zo leidde hij de aandacht af.

Tycho en zijn oma zijn ontsnapt.

Tycho wees mij later aan, veel later, langs welke weg ze waren gegaan. Toen wij het zagen, gewoon bij klaarlichte dag en in tijd van vrede, begrepen wij niet hoe het mogelijk was. Hoe zijn oma, die breekbaar was als een porseleinen vogeltje, en die later zo onredelijk humeurig kon doen omdat de rotmoffen ook nog haar Hummelfiguren uit haar oude huis hadden gestolen, hoe zijn kleine oma deze halsbrekende toeren had aangedurfd, met een spartelend jochie op haar nek.

Was het denkbaar dat deze muur van zwarte rook en de huizenhoge vlammen ook werkelijk, buiten onze verbeelding, hadden bestaan? In het echt? Hier, bij deze landelijke molen, in deze lieflijke omgeving? Wij konden het bijna niet meer geloven.

De molen was niet afgebrand, hij had geen zichtbare littekens overgehouden. Of ze waren vakkundig weggewerkt.

De molen heeft een grijze gedenkplaat met de namen erop van de doden van 10 juni 1944. Simon de Vries, die naar buiten liep, en Hendrik B. Bakker, die binnenbleef om voor de anderen nog een uitweg te zoeken en Sebastiaan B. Bakker, die ondanks het verbod toch had geprobeerd het vuur te blussen.

Verderop, waar het dorp begint, staat een ander gedenkteken. Dit is gemaakt van twee grote stukken ongeslepen en gekarteld glas, die overeind zijn gezet in liggende, zwart marmeren vlakken. Daarin staan in zilveren letters de namen nog eens en ook de namen van anderen die in de omgeving zijn omgekomen.

Het was op een vrijdagavond dat mijn vader en ik vrolijk en vol vertrouwen met elkaar spraken. Ik had niets te vrezen omdat hij eindelijk weer bij mij zat. Uit overmoed maakte ik domme grapjes, ik was immers bijna jarig! Over de kromme benen van broer Henk wist ik iets leuks te vertellen en over de grijs piekende kuif van Baas Bakker. Mijn vader wees mij niet terecht, maar hij ging er ook niet op in. Aan deze grapjes durfde ik later niet te denken, waardoor ze juist heel nadrukkelijk, woord voor woord, van tijd tot tijd in mijn kop gaan draaien.

Zus Corie was, al lang voordat de molen brandde, tegen mij gaan gebaren. Zonder een woord te spreken liet ze mij weten dat ze trek had in een bloem. Ze duidde op de rode en oranje bloemen die tot diep in de herfst door bloeiden, in ranken om de waterput heen. Hoewel het niet mocht, van niemand, zelfs niet van mijn vader, gaf ik haar er telkens een wanneer ze als een gulzige baby zat te trappelen in haar stoel. Eén zo'n felgekleurde bloem, met een paar blaadjes erbij. Langdurig kauwde ze op haar buit, met een gelukzalige uitdrukking op haar gezicht, dat dan bijna een gewoon, herkenbaar gezicht werd. Ik kon zien hoe ze vroeger was geweest, een uitbundig wezen met een vossenneusje en twee ronde, schitterende ogen.

Ze reageerde enthousiast op alle vragen die ik haar stelde. Ik geloofde dat zij een orakel was, want van haar antwoorden begreep ik niets.

De anderen beweerden dat Corie niet orakelde maar

raaskalde en dat ze allerlei teksten uit de bijbel door elkaar haspelde. Om die teksten goed te verhaspelen was een hele kunst. Ik schreef ze op in mijn schrift, als ze niet te lang en niet te moeilijk waren, maar dat waren ze meestal wel. 'Redeloze dieren,' kon zij smartelijk roepen, 'van nature daartoe geboren, dat zij gevangen worden en gedood!'

In de nacht van de brand in de molen en de hele volgende dag en misschien nog wel een maand lang daarna riep zij: 'Maar de dag des Heren zal komen als een dief in de nacht, op welken de hemelen met gedruis zullen voorbijgaan en de elementen van hitte zullen smelten en de aarde en de werken, die daarin zijn, verbranden zullen.'

Ik wist wel zeker dat zij voorspellende gaven had.

Na de brand werden wij definitief kamermensen. Nog meer dan eerst. Wij leefden nu dag en nacht in een kleine, langwerpige kamer, die voor anderen onzichtbaar was, een verduisterde ruimte, achter verduisterd glas. Het vertrek lag half onder de grond, maar nog boven het botenhuis.

Als je heel goed luisterde, kon je boven ons de wilgen horen lispelen en onder ons het water horen klotsen. Het klotste rond de boten die binnen lagen. Ik lag op een houten bed en hoopte dat het bed van wilgenhout was, want ik wist dat dit zou blijven drijven als het water omhoog zou komen. Ik wist ook dat de wilgen altijd verder zouden groeien als ik ergens aanspoelde. Toen ik mijn nachttochten nog maakte, had ik een wilgentak op Pink geplant, want dat eilandje was kaal. Over een paar jaar zou het een eiland vol bomen zijn. Een wilg bleef nooit lang dood en hij bleef nooit alleen.

Geen beweging mocht je maken, geen geluid mocht je geven, de handen gevouwen, de ogen gesloten, lag je roerloos te berusten in je lot.

Teddy de Wit schikte zich beter dan ik, hij lag stil als een vloerkleed en hield zich dood. Af en toe stuurde hij een zachte wind naar boven, een geheim teken dat hij er was. Als ik wakker moest worden, ging hij voor mijn bed staan en legde zijn kop bedeesd op mijn kussen.

Hij liet zichzelf uit, verdween als een schaduw en kwam geluidloos en onzichtbaar terug. Wij zagen hem nooit gaan en nooit komen.

'Die hond heeft het door,' zei mijn vader. 'Beter dan wij.'

Oma Mimi's plant, die ook geen naam meer mocht hebben, had nog een tijd op een vensterbank in de warme keuken gestaan. Hij was opeens door Aleida hierheen gebracht, naar deze donkere pijpenla. Ze mompelde dat het niet goed met hem ging en dat hij misschien wel zou opknappen als hij mij maar kon zien. Hij stond op het tafeltje naast mijn bed en het ging niet beter met hem. Ik vroeg of mijn vader mijn plant wilde genezen.

'Jij met je kleine waringin,' antwoordde hij mismoedig, 'jij denkt zeker dat ik een tovenaar ben? Als de levensgeesten zijn geweken, kan ik ze niet terugroepen. Niemand kan dat tot op heden.'

Ik draaide onthutst mijn hoofd weg van de plant, die dus al dood was.

Toen ik eenmaal wist dat er geen hoop meer was, kon ik die dunne, dorre stam en die paar bruine en gele blaadjes niet langer aanzien.

Wat er intussen ook allemaal was gebeurd, met de anderen en met ons, nog nooit had iemand beweerd dat de hoop was verloren. Hoop duurde eeuwig.

Mijn vader, die ik voor wijs en machtig hield, vertelde

mij nu zomaar, hardop, dat de hoop was verloren en dat hij iets niet kon. Ik begon te huilen, omdat mijn vader geen tovenaar was.

'Zorg jij nu maar dat jij beter wordt.'

'Louise wil dood.'

'Louise wil dood? En waarom dan, Louise, leg dat eens uit.'

Het was te moeilijk om hem uit te leggen dat niet ik dood wilde, maar dat het kind, dat altijd zo gehoorzaam was en dat iedereen steeds zo graag een plezier wilde doen, zich geen raad meer wist. Ze was te bang om nog te blijven bestaan. Ik zocht naar woorden.

'Is het zo moeilijk uit te leggen, Loulou?' Mijn vader boog zich naar mij toe. Ik trok mijn hoofd een stukje achteruit, zonk dieper terug in het kussen, probeerde onzichtbaar te worden en schudde van nee. Met haar stem in mijn hoofd riep ik hem toe dat Louise het niet meer wist en dat ze daarom niets zei. Ik kon het natuurlijk niet in haar plaats gaan zeggen, want ik was niet dezelfde als zij.

Hij verstond mij niet, hoe ik mijn best ook deed mijn gedachten aan hem over te seinen.

'Loulou, wil je niet praten? Waarom dan niet?' vroeg hij na een poosje.

'Tja, ja.' Hij had gewacht, tevergeefs. 'Hoe zit het, zeg het eens.'

Toen wij beiden weer enige tijd hadden gezwegen, pakte hij mij voorzichtig bij een schouder en schudde mij vriendelijk een beetje heen en weer. 'Wat is er dan, Loulou?'

'Ze is weggekropen,' zei ik ten slotte moeizaam. 'Louise is weg.'

'Weggekropen? Waarheen?'

Ik wees ergens op mijn buik, ter hoogte van mijn navel. Hoe kon ik weten waar Louise was gebleven?

'Ach ja,' zei hij. 'De leeftijd. Wellicht. Dat is ongeneeslijk, maar beslist geen ziekte, hoor. We zullen het wel zien. Je gaat niet dood, mijn lieverd, je komt het heus wel te boven.'

Hij sprak opgewekt en bemoedigend, gaf mij liefkozende klapjes op mijn wang, hij ging op zijn eigen bed zitten en zei opgeruimd: 'Tja, voorlezen gaat niet in deze duisternis, dus ik zal je zomaar eens wat vertellen.'

Ik vond het fijn, ik wilde zijn stem horen en verder niets. Ik hoopte wel dat hij zou vertellen wat er verder met ons ging gebeuren. Geen sprookjes wilde ik meer. Werkelijkheid moest het zijn.

'Dingen die echt gebeuren,' mompelde ik.

'Dingen die echt gebeuren.' Hij herhaalde het met een diepe zucht.

'Gaan er nog veel dingen echt gebeuren?'

'Natuurlijk, Loulou, en het wordt zeker beter.' Hij vermande zich. Zijn stem klonk weer vast. 'Iedere oorlog is op een goede dag afgelopen.'

'De tachtigjarige ook?'

Tycho had mij daarover verteld. Tycho was vier jaar ouder en hij wist veel meer dan ik. Zijn vader en Mannie hadden hem in de molen van alles geleerd. Tycho wilde mij ook van alles leren, maar mijn hoofd kon het niet meer bevatten. Hij zei bijvoorbeeld: 'Het begint ermee dat je appels en peren niet bij elkaar kunt optellen. Begrijp je dat?' En hoewel ik hem geloofde, begreep ik niet wat dit met ons te maken had. In het waterland hadden wij niet eens meer appels en peren.

Ik wilde liever weten wat er gewoon in het echt ging gebeuren.

'Ik weet het niet punt voor punt,' zei mijn vader, 'maar dat deze oorlog gaat aflopen, dat is zeker.' Hij voegde er zachter aan toe: 'En dat ze hem niet winnen, ook. Dat kunnen ze alweer gevoeglijk vergeten.' Hij vertelde dat het met de vorige ook zo was gegaan. Duitsland had toen verloren en dat was maar goed ook, want daardoor was er ruimte gekomen voor een nieuwe tijd, die helaas niet was doorgegaan. Alles was weer gegaan zoals het oude liedje klonk.

Mijn vader wilde niet over deze oorlog praten, die nog aan de gang was, maar wel over de vorige, de eerste. Hij vertelde ons veel over de eerste. Hij beschreef hoe de chirurgen van het joodse ziekenhuis in Berlijn waar hij werkte, als wonderdoeners in hun eigen trein naar de slagvelden waren gereden om Duitse soldaten op te lappen of het leven te redden. De trein heette Viktoria Luise. Er was een rijtuig ingericht als operatiekamer. Mijn vader had staan popelen om mee te mogen, alle jonge artsen van het ziekenhuis vochten om de eer om een keer mee te mogen rijden. Met gevaar voor eigen leven hadden zij gewonden uit de loopgraven gehaald en in veiligheid gebracht.

'Bracht u ook mandmensen terug in veiligheid, oom Cees?' vroeg Tycho.

'Mandmensen? Jongen, we namen iedereen mee die nog ademhaalde.'

Vertelde mijn vader dit allemaal aan Tycho en mij, die op mijn bed gespannen naar hem luisterden, of waren zijn verhalen bestemd voor de oren van Aleida, die naast hem zat op zijn eigen bed en die zich naar mij toe boog om mij havermoutpap te voeren. Pap verafschuwde ik. Mijn vader was haar zeker vergeten te zeggen dat ik melk noch pap hoefde.

Ik wist niet waar ik de hapjes moest laten en sloeg het voedsel op in mijn wangzakken, zoals een hamster, maar het werd te veel en terwijl ze niet opletten, loosde ik het geruisloos onder mijn kussen. Ze waren te zeer in elkaar verdiept, Aleida en mijn vader, om het te merken. Ik luisterde naar zijn stem, soms viel ik erbij in slaap.

Bloederige taferelen speelden zich af, onder de ongewassen handen van de artsen, stervende soldaten, met aarde in hun mond, zodat ze niet eens konden schreeuwen. Stervende vrouwen, jong en sterk als Aleida, lagen te stuiptrekken op de planken van kleine kraamcellen. Blauw licht van de gaslampen van de grote stad Wenen schemerde daarbinnen. IJzingwekkende kreten stuiterden over eindeloze gangen, maar niemand die ze hoorde. De verhalen van mijn vader, over Ignaz Semmelweis. Zijn portret hing vroeger aan de wand, een foto. Die hing ook in deze houten kamer met de verduisterde ramen, waarin ik ziek lag. Of niet ziek, maar lusteloos. Het houten hok, waarin ik vaak niet eens meer wist waar ik was. Of het niet wilde weten. En ook niet wilde weten wie ik eigenlijk was.

Soms dacht ik dat Semmelweis nog leefde en bij mij zat en dat hij verhalen vertelde over mijn vader, die niemand beter kon maken. Het was gemakkelijker om te onthouden wat je droomde dan om je te herinneren wat je in wakende toestand beleefde. Je wist soms niet eens of je iets zelf had beleefd of dat het gezien en verteld was door anderen.

Ondergedoken was Semmelweis, in het water van de sloot, zoals de kleine oma van Tycho, of naar buiten gelopen zoals oom Simon de Vries. Mijn vaders verhaal ging over blauwe kamers met open deuren waarachter vrouwen gillend crepeerden, vrouwen die ondraaglijk leden alsof zij in brand stonden, zij hadden kraamvrouwenkoorts, waaraan zij stierven totdat Semmelweis ontdekte dat hij zijn handen moest wassen voordat hij bij de zieke vrouwen kwam. Iedereen die deze vrouwen behandelde, moest zijn handen wassen, artsen, verplegers, vroedvrouwen, ze moesten hun handen wassen, waardoor er een einde kwam aan de kraamvrouwenkoorts.

Pijn kwam door onze oude wanden heen, pijn en klaaggangen. Ik meende zeker te weten dat het was omdat de houten wanden in onze kamer niet van wilgenhout waren. De wanden met hun noesten en nerven waren van trotse, sterke bomen, die dachten dat zij nooit konden worden omgehakt. Nooit van hun leven, de fiere eiken en beuken. Ze waren toch omgehakt. En in moten gezaagd. Ze hielden nu geen minuut meer op met kreunen en klagen. Ze tierden maar door, of het nu waaide of niet. Er was niets dat ik voor ze kon doen, want hun pijn had ik niet.

Ik lag gekluisterd aan mijn bed en ik mocht er niet uit.

Zus Corie was er slechter aan toe dan ik, maar nu niet meer. Ze kon zich losworstelen uit haar stoel en dan op handen en voeten verder kruipen, hierheen en daarheen, waarheen ze maar wilde. Ze drukte met haar dikke witte poezenkop de deur van onze pijpenla open en miauwde snel en ritmisch een bijbeltekst.

'Deze is het,
die gekomen is door water en bloed,
Jezus de Christus,
niet door het water alleen,
maar door het water en het bloed.
En de Geest is het, die het getuigt,
want de Geest is de waarheid.'

De smalle kamer was verduisterd, de ramen beplakt met zwart papier. Ik zag met moeite dat het Corie was, er spatten sliertjes licht van haar bos witte haren af.

Mijn rechterarm haalde ik onder de dekens uit en ik voelde hoe ver ik kon reiken met mijn hand. Ik kon het bed van mijn vader aanraken dat naast het mijne stond, tegen de andere wand aangeschoven, met een smal looppaadje tussen ons in. Een ijzeren veldbed was het, waarvan de kussens en de dekens dagelijks werden opgeschud en gladgestreken door Aleida. Zij wilde mijn bed ook opschudden en gladstrijken, maar dan deed ik of ik sliep. Ze boog zich als vanouds over mij heen, maar een tijdlang was ze zo dik dat alles van haar mij aanraakte, ik voelde haar borst en haar bolle buik. Ze was nog dikker dan zus Corie en rook naar pap.

In de nacht voelde ik of mijn vaders hoofd, zijn eigen hoofd, op het kussen lag. Of had hij iemand anders gemaakt van zijn kleren en het kussen en hem onder zijn dekens gestopt?

Buiten schudde en rumoerde het en vreemde walmen wrongen zich door de kieren naar binnen. Alles wat zich buiten afspeelde, hoorde bij ons, was ten dele zelfs een gevolg van onze aanwezigheid, zoals Kale Ket mij had toevertrouwd. Maar wat er ook gebeurde, wij mochten het niet weten, het ging ons niets aan.

Onder de grond, of achter een met zwart papier dichtgeplakt raam maakte je het leven mee, alsof je in een dichtgespijkerde ton zat met kiezels erin en werd voortgerold op de kermis. Maar dat bedacht ik pas later.

Mijn vader zei dat wij niet bij de pakken neer moesten zitten, maar dat wij ons hart eroverheen moesten gooien, elke oorlogsdag opnieuw ons hart eroverheen, zoals een ruiter hindernissen neemt met zijn paard.

Wij moesten ons verheugen op het nieuwe leven dat voor ons lag, als de oorlog was afgelopen, als wij waren bevrijd.

Tycho vertelde over de mandmensen uit de eerste wereldoorlog, van wie er misschien nog wel enkele leefden. Zij waren soldaten die van het slagveld waren teruggebracht zonder ledematen, zij hadden geen armen meer, zij hadden geen benen. Wat zij nog hadden: hun tors en hun hoofd. Zij sleten de rest van hun leven bungelend in manden, opgehangen aan het plafond.

Waar zouden zij aan denken, vroegen wij ons af.

Deze mandmensen konden pas werkelijk geen kant meer uit, dus wij hoefden ons niet te beklagen. Wij waren er helemaal niet slecht aan toe, bij de mandmensen vergeleken.

Moeder Van Vloten bracht ons op een dag in de schil gekookte aardappelen met zout. Er zaten twee geverfde eieren bij, een rood en een geel, maar dat hadden wij niet meteen in de gaten. Moeder zei dat wij bofkonten waren.

Zij stak een stompje kaars voor ons aan en bleef op een stoel naast het bed zitten om te kijken hoe wij aten. Tycho had een ei gepakt, maar liet het van schrik uit zijn handen vallen.

'Wat een harde aardappel,' hikte hij.

Moeder Van Vloten sloeg op haar knieën van het lachen.

'Paas en 1 april, allebei tegelijk.'

Wij durfden de aardappelen met zout niet te laten staan.

Aleida kwam aanzetten met een klontje boter.

'Vandaag is het feest, het is Pasen.'

De boter stond op een schoteltje, in de vorm van een smeltend lam. 'Voor de Pellkartoffeln,' zei ze. Mijn vader hief zijn hoofd even op, maar als hij al verbaasd was, dan was hij zijn verbazing meteen meester. Hij antwoordde niet toen ik vroeg wat voor feest het was. Ik kon mij niet herinneren dat wij het al eens eerder hadden gevierd. Wij zaten met zijn vijven in stilte om het stompje kaars, het schoteltje met boter en het bord met de grauwe aardappelen, waartussen Tycho het gele ei weer voorzichtig had neergezet.

Louise wilde de anderen opvrolijken, vanwege het feest, en zij pikte het nieuwe woord op, zoals ze dat vroeger had gedaan. Zoals een zeeleeuw met een bal op zijn neus speelt, speelde zij ermee verder, zij stuiterde het voor zich uit, Pellkartoffeln, Pelpantoffelen, Pelpantoffelen, totdat haar vader haar toevoegde, eerder vermoeid dan ongeduldig: 'Hou daar eens mee op, Loulou, nu weten we het wel.'

Tycho zei: 'Ik weet het nog niet, oom Cees. Wat bedoelt ze met Pelpantoffelen?'

'Dat is een Duits woord voor die dingen daar.' Mijn vader wees op de aardappelen, die wij weer hadden teruggelegd omdat ze kokendheet waren.

'Mogen wij dan nog Duits verstaan?' vroeg Tycho beleefd.

Ik vroeg hem verrast of Mannie hem ook het spel van goed, fout en verboden had geleerd en hij zei ja. Pellkartoffeln was fout en verboden.

'Dat hangt er helemaal vanaf wie het zegt,' bracht mijn vader ineens streng naar voren. We schrokken ervan. Hij keek ons tamelijk bestraffend aan. 'Jullie hoorden toch dat Aleida het zei?'

'Is het niet fout, omdat Aleida het zegt?' vroeg Tycho onzeker.

'Zo is dat,' stelde mijn vader vast, 'als Aleida het zegt, is het altijd goed.'

Ik had nu helemaal geen zin meer in de aardappelen, honger had ik trouwens ook niet. Iedereen had misschien honger, maar ik had daar nooit last van. Overal had ik misschien last van, maar niet van honger. Aleida drong erop aan dat ik toch een aardappel nam, die ik toen ze niet keek, gauw onder mijn hoofdkussen verstopte.

Aleida was onze reddende engel.

Mijn vader is niet moe geworden haar te prijzen en te verklaren dat Aleida geen engel was maar een mens.

'Een goed mens is zij, engelen bestaan niet. En goede mensen zijn nog zeldzamer dan engelen.'

Als ik over Aleida nadacht, zag ik voor me hoe zij toen wij nog bij oma Mimi woonden en haar pas kenden, in de keuken eens had getoond hoe je een kalfstong moest stropen. Dat had zij niet moeten doen. Urenlang kon ik geen woord uitbrengen. Op het aanrecht in de keuken had het verdrietige kalfshoofd gelegen en het keek mij recht aan, alsof ik het nog kon helpen.

'Dat mag je nooit doen, Aleida.'

'O, maar meis, we moeten toch eten? Dit is heerlijk eten.'

Daarom ongetwijfeld kreeg ik, een paar jaar later, haar eigen bloedende hoofd in mijn schoot.

We waren bevrijd, maar Aleida werd gegrepen. Er waren jongens en mannen uit het dorp gekomen en die hadden haar vastgepakt. Volgens mij liep Kale Ket ertussen, hij zong en zwaaide met een zeis.

'Ach Loulou, dat weet je niet zeker. Kale Ket! Je kon het niet goed zien, je had nog geen bril,' zei mijn vader later. 'Kan me niet schelen wie het waren, schoften waren het.'

Zij hadden haar met zes of zeven man tegelijk gepakt en haar hoofd kaalgeschoren, omdat Aleida met de mof had geheuld.

Dat was natuurlijk niet waar. Ze had niet geheuld met de mof, maar met hem getennist. In het belang van de goede zaak.

De jongens en de mannen schreeuwden dat Aleida een moffenhoer was, met een moffenkind. Het lag bij ons boven, op zolder, het heette Pandora.

Aleida had om zich heen gemept met haar sterke, lange armen, had zich losgerukt en was weggerend. Gierend van het huilen kwam ze bij ons aan, bij haar eigen huis. Haar belagers zaten haar op de hielen en zwaaiden met stokken en tuinscharen en een oranje sjaal.

Mijn vader had meteen zijn arm om haar heen gelegd en haar met een paar stappen van de wilde meute weggeleid. Hij had haar voorzichtig op het houten bankje voor de herberg aan het water naast mij neergezet, ik die naar alles zat te kijken maar het niet goed kon zien.

Wij waren bevrijd, maar Aleida was verslagen. Zij die nog nooit eerder verslagen was. Nooit was zij zo verslagen geweest dat ze het zelf niet meer kon opknappen. 'Ik knap het zelf wel op.' Zo noemde ze het altijd, of het nu ging om een tenniswedstrijd, het baren van een kind of het begraven van een dode. 'Ik knap het zelf wel op.'

Toen moest een ander het opknappen. Toen viel ze om en legde haar hoofd op mijn knieën. Het hoofd bloedde. Aleida was ten einde raad. Het was de straf voor de tong van het kalf, dacht ik, en ik moest het dus eigenlijk laten bloeden. Maar het kalf was al dood en Aleida niet. Ik moest aanzien hoe rood vocht opwelde uit de wonden met de gekartelde randen, hoe er kleine bloedvlakten ontstonden, hoe het hoofd in een vreemde bloem veranderde, een tulp die ging uitvallen.

De stampers waren er nog, die korte stekeltjes, het waren haar vossenharen, aan de wortel bloedrood. In plaats van bloembladen had zij loshangende, lobbige vellen. Ik wilde haar strelen, maar deze ravage werd ik niet meester. Ik legde bezwerend mijn handen op Aleida's mishandelde schedel.

Mijn vader kwam bij ons staan. 'Niet doen, Loulou, laat mij maar begaan.' Hij nam Aleida bij haar arm en voerde haar naar binnen, hij praatte zachtjes tegen haar.

Wat had mijn vader luid tegen de om ons heen springende en pesterige jongens en kerels gezegd? Dat weet ik niet meer precies. Aleida's achtervolgers kalmeerden in elk geval en liepen terug naar hun dorp.

Eerst had hij er hard met zijn wandelstok op ingeslagen. Aan zijn stok zat een scherpe punt. Ze stoven uit elkaar en er kwam rauw gelach uit hun kelen, alsof ze het nog lollig vonden ook. Mijn vader was veel woedender dan zij. Hij was furieus. Hij schreeuwde ze iets toe over het kind, waar ze vanaf moesten blijven, want dat was ook van hem. Het kind was er. Het had niets met goed of fout te maken.

Terwijl ik in mijn geheugen graaf, als een hond die een oud been zoekt, hoor ik de stem van mijn moeder kwinkeleren: 'Mannen konden niet van haar afblijven.'

Ik wist wat ik daarop moest antwoorden.

'Zij kon mannen verslaan. Zij sloeg iedere man van de baan, de mof ook! Ze kon trouwens ook harder roeien dan iedereen, wat had ze een sterke armen. Jongleren, dat kon ze ook, met meer dan drie ballen.'

Mijn moeder antwoordde: 'Ze kon inderdaad heel veel, ze bekoorde vriend en vijand, 't is waar.'

Mijn vader had zijn arm om Aleida gelegd. Dat mocht iedereen zien. Hij had luid gezegd dat haar kind geen moffenkind was.

'Laat haar met rust. Dat kind is van mij.'

Het werd meteen in het dorp rondverteld.

Het duurde niet lang of er kwamen cadeautjes. Kinderkleertjes en een bekertje met een ooievaar erop en een rammelaar.

'Ik vind het heel goed dat oom Cees dat heeft gezegd,' zei Tycho tegen mij. 'Hij heeft het gezegd, maar er is niets van aan.'

'Hij deed het vroeger in Indië ook,' antwoordde ik onverschillig, 'baby's aan zielige en bloedende vrouwen geven.'

'Dat kan niet waar zijn.'

Mij kon het niet meer schelen. Ik wilde er niet meer over praten en zei dat Tycho's vader dapper was omdat hij naar buiten was gelopen toen er op de molen werd geschoten. Maar toen begon Tycho te huilen.

Misschien had ik Aleida wel zien heulen. Ze tenniste met Ernst Haindl. Ik had haar op de verlaten baan naast het botenhuis met de Duitser zien tennissen in de avondzon. Zij en de Duitser maakten tochtjes in de Duitse Kinderwagen, dat had ik uit mijn dakraampje gezien. Aleida in het zijspan, met de herdershond ernaast.

Mijn vader zei dat als dit was gebeurd, het allemaal voor de goede zaak was. Hij was verontwaardigd dat iemand dit ook maar een seconde in twijfel trok. Hij zei tegen mij: 'Loulou, aan Aleida hebben wij ons leven te danken. Aan Aleida. Jij moet dat weten. Houd haar in ere. Zij is niet de enige goede mens op deze wereld, maar wel een van de weinige. De zeer, zeer weinige.'

Aleida de vos was onverschilliger met haar jonkie dan onze katten waren met hun nesten. Ik ging naar Aleida's zolderkamer en zag haar kind in de blauwe schommelkrib liggen. Ik had het gezien toen het pas was geboren. Toen hadden Tycho en ik kannen warm water gebracht, die we kregen van moeder Van Vloten in de keuken, terwijl mijn vader de baby te voorschijn haalde.

Het nieuwe kind zag ik later vele malen, zonder het bloed en zonder het rommelige, kapotgetrokken vel eromheen. Het stak met het hoofd boven de dekens uit, er was nog een kraagje van een wit hemd te zien, het werd altijd wakker als ik kwam. Het geeuwde. Het opende wijd de mond, pas daarna gingen langzaam de ogen open en een onzekere blik zwalkte rond. Het kind had net zulke donkerblauwe ogen als het nieuw geschilderde hout. Wie had het hout zo precies geschilderd, zo tot in de perfectie fijn gelakt met viooltjesblauwe verf, en wanneer dan wel? Waarom had niemand ons eerder iets verteld?

Toen mijn broertje was geboren in Bandoeng, waren er grote feesten geweest, bij mijn vader en moeder thuis natuurlijk en ook op Bali, waar ik bij opa en Poppy logeerde. Wij hadden mogen dansen, iedereen had gedanst, er was de hele nacht gedanst en wij hadden Nederlandse liedjes gezongen. 'Waar de blanke top der duinen schittert in de zonnegloed.' Wij hadden Nederlandse beschuit met muisjes gegeten en er waren flessen met vliegende wijn opengebroken.

Niemand had voor Daatje feestgevierd. Voordat kleine Pandora kwam, hadden wij op zolder de verflucht geroken, maar meer ook niet. Het was nog stiller gegaan dan wanneer de katten hun kleintjes kregen. De moederkatten werden voordat de jongen kwamen onrustig, ze miauwden klaaglijk en begonnen met hangende buiken heen en weer te slepen en dan was oom Baas Bakker er meteen bij geweest om ze te helpen. En Louise.

Louise zocht zachte spullen bij elkaar voor het nest, haar eigen truitje van kriebelwol deed ze erbij, ze rommelde in stoffige kasten vol oude vodden en ragen, ze ging op zoek naar een stevige doos die als wieg kon dienen, ze maakte zich onmisbaar, maar ze mocht toch niet bij de geboorte aanwezig zijn. Ze mocht van Baas Bakker de jonge poezen pas zien als ze schoongelikt waren, tevreden tegen hun moeder aan lagen te pianospelen. Ze mocht erbij komen als alles achter de rug was. Dan knielde Louise neer bij het nest, stak ongewild haar duim in haar mond en begon namen te verzinnen. Ze verzon namen als Zofira en Bamborus.

Aleida vertelde dat Louises vader de namen voor het kind had verzonnen, dat zij Pandaatje noemde, of Doraatje, maar meestal Daatje. Het kind heette Pandora Serena. Dat wilde Louise niet geloven, dat haar vader zulke mooie namen voor deze nietige dwerg had verzonnen. Dat zou haar vader nooit doen, zo'n kaalhoofdig scharminkel net zulke mooie namen geven als hij aan flinke, grote, langharige Louise had gegeven.

Het was veel te veel voor zo'n schijntje, Pandora Serena. Daatje was beter, ze zag er niet flinker uit dan een pasgeboren kat. Integendeel, katten behielden alle haren die ze hadden meegekregen bij de geboorte en ze kregen er juist steeds meer. Ze groeiden sneller en werden veel vlugger een echte kat dan dat Pandora een echt mens werd en op Aleida ging lijken.

Blauwe ronddraaiende ogen had Pandora, waarmee ze nog niet echt kon kijken, en zwart haar, dat in grote vlokken uitviel en dat in kleverige plakken op het kussentje lag, om haar rode hoofd heen, dat kaler en kaler werd. Pandora was volgens moeder Van Vloten rood van al het huilen dat ze niet deed. Ze kropte het op, omdat ze een oorlogskind was.

'Het valt niet mee om nieuw leven te zijn in het rijk waar de dood regeert.'

Pandora gaf nooit een kik. Niet uit misnoegen, niet uit tevredenheid. Ik tastte haar af met mijn ogen. Ik streelde haar niet. Bracht ze ongeluk? Bracht ze geluk? Een eigen vader had ze niet, maar mijn vader had haar aan Aleida gegeven.

Ik raadpleegde, zonder het tegen iemand te zeggen, zuster Corie, die ik toch al iedere dag bezocht, maar natuurlijk niet om haar voorspellende of waarzeggende uitspraken te ontfutselen, want dat was ten strengste verboden. Zelfs Baas Bakker, die vroeger bijna alles goed vond, had gezegd dat het niet mocht. Ook niet nu Baas Bakker weg is, vroeg ik aan moeder Van Vloten. Nu juist helemaal niet, zei moeder Van Vloten, nu juist moesten wij have, goed en waarden van de oude Bakker eerbiedigen en behartigen alsof zij van onszelf waren. Zuster Corie mochten wij onder geen beding tot spreken verlokken. Het zou maar op onszelf terugslaan.

Aarzelend vroeg ik of moeder Van Vloten het dan wist?

‘Wat wil je weten, kind?’

‘Brengt ze ongeluk, Daatje? Of brengt ze geluk?’

‘Hm,’ zei moeder Van Vloten, ‘ze brengt geluk. Dat moet wel, want zij is nieuw leven in het rijk van de dood.’

Net als in de vorige jaren was zuster Corie meteen toen het kouder werd, in het achterste gedeelte van de winkel neergezet, in haar stoel, in al haar doeken en dekens gewikkeld, met haar spullen om zich heen, de tafel, de takken, de stapel dozen, de houten lepels. Vanuit een smal raam had ze uitzicht op haar zomerplaats, midden in het grasperk van de achtertuin, met links de zonnewijzer en rechts de oude waterput, waarvan je de oude rode en grijze stenen kon zien, want de Oost-Indische kers die ’s winters niet bloeide, bedekte ze niet. Misschien keek zuster Corie daarom niet naar de tuin maar naar de wolken erboven.

‘Pandora,’ fluisterde ik haar toe. Ze wiebelde wat, zoals ze altijd deed, en zoals altijd als er iemand bij haar op bezoek was, zat ze met open mond en streek ze met haar tong voortdurend langs haar lippen. Ze keek me ineens verwachtingsvol aan met haar ene, altijd heldere oog.

‘Pandora Serena,’ waagde ik.

Ze blies haar wangen bol en bracht jubelend uit: ‘Geliefden, laat ons elkander liefhebben, want de liefde is van God en wie liefheeft, die is van God geboren en kent God.’

Ze herhaalde het zo vaak dat ik alle tijd had om mijn schrift te pakken en het zo mooi mogelijk op te schrijven.

Als er een goede daad moest worden gedaan, dan schommelde ik de wieg heen en weer. Aleida kwam op gezette tijden, pelde het dwergje uit haar laken en dekens, tilde het op en keek ernaar, vol verbazing. ‘Jij grote schat,’ zei ze, alsof ze er iedere keer opnieuw aan moest wennen. Dan ging ze ermee op het bed zitten, maakte het zich gemakkelijk met veel kussens in haar rug, leunde neuriënd achterover en knoopte haar blouse open. Tegen die tijd zat mijn hart zowat in mijn keel en als Aleida mij iets zou hebben gevraagd, had ik niet kunnen antwoorden van de spanning. Telkens vroeg ik me af of het weer zou gebeuren wat ik vorige keer had gezien.

Al gebeurde het iedere keer, toch was ik bang dat ik het me weer allemaal verbeeldde en dat op een dag zou blijken dat het nooit was gebeurd.

Zo was het wel met meer dingen het geval, bijvoorbeeld met Teddy de Wit, die ik steeds om mij heen zag. Steeds voelde ik dat hij onder mijn bed zat, al zei moeder Van Vloten nog zo vaak dat hij mee was genomen door een vrouw die langs was gekomen omdat ze hongerig was. Voor een zak aardappels had de vrouw alles willen ruilen wat ze nog bezat: een origineel danskostuum uit Toledo.

'Ik heb het gedaan, maar waarom,' had moeder Van Vloten verzucht. 'Het kostuum zou onze Leidje goed staan. Maar zij zal het niet dragen, naar pretjes kan zij verder fluiten.'

Aleida haalde een van haar grote, zwaar geworden bollen te voorschijn en drukte het kind ertegenaan. Ze drukte het kind tegen het donkere deel aan, dat met een paar gouden haren erop om het einde van de bol zat. Ze duwde en frommelde net zolang totdat het kind haar met de lippen greep. Het was geen hongerig kind. Het was een drenkelinge, die node aan land was geklauterd. Het kind deed of het zoog, het deed maar alsof.

Het hield de ogen toegeknepen en het platte neusje rimpelde weg en het maakte harde, smakkende geluiden, maar de bal raakte niet leeg, nog voor geen millimeter. Dat kon ik zien.

Ik stond tussen de benen van Aleida in en leunde naar voren, zover als ik durfde en kon.

Als Aleida kwam om, zoals zij dat noemde, het kind 'de borst te geven', ging ik mee.

Het was een geheim van ons tweeën, van Aleida en mij. Het kind was er ook wel bij, maar het deed er niet aan mee. Het wist niet wat er allemaal gebeurde. Het wist niet wat Aleida en ik deden, aan haar andere kant.

'Toe maar,' murmelde Aleida, 'waar genoeg is voor één, is genoeg voor twee. Ik heb meer dan genoeg, toe maar, lebber maar, zuig maar.'

Ik deed het wel, maar ik rilde ervan. Het was lauw en zoetig en het leek op melk. Melk lustte ik niet.

'Toe maar, meis, dan sterk je weer aan.'

Mijn vader had gezegd dat Aleida een goed mens was en ik wilde dus goed voor haar zijn. Maar het lukte me niet, want ik werd er misselijk van.

Aleida's teleurstelling wilde ik niet zien. Ik rende weg uit de blauwe zolderkamer. Bijna was ik weer van de hoge trap gesprongen, net als toen bij de brand, maar ik keek nu wel uit. Deze keer zou het trouwens van opluchting zijn.

Het was mei. De Oost-Indische kers voor Corie bloeide nog niet, maar wij waren vrij. Wij waren bevrijd.

De Duitsers waren weg, dus ik kon overal heen.

Ik hoefde niet te blijven zitten waar ik zat, zoals eerst.

Eerst mocht ik nooit een kik meer geven, maar toen we waren bevrijd, kon ik alle kikken geven die ik maar verzon.

Ik kon zoveel lawaai maken als ik wilde.

Als ik wilde, kon ik overal hollen en erbij schreeuwen, heen en weer op het terras van de herberg, in rondjes om het botenhuis, zelfs om de molen heen.

In de keuken van de herberg zaten moeder Van Vloten en zuster Corie allebei te wiebelen en in hun handen te klappen. Voor hen stond Teunis van Vloten, die in de oorlog was weggevoerd naar Duitsland, maar die was teruggekeerd. Hij had een fiets gepikt en was komen fietsen, van onder de rivieren vandaan. Aan één stuk door had hij gefietst. Hij was vermagerd en zijn haren waren dun, maar hij voelde zich nog steeds kampioen op de fiets. Hij was voor Aleida gekomen, hij wilde Aleida zien.

'Jongen, daar heb je goed aan gedaan. Wat zal ze blij zijn,' stamelde moeder Van Vloten met tranen in haar ogen. Tegen mij zei ze: 'Ga jij Aleid maar eens halen, die zal me daar even blij zijn.' Met kleine stompen leidde ze mij de keuken uit. Toen we buiten stonden op het grindpad, stak ze haar vinger gebiedend omhoog: 'Denk erom, niet vertellen dat Teunis er is, denk erom, het moet een verrassing voor haar zijn!'

Aleida was op zolder klaar met het voeren van het schijntje, ze had haar blouse dichtgeknoopt en zat, ongewoon stil, op het bed, met het kind in haar armen. Ik ging ernaar toe, maar kwam niet te dichtbij. Boven het bijna kale koppetje van Pandora Serena keek Aleida mij aan. Haar gezicht was gaan stralen, zodra ze me zag.

'Teunis van Vloten is hier, hij zit in de keuken.' Ik zei het haastig, alsof ik een bekentenis deed.

Altijd keek ik met bewondering naar de spieren van Aleida, hoe die bewogen onder haar gladde huid bij alles wat ze deed, in een soepel golvend tempo, alsof ze geen spieren waren maar wezens die dansten, voor de vuist weg.

De spieren in haar armen golfden tot bovenaan terwijl Aleida Daatje in de wieg legde.

Ze richtte zich op, keerde zich naar mij toe en liet haar armen langs haar lijf naar beneden gaan, haar spieren bewogen van boven naar beneden.

'Ga maar zeggen dat ik niet kom.' Ze deelde het mee op een vastberaden toon. Ze had er niet lang over hoeven nadenken. Ze klonk weer als wie ze was, een winnares.

'Meis, wil je dat voor me doen? Ga Teunis zeggen dat ik hem nu niet wil spreken.'

Ik was opgetogen dat ik eindelijk iets voor Aleida kon doen dat mij geen moeite kostte en ik rende terug naar beneden, waar ik op het grindpad de stem van Teunis al hoorde, bezig aan een groot verhaal van zijn fietsavonturen.

Mijn bericht sloeg in als een bom. Er viel een diepe stilte, die door moeder Van Vloten snerpend werd onderbroken.

'Ze had het altijd al hoog in haar bol, onze Leidje. Dat zal haar nog opbreken.'

Corie begon te orakelen. Teunis was verbluft gaan zitten en trommelde met zijn vingers op de tafel, waarop glazen stonden, die mee rinkelden.

Hier bovenuit riep hij: 'Ristig, wieven, it kumt gaoe altesta. Een raspeerdje is ze, mijn Leedje.' Hij knikte mij toe en grijnsde: 'Van die kuren trek ik mij niets aan. Oeboe.'

Misschien moest ik hem zeggen dat Aleida geen peerdje was maar een vos. En een vos is iedereen te slim af. Maar Teunis moest het zelf maar weten.

Hij zat trouwens alweer goedgehumeurd te zingen en sloeg daarbij met een lepel tegen de glazen.

Mijn vader was met Tycho naar het dorp gegaan om op het gemeentehuis nieuws in te winnen omtrent het lot van oom De Vries, die misschien de geweerschoten had overleefd. Er gingen geruchten dat hij niet dood was maar gevangen was genomen en naar een plaats gevoerd die Westerbork heette. Misschien was hij nog in leven.

Ik hoorde in de verte muziek. Het was een heel ander soort getrommel en geklingel dan Teunis op de tafel en de glazen maakte.

Aan het orakelen en verhaspelen van de twee vrouwen in de keuken kwam ook maar geen einde. Ik hoefde dit niet meer aan te horen.

Zo luid mogelijk knerpend liep ik over het grindpad naar de tuin van het botenhuis, ik ging schel fluitend langs de waterput en de berk. Daarna het stenen trapje op dat de kleine dijk op voerde, tot bovenaan.

Ik stond op de weg waarover wij een paar jaar geleden waren gekomen. Tot hier waren wij gekomen en niet verder. Geen stap verder. De weg was grijs en omgeven door het nevelige groen van het waterland.

Rechts lag de vaart, met aan weerskanten wilgen vol smalle zilvergrijze blaadjes. Links de vijver met waterlelies. Zij waren open. Aan het eind van deze weg was Den Haag, dat was ik niet vergeten.

Ik floot Teddy de Wit. Als hij ergens was, zou hij mij horen en komen.

Heel in de verte kon ik iets zien bewegen dat er in mijn ogen uitzag als een kluwen katten die snel naderbij rolde. Het leken zwarte en witte katten, die speelden met stokjes en ballen, maar het kon best een echt muziekorkest zijn.

Een lopend orkest, met toeters en vaandels, dat onze bevrijders voorafging.

Wanneer waren ze hier?

Ik zou ze maar vast tegemoet gaan.

Dan liep ik meteen in één moeite door naar Den Haag.

Achteromkijken deed ik niet meer, ik keek vooruit.

Mijn terugtocht begon.

In **Pandora** verschenen titels:

Dansend door China (reisverhalen)
Godenzonen. Verhalen over mannen
Hard Gras - *Het beste uit Hard Gras*
Reizen door Indonesië
Tibet, reisverhalen
Julia Alvarez - *Hoe de meisjes García hun accent kwijtraakten*
Martin Amis - *De pijl van de tijd*
Milo Anstadt - *Servië en het westen*
Brigitte Bardot - *Initialen B.B.*
Frits Barend & Henk van Dorp - *Ajax, Barcelona, Cruijff*
Abdelkader Benali - *Bruiloft aan zee*
Alain de Botton - *Proeven van liefde*
Jan Brokken - *De blinde passagiers*
Jan Brokken - *De droevige kampioen*
Jeroen Brouwers - *Adolf & Eva & de Dood*
Jeroen Brouwers - *De zondvloed*
Bill Bryson - *Een klein eiland*
Bill Bryson - *Verloren continent*
Gaston van Camp - *Landschap met* goden
Alexandra David-Néel - *Tibet*
Midas Dekkers - *De kikvors en de flamingo*
Midas Dekkers - *De kip en de pinguïn*
Midas Dekkers - *De koe en de kanarie*
Midas Dekkers - *De mol en de baviaan*
Midas Dekkers - *Mandril en de gnoe*
Renate Dorrestein - *Buitenstaanders*
Renate Dorrestein - *Een hart van steen*
Renate Dorrestein - *Een nacht om te vliegeren*
Renate Dorrestein - *Een sterke man*
Renate Dorrestein - *Heden ik*
Renate Dorrestein - *Het perpetuum mobile van de liefde*
Renate Dorrestein - *Korte metten*
Renate Dorrestein - *Noorderzon*
Renate Dorrestein - *Ontaarde moeders*
Renate Dorrestein - *Verborgen gebreken*

Renate Dorrestein - *Vreemde streken*
Naima El Bezaz - *De weg naar het noorden*
Roman Frister - *Zelfportret met litteken*
Palden Gyatso - *Het vuur onder de sneeuw*
Heinrich Harrer - *Zeven jaar in Tibet*
Robert Hellenga - *De zestien lusten*
Kristien Hemmerechts - *Amsterdam retour*
Kristien Hemmerechts - *Lang geleden*
Nick Hornby - *High fidelity*
Nick Hornby - *Voetbalkoorts*
Lieve Joris - *De Golf*
Joe Kane - *Kannibalen*
Mensje van Keulen - *Overspel*
Henry Kisor - *De Zephyr*
T.M. Kpomassie - *Een Afrikaan op Groenland*
Yvonne Kroonenberg - *Alle mannen willen maar één ding / Zij houdt van hem. Hij ook*
Norman Lewis - *Reizen in Indonesië*
Hannes Meinkema - *De speeltuin van Teiresias*
Hannes Meinkema - *Dora*
Hannes Meinkema - *Te kwader min*
Sue Miller - *Familiefoto's*
Anchee Min - *Katherine*
Margriet de Moor - *De virtuoos*
Margriet de Moor - *Dubbelportret*
Margriet de Moor - *Eerst grijs dan wit dan blauw*
Margriet de Moor - *Ik droom dus*
Mariska Mourik - *De ijszee op*
V.S. Naipaul - *Een weg in de wereld*
Cees Nooteboom e.a. - *Amerika. Reisverhalen*
Ruth L. Ozeki - *Mijn jaar van het vlees*
Rascha Peper - *Oefeningen in manhaftigheid*
Rascha Peper - *Oesters*
Rascha Peper - *Rico's vleugels*
Rascha Peper - *Russisch blauw*
Charles Perry - *Portret van een verloren jongeman*
Susanne Piët - *De kick!*
Chaja Polak - *Stenen halzen*
Anne Quindlen - *De enige waarheid*

Ton van Reen - *Roomse meisjes*
Gerard Reve - *De vierde man*
Gerard Reve - *Nader tot U*
Gerard Reve - *Op weg naar het einde*
Helga Ruebsamen - *De dansende kater*
Helga Ruebsamen - *Olijfje*
Helga Ruebsamen - *Op Scheveningen*
Salman Rushdie - *De duivelsverzen*
Salman Rushdie - *De laatste zucht van de Moor*
Salman Rushdie - *Oost West*
Salman Rushdie - *Schaamte*
Monika Sauwer - *Huis en hemel*
Mart Smeets - *Behoorlijk getikt*
Mart Smeets - *Door naar de volgende ronde*
Mart Smeets - *Een lange ontsnapping*
Mart Smeets - *Hoezo bezeten?*
Mart Smeets - *Overleven*
Mart Smeets - *Stukken beter*
Rosita Steenbeek - *De laatste vrouw*
Nanne Tepper - *De eeuwige jachtvelden*
Paul Theroux - *De laatste dagen van Hongkong*
Paul Theroux - *Het drijvende koninkrijk*
Paul Theroux - *Saint Jack*
Paul Theroux - *Soerabaja*
Su Tong - *De rode lantaarn*
Herman Vuijsje - *Pelgrim zonder God*
Lévi Weemoedt - *Overal wat*
Lévi Weemoedt - *Van harte beterschap*
Lévi Weemoedt - *Ziekte van Lodesteijn*
Jeanette Winterson - *Kersen sexen*
Jeanette Winterson - *Op het lichaam geschreven*